Schweigende Augen

Eine geheimnisvolle Liebe

FRANZ LENZ

In frühen Jahren verliert Christine Duval bei einer Feuersbrunst ihr Augenlicht. Doch statt sich dem Schicksal ewiger Dunkelheit hinzugeben, gibt sie sich nicht auf, studiert in Paris Musik und wird trotz ihres Handicaps eine erfolgreiche Cellospielerin.

Allein in der Liebe hat die starke Frau kein Glück – bis sie eines Tages auf den reichen Kapitalmanager Thomas König trifft. Sie verliebt sich leidenschaftlich in ihn. Sie heiraten und bekommen die kleine Lara. Eines Tages trifft sie der böse Fluch, der über ihr zu schweben scheint, erneut und beendet ihre romantische Liebe jäh.

Der Freund Francisco, der Christine seit langem heimlich liebt, richtet sie wieder auf. Kaum öffnet sie ihm ihr Herz, tut sich jedoch ein Abgrund vor ihr auf, mit dem sie niemals gerechnet hat.

Franz Lenz wurde 1953 als erstes von fünf Kindern geboren und trug schon in jungen Jahren Verantwortung, was ihn früh prägte. Als späterer Rechtsanwalt vertrat er mit besonderem Engagement die Scheidungsangelegenheiten von Frauen.

Mitte fünfzig begann er damit, sich seiner weiteren Leidenschaft zu widmen – dem Schreiben. Mit großer Hingabe verfasst er heute ebenso spannende wie äußerst gefühlvolle Romane, in denen seine Hauptfiguren empfindsame und zugleich starke Frauen sind, die ihrem tragischen Schicksal trotzen und am Ende die große Liebe erleben dürfen (**„Die verlorene Frau - Eine schicksalhafte Liebe"** sowie **„Schweigende Augen - Eine geheimnisvolle Liebe").**

Als glücklich verheirateter Mann schreibt er zudem hoch emotionale Gedichte, Sinnsprüche und Kurzgeschichten über das, was uns alle am meisten bewegt – über die Liebe (**„1000 bunte Schmetterlinge – Liebesgedichte und mehr"**; drei Bände).

Die Fertigstellung seines nächsten Romans erwartet er zum Weihnachtsfest 2016.

Mehr Informationen über ihn sowie die Inhalte und Hintergründe seiner Romane finden Sie unter:
www.franzlenz-romane.de

All seine Werke widmet er seiner geliebten Frau Brigitte.

FRANZ LENZ

Schweigende Augen

Eine geheimnisvolle Liebe

*Bibliografische Information der Deutschen National-
bibliothek:*
*Die Deutsche Nationalbibliothek verzeichnet diese
Publikation in der Deutschen Nationalbibliografie;
detaillierte bibliografische Daten sind im Internet
über http://dnb.dnb.de abrufbar.*

*TWENTYSIX – Der Self-Publishing-Verlag
Eine Kooperation zwischen der Verlagsgruppe Ran-
dom House und BoD – Books on Demand*

© 2015 Lenz, Franz

*Herstellung und Verlag:
BoD – Books on Demand, Norderstedt*

ISBN: 978-3-740-70948-8

*Layout, Illustrationen und Fotomotive: Maria Anna
Schmitt*

Kapitel 1

Erschrocken riss sie die Augenlider hoch. Um sie herum war Dunkelheit. Ihr Herzschlag hämmerte gegen die Brust. „Guten Morgen!" Sie begriff nicht. Erneut drang eine Männerstimme in ihr Gehirn. „Heute ist Donnerstag, der dreißigste Juli." Noch immer verstand sie nicht, weil ihre Gedanken an dem Traum von eben hafteten; an jenem wundervollen Traum, in dem ihr Thomas sie soeben verführen wollte. „Ach Tom ..." – ganz lang zog sie seinen Namen, gleich einem wehmütigen Sehnen. „Es ist sieben Uhr." Jetzt erkannte sie die Stimme. Die, die sie nicht mochte, weil sie so rau war. Ganz anders als jene, die sie so sehr geliebt hatte. Damals, als sie noch ganz anders geweckt wurde. Sanft und einfühlsam. Von ihm. Tom. So viele Jahre hatten ihre Lippen diesen Namen geformt – zärtlich, sehnsüchtig und stets dankbar dafür, dass sie diesen Mann lieben durfte. „Sie hören Nachrichten." Ärgerlich zerrte sie mit einer heftigen Bewegung ihr Kissen unter dem Kopf hervor und presste es gegen ihre Ohren. Auch wenn sie dadurch nichts hören konnte, kannte sie diese Worte im Prinzip genau. Ihre flache Hand schlug hart auf dem Bettlaken auf. „Warum muss ich mich von dem da wach machen lassen? Warum nur darfst du das nicht mehr tun, Tom?" Bitter klang ihre Stimme dabei. „Immer werde ich allein gelassen, von allen, seit ich Kind war."

Vor ihrem inneren Auge tauchte ihre Mutter auf. ´Fräulein Duval, aufstehen! Zack, zack! Es ist fünf Uhr dreißig. Hör auf zu schlafen! Ich und Vater müssen gleich weg. Das weißt du doch, du ungezogene Göre`. Mit einem Ruck schleuderte sie ihr Kissen auf den Boden. Ach Mutter ...! Nie hattest du Zeit für mich.

War ich dir so wenig wert, dass du mich von einem Kindermädchen hast aufziehen lassen? Wozu habt ihr mich überhaupt gemacht? Erschrocken über die Heftigkeit ihres Vorwurfs legte sie ihren Zeigefinger über die Lippen. Doch im selben Augenblick brauste sie auf: „Ach was! Ist doch so!"

Ein anderes Gesicht erschien vor ihr. ´Guten Tag, mein Kind. Hast du fleißig geübt?` ´Natürlich, Frau Schönbaum`. Ja, dachte sie, hätte ich mein Cello nicht so geliebt, wäre meine Kindheit absolut freudlos geblieben. Sie lächelte, während sie ihren Erinnerungen folgte. Ich hab sogar mit dir gesprochen, während du mir die schönsten Töne schenktest. Und später hast du mich in die großen Konzertsäle begleitet. Sie hob ihren Kopf leicht und richtete ihn nach vorn – dort hinten in der Ecke des anderen Zimmers, wo es stand. „Ich komme gleich zu dir; dann spielen wir wieder."

Sie schlug das leichte Leinentuch zur Seite. Nur damit bedeckte sie in diesen heißen Sommernächten ihren nackten Körper. Dennoch hatte sie wieder nicht durchgeschlafen. Und immer wieder geträumt. Von ihm. Wie jede Nacht. Sollte das denn nie aufhören? „Tom, komm entweder zu mir zurück oder lass mich endlich in Ruhe. Sonst werde ich noch verrückt vor Schmerz und Sehnsucht" - es war nur ein hoffnungsloses Murmeln, denn eines wusste sie: Er würde nie mehr nach Hause kommen.

Sie atmete schwer. Es war stickig in dem winzigen Schlafzimmer. „Luft – ich brauche frische Luft!", stöhnte sie laut. Mit Schwung rollte sie sich von der durchgelegenen Matratze auf die Füße und erhob sich. Einen einzigen Schritt weiter und sie stand am Fenster. Mit beiden Händen zog sie am Rollladengurt, bis das schwere Holz oben anschlug. Dann suchte ihre Rechte den gusseisernen Fenstergriff. Komm bloß nicht an die Scheibengardine, ermahnte sie sich wort-los. Zu viel Mühe hätte es ihr bereitet, wäre sie herunter gefallen. Das passierte so leicht. Sie wusste warum. Das dumme Ding hing an einer dünnen Metallstange, die an ihren Enden nur auf den scharfkantigen Spitzen zweier winziger Häkchen ruhte. Passte sie beim Fensteröffnen nicht auf, sauste alles nach unten. Bis sie das wieder mit ihren tastenden Händen auf die klitzekleinen Haken geklemmt hatte – oh je! Oft genug hatte sie sich dabei die Fingerspitzen verletzt und gleich darauf die warmen Blutstropfen abgeleckt.

„Au - verdammt! Jedes Mal dasselbe", fluchte sie. Dieser blöde Griff. Klemmt wieder. An einer Seite abgebrochen. Die scharfe Kante bohrte sich in ihren Handballen. Dennoch schloss sie ihre Finger noch fester um den Knauf und drehte ihn mit aller Kraft. Gleichzeitig presste sie ihre Linke gegen den Mittelsteg des Fensterrahmens; nur so konnte sie Druck von der Riegelstange nehmen; die ging unten und oben in eine Öse und hielt das alte Fenster einigermaßen geschlossen. Dicht war es sowieso nicht. Im Winter zog es so sehr, dass die eisige Luft über ihr Bett strich und sie morgens eine kalte Nase hatte; sie schüttelte sich, während sie daran dachte. Ihre tastenden Finger hatten nach dem Einzug in die winzige Altbauwohnung lange gebraucht, um die Mechanik dieses widerspenstigen Riegels zu begreifen. So etwas Altertümliches war sie nicht gewohnt. Doch zu mehr hatte ihr bisschen Geld nicht gereicht. Nochmals drückte sie fest gegen den Rahmen. Endlich gab der Griff nach; der Fensterflügel öffnete sich. „Na also – geht doch!", schimpfte sie, freute sich aber darüber, das kleine Drecksding wieder besiegt zu haben. Kühle Luft strömte an ihrem unbedeckten Körper vorbei ins Zimmer hinein. Sie atmete tief durch.

Die Stunden zwischen sieben und neun musste sie im Sommer nutzen; die Luft in ihren vier Wänden war morgens stickig und verbraucht. Nur deshalb ließ sie sich so früh wecken. Von dieser unnachgiebig aufdringlichen Stimme. Sie zuckte mit den Achseln. Ist eben so! Nachts das Fenster offen lassen? Unmöglich! Bei dem Straßenlärm. Und bei ihrem sensiblen Gehör. Um Schlaf zu finden brauchte sie absolute Ruhe. Absolute – sie lachte bitter. Die gab es an einer Hauptstraße nicht. Ohne die Ohrstopfen ging gar nichts, sonst läge sie stundenlang wach. Die hielten aber nicht und lagen am Morgen neben ihrem Kopf. Na, zum Einschlafen reichte es. Wie gut sie doch als Kind hatte schlafen können! Trotz Straßenlärms.

Aber nach dem schrecklichen Feuer hatten ihre Ohren gelernt, mehr zu leisten als die von Menschen mit gesundem Augenlicht. Was für sie äußerst wichtig war – aber eben auch den Nachteil hatte, dass ihr nicht einmal das winzigste Geräusch verborgen blieb. Ein Schauer lief ihr über den Rücken; die Erinnerung an jene Nacht hatte sich für alle Zeiten in ihr Gehirn eingebrannt – noch mehr als die schweren Brandwunden.

Sie spürte, wie ihr Selbstmitleid sie schon wieder zu umklammern versuchte. Sie müssen dagegen ankämpfen, hatte ihr die Psychotherapeutin eingebläut. Dass sie damit Recht hatte, wusste sie; es zu schaffen, war jedoch nicht so einfach wie es aus deren Mund klang. „Hör auf zu jammern!", herrschte Christine sich rasch an. „Kümmere dich lieber um´s Frühstück!" Ihre rege Fantasie schien ihr dabei weiszumachen, sie rieche schon den Kaffeeduft in der Küchenecke. Doch es war nur diese besondere Morgenluft, die sie mit einem tiefen Zug durch die Nase einatmete. „Hm!" Noch roch die Luft angenehm aromatisch. Kam von den großen Kastanienbäumen vor dem Haus.

8

Sie seufzte. Die Bäume im elterlichen Park hatten auch so gut geduftet. Wie schön sie dort spielen konnte! An den Wochenenden, wenn Frau Schönbaum nicht kam. Und falls es nicht regnete. In Paris regnete es aber oft. Das war Mutter jedoch einerlei. Kind, geh an die frische Luft, hieß es nur stets, wenn sie und Vater erst gegen Mitternacht wieder nach Hause kommen wollten. Nie waren sie da. Nur Emilia; selbst wenn sie sonntags frei hatte, weil sie nicht verstehen konnte, wie Eltern zu so etwas fähig waren. Ihre Tochter ist doch noch so jung, Madame, hatte sie einmal aufbegehrt. Nur ein einziges Mal. Sonst wäre sie gekündigt worden, und es hätte ein neues Kindermädchen gegeben. Mutter konnte sehr böse sein.

Ja, ihr Park war sehr schön. Hier jedoch gab es nur einen betonierten, kleinen Hinterhof, in dem die Mülltonnen standen. Zum Spielen musste Anne, das Nachbarmädchen, drei Straßen weiter zum Spielplatz gehen. Manchmal lief sie mit ihr dort hin. Dann setzte sie sich auf eine Bank, hörte das unbändige Geschrei der Kinder sowie das monotone Quietschen der Schaukeln und versank regelmäßig in dem, was ihr Gedächtnis für sie aufbewahrte. Sie trainierte ihr Erinnerungsvermögen regelrecht. Bloß nichts vergessen!

Davor hatte sie eine Heidenangst. Sie konnte ja niemand mehr fragen. Zum Beispiel danach, wie Vater ausschaute, als er noch lebte. Hätte es da nicht das Gemälde des Konsulatsbeamten Duval mit dem wertvoll vergoldeten Rahmen gegeben, wäre ihr sein unnahbarer Gesichtsausdruck schon verloren gegangen. Doch nun gab es Tom nicht mehr - ihn, der ihr sonntags regelmäßig jenes Bild beschreiben musste. Niemand war mehr da. Letztens hatte sie es einem Antiquitätenhändler verkauft; das Geld brauchte sie bitter nötig. Rasch verwarf sie den Gedanken daran. Bloß kein Selbstmitleid, Christine! Wieder klangen jene Worte in ihren Ohren, mit denen sie während der langen Jahre der Therapie traktiert wurde.

Noch einmal atmete sie tief durch und sog den wunderbaren Duft ein, der ins Zimmer strömte. Ein Schmunzeln breitete sich um ihre Mundwinkel aus. ´Guck mal, Tante König`, hatte Anne letzten Herbst eines Abends durch den Hausflur gerufen, während sie die hölzerne Treppe hinauf rannte; ´ich hab ein Kastanienmännchen gebastelt; schenk ich dir`. Mit ihren Fingerspitzen hatte sie alles ertastet; den Kopf, den Bauch, die Arme und Beine, die mit Streichhölzern mit einander verbunden waren; und dann Anne übers Haar gestrichen. ´Das sieht ja ganz toll aus`, hatte sie zu ihr gesagt. Anne hatte nichts geantwortet, sondern ihr nur sanft über die Hand gestreichelt. War ja auch eine dumme Bemerkung!

Ein tiefer Seufzer verließ ihre Brust. Sie wurde traurig. Anne erinnerte sie an ihre eigene Tochter. Ach Lara, meine Süße. Im nächsten Monat würdest du sechs; und in drei Jahren schon so alt, wie Anne heute ist. Am fünften. Verbittert fuhr sie sich mit dem Handrücken über ihre Wangen und rieb sich das salzige Nass weg, das aus ihren Augenhöhlen lief. Ob du jetzt da oben neben deinem Papa sitzt und auf deine Mama hinunter schaust? Sie schüttelte sich, als wollte sie den Schmerz loswerden, der sich bei diesen Gedanken erneut ihrer bemächtigte.

„Los, geh endlich und mach das andere Fenster auf!, brummelte sie. „Sonst kriegst du keine frische Luft ins Wohnzimmer." Im selben Moment zuckte sie zusammen. Sofort presste sie mit aller Kraft ihre Handflächen auf die Ohrmuscheln. Wie weh das tat - dieses grässliche Quietschen bremsender Metallräder. Sie hätte es wissen müssen – pünktlich um elf nach sieben sauste die Straßenbahn auf die Haltestelle unter ihr zu. Von links kam sie angerast, um, wie es ihr vorkam, erst in letzter Sekunde mit aller Gewalt abgebremst zu werden. Schrecklich, dieser Krach! Sie wendete sich vom Fenster ab. In fünf Sekunden würde es vorüber sein. Dann musste sie endlich frische Luft ins Wohnzimmer lassen. Sie zählte. Einundzwanzig, zweiundzwanzig ... Nicht zu schnell, nicht zu langsam. Genau so zügig, wie sie es während des Piepsens an der Ampel tat, wenn sie die Straße dort unten überquerte. Endlich stand die Bahn. „Das Gequietsche hättest du dir ersparen können", rügte sie sich. Morgen musste sie besser aufpassen und sich rechtzeitig die Ohren zuhalten! Und sich nicht vorher ablenken lassen. Doch Lara lebte noch immer in ihren Gedanken; jeden einzelnen Tag. Und ihr Papa auch. Natürlich! Sie liebte beide – und das würde sich nie ändern.

Viel zu oft schweiften ihre Gedanken in die Vergangenheit. Heute war es wieder wie an so vielen Tagen; ihr Denken kannte keine Pause. Ihr Kopf sprang hin und her, von einem Gedanken zum anderen, ohne Punkt und Komma. Regelmäßig trieb sie ihre Unrast dazu, Selbstgespräche zu führen. Dann war sie in dem Wirrwarr ihrer Erinnerungen gefangen und sprach mit den Gestalten in ihrem Kopf, ohne ihnen entrinnen zu können.

Ein sarkastisches Lachen entfuhr ihr; wenigstens redete dann jemand mit ihr – wenn auch nur in ihrer Fantasie. Mit wem sonst hätte sie es tun können?! Es war ja keiner mehr da. Das Schweigen um sie herum war für sie das Schlimmste von allem. Wie sehr fehlten ihr die täglichen Gespräche mit Tom. Und mit ihrer kleinen Lara. Ihre Finger verkrampften sich zu einer Faust. Nicht einmal die Freunde sind geblieben, dachte sie verbittert. Klaus und Maria; Erich und Isolde. Selbst Claudine und Pierre aus ihrer Pariser Zeit besuchten sie schon lange nicht mehr. Wie schnell hatten die nach Toms Unfall plötzlich keine Zeit mehr. Für die Trauernde. Und für die, die man ja sowieso nicht überall hin mitnehmen konnte. Freunde. Pah! Nur einer war ihr geblieben. Francisco. Wie sehr freute sie sich auf Samstag!

Mit auf Hüfthöhe vor sich gehaltener, rechter Hand steuerte sie an dem alten Schrank mit den schwergängigen Türen vorbei hinüber ins andere Zimmer, stieß wohl das hundertste Mal mit dem nackten Fuß an das Bein des einen der beiden Holzstühle vor dem Tisch in der Ecke und öffnete das Fenster. Rasch legten sich ihre Hände mit den grazilen, langen Fingern über ihren Oberkörper. Wer weiß, dachte sie, wer dort unten steht und hoch schaut. Obwohl, was hätte er schon gesehen?! Bloß ihre kleinen Brüste; die würden ganz sicher keinen Mann reizen. Ihr jedenfalls gefiel nicht, was sie vor dem Spiegel ihrer inneren Vorstellung sah, wenn sie ihre Fingerspitzen über die flachen Rundungen gleiten ließ. Gerne hätte sie größere gehabt; und solche, die nicht die kleinen Narben trugen, die ihre Haut nach dem Feuer so furchtbar verunstaltet hatten. Wie hässlich sie sich als Frau vorkam!

Bitter erinnerte sie sich daran, wie sie das erste Mal mit Ramon schlief – und schrecklich enttäuscht darüber war, dass er sie dort nicht ein einziges Mal küsste. Das hatte sie tief getroffen – jedes Mal wieder. „Fahr zur Hölle, Ramon!" Thomas war da anders. Du bist wunderschön, Christine, sagte er stets, wenn sie in ihrem großen Schlafzimmer der tollen Jugendstilwohnung vor der verspiegelten Wand stand und ihre roten Dessous anzog. Er war stets liebevoll zu ihr – und so romantisch. Sie legte einen Zeigefinger über ihre Lippen; wie hieß dieses traumhafte Gedicht nur noch, das er ihr zu Laras Geburt geschrieben hatte. Die Fingerkuppe tippte nervös auf und ab. Ach ja!

`Guten Morgen, du Schöne!´ Tom konnte wunderschön schreiben. So unendlich sensibel. Seine Worte glichen Bildern und formten seine Gefühle in Sprache. So, wie Noten die Klänge herrlicher Musikstücke gestalteten, dachte sie.

Ärger zog in ihr auf, wie ein urplötzlich auftauchendes Gewitter. Ramon. Wie konnte sie überhaupt noch an ihn denken – diesen Schuft. Ich habe dich geliebt. Und du? Hast meine Gefühle mit Füssen getreten. Schwein! Sie schluckte den Kloß in ihrem Hals hinunter. Ganz Paris wusste es; nur ich nicht; und lachte über mich. Wie konntest du mich nur so betrügen. Auch noch mit dieser Schlampe! Warum nur? Was hatte die mehr als ich? Unwillkürlich strich ihre Handfläche über ihre Brüste.

Ein Geräusch drang an ihr Ohr; piep, piep, piep. Sie kannte es. Es war das Signal, welches ihr half, ohne Angst die Straße zu überqueren, um zum gegenüber liegenden Laden zu gelangen. Mit verschränkten Armen beugte sie sich weit über das hölzerne Fensterbrett hinaus und reckte ihren Kopf nach links. Das Piepsen der Ampelanlage würde gleich aufhören; es dauerte exakt 29 Sekunden. Das gab ihr regelmäßig Zeit für die 24 Schritte, die sie brauchte um hinüber zu kommen; hinüber zum sicheren Straßenrand. Dann blieben ihr sogar noch neun Sekunden.

Manchmal hatte sie die bitter nötig. Wie letzte Woche wieder. Sie schnaubte verärgert. Dieser Tölpel! Rempelt mich einfach an und tritt gegen meinen Taststock. Hat mich total aus dem Gleichgewicht gebracht. Fast hätte ich es vor den anfahrenden Autos nicht mehr rechtzeitig geschafft. Und motzt mich dann auch noch an, ich soll gefälligst aufpassen, wohin ich laufe. In derartigen   Momenten wünschte sie solchen Menschen ihr eigenes Schicksal an den Hals. Nur, damit sie mal spüren, wie es ist, blind zu sein. Fast war sie versucht, sich erneut zu bedauern; doch sofort fing sie sich. „Ach was soll´s. Es ist so, wie es ist." Sie trat einen Schritt vom Fenster zurück.

Und dennoch. Mit ihrem Handicap – so nannte sie es ironisch, wenn man sie darauf ansprach – würde sie wohl nie ganz klar kommen. Neulich geriet sie beinahe unter ein Auto. Wie konnte sie aber auch nur so unvorsichtig sein, schimpfte sie mit sich. „Mon Dieu, war das knapp!" Es schauderte sie noch immer bei der Erinnerung daran; ihre Rechte fuhr dabei nach oben zu ihrem Kopf, der Zeigefinger schabte für die Dauer eines Wimpernschlags über ihre Schläfe und zupfte zuletzt mit Hilfe des Daumens für einen kurzen Moment ihr Ohrläppchen. Das passierte immer, wenn sie angespannt war. Es war sonntags früh um acht; sie hatte geglaubt, wegen des um diese Zeit geringeren Verkehrs abkürzen zu können. Statt den Zebrastreifen mit der piepsenden Ampel zu nehmen, ging sie weiter unten über die Straße. Als sie das Hupen hörte, war es schon zu spät. Zum Glück traf sie die Stoßstange nur an der Wade, sonst wäre sie gestürzt und …. Nicht auszudenken! Nein, so etwas Dummes würde sie nie mehr tun.

An Toms Hand wäre das für sie kein Problem gewesen. Oft genug hatten sie weite Spaziergänge gemacht. Sogar bis zum Cafe Liebfrauenberg, wenn sie die Lust auf ein Stück dieses leckeren Apfelkuchens mit Sahne packte. Später – als das Baby unterwegs war, verlangte ihr Körper sogar zwei Stück. ´Unser Kleines da drin hat doch auch Hunger`, hatte sie sich lachend rechtfertigt. Wie großartig Tom doch war. So weite Strecken; trotz seiner Strapazen in der Bostoner Klinik; die hatte er damals noch lange nicht überwunden. Er war so tapfer - und hatte am Ende gesiegt. Die Ärzte dort waren von Anfang an zuversichtlich, ihn mit der neu zugelassenen Therapie heilen zu können. Wie dankbar sie für diese zweite Lebensrettung war! Bei der ersten hatte sie selbst um Toms Leben gekämpft; damals auf dem Schiff, als sie sich gerade kennen gelernt hatten. Fast wäre sie zu spät gekommen und hätte ihn verloren. Sie merkte es – schon wieder fuhren ihre Gedanken auf der Reise in die Vergangenheit Karussell mit ihr. Wollte sie sich nicht einen Kaffee machen?

Ja, diese Ärzte haben dich geheilt, Liebster. Auch wenn das ein Vermögen kostete; deshalb bist du extra noch in die Schweiz gefahren, um Geld zu besorgen. Allerdings ohne mich. Wie immer, wenn du dort warst. Kapier ich bis heute nicht. ´Bankgeschäfte sind doch langweilig`, meintest du stets mit einer Bestimmtheit, die ich von dir normalerweise nicht kannte. In ihrem Kopf tauchte seine Stimme auf: ´Nein, Chris, du bleibst hier, verstanden! Ich bin in zwei Tagen wieder da. Ach, und wenn jemand nach mir fragt, sag einfach, ich wäre zu einer fachärztlichen Untersuchung in München. Nur nicht die Schweiz erwähnen. Weißt ja – heutzutage kommt man als Banker so leicht in Verruf, wenn man dort ist`.

Bei dieser Erinnerung an ihn drehte sich ihr Kopf in Richtung der Wohnzimmerwand, wo sie neben dem Schrank das Foto von ihm aus Boston wusste; das, was früher über ihrem Biedermeier-Sekretär hing, im Balkonzimmer ihrer tollen Wohnung. Auch das hatte Tom ihr jeden Sonntag beim Frühstück beschreiben müssen, um zu wissen, wie er darauf aussah – mit seinem glücklichen Lächeln nach seiner Genesung. Gesehen hatte sie ihn ja nie. Seine Worte bei der Begrüßung am Flughafen aber hatte sie nie vergessen; damals, als er als geheilt entlassen zurückkam. ´Christine, mein Herz, mein Alles, ich danke dir Tag für Tag von ganzem Herzen dafür, dass du zu mir gehalten hast. Erst damals auf dem Schiff – und auch jetzt wieder. Du halfst mir mit der Kraft deiner Liebe aus dem finsteren Tal meiner Hoffnungslosigkeit und rettetest mein Leben`.

Ja, dachte sie, Tom redete oft ein wenig geschwollen. Das kam sicher davon, dass er schon sein Leben lang schrieb; Gedichte, Kurzgeschichten und sogar Romane. Sie genoss es, wenn er ihr aus dem vorlas, der von ihnen beiden handelte. Seinen Worten lauschend glaubte sie dann fast, ein zweites Mal mit ihm auf dem Schiff zu sein. Damals, als sie sich unsterblich in ihn verliebte. Und ihm das Leben rettete. „Du dummer Kerl!" Wegen dieses verfluchten Krebses in deinem Gehirn wolltest du dir tatsächlich das Leben nehmen, dachte sie kopfschüttelnd weiter. Ein Schauer lief ihr über den nackten Rücken. Alles umsonst! Am Ende hat dich der Tod doch gekriegt. Und unser Kind auch. Ihre Hand presste sich auf ihren Mund, um den Klageschrei ihres Kummers zu ersticken. Die Tränen allerdings, die aus ihren ausdruckslosen Augen hervor schossen, vermochte sie nicht zu unterdrücken. Ihr innerer Blick richtete sich nach oben. „Warum nur liebt mich der Himmel nicht?" Das Beben ihrer Lippen begleitete ihre verbitterten Worte.

Heftiges Hupen lenkte sie von ihrer Verzweiflung ab. Ihr Kopf bewegte sich in die Richtung des Fensters. Schon drang ein scharfes Schleifen an ihr Ohr – wie das Reiben von Metall auf Metall. Gleich darauf folgte ein dumpfer Schlag. Sie ahnte was passiert war – und musste nicht lange auf das warten, was gleich geschehen würde. „Kannst du nicht aufpassen, du Depp!" „Du selber nix aufpasse, Idiot!" Die übliche Schreierei. An der Kreuzung dort unten knallte es andauernd. Bald würden Sirenen von weitem zu hören sein; so schrill, dass sie sich ihre armen Ohren würde zuhalten müssen. Manchmal waren es sogar zwei verschiedene

Signale. Vom Polizeiauto und vom Krankenwagen, vermutete sie. So wie damals, als Mutter im Notarztwagen weggebracht wurde. Nach ihrem schweren Unfall. Plötzlich stand sie allein auf der großen Straße. ´Kindchen`, hatte der Polizist gerufen, ´sollen wir dich heimfahren. Du zitterst ja am ganzen Leib; hast alles mit ansehen müssen, du Arme`.

„Von wegen müssen", stöhnte sie, während zwei Finger nach oben wanderten und gleich darauf das Ohrläppchen drückten. Nicht müssen - dürfen! Wie gerne erinnerte sie sich an alles, was sie noch mit lebendigen Augen hatte sehen dürfen. Vor dem schrecklichen Feuer. Im Kinderzimmer. „Seitdem", haderte sie mürrisch, „glotzt ihr nur noch schweigend aus euren sicher hässlichen Augenhöhlen und erzählt mir nichts mehr." Sie stampfte mit einem Fuß auf; wie sehr ihr diese Dunkelheit um sie herum wehtat! „Schluss mit dem ewigen Jammern! Jetzt gibt´s Kaffee", rief sie sich erneut zur Räson. Die erste Tasse am Tag war für sie die Wichtigste; ansonsten würde sie ihr schwacher Kreislauf rasch in die Knie zwingen. Sie hatte einfach zu wenig Bewegung!

Zwei Schritte nach links, bis die Hand das Cello in der Ecke neben dem Fenster berührte; dann sechseinhalb Schritte, wieder nach links, immer mit vorgestreckter Hand. Mit der Rechten den Wasserkocher nehmen, mit der anderen Hand den Wasserhahn aufdrehen; nicht so stark, sonst spritzte es und sie würde nass, sollte der Wasserstrahl nicht exakt das Einfüllloch des kleinen Kessels treffen; doch er traf – schließlich hatte sie Übung darin. Die Veränderung des Klangs des Einlaufgeräuschs signalisierte ihr, wann genug Wasser eingelaufen war. Den Hahn zudrehen. Mit der flachen Hand die Herdplatte ertasten; das Gefäß draufstellen und – einmal Klack, zweimal Klack, dreimal Klack – den Drehknopf bewegen. In der Ecke stand das Glas mit dem Kaffeepulver. Exakt dort; immer; einen anderen Platz für ihn durfte es nicht geben! Alles in der Wohnung hatte seinen Platz. Deckel aufdrehen; Kaffeelöffel aus der Schublade; den Pulverkaffee mit der Linken schräg halten; mit der freien Hand einen Löffel Pulver herausnehmen; die Henkeltasse heranziehen; Kaffee einfüllen; fertig. Schon ertönte das schrille Pffff! Kochend heißer Dampf blies ihr durch die aufgesetzte Pfeife entgegen. Sie schreckte zurück. Hitze. Davor hatte sie Angst – noch immer. Mit lang gestreckten Armen füllte sie die Tasse. Hm! Der erste Schluck war stets der Beste – auch wenn sie sich dabei vor lauter Gier jedes Mal die Lippen verbrannte.

Sie ging zurück zum Wohnzimmerfenster. Wohnzimmer, schnaubte sie innerlich. Ein Tisch, zwei Stühle, ein Sideboard, eine Kommode – das Wenige war ihr geblieben. Tatütata, tatütata. Aha, da fuhr sie heran, die Polizei. Endlich! Hoffentlich würde sie dafür sorgen, dass dieses idiotische Gehupe aufhörte. Ihr Ungeduldigen! Damit geht´s auch nicht schneller weiter. Und mir raubt ihr den letzten Nerv! „Ruhe da unten!" schrie sie durchs offene Fenster. Dieser sinnlose Krach war eine Tortur für ihr feines Gehör. Das musste so viel leisten; nicht nur bloß hören, sondern damit gleichzeitig das sehen, was ihr die Augen verschwiegen.

„Ruhe!" Nochmals ließ sie ihrem Ärger freien Lauf. Dem auf die dort unten. Und auf Mutter. Eigentlich auf ihr gesamtes, erbärmliches Leben. Nichts als Elend hast du mir gebracht, tobte es in ihr. Hätte ich doch nur nie diesen sechsten Geburtstag gehabt. „Alleine gelassen habt ihr mich. Wenigstens an diesem Tag hättet ihr doch eure blöden Termine absagen können." Ihre Stimme klang traurig. Immer war alles andere wichtiger als ich. Nur Emilia war für mich da.

Obwohl .... Wieder bohrte sich jener böse Gedanke in ihren Kopf, der sie schon so oft verstört hatte. Ohne sie müsste ich wenigstens nicht blind durchs Leben gehen. Dann dürfte ich tot sein; tot, ohne hören zu müssen, was ich nicht sehen kann; tot, ohne ertasten zu müssen, was mir meine Augen nicht zeigen können. Sie griff sich ans Herz und die Finger krallten sich in ihren Busen. Die Tränen, die sie verließen, liefen ungehindert über ihre Wangen nach unten.

Die Geburtstagskerzen seien herunter gebrannt, der Vorhang hätte wohl zuerst Feuer gefangen, dann das ganze Zimmer, in dem sie schlief. ´Mon cher, isch abe dich pronto aus die Feuerhölle gezerrt`, hatte ihr Emilia in ihrem lustigen Sprachgemisch aus Deutsch, Italienisch und Französisch erklärt. „Ach, hättest du mich nur nicht ...“, murmelte sie. Dann müsste ich mein Dasein nicht tagtäglich in ewiger Dunkelheit fristen. Wie so oft erinnerte sie sich auch jetzt wieder an jenen verhängnisvollen Abend, als sie müde die Augen schloss und – was ihr erst später bewusst wurde - dem Licht des Tages ein allerletztes Mal in ihrem Leben Gute Nacht sagte. Am nächsten Morgen war dieses Licht für immer verschwunden. Kein einziges Licht der zigtausend nachfolgenden Morgen begrüßte sie mehr. Ihre flachen Hände pressten sich auf ihre Ohrmuscheln - sie wollte das Schluchzen, welches ihren Körper zum Zittern brachte, nicht hören.

Christine ging zurück zur Küchenarbeitsplatte. Die endete linkerhand dort, wo der kleine Flur zu ihrem Bad führte. Das war so winzig, dass man sich kaum umdrehen konnte. Und wenn die Lampe über dem Spiegel anging, brummte der Lüfter schrecklich laut. Sie hätte das Licht ja auslassen können; Licht brauchte sie nun wirklich nicht - bei dem fensterlosen Raum den Lüfter allerdings umso mehr. Sie spürte Ärger in sich aufkommen und zog die Augenbrauen hoch. ´Den

Spiegel können Sie gleich wieder abbauen`, hatte sie den Vermieter angeraunzt, als er darauf hinwies, der sei nagelneu. ´Was soll ich damit?`, hatte sie bitter gemeint. Er hatte nur verlegen gelacht, dieser Halsabschneider; er will schon wieder mehr Miete.

Nicht einmal eine richtige Küche hatte die Wohnung. Alles stand an der hinteren Wohnzimmerwand. Ihr Zweiplattenkocher, der kleine Kühlschrank, dessen lautes Rauschen ihr Sorgen machte; einen neuen kaufen – unmöglich! Wovon? Und die Spüle, die sie jeden Tag schrubbte, damit sich bloß keine Keime bildeten; genau wie die Fußböden; auf den Knien, damit sie besser ertasten konnte, wo Dreck lag. Gleich neben dem Gestell zum Abtropfen des gespülten Geschirrs war der Platz für den CD-Player mit Radio-Teil und das Regal mit den CDs. Sie griff danach – und merkte, wie sich ein wohliges Gefühl in ihr ausbreitete.

Den hatte ihr Francisco geschenkt; letzten Monat; zum Geburtstag. „Tempus fugit - ach, wie die Zeit doch rast. Schon zwei Jahre her, dass du mir diese ...“; verächtlich betrachtete sie im Geiste den Begriff, bevor sie ihn aussprach: „.... Wohnung besorgt hast“. Damals war sie völlig am Ende. Kein Geld mehr. Keine Kraft mehr. Keinen Lebenswillen mehr. Gar nichts mehr. An seiner Hand führte er sie hinein, ließ sie alles ertasten – die Türen, die Wände, die Fenster – und vernahm am Ende ihren erschütterten Aufschrei - ´Francisco, soll ich etwa hier wohnen?` Noch heute schämte sie sich für ihre Undankbarkeit. Mit ihrem wenigen Geld konnte er doch nichts Besseres bekommen! Sie runzelte die Stirn; wieder klopfte jener noch immer unfassbare Gedanke an die Türe ihrer Erinnerung. Warum nur war Toms Konto so gut wie leer, als er gestorben war? Er hatte doch stets für alles so viel Bargeld gehabt. Sie schüttelte verständnislos den Kopf.

Francisco. Was hätte sie nur ohne ihn gemacht?! Dieser feine Mann. Aus gutem Hause; die Domínguez waren über einige Ecken mit dem Königshaus verwandt. Das hatte sie einmal aus ihm heraus gekitzelt. Von sich aus hätte er es nie preisgegeben. Viel zu bescheiden. Ein wunderbarer Mensch. Und ein toller Musiker. Erste Geige im Orchester. Dabei überhaupt nicht eingebildet. Wie sie es genoss, samstags mit ihm in ihrem kleinen Wohnzimmerchen zu spielen! Dennoch – was war das im Vergleich zu ihren früheren Erfolgen vor großem Publikum; und zu dem Ansehen, das sie als Solo-Cellistin genoss, weil sie alle Partien blind beherrschte. Heute, dachte sie bitter, bereute sie es schon, mit Laras Geburt den Beruf aufgegeben zu haben; doch damals wollte sie nur noch für ihr Kind da sein und ihm nicht das antun, was sie ihren eigenen Eltern nie wirklich verziehen hatte – von Fremden aufgezogen zu werden.

Schon wieder wanderte ihr Gedächtnis mit ihr weiter in die Vergangenheit; fast vergaß sie dabei ihren Kaffee. Toms Worte kamen ihr in den Sinn: ´Liebes, darf ich dir meinen Tennispartner Francisco vorstellen`. Als sie gleich darauf dessen Hand in der ihren spürte, lief ihr ein Schauer über den Rücken. Ein erschreckend wohliger. Welche Wärme sich von dieser Handfläche auf die ihrige übertrug! Sekundenlang. Sie nahm sogar mit ihren Fingerspitzen den Fluss des Blutes in seinen Pulsadern wahr. Und diese Stimme. Freundlich, unaufdringlich, fürsorglich – und dennoch von einer Bestimmtheit und Stärke, wie es von einem Mann noch nie an ihre Ohren gedrungen war. Nicht einmal von Tom. Angst hatte ihr das gemacht. Ihre Hand hatte sie ihm dann rasch entzogen. Dennoch erlaubte sie ihm, sie öfter zu besuchen. Heute war er ihr so etwas wie der beste Freund. Ihr plötzliches Herzklopfen zeigte ihr, dass diese Bezeichnung immer weniger der Wahrheit entsprach. Davon jedoch wollte sie nichts wissen.

Wenn er, schritt ihre Erinnerung mit ihr weiter, nicht gewesen wäre, hätte sie all das, was später geschah, niemals meistern können. Die schreckliche Nachricht: Wir müssen Ihnen eine traurige Mitteilung machen. Ihr Mann und ihre Tochter .... Blitzschnell presste sie vor Schmerz ihre Hand über den Mund. Er war sofort gekommen, als er davon erfuhr. Auf dem langen Weg zu den beiden Gräbern führte er sie und hielt ihren zitternden Arm, als sie mit dem Schippchen die Erde auf Laras Sarg warf. „Ach, Francisco!" Ihr Schluchzen kam aus der tiefsten Tiefe ihrer geschundenen Seele. Etwas jedoch tröstete sie. Morgen war Samstag; um drei würde es klingeln und sie würde für vier lange Stunden nicht einsam sein müssen. Dann wäre er bei ihr. Vielleicht könnte sie ihn, dachte sie hoffnungsvoll, wieder einmal dazu überreden ihr vorzulesen. Aus Toms Roman; den über die Zeit, als eine gewisse Christine Duval jenen Thomas König kennen lernte.

Christine tastete das CD-Regal ab, in dem sie ihre Musiksammlung aufbewahrte. Sämtliche Scheiben waren in einer ganz bestimmten Reihenfolge sortiert. Sie berührte von oben nach unten eine nach der anderen und zählte dabei mit; eins bis fünf war Schubert, sechs bis elf Händel; danach kamen zwei mit Werken von Scarlatti. Jetzt aber sollte ihr Beethoven dabei helfen, den durch den Verkehrsunfall dort unten verursachten Lärm zu übertönen; das schrille Piepsen sagte ihr, dass der Abschleppwagen rückwärtsfuhr. Bei achtzehn hielt sie an, zog seine `Neunte´ heraus und legte sie auf die Fingerkuppen der linken Hand. Mit rechts fuhr sie sachte über die Tasten des Geräts, drückte die vierte von links – und schon kam die kleine Lade heraus gefahren. Auflegen, Lade andrücken, damit sie wieder hinein fuhr, sowie den Lautstärkeregler rechts oben nach links in Richtung auf das für ihre sensiblen Fingerspitzen ohne Schwierigkeiten erkennbare Pluszeichen drehen, war eins. Das Entziffern der winzigen, erhabenen Punkte der Blindenschrift hatten ihr dazu ja hinreichende Erfahrung gebracht. Schon hörte sie das Rauschen der sich zunächst schnell drehenden Scheibe, bis der Laserstrahl den Beginn des Musikstücks erkannt hatte. Dann erfüllten die ersten Takte den Luftraum um sie.

Sie liebte Beethoven - bewunderte ihn sogar. Nicht allein seiner Werke wegen; andere Komponisten hatten ebenfalls Wunderbares geschaffen. Nein, besonders, weil er ein Blinder war, als er während seiner letzten Lebensjahre komponierte. Blind wie sie selbst, überlegte sie. Auch wenn es eine andere Blindheit war; die nämlich seines Gehörs. Welchen Unterschied gab es aber zwischen der absoluten Dunkelheit von Augen und der Taubheit von Ohren? Keinen! Beide Sinnesorgane schwiegen. Sie ahnte, wie er sich gefühlt haben musste, als er fast nichts mehr hörte. Eine Frage musste ihn schrecklich geplagt haben: Würde er weiter komponieren können? Ohne die Töne der Klaviertasten in seinen Ohren; Töne, die von all den Noten stammten, die er als kleine Punkte, Striche und Fähnchen auf das Notenpapier kritzelte. Ja! Er konnte weitere Kompositionen schaffen, weil er den Laut jeder Note in seinem Gehirn gespeichert hatte, auch wenn er den Klang der Instrumente nicht mehr richtig wahrnehmen konnte.

Sie erinnerte sich und lächelte dabei stolz. Fräulein Beethoven hatte ihr Musikprofessor sie manchmal genannt. An der Fakultät für Musik der Pariser Sorbonne; wenn sie ein neues Stück einzustudieren hatte. Hören Sie nur auf den Klang der Noten, die ich Ihnen auf dem Cello vorspiele. Sie sollte sich Laut um Laut einprägen und dann das nachspielen, was sie sich

gemerkt hatte. ´Christine, ich verfolge Ihre außeror-
dentliche Begabung nun schon über Jahre`, hatte er
gesagt. ´Ganz fest bin ich davon überzeugt, dass sie
sich im Beruf durchsetzen werden. Trotz Ihres – wie
sagen Sie immer – Handicaps`. Während ihr Kopf sie
dabei die Stimme ihres damaligen Professors hören
ließ, schlang sie die Arme um ihren Oberkörper. Wie
Recht er hatte! Ihre Auftritte während der unzähligen
Konzertabende in Paris, London oder New York waren
stets ausverkauft.

Kapitel 2

„Hallo Francisco, komm rein." Sie spürte seine Wangen - rechts, links, rechts. Und seine Hand in ihrer; genau wie beim allerersten Mal. Ihr Oberschenkel streifte seinen Geigenkasten, den er in der anderen Hand hielt. „Leg ihn auf´s Bett. Kaffee?" „Claro! Hab uns doch Kuchen mitgebracht." „Oh, wie lieb von dir." Sie drehte sich um, ging hinüber zur Kaffeemaschine – und spürte dabei das Lächeln, das sich auf ihren Wangen ausbreitete; sie genoss es, von ihm verwöhnt zu werden. „Siehst heute wieder sehr hübsch aus, Chris!" Ihr Lächeln verstärkte sich. „Danke!" Nicht umsonst hatte sie das Sommerkleid angezogen; das mit dem tiefen Rückenausschnitt. „Setz dich schon mal. Ich bring den Kaffee. Welchen hast du gekauft?" „Wie – welchen?" „Kuchen." „Ach so. Keinen." Sie stutzte. „Wieso? Hast du nicht gesagt, du hättest ..." „Ja – aber nicht gekauft; selbst gebacken!" Ihr Strahlen wurde noch breiter und ihr Herz begann gegen ihre Brust zu schlagen.

„Extra für mich?" „Si, Senora! Ich würde gern viel öfter für dich ..." Er brach seinen Satz ab. Sie wusste warum. Ihn von seinen Gefühlen für sie sprechen zu hören wollte sie nicht. Einmal nur hatte er davon begonnen. Sofort hatte sie ihn unterbrochen. Obwohl sie sich so sehr wünschte, endlich wieder ein `Ich liebe dich´ zu hören, eine zärtliche Umarmung zu spüren, einen Kuss zu erwidern. Doch nein! Das ging nicht! Nicht von ihm. Nur von einem Einzigen; doch den gab es nicht mehr. Oh Tom, warum hast du mich verlassen?

„Was spielen wir heute?", lenkte sie rasch ab. „Wie wär´s mit Ludwigs Violinromanze?" „Oh ja! Den Part, den du dazu für mein Cello komponiert hast, muss ich wirklich noch üben; gerade ab Takt vierundzwanzig." „Ach was! Du machst das ganz toll; wir haben es ja erst zweimal gespielt." Nie lässt er mich spüren, wie weit besser er ist, dieses Genie. „Aber erst gibt´s ge-deckten Apfelkuchen. Hast du Sahne?" „Mein Lieb-lingskuchen!" „Ich weiß!" Wohlige Wärme durch-strömte ihren Körper. Wie gut er sie kannte! „Ja, die musst aber du schlagen. Ich sehe nicht, wenn der Quirl alles verspritzt." Sie schwindelte ein wenig da-bei, wusste sie doch, dass sie den Plastikdeckel hätte aufsetzen können. Aber sie liebte es, sich von ihm helfen zu lassen. „No problem, Signora Chris." Er lachte. Wie liebevoll das klang!

„Entschuldige, dass ich nur Pulverkaffee habe." Boh-nenkaffee konnte sie sich nicht leisten. „Viel gesünder. Sind drei Löffel Zucker an die Sahne genug?" „Ja. Die Äpfel sind ja sicher auch süß. Immer noch die aus dem Schrebergarten?" „Es sind die letzten. Im Herbst gibt´s aber neue." „Schön. Wie war deine Woche im Orchester?" „Wir studieren schon für Weihnachten die `Vier Jahreszeiten´ ein." „Wie, so früh?" „Es ist eine neue Interpretation; ziemlich anspruchsvoll." „Von wem?" „Na ja ...", druckste er herum, was sie stutzig machte. „Doch nicht etwa ...?" „Hm ...; ja, von mir." „Toll!" Sie war so stolz auf ihn.

„Und das konntest du bei ihm durchsetzen? Nach der Sache mit dieser Ziege. Wagner ist – verzeih den Aus-druck – aber auch ein Idiot; sich als Intendant von dieser blöden Kuh betören zu lassen." „Die wollte sich eben hoch schlafen, Chris. Weil sie bei mir nicht lan-den konnte, hat sie ihn rumgekriegt und mir als Rache auf diese miese Weise die Erste Geige streitig machen wollen. Hat´s aber nicht geschafft. Carlos hat zu mir gehalten; schließlich ist er der Dirigent." „Zum Glück!"

Als sie Platz genommen hatten, legte sie ihre Hand auf seinen Unterarm. Seine Anwesenheit machte sie so glücklich. Doch wieder spürte sie die beiden Herzen, die in ihrer Brust schlugen; für Tom und für ihn. Einen Moment lang ließ sie sich unbedacht gehen und gewährte dem einen den Vorrang vor dem anderen. „Du kannst gerne öfter für uns zwei backen, Francisco." Kaum begriff sie dieses `für uns zwei´, da zog sie schon ihre Hand zurück und ließ sie in ihren Schoß fallen. Lass das!, beschimpfte sie sich wortlos und wechselte sofort das Thema. „Wie steht es mit deiner Frau?" Sie hasste Sofia, weil sie wusste, wie sehr er unter ihrer herrischen und lieblosen Art litt, und dass sie sich mit allen Mitteln gegen die Scheidung wehrte. Wie sehr sie ihm wünschte, endlich frei zu sein! Nur ihm? Wenigstens die Frage gestand sie sich zu; eine Antwort darauf jedoch sicher nicht! Nur Tom sollte in ihrem Herzen wohnen.

Sie hörte Franciscos Holzstuhl knarren; er hatte sich zurück gelehnt. Sie kannte den Grund; er sprach nicht gerne darüber. „Nicht gut, Christine." Das `Christine´ hörte sich dabei sehr hart an. So nannte er sie nur, wenn sie etwas tat, was ihn störte. Und von seinem wunden Punkt zu sprechen störte ihn sehr. Warum, wusste sie, seit sie ihn jenes eine Mal daran hinderte, weiter seine Empfindungen für sie zu offenbaren. ´Wie kannst du als Ehemann nur annehmen`, hatte sie ihm vorgeworfen, ´dass aus unserer Freundschaft mehr werden kann, Francisco?!` Ihre tiefe Liebe zu ihrem verstorbenen Tom musste sie dabei gar nicht erwähnen, denn Francisco zog sich augenblicklich in sein Schneckenhaus zurück und brauchte lange, bis er sie wieder besuchte. Wie sehr musste sie ihm damals vor den Kopf gestoßen haben! Ob sie heute auch noch

27

so hart reden würde? Sie war sich nicht sicher. Während der letzten Zeit hatte jener Widerstreit in ihr deutlich zugenommen. Mehr und mehr fühlte sich ihr Herz warm umschlungen, wenn Francisco in ihrer Nähe war. Doch Tom war ihr Mann; dass er nicht mehr lebte, ließ ihn in ihrem Innersten ganz sicher nicht tot sein! Zwar war er nicht mehr in ihrer Welt der Wirklichkeit. In der Welt ihrer Empfindungen und Gedanken jedoch existierte er noch immer sehr wohl – als Ehemann und als Papa ihrer Lara im Himmel.

„Sie will nicht zurückkommen, wenn sie nächste Woche zu ihren Eltern nach Barcelona fliegt. Und gegen die Scheidung wehrt sie sich ebenso vehement wie seit Jahren." „Was sagt dein Anwalt?" „Der zuckt nur mit den Schultern. Manana es otra dia; das heißt: Morgen ist auch noch ein Tag. Das sagt er immer und drückt wohl damit aus, dass er im Augenblick keine rechtlichen Chancen sieht und nur auf ihren Sinneswandel hofft. Mein Gott, ich will aber nicht mehr warten. Bin schon zu lange unglücklich und möchte doch so unendlich gerne ...." Er brach seinen Satz ab, doch sie nahm das ungeduldige Verlangen in seiner Stimme deutlicher wahr denn je – ebenso das Geräusch seiner Fingernägel, die auf der Tischplatte entlang in Richtung ihrer Linken schleiften.

„Bekomme ich noch ein Stück?" Sie musste ihn augenblicklich davon abhalten, seinen aufgewühlten Gefühlen freien Lauf zu lassen, wusste sie doch um sein Sehnen nach liebevoller Gemeinsamkeit. Kannte sie das nicht von sich selbst?! Der Sonntag nach seinem wöchentlichen Besuch war stets der schlimmste Tag der Woche. Dann spürte sie die Leere um sich herum am bittersten. Francisco würde wieder gegangen sein – wie jeden Samstag um sieben. Ihr Herz hörte sie an solchen Tagen besonders laut weinen. Ach Tom, schluchzte sie dann lautlos, was soll ich nur tun?

Dieser Mann liebt mich und ich – verzeih mir bitte – fühle mich so sehr zu ihm hingezogen; aber ich will dich nicht aus meinem Herzen verdrängen.

Sie horchte auf. Der Kuchenheber schabte leicht über ihren Teller. „Natürlich. Auch Sahne?" „Natürlich." Sie verwendete dasselbe Wort mit demselben Tonfall. Die Situation zwischen ihnen war zu angespannt für eine gefühlvollere Reaktion. Warum weigerte sich seine Frau auch nur so heftig? Seit langem klang Franciscos Stimme traurig und verzweifelt, wenn sie ihn nach seiner Ehe fragte. Getroffen hatte sie seine Frau nur ein einziges Mal. Die Eiseskälte, die von ihr ausgegangen war, wollte sie kein weiteres Mal erleben.

„Sie will dort zu den befreundeten Ärzten der Familie gehen. Deren Einstellung ist ebenso erzkonservativ wie die ihrer alten Eltern. Das Ergebnis ihres Gutachtens für das Gericht kann ich mir also schon heute ausmalen." Sie schnaufte erbost und brauste mit bissiger Stimme auf: „Nur weil sie diese psychische Krankheit hat, darf dich diese bösartige Frau doch nicht ewig an sich binden!" Kaum ausgesprochen ärgerte sie sich über ihren lauten Gefühlsausbruch, weil es ihr dabei gar nicht um Francisco, sondern ganz egoistisch um sich selbst ging. Ihre Wut galt der Tatsache, dass sich diese Frau - einer stacheligen Dornenhecke gleich - zwischen sie beide aufbaute und sie daran hinderte, Hand in Hand miteinander in ein gemeinsames Leben zu gehen. Sie erschrak. Was soll das?! Mit solchen Gedanken war sie im Begriff, ihre Liebe zu Tom zu verraten. Betroffen verschränkte sie die Arme und senkte den Kopf.

„Chris, was ist?" Rasch blickte sie wieder auf. „Alles okay. Hab nur gerade an ...." Sein sofortiges „... Thomas gedacht. Ja?" wunderte sie nicht. Sie nickte; wie gut er mich doch kennt! „Er fehlt mir eben!" Die

Stuhlbeine schabten auf dem Dielenboden und gleich darauf spürte sie seine Hand auf ihrer Schulter. Er war aufgestanden. Schweigend tröstete er sie mit seiner fürsorglichen Wärme. Erst, als Christine ihre Hand hob und auf seine legte, sprach er: „Dass sie in Spanien bleibt, hat auch etwas Gutes." Er machte eine kleine Pause. „Was denn?" „Ich könnte außer samstags auch in der Woche zu dir kommen." Oh ja – oh nein! Freude und Scheu sausten gleichzeitig wie die Sessel eines Kinderkarussells in ihrem Kopf herum. Meinte er damit etwa das, wonach sie sich insgeheim sehnte, was sie jedoch nicht zulassen durfte? Nach kurzem Zögern löste sich ihre Anspannung. „Zum Musizieren, wenn du magst." Sie atmete auf – und nahm einen weiteren Bissen des Kuchens.

Wie sehr wünschte sie sich ein Ende des Alleinseins. Wie ein Felsbrocken lastete die Einsamkeit auf ihrer Brust und erschwerte ihr das triste Dasein in ewiger Dunkelheit noch mehr. Wie sehr zermürbte es sie, niemanden mehr zum Reden zu haben. Aber nicht nur dazu. Keiner nahm sie mehr in den Arm. Um keinen konnte sie sich mehr kümmern. Nicht um Tom und nicht um ihre Lara. Gäbe es da nicht die Samstagnachmittage – sie würde sicher irgendwann auf schlimme Gedanken kommen; auf solche, die sie von ihrem Tom kannte.

Doch ihr Leben aufgeben? Nein! Und ihre Treue zu ihm auch nicht! Deshalb durfte Francisco sie auch nur samstags besuchen – und nur vier Stunden lang. Zu sehr sorgte sie sich, schwach zu werden und ihre Standhaftigkeit dem Wohlgefühl größerer Nähe zu ihm zu opfern. Wie sollte sie ihm also antworten? An seinen Fingerkuppen, die unruhig auf der Tischplatte tänzelten, erkannte sie, dass er von ihr etwas hören wollte. Mit einem `Oh ja, wie gerne´ etwa? Doch wie schwer könnte es ihnen dann fallen, ihre Gefühle füreinander im Zaum zu halten. Bei einem gemütlichen Abendessen, einer Flasche Rotwein, und danach ... - geschah dann nicht ganz leicht das, was sie mit ihrem Liebsten so oft genossen hatte? Wie aber sollte sie ihm so etwas erklären? Abends, wenn sie im Bett lag und mit ihm sprach – in ihren Gedanken. Ach, was nur konnte sie Francisco sagen?

Wie aus heiterem Himmel tauchten vor ihrem inneren Auge Bilder auf. An jenem Morgen vor etwas über zwei Jahren hatte sie sich nicht einmal von Tom verabschieden können. Als er mit Lara zum Kindergarten fuhr, schlief sie noch, weil es ihr so schlecht ging. Das Fieber wollte einfach nicht runtergehen. Als dann später die Polizei an ihrer Wohnungstüre schellte, war es schon passiert – und alles vorbei. Seitdem konnte sie ihrem Tom nie mehr `Guten Morgen, meine große Liebe!´ sagen und ihn dabei an sich drücken. Und Lara ebenfalls nicht. Der morgendliche Autounfall hatte ihr Leben von einer zur anderen Sekunde ins Unglück gestürzt. Tom und Lara waren tot. Unwiederbringlich verschwunden aus ihrem so schönen Familienleben. Von einem betrunkenen LKW-Fahrer ausgelöscht. Einfach so. Welches schreckliche Spiel spielte das Schicksal mit ihr!

Nein – das mit Francisco wäre nicht recht. Oder doch?, zweifelte sie erneut. Durfte ihr Leben nicht auch irgendwann wieder glücklich werden? Christine atmete tief durch. Und sie ahnte dabei, dass Francisco angespannt spürte, wie sie mit sich kämpfte. Sie kannte seine Feinfühligkeit. Oft genug hatte sie schon gedacht, er könne ihre Gedanken lesen. Dann, wenn er von etwas zu reden begann, an das sie gerade gedacht hatte.

„Lass uns spielen!", sagte sie entschlossen, ohne ihm eine Antwort zu geben. Seine Reaktion nicht abwartend erhob sie sich und ging am Tisch vorbei in die Zimmerecke, in der ihr Cello stand. Sie setzte sich auf den Hocker und nahm ihr geliebtes Instrument zwischen ihre gespreizten Schenkel. Als sie ihn nicht kommen hörte, wiederholte sie ihren Wunsch, dieses Mal aber in einem Tonfall, der kein weiteres Zögern zulassen sollte. „Kommst du!" Francisco folgte ihr.

Kapitel 3

„Das war sehr schön, Francisco. Ich bin dir so dankbar, dass du mit mir musizierst." Sie ließ den Bogen nach unten sinken und lehnte das Cello hinter sich gegen die Wand. „Du kannst dir sicher vorstellen, wie schwer es ist, das nicht mehr beruflich tun zu können." „Claro! Schade, dass du nach ..." – er besann sich kurz – „... ich meine, vor zwei Jahren nicht wieder damit begonnen hast." Als sie schwieg fuhr er fort: „Wie hättest du das auch schaffen sollen, wo es dir so ungemein schlecht ging?! Aber schau, Chris, wir beide können ja regelmäßig zusammen spielen, nichtwahr? Ich bin immer für dich da." Kaum versah sie sich, da hatte er seine Arme um sie gelegt. Lange ließ sie es geschehen und fühlte sich mit einem Mal geborgen. Während sie sich dann mit einer sanften Bewegung aus seiner Umarmung befreite, fragte sie: „Wärst du heute wieder so lieb, Francisco?"

Er atmete tief durch, als wehrte er sich. „Du willst nicht?!" Enttäuschung klang in ihrer Frage durch. Ein weiteres Schnauben drang in ihr Ohr. „Doch, doch. Ich meine nur ...." „Du meinst, ich würde danach wieder so schlimm weinen?" „Si! Vielleicht tun dir die Erinnerungen daran gar nicht so gut wie du meinst. Quäl dich doch nicht so, Christine." Ach, du Lieber, wenn doch nur alles anders wäre, dachte sie; dann würde ich dich jetzt küssen. „Nein, nein, Francisco! Ganz im Gegenteil. Wenn du mir aus Toms Roman vorliest, hilfst du mir so sehr. Ich merke doch schon seit geraumer Zeit, wie ich mich dadurch ein Stück weit von ...." Sie stutzte über das, was sie sagen wollte und bremste sich aus. War ihr Verstand tatsächlich schon dabei, sich von Vergangenem zu lösen? Nicht von Tom und Lara. Nein, das niemals. Aber vom Leben mit ihnen. Vielleicht half ihr das, ihr Herz wieder zu öffnen; für ihre Gefühle; zu ihm.

Rasch bat sie Francisco nochmals eindringlich. „Bitte, lies mir vor." „Aber wir waren doch schon drei Mal bis zur letzten Seite gekommen." „Also beginnen wir ein viertes Mal! Okay?!" Sie bemühte sich um ein liebevolles Lächeln. Er murmelte etwas, was sie aber nicht verstehen konnte. „Liegt es im Sideboard?" Sie nickte erfreut. „Danke, du Lieber!" Sie ging zum Tisch und setzte sich auf den harten, unbequemen Holzstuhl. Bis um sieben würde ihr der Rücken wehtun. Doch wo sonst hätten sie hingehen sollen? Etwa ins Schlafzimmer, wo es nur das Bett gab? Ihr Herz klopfte bei diesem verrückten Gedanken.

„Bist du so weit, Chris?" „Bin ganz Ohr." „Okay – dann hör das, was ich dir schon so oft vorlas." Er schnaufte und begann.

„Liebste Christine. Während der vergangenen Monate in der Klinik hier in Boston hatte ich viel Zeit. Zum Nachdenken. Zum Erinnern. Und dazu, damit zu beginnen, die Geschichte einer großen Liebe niederzuschreiben, die auf einem Kreuzfahrtschiff begann. Lausche du nun meinem Roman – immer dann, wenn du mich bittest, ihn dir vorzulesen. Später wirst du ihn auch selbst lesen können, mit deinen Fingerspitzen – dann nämlich, wenn ich ihn habe in Blindenschrift übersetzen lassen.

Die Frau am Fenster

Am frühen Morgen des 23. Oktober stand er an Gleis 1. Ein kalter Wind fegte über den Bahnsteig; viel zu früh zeigte der Herbst in diesem Jahr, dass er seinen Kampf gegen den heran nahenden Winter schon auf-

gegeben hatte. Er schaute in die Richtung, aus der sein Zug in wenigen Minuten kommen würde. Wie ein schwacher Nebel verließ sein Atem den halb ge-öffneten Mund. Seinen Schal, den er zunächst nur lässig um den Hals gebunden hatte, zog er nun fester zu; eine Erkältung konnte er sich nicht leisten - die letzte hatte ihn schon viel zu sehr geschwächt. Achten Sie darauf, hatte ihm Dr. Rosenhaupt mit eindringli-cher Stimme geraten, dass sie sich so schnell nicht noch einen grippalen Infekt einfangen; Sie wissen ja, wie schlimm das für Sie ausgehen kann. In vier Wo-chen sehen wir uns wieder; dann stelle ich Sie auf neue Medikamente ein; wir brauchen ganz gewiss stärkere. „Wohl kaum, Herr Doktor", murmelte der Mann am Bahngleis bitter! Er hob den Kopf und blickte auf die Anzeigetafel: ICE 2344 Hamburg – Reggio.

Es war der `Sizilienexpress´, wie ihn die italienischen Fremdarbeiter früher manchmal nannten, wenn sie in den Ferien zurück nach Hause zu ihren Familien fuhren. Der alte Leonardo, der Vater des Wirtes im „Da Arnaldo" an der Ecke Kastanienallee/ Berliner Ring hatte ihm einmal davon erzählt – und Tränen in seine müden Augen bekommen. Er war einer von denen, die damals als erste Italienische Gastarbeiter nach Deutschland kamen. Nach Hause fuhr er, wie sie alle, allerdings schon lange nicht mehr, seit sie ihr zu Hause hier gefunden hatten. „Zu Hause", brummte er verbittert vor sich hin; für ihn selbst gab es so et-was nicht mehr - seit gestern.

Sein alter Lederrucksack lastete schwer auf seinen Schultern, obwohl er nur das Notwendigste einge-packt hatte – nur das, was er für diese ganz besonde-re Reise noch benötigte. Von all den anderen Dingen, die ihm im Laufe seines Lebens wichtig geworden waren, hatte er am Abend Abschied genommen. Es war nicht nur ein Adieu von seinen geliebten Büchern; allein zwei von ihnen gelang der Weg in jenes lederne Erbstück seines Vaters auf seinem Rücken; es waren die, welche er im Zug und dort, am Ziel seiner Reise, noch einmal lesen wollte. Bis spät in die Nacht hatte er sich eine schwere Entscheidung nach der anderen abgerungen. Was durfte mit und was musste zurückbleiben. Selbst die Erinnerungsfotos traf es. Ebenso die schwermütigen Gedichte, die er während des vergangenen, schlimmen Jahres geschrieben hatte, nahm er nicht mit.

Ja, dachte er verbittert, als mächtiger Pharao hätte man ihm alles in die Grabkammer seiner Pyramide mitgegeben - für die Fahrt in das Reich der Toten. Doch er war eben kein Ägyptischer Herrscher. Nur ein gewiefter Kapitalanlage-Profi. Bis er keine Aufträge mehr bekam. „Wegen dieser verdammten Krankheit!", schimpfte er erbost und sah zu, wie sein Atem dabei von der eiskalten Morgenluft verschlungen wurde. Aber das war nun auch egal geworden. Seit dem, womit ihn sein Arzt konfrontierte hatte. Während er gestern Abend todmüde im Bett lag und einzuschlafen versuchte, wurde ihm wieder das gesamte Ausmaß seiner Entscheidung klar. Was er da vorhatte, war ein Abschied von sich selbst - vom Schlagen seines Herzens, vom pulsierenden Blut in seinen Adern, vom Denken seines Kopfes. Er schlug die Augen nieder und verharrte für einen Moment in der Starre seiner Betroffenheit.

Ja, mehr konnte er nicht mitnehmen. Er trug schon schwer genug am Gewicht seines eigenen Körpers. Er hatte so sehr abgenommen, dass seine Hose schon schlackerte. Jedes weitere Kilo zu tragen bereitete ihm unsägliche Mühe. Natürlich hatte er sich überlegt, einen Rollkoffer zu benutzen; doch dazu hing er viel zu sehr an seinem alten Rucksack, der ihn schon seit über zehn Jahren auf seinen Reisen begleitete. Er war ein Stück Erinnerung an früher. An Vater. An die Bergtouren mit ihm – und an den Tag, an dem er ihm den Rucksack vermachte. In jener traurigen Stunde im tristen November eröffnete er, dass ihm noch ein halbes Jahr blieb. Immerhin, mein Sohn, hatte er gesagt und dabei zu lächeln versucht, werde ich damit zwei Jahre älter als dein Großvater. Den hatte diese verdammte Krankheit im Gehirn schon mit neununddreißig erwischt.

Er griff in die Jackentasche. Auf seinem Ticket stand: Wagen 2, Sitzplatz 8. Das bedeutet 1. Klasse, freute er sich mit Genugtuung. Der unverschämt hohe Preis kratzte ihn nicht. Er war reich. Seit jenem Coup. Ein schwaches Lächeln ging über sein Gesicht – und versiegte in einem Ausdruck von Bitterkeit. Sein Geld vermochte ihn nicht gesund zu machen. Ein Quietschen riss ihn aus seinen Gedanken. Warum müssen Bremsen auf eisernen Schienen eigentlich so schrecklich laut sein, ärgerte er sich. Wagentüren sausten an ihm vorbei, Gesichter in den Fenstern ebenfalls und Wagennummern auch. Als der Zug endlich zum Halten kam, stellte er es mit Zufriedenheit fest: Er stand perfekt. Direkt vor ihm öffnete sich die Türe zu seinem Abteil. Hinter ihm bildete sich sofort eine Traube von Menschen mit Koffern, Taschen und schreienden Kindern an den Händen. Als ihm kein Aussteigender mehr entgegen kam, ergriff er rasch die Haltestange und zog sich die zwei eisernen Stufen nach oben. Wie schwer ihm diese kleine Kraftanstrengung fiel! Und warum müssen ihn diese Leute, dachte er böse, nur so drängeln? Sahen die denn nicht, dass er nicht schneller konnte? Im Gang gab es ebenfalls jenes rücksichtslose Gedrängel, das er so hasste. Jeder wollte als erster auf seinen Platz.

Wie egoistisch die Welt doch geworden war! Nicht einmal in der ersten Klasse benahmen sich die Menschen; so, wie er es als kleiner Junge noch gelernt hatte. Darf ich Ihnen meinen Sitz anbieten – dieser Satz war doch ein Muss, wenn ein Älterer oder jemand mit schweren Einkaufstaschen in den Bus kam und keinen Platz fand. Aber heute ...! „Geht das nicht schneller da vorne, he?", kam es ungeduldig von hinten. Nein, das ging nicht! „Erich, geh doch einfach an dem da vorbei, damit wir noch einen Sitz kriegen!" Ja, das leidige Geschiebe blieb ihm nicht erspart. Wo soll das noch hinführen in unserem Land?, dachte er resignierend.

Hoffentlich gab es in seinem Abteil nicht so viele Reisende – oder wenigstens jemand Anspruchsvolles, mit dem ein gutes Gespräch zu führen wäre. Eines, das ihm noch einmal etwas geben würde; eines, bei dem auch er selbst noch einmal etwas geben dürfte – etwas von dem, was ihn sein Leben gelehrt hatte und was seinem Gegenüber vielleicht überlegenswert erscheinen würde. Derartige Unterhaltungen um die wichtigeren Dinge des Lebens – wenigstens wichtiger als das Fachsimpeln über das Wetter von Morgen – genoss er. Er war ein Mensch, der gerne viele Aspekte beleuchtete, ohne dabei das Entscheidende aus den Augen zu verlieren. Jeden gedanklichen Wirrwarr lehnte er für sich kategorisch ab. Gott, hatte ihm Vater eingebläut, hat dir einen klugen Kopf geschenkt – also benutze ihn gefälligst!

Vielleicht wollte er deshalb Rechtsanwalt werden. Als solcher könnte er mit der scharfen Klinge des Gesetzes die Begehren seiner Mandanten durchsetzen. Doch mit Vaters früh auftretender und jahrelanger Erkrankung scheiterte dieser Wunsch und er machte die Banklehre. Obwohl man damit nicht reich werden konnte. Normalerweise nicht. Er schmunzelte.

Schritt um Schritt ging er weiter. Durch die Fenster sah er schon, wie die Häuser der Vorstadt an ihm vorbei rasten; der Zug hatte Fahrt aufgenommen. Zu seiner Rechten lagen die ruhigen Sechserabteile der ersten Klasse. Er suchte das seine, wobei sein Blick über die Nummernschilder neben den Schiebetüren wanderte; er murmelte die Zahlen vor sich hin: 31 – 36, 25 – 30, 19 – 24, 13 – 18, 7 – 12. Acht - er war angekommen. Ja, der Sitzplatz mit der Nummer acht ist ein Fensterplatz, hatte ihm der Mann am Fahrkartenschalter auf sein wiederholtes Fragen hin nochmals versichert. Die Fahrt würde sehr lange dauern, hatte er - um Verständnis bittend – erklärt, weswegen er sich die Reise so angenehm wie möglich gestalten wollte. Zudem – das wusste er aus Erfahrung - erlaubte ihm ein Sitz am Fenster die jederzeitige Flucht seines Blicks nach draußen; dies dann, wenn ihm der ständige Augenkontakt eines gegenüber sitzenden Mitreisenden zu unangenehm würde.

Mit der rechten Hand zog er die Schiebetüre auf, überblickte rasch die Situation - und war beruhigt. Innen saß nur ein Fahrgast. Allerdings am Fenster und seinem Platz gegenüber. Er betrat das Abteil und zog die Türe hinter sich zu. Mit seinem verhaltenen „Guten Morgen!" wollte er einerseits höflich grüßen, andererseits nicht stören. Aufdringlichkeit konnte er nicht ausstehen. Das gehauchte „Hallo" einer weiblichen Stimme war das Einzige, was er als Antwort erhielt. Die Frau am Fenster starrte unbeirrt durch die Glasscheibe nach draußen. Sehr hübsch, stellte der Mann in ihm fest. Höchstens dreißig. Blondes Haar. Kurz geschnitten. Dunkelblauer Hosenanzug. Über der weißen Bluse ein roter Seidenschal. Leicht um den Hals gelegt. Sehr attraktiv! Wirklich sehr attraktiv, wiederholte sein Kopf das Ergebnis seines prüfenden Blicks, während er die Last von der Schulter hinunter auf seinen Sitz gleiten ließ. Die besondere Ausstrahlung, die von Frauen ausging, hatte ihn sein Leben lang gefesselt – und ihm so manches Abenteuer beschert.

Er öffnete einen der Reißverschlüsse seines Rucksacks, angelte nach seiner Lesebrille und holte das schon angefangene Buch heraus; beides legte er auf die Ablage am Fenster. Ganz kurz drehte er den Kopf und ließ nochmals sein Auge über die hübsche Fremde gleiten. Sie beachtete ihn nicht, sondern schaute stur nach draußen. Mit beiden Händen umfasste er sein schweres Gepäckstück und stemmte es mit Mühe nach oben. Seine dicke Lederjacke und den grob gegerbtem Hut warf er ebenfalls nach oben.

Erinnerungen stiegen in ihm auf. In Alice Springs hatte er ihn gekauft - damals, als er das erste Mal in Australien war. Von jeder seiner Reisen durch die Welt hatte er sich etwas Besonderes mitgebracht. Traurigkeit befiel ihn, noch bevor er seinen Gedanken beendet hatte. Aber diese Dinge waren seit gestern Abend Vergangenheit geworden. Der Hut aber durfte ihn begleiten – schon der spätherbstlichen Kälte wegen. Erschöpft ließ er sich in den Sitz fallen. Ein gemurmeltes „Geschafft!" begleitete sein schweres Atmen. Eine innere Stimme raunte ihm zu: Nun kann es losgehen - das, was du vor dir hast und hinter dich bringen musst. Angst machte sich in ihm breit. Aber es gab für ihn keinen Ausweg.

Er schlug ein Bein über das andere und betrachtete dabei seine braunen Wanderschuhe. Im vorletzten Sommer in den Anden hatten sie ihm gute Dienste getan. Er liebte das Reisen. Jahr um Jahr. Seit ... - nun, seit er sich das teure Vergnügen mit Leichtigkeit leisten konnte. Giftige Schlangen und gefräßige Alligatoren in Florida. Schmale Bergpfade an atemberaubenden Steilhängen in den Kanadischen Rocky Mountains. Der Dschungel Venezuelas. Die lang gezogene Küstenlandschaft Chiles. Traumhafte Karibik-Inseln. Noch tätige Vulkane in Neu-Seeland. Der Tafelberg hoch über Kapstadt. Und – er blickte nach oben zu seinem Lederhut – Australien. Sein Lieblings-Kontinent. Dorthin wollte er sich zurückziehen. Unlängst. Mit vierzig. Für immer. Doch dann kam alles anders. Abenteuerliche Reisen konnte er nun vergessen; und Fliegen hatte ihm der Arzt sowieso strikt verboten.

Er schloss die Augen und lauschte in den Raum hinein. Das Einzige, was er wahrnahm, war das Rattern der Zugräder auf den Schienen. Trotz der Unbekannten ihm gegenüber kam es ihm so vor, als säße er hier ganz alleine mit sich und seinen Gedanken. Es waren solche, die ihn während der vergangenen Monate verfolgten, peinigten und jeglicher Hoffnung beraubten. Jeden Tag, jede Nacht, jede einzelne Stunde. Gedanken, die mit ihm haderten, ihn erbost nach dem `Warum´ und dem `Wieso gerade er´ fragten. Gedanken, die herauszufinden versuchten, wann es in ihm begonnen hatte anders zu werden, wann die kleine, alles entscheidende Sanduhr umgedreht worden war. Vor kaum mehr als einem Jahr hatte es mit den Schmerzen angefangen. So, wie bei Vater; nur weit später - zu seinem Glück!

Bei ihm hatte er hautnah miterlebt, wie sehr er jahrelang litt! Seine Schmerzensschreie hallten noch heute in seinem Kopf. Damals ahnte er schon, was irgendwann auch auf ihn zukommen würde – gleich einem verfluchten Familienvermächtnis, dem sich kein Nachkomme entziehen konnte. Erblich. Dieses verfluchte Wort seines Arztes hatte sich fest in sein Gehirn eingebrannt - wie von einem glühenden Eisen stammend.

Etwas riss ihn aus seinen bitteren Gedanken. Ein schleifendes Geräusch. Er schaute auf. Ein älterer Herr in hellem Trenchcoat stand in der von ihm aufgezogenen Schiebetüre des Abteils. „Ist hier noch was frei? Bis München." Schwerfällig erhob er sich von seinem Platz, wobei er versehentlich mit seinem linken Schuh an den Fuß seines Gegenübers stieß. Sein Zeigefinger deutete auf die Reservierungsschilder. „Die Plätze sind alle schon ab Stuttgart bis Rom reserviert. Suchen Sie sich besser einen anderen." Noch bemühte er sich um einen hilfsbereiten Tonfall. „Schon, schon; aber die Plätze sind doch unbesetzt; also kann ich mir einen nehmen." Deutlich unnachgiebiger erwiderte er sofort: „Nein! Ich meine, besser nicht. Ansonsten werden Sie in Kürze wieder vertrieben und finden im gesamten Zug keinen Platz mehr, weil alle anderen Sitze dann belegt sind. Ich kann mir nicht vorstellen, dass Sie bis München im zugigen Gang stehen möchten, nichtwahr?!"

Er wollte den Eindringling loswerden und mit sich und der Ruhe im Abteil allein bleiben. Der alte Mann ballte seine Rechte zur Faust. Seine Stirn legte sich in Falten. Sollte sich da doch noch Widerstand regen? „Sehen Sie doch rasch zu, einen freien Sitz zu ergattern. Sonst ..." Er beließ es dabei, weil er sah, dass sich die Faust öffnete und der Mann mit einem böse klingenden Brummen verschwand. Die Türe zu! wollte er ihm nachrufen, ließ es aber sein und schloss sie selbst. Hauptsache, er war weg – und er hatte wieder die Ruhe, die ihm so wichtig war. Er brauchte sie, um zu sich zu finden. Die vergangenen Monate hatten ihn nahezu vollends aus dem inneren Gleichgewicht gebracht. Während er zu seinem Platz zurückging, sah er, wie sich der Kopf der Frau am Fenster leicht hob. Es war ihm, als hätte sie das Geschehene trotz ihres unveränderten Blicks aus dem Fenster aufmerksam verfolgt. Ihre linke Wange verriet ihm dabei den Hauch eines zufriedenen Lächelns.

Er ließ sich wieder in seinen bequemen Sitz nieder und griff nach seiner Brille und jenem Buch im abgegriffenen, braunen Ledereinband. Diana Mary Hood – ´Der Afrikaner`. Natürlich - es war nur ein fiktiver Roman; im Gegensatz zu dem, was er selbst dort unten im Schwarzen Kontinent ganz real erlebt hatte. Doch mit dieser Lektüre war er seinen Erinnerungen näher - und das wollte er sein, bis zu seinem letzten Atemzug. Eine Zukunft gab es für ihn nicht mehr; umso bedeutender war ihm die Vergangenheit. In ihr lebte er – statt dem Tod ins Auge sehen zu müssen. Seine Erinnerungen brachten ihn inmitten dessen, was ihn mit Gefühlen und Gedanken, mit Tränen und Lachen, mit Hoffnungen und Glück erfüllt hatte. Er blätterte bis zu der Visitenkarte, die ihm als Lesezeichen diente. Auch dazu, dachte er, wobei sich ein Schmunzeln auf seine Wangen legte – eines aber, das etwas Bitteres an sich hatte.

Er war mittlerweile auf Seite 296 angelangt und ahnte, dass auch die kommenden Seiten spannend würden. Der Roman hatte ihn von Anfang an mitgerissen. So, wie es während seiner eigenen Reisen jener Kontinent selbst tat. Diese unfassbare Weite der Landschaft, der ungeheuer große Bestand an wilden Tieren. Nirgendwo in der Welt gab es diese Fülle noch. Nur dort. All das hatte ihn damals mit festem Griff gepackt und bis heute nicht wieder losgelassen. Er begann zu lesen - dort, wo er gestern Abend im Bett aufgehört hatte, bevor er erschöpft einschlief. Mit jedem Satz versank er nun mehr in den Abenteuern des stolzen Helden Abdul Ben Ibn. Doch schon bald verlor er sich in seinen Erinnerungen an eine seiner früheren Reisen.

Auf der Ameib-Farm mitten in Namibia hatte er gelebt. Die Farmerin, eine kleine Frau Mitte sechzig,
etwas sprachfaul - ruhig eben wie die afrikanische
Natur selbst - war Deutsche in der zweiten Generati-
on. Ihr Herz trug sie auf dem rechten Fleck, und zum
Abschied machte sie ihm ein persönliches Geschenk,
das er bis gestern Abend aufbewahrt hatte: Eine afrikanische Seidenmalerei, die ihre Farm und die hohen
Berge dahinter zeigte. Er bewohnte eine Rundhütte
aus Holz mit Strohdach. Manchmal nahm sie ihn auf
ihrem Jeep mit in ihr Territorium. Das war so groß,
dass man leicht zwei Stunden in eine Richtung fahren
konnte, ohne an die Grenze ihres Reichs zu stoßen.

Hinter dem Farmerhaus - etwa eine knappe halbe
Fahrstunde entfernt – lagen die „Red Mountains",
deren Gipfel abends, von der untergehenden Sonne
angeleuchtet, rot zu glühen schienen. Eine unbe-
schreibliche Stimmung, die jeden Betrachter einfach
begeistern musste! Kurz nach sechs wurde es mit
einem Schlag Nacht, erinnerte er sich mit einem Gefühl, als befände er sich in diesem Moment dort. Licht
gab es dann nur noch über den ratternden Genera-
tor, bis acht Uhr abends. Danach war man auf Taschenlampen angewiesen. In der Hütte wuchs dann
seine Angst vor den all gegenwärtigen Giftschlangen.

Er hatte schon vorher, weiter im Norden, auf einer
anderen Farm gewohnt und den Wildhüter fast täglich auf seinen Geländefahrten durch sein Revier
begleitet. Jede einzelne Tour war ein Abenteuer für
sich. Plötzlich den Jeep abbremsen spüren, um eine
aus dem Busch tretende Gruppe Nashörner nicht
aggressiv zu machen; oder ganz langsam an einem
Elefantenbullen vorbei gleiten; dann im haushohen
Gebüsch ganz oben Giraffenköpfe entdecken; oder
mit dem Fernglas beobachten, wie auf dem gegen-
überliegende Bergrücken eine Horde Baboons, kräf-

44

tig gebaute Paviane, ein Impala, eine Art großes Reh, jagten und rissen.

Bei dem Gedanken an diese großen Affen sah er vor seinem geistigen Auge, wie er damals in ein ziemlich riskantes Abenteuer geriet. Er hatte den kleinen Tagesrucksack gepackt und marschierte los in Richtung Berge. Die Farmerin hatte von einer urgeschichtlichen Höhle mit prähistorischen Wandzeichnungen erzählt. Das hatte ihn natürlich neugierig gemacht. „Tom, lauf auf dem Fahrweg etwa eineinhalb Stunden. Wenn er sich gabelt, geh rechts etwa eine halbe Stunde weiter. Dann taucht im Gebüsch ein halb umgefallenes Holzschild mit der Aufschrift `CAVE´ auf; verpass es nicht, sonst verirrst du dich. Dort geht es dann durch Dornengestrüpp steil nach oben; es ist nur ein schmaler, steiniger Pfad. Irgendwann stehst du dann unmittelbar unter einem Bergplateau und kannst einen breiten, dunklen Fleck an der Felswand erkennen. Das ist die Höhle. Der Aufstieg zu ihr ist dann aber noch sehr beschwerlich, denn du musst einige hohe Felsen überwinden.“

Als wäre es bedeutungslos und das Normalste der Welt, fügte sie beiläufig hinzu: „Aber hüte dich vor den Puffottern; diese Schlangen sonnen sich träge am Boden, wo sie auch liegen bleiben, wenn sie die Vibration von Schritten spüren. Ihr giftiger Biss ist ein wenig tödlich.“ Diese Warnung hatte ihm gar nicht gefallen; dennoch traute er sich, wobei sich Angst mit dem Mut zum Risiko paarte. Wer nicht wagt, der nicht gewinnt, dachte er und schmunzelte. Hätte er den Coup in seinen Bankgeschäften nicht gewagt, wäre er wohl nicht zu so viel Geld gekommen.

„Hör zu; etwa eine Gehstunde südlich unterhalb der Höhle befindet sich ein großes Gebiet mit riesigen Findlingen. Das kannst du von dort oben sehr gut erkennen. Diese Steinbrocken sehen aus wie liegende Elefanten und heißen deshalb auch ´elefants grave`. Dort hole ich dich kurz vor Sonnenuntergang mit dem Jeep ab." So weit so gut, dachte er damals; aber wie gefährlich seine Tour werden sollte, wusste er an jenem frühen Morgen noch nicht.

Plötzlich bremste der Zug mit lautem Quietschen ab. Sein Oberkörper ruckte nach vorn und sein Buch rutschte ihm aus der Hand. Irritiert schaute er auf und sah durch das Fenster. Die Scheiben waren nass; es hatte zu regnen begonnen. `Stuttgart´ stand in großen Lettern auf dem Schild über dem Bahnsteig. Er begriff – er war nicht dort in Namibia, sondern in einem Zug gen Süden. Die Frau gegenüber richtete ihren Blick unverändert nach draußen, während die Wagen zum Stehen kamen. Dieser Bahnhof war ihm vertraut. Wie oft war er vom hiesigen Flughafen aus in die Türkei geflogen. Trotz seiner Flugangst. Zu jener Frau aus Istanbul. Er dachte nicht gerne daran – sie hatte ihm sehr wehgetan. Er spürte, wie sich seine Gesichtszüge verhärteten.

Schon hörte er das laute Gedrängel auf dem Gang. Nun würde sich das Abteil füllen – und mit der Ruhe wäre es vorbei. Er stand - dieses Mal deutlich vorsichtiger - von seinem Platz auf, streckte sich nach seinem Rucksack und holte aus dessen vorderer Tasche alles heraus, was er wohl gleich benötigen würde. Die CD lag noch im Gerät. Er setzte sich die Kopfhörer auf und schaltete ein. Nur ganz leise, fast im Flüsterton, ließ er die Klänge in sein Gehör dringen. Er wollte die Frau am Fenster nicht stören. Seine Kopfbewegung begleitete den Rhythmus der Musik. Er stutze; im Augenwinkel bemerkte er, wie sein Gegenüber leicht den Kopf hob, während die Dame weiter aus dem Fenster schaute; es schien ihm, als wollte sie mithören. Nein, überlegte er, das kann nicht sein;

er hatte den Lautstärkeregler nur ganz wenig aufgedreht; sie konnte ganz bestimmt nichts wahrnehmen!

Der Zug fuhr wieder an. Nun würden sich die neuen Reisenden auf die freien Sitzplätze ergießen wie ein Regen über eine Stadt, die dadurch augenblicklich ihr schönes Antlitz verändern würde. Hektik würde sich ausbreiten, wenn sie mit ihren Koffern und Taschen ankämen. Er mochte das nicht. Zu viele Menschen auf einem Fleck machten ihn nervös. Die Erwartung daran lenkte seine Erinnerung auf das Menschengewimmel, das er in jener Stadt am Bosporus in besonderem Maß erlebt hatte. Dieser Ameisenhaufen von geschätzten zehn Millionen hatte ihn erschlagen. Der Ruf des Muezzin, fünfmal am Tag. Das dauernde Hupen der Autos. Dazu das Schreien der Händler im Bazar. Auch das Betteln der Heerscharen zerlumpter Armer. Das hektische Flüchten der illegalen Straßenverkäufer, wenn die Polizei auftauchte. All das hatte er dort an der Schwelle zwischen Okzident und Orient erlebt, als jene Frau ihm ihre Welt zeigte. Eine Welt, die er – nach ein paar Tagen der Eingewöhnung – begierig für sich eroberte. Er wollte die Sprache erlernen, mehr von jener fremdartigen Kultur erfahren, auch wissen, wie die Menschen dort dachten, fühlten und handelten. Bald war die Stadt mit ihren engen Gassen und dunklen Winkeln für ihn eine Welt geworden, deren Zauber ihn begeisterte, fast wie die Märchen seiner Kindheit - die aus `Tausend und eine Nacht´. Ein dutzend Mal war er sicher dort gelandet.

Wie viele Orte auf diesem Erdball er schon gesehen hatte! Jedes Mal trug er neue Eindrücke nach Hause. Dafür sprang er sogar immer wieder über seinen Schatten – und brachte den Mut auf, sich in ein Flugzeug zu setzen; trotz seiner Angst vor dem Fliegen. Eine Angst, die ihn verfolgte, seit Mutter bei jenem Absturz in Hongkong ihr Leben verlor. Aber wie sonst hätte er seine Reiselust befriedigen können? Und die hatte er ganz sicher von ihr in die Wiege gelegt bekommen. Ja, dachte er wehmütig, das Reisen war für ihn eine Leidenschaft gewesen – eine aber, die nun, mit dieser Reise, ihr Ende fand; das stand für ihn fest!

Er wandte sich wieder seinem Roman zu. Nach einer Weile des Lesens stutzte er. Noch immer war niemand in ihr Abteil gekommen. Das stimmte ihn zufrieden; vielleicht ging der Kelch an ihm vorüber. Ruhe wenigstens bis Rom, freute er sich; bis dahin waren die übrigen vier Plätze im Abteil ja reserviert – und dafür würde er auch sorgen, falls es wieder einer wagen würde …. Er las weiter. Der Held war ein Fürstensohn, der im Untergrund gegen die deutschen Kolonialtruppen kämpfte. Seine gesamte Familie war getötet worden. Spannend – aber leider auch realistisch; wer während des Aufstandes der Einheimischen nicht umgebracht worden war, den vertrieben die Soldaten in die Wüste, wo die Verfolgten jämmerlich verdursteten. Er hasste Menschen, die anderen so viel Leid und Elend brachten.

Wieder versuchte er sich auf sein Buch zu konzentrieren: Der Held war gerade dabei, mit seinen Kämpfern eine kaiserliche Patrouille aufzureiben, die einen ihrer Männer und eine englische Spionin gefangen genommen hatten. Diese hatte er nur einmal kurz von weitem gesehen, sich aber sofort unsterblich in die blonde Schönheit verliebt. Einer der Ältesten seines Stammes, welcher der Ermordung durch die Soldaten wie durch ein Wunder entgangen war, hatte dem Fürstensohn den Sieg über die Besatzer sowie gleichzeitig eine große Liebe mit einer Fremden vorausgesagt. Folglich war er besessen von Rache gegen die Mörder seiner Angehörigen - und gleichzeitig erfasst von der Angst, der Angebeteten könnte bei dem Angriff etwas geschehen. Doch er musste sie retten – und damit sein geliebtes Vaterland.

Hoffentlich gelingt es dir, wünschte er dem Helden in Gedanken, als würde er selbst einer seiner Männer sein und gerade mit ihm reden – etwa so: Mein Fürst, habe selbst auch schon Waghalsiges riskiert, wenn ich unsterblich verliebt war! Deshalb kämpfe um sie – doch wisse auch, dass Liebe und Leid wie untrennbare Siamesische Zwillinge sind. Bei diesen gedachten Worten tauchte vor seinem geistigen Auge jene verführerische Frau aus Istanbul auf, an deren Liebe er geglaubt und die ihm nur Leid gebracht hatte. Wie konnte er nur so verblendet gewesen sein, an ihre Wahrhaftigkeit zu glauben?!

Gespannt las er weiter, doch es wollte ihm nicht gelingen, sich zu konzentrieren. Irgendetwas schien sein Unterbewusstsein zu beschäftigen. Waren es tatsächlich nur seine Erinnerungen, die ihn so aufwühlten? Er schüttelte den Kopf nachdenklich hin und her, wobei sein Blick auf sein Gegenüber fiel. Warum schaute diese hübsche Frau nun schon so lange stur aus dem Fenster, wunderte er sich. Forschend prüften seine Augen die für ihn sichtbare Seite ihres Gesichts. Es war ebenmäßig. Vielleicht ein wenig blass, aber ausgesprochen liebreizend. Es erinnerte ihn an eine andere, ihn durch die Schönheit ihres Gesichtsausdrucks beeindruckende Frau. Eine, welche bei weitem älter war. Er schmunzelte. Es war die ägyptische Herrscherin Nofretete, deren Büste in seinem Bücherregal zu Hause stand. Obwohl ihr der Bildhauer damals kein zweites Auge mehr geben konnte, war sie eine wahre Schönheit! Er stutzte. Auge? Augen? Genau, das war es! Er schlug sich leicht auf den Schenkel. Das war es, was ihn bei diesem Vergleich irritierte. Die absolut undurchsichtige, dunkle Sonnenbrille, die seine Mitreisende trug. Fast *wollte er sich darüber ärgern, weil er so an seinen Betrachtungen gehindert wurde.*

Er beobachtete Menschen gern und wusste dabei um den Wert der Augen, die ihm Vieles verrieten. Wie gerne hätte er ihre Augen gesehen! Warum nur trug sie die? Jetzt, im ganz sicher nicht sonnigen November. War es das unmissverständliche Zeichen dafür, dass sie keinen Kontakt aufnehmen und sich nicht unterhalten wollte? Eben das hätte er allerdings gerne getan, weil diese gut Aussehende sein Interesse zu wecken begann. Unruhig rutschte er auf seinem Sitzplatz hin und her. War da nicht etwas Geheimnisvolles an ihr, das er zu spüren schien, jedoch nicht fassen konnte? Vielleicht lag es an der grazilen Art, wie sie da saß. Da gab es etwas Vornehmes, etwas höflich Distanziertes – und dennoch etwas Freundliches. Ihre Gesichtszüge waren nahezu edel; und dennoch schien ihm die Mimik um ihre Mundwinkel verhärtet und abweisend – so, als hätte diese Frau ein tragisches Geheimnis zu verbergen.

Während er sie nahezu entrückt eindringlich anstarrte, geschah etwas; etwas, was er seit Stunden nicht wahrnehmen konnte. Es kam tatsächlich Bewegung in diesen starr sitzenden Frauenkörper. Der linke Arm verließ den Schoß, wanderte an der Seite entlang nach oben, bis zum Ohr, worauf sich Daumen und Zeigefinger um das Ohrläppchen legten und es durch hin und her Bewegen rieben. Nur wenige Sekunden später sank der Arm wieder nach unten und ergab sich der bisherigen Starre jener Frau.

Das Ganze kam ihm wie eine unwillkürliche Regung vor – eine derjenigen, die er schon oft bei Menschen beobachtet hatte, die - etwa aus Verlegenheit oder Missfallen - etwas taten, was sie meist gar nicht bewusst bemerkten. Hatte er nicht selbst eine solche

50

Eigenart? Natürlich! Er lächelte verlegen. Wenn er nervös war, fuhr er sich oft mit der Hand durchs Haar.

An dem Wort `Missfallen´ blieben seine Gedanken haften; hatte er etwa durch sein aufdringliches Beobachten den Unmut dieser Frau auf sich gezogen? Rasch senkte er seinen Blick von ihr weg. Sollte er sich bei ihr entschuldigen? Aber er wollte doch nur ihre Augen sehen. Augen interessierten ihn eben! Die Augen eines Menschen waren für ihn der Zugang in dessen innere Welt und vermochten ihm manchmal sogar aufzuzeigen, was dieser dachte und fühlte. Augen – davon war er fest überzeugt - können nicht lügen. Augen vermögen sich schweigend mit einem anderen Augenpaar zu unterhalten. So können sie Wärme ausstrahlen und Zuneigung mitteilen, ohne dass es eines Wortes bedarf. Sie drücken Zustimmung oder Ablehnung aus. Augen zeigen auch auf den ersten Blick, ob zwischen zwei Menschen die Chemie stimmt; nicht umsonst heißt es, dass der erste Eindruck der Entscheidende ist. Das hat ganz viel mit dem Ausdruck zu tun, den Augen vermitteln. Augen sind zudem in der Lage, überlegte er weiter, – und es wurde ihm dabei warm uns Herz -, Liebende einander wortlos zuflüstern zu lassen: Ich sehne mich so sehr nach Dir. Ebenso können Augen Verzweiflung und Hoffnungslosigkeit ausdrücken und dem anderen klar machen: Ich bin so unendlich enttäuscht von dir!" Augen können leise flüstern: „Bald sehen wir uns wieder, Du mein Liebster.

Er merkte, wie sich sein Brustkorb hob und senkte und sein Atmen schneller wurde. Erinnerungen kamen in ihm auf. Und Gesichter. Von anmutigen Frauen. Genau deren Augen hatten es ihm stets angetan, wenn er sie das erste Mal sah und dabei Schmetterlinge in seinem Bauch umherschwirren spürte. Von solchen Schönen und Klugen fühlte er sich eben auf ganz besondere Weise angezogen – wie die Biene von ergiebigen Blüten. Ja, sie waren der Schöpfung feinstes Gut! Ihnen begegnete er deswegen stets mit großer Wertschätzung und Zuneigung. Was wären wir Männer ohne sie, pflegte er immer zu sagen, wenn andere über ihre Frauen schimpften? Denkt einmal darüber nach!

Und nun saß dort ein solch wertvolles Wesen und verbarg sich hinter dem dichten Vorhang jener schwarz getönten Brille mit den großen Gläsern? Warum nur verschloss sie sich ihm? Waren sie beide nicht irgendwie miteinander verbunden – dadurch wenigstens, dass sie schon so lange Zeit diesen Raum miteinander teilten, dieselbe Luft atmeten, die Ruhe um sie herum genossen? Vielleicht machte sie sich sogar ebenso viele Gedanken über ihn wie umgekehrt? Was könnte sie ihm alles über sich eröffnen? Ihre Freundlichkeit, ihre Zuneigung, ihre Herzlichkeit sogar - oder etwa ihre unnahbare Kälte?

Kälte wie bei Jutta, die ihn wegen seiner ärztlichen Diagnose unlängst verließ. Verbitterung schnürte ihm den Hals zu. Nein, das gewiss nicht! Zu sehr fühlte er sich schon zu seinem Gegenüber hingezogen! Eine Empfindung wohliger Sympathie für diese Frau durchdrang ihn – und irritierte ihn im nächsten Moment. Was sollte das? Schließlich kannte er sie doch gar nicht, hatte noch kein einziges Wort mit ihr gesprochen – und erst recht noch nicht in ihre Augen gesehen. Dieses wohltuende Gefühl konnte doch nur das Ergebnis seines Sehnens nach menschlicher Wärme und Nähe sein. Nichts weiter! Er wandte sich gänzlich von ihr ab und begann wieder zu lesen.

Nicht lange. Erneut kam ihm jener Gedanke von eben. Sollte er sie einfach ansprechen? Erneut hob er seinen Blick und fixierte sie. Doch noch im selben Moment geschah es ein zweites Mal – das mit dem Ohrläppchen. Sie hatte es also bemerkt und fühlte sich nicht wohl dabei. Sofort schloss er die Augen und ließ den Kopf auf seine Brust sinken – so, als wollte er ihr zu verstehen geben, dass er sie nicht mehr belästigen würde. Lass es sein, Thomas König!, ermahnte er sich lautlos. Wozu soll das gut sein? Du hast mit Frauen abgeschlossen - schon vergessen, mein Lieber?! Außerdem passt das nicht zu dem Weg, den zu gehen du beschlossen hast – und von dem es für dich kein Zurück gibt.

Hoffnungslosigkeit und Trauer kämpften daraufhin in ihm gegen das winzige Fünkchen wohligen Gefühls, das die Stimme seines Herzens soeben in ihm zu entfachen versucht hatte. Genieße doch, hatte es ihn gelockt, noch einmal deinen innigen Wunsch nach liebevoller Zuneigung - und mehr vielleicht sogar. Aber was käme danach?, entgegnete sein Verstand. Dann, wenn sie tatsächlich seine Empfindungen teilen würde? Nur eines! Das jähe Ende, weil er sie verlassen müsste. Unnachgiebig. Ohne jeden Ausweg. Denn er hatte sich etwas vorgenommen, das unvereinbar war mit einem solchen Glück.

Seine Stirn legte sich in Falten. Wirklich?, fragte ihn sein Herz erneut. Zweifel stülpten sich wieder über diesen Gedanken. So wie immer wieder während der vergangenen schlimmen Monate. Sein Puls begann zu rasen. Er war ganz und gar nicht eins mit seinem Entschluss. War es tatsächlich richtig, was er sich vorgenommen hatte? War es zu früh? Hatte er noch Zeit, damit zu warten? Durfte er es überhaupt tun? Wieder wollte neue Hoffnung in ihm aufsteigen. Doch sofort brachte ihn sein Kopf zur Vernunft: Willst du warten, bis es zu spät ist und du es nicht mehr tun kannst? Nein! Du musst handeln - oder willst du das *erleiden, was Vater bis zu seinem letzten Atemzug ertragen musste? Er biss sich auf die Lippen, so sehr erschreckte ihn dieser Gedanke. Wie viel Tränen und wie viel Kraft hatte es ihn gekostet, seinen Daddy an Maschinen angeschlossen dahin vegetieren zu sehen. Seine Miene verfinsterte sich, während er seinen Kopf sagen hörte: Es wird so gemacht, wie du es beschlossen hast! Und damit Schluss! Und lass gefälligst diese Frau in Frieden.*

Ganz tief versank er in seinen Sitzplatz. Er griff zu seinem Buch und hoffte dabei, das Lesen würde ihn endgültig von dieser Frau ablenken. Sein Atem wurde zunehmend ruhiger, während er in die Geschichte des verliebten Abdul Ben Ibn eintauchte. Doch von Seite zu Seite wurde er müder – wohl auch, weil er sehr früh am Morgen aufgestanden war und schlecht geschlafen hatte. Seine Hände begannen Mühe zu haben, das Buch festzuhalten – bis es ihm schließlich auf seine Knie rutschte, was er geschehen ließ. Seine Augenlider fielen schwer nach unten. Immer wieder. Bis er sich in seine Müdigkeit ergab. Obwohl er sich dagegen wehrte, wanderten seine letzten Gedanken in die Welt des in den vergangenen, schrecklichen Monaten Erlebten."

„Warum hörst du auf zu lesen, Francisco?" Christines Stimme klang schwach und angespannt. „Weil meine Augen deine Tränen sehen; und die tun mir weh, Chris." „Lass mir meine Tränen, du Lieber. Du weißt doch, warum ich sie vergieße. Wie sehr habe ich gekämpft; gegen seinen verlorenen Lebensmut; gegen seine Krankheit; für den letzten Funken Hoffnung in ihm. Gekämpft bis zum Sieg. Und dennoch habe ich ihn verloren – meinen geliebten Tom." „Ach Chris!" Sie hörte, wie er sich erhob und spürte gleich darauf, wie seine Hand über ihr Haar strich. Sein nur gehauchtes und offensichtlich nicht für ihre Ohren bestimmtes "Te quiero!" überging sie geflissentlich. Sie wusste, dass er sie liebte. Doch sie wusste auch, dass sie das nicht zulassen konnte. Noch nicht.

Sie wich seiner Berührung aus und verschränkte die Arme. „Sei lieb und lies weiter vor. Ja?!" Statt einer Antwort ging er zurück und fuhr mit traurig klingender Stimme fort.

„Ein stählernes Quietschen weckte ihn. Gerade noch hörte er aus dem Lautsprecher des Bahnsteigs ein schrill tönendes: „... Roma". Er riss die Augen auf und drehte sich zum Fenster. Sein Hals war ganz steif und schmerzte - sein Kopf war auf die linke Schulter gekippt. Er versuchte, zu sich zu kommen. Wieso Rom? Schon? Er erschrak. Hatte er so lange geschlafen? Unruhe erfasste ihn. Fetzen böser Gedanken streiften durch sein Gehirn – auf der Suche nach der Wirklichkeit; doch zu greifen vermochte er sie nicht. Er hatte wohl wieder einmal schlimm geträumt.

Durch das Fenster sah er unmittelbar vor sich auf dem Bahnsteig viele Dutzend Zugreisende mit noch mehr Koffern und Taschen. Es hatte den Anschein, als wollten sie alle auf einmal durch die Türe den Wagen erstürmen, in welchem sein Abteil lag. `ROMA´ stand in großen Lettern auf den Schildern unter dem Hallendach des riesigen Bahnhofs. Hatte er tatsächlich so lange geschlafen, wunderte er sich nochmals, dass sein Zug schon Italiens Hauptstadt erreicht hatte? Sein Blick fiel auf den Sitzplatz neben dem Fenster. War da nicht ...? Er stutzte. Wo war die blonde Frau mit der dunkel verglasten Brille, die hier gesessen hatte? Noch eben, als er über sie nachdachte, bevor ihn der Schlaf übermannte. Er schaute nach oben. Ihre Reisetasche lag nicht mehr im Gepäckfach über ihrem Sitz. Also war sie weg. Er atmete tief ein – der Duft ihres Parfums lag noch in der Luft. Kurz schlug er die Augen nieder und kämpfte gegen die in ihm aufkommende Traurigkeit. Diese geheimnisvolle Fremde war weg. Für immer weg. Unwiederbringlich weg. Seine Hand fuhr durch sein Haar. Wie konnte sie nur? Aussteigen, ohne sich von ihm zu verabschieden. Sie, die ihn berührt und durcheinander gebracht hatte. Ein halblautes, wehmütiges „Schade!" entfuhr ihm.

Er dachte an diese verborgenen Augen, die für ihn nun ein Geheimnis bleiben würden. Für immer. „Sehr schade!", wiederholte er nun sehr viel energischer. Dabei lag Ärger in diesen zwei Worten – und Enttäuschung. Ärger darüber, dass er sie nicht doch angesprochen hatte. Und Enttäuschung darüber, nun einsam zu sein. Er hatte sich in ihrer Gegenwart wohl gefühlt. Nun war er wieder alleine – mit sich, seiner verfluchten Grübelei und dem, was ihm sein Verstand abverlangte, obwohl sich sein Herz für ihn etwas ganz anderes wünschte: Lebensglück. „Ja, du hättest es", brummte er vor sich hin, „versuchen sollen. Wenigstens noch ein letztes Mal."

Sein Herz haderte mit ihm: Du Dummer! Eine einmal verpasste Gelegenheit bietet sich nie mehr; eine nicht wahrgenommene Chance birgt den ewigen Zweifel in sich, ob daraus nicht etwas geworden wäre. Das hast du nun davon! Früher zögertest du doch auch nicht lange, wenn dich eine Frau interessierte. Da wolltest du dein Glück stets unverzüglich herausfordern. Und dieses Mal? Wo ist der Mann in dir geblieben? Hast du ihn wirklich aufgegeben? Er verdrehte die Augen und konterte in Gedanken: Ach was! Mein Verstand hat Nein dazu gesagt und das war total richtig!

Dennoch stimmte es – und das musste er zugeben -, dass er eine Frau, die ihn interessierte, stets ohne großes Zögern zu erobern strebte. Eine wunderschöne Erinnerung kam in ihm auf. Es geschah in Paris.

An einem herrlichen Sommertag. Er schlenderte an der Seine entlang, in Richtung Notre Dame. An der Promenade küssten sich verliebte Paare und die Luft roch nach L´amour. Er selbst befand sich damals am Anfang einer Lebenskrise; er spürte, wie ihm neben der Arbeit die Zeit zum Leben verloren ging, gleich einer Wüstendüne, die ihre Größe verlor, weil ihre Sandkörner vom Wind weg geweht wurden. Während er am Ufer entlang spazierte, seinen Gedanken nachhing und seinen Gefühlen freien Lauf ließ, spürte er urplötzlich einen starren Blick auf sich ruhen. Es kam ihm vor, als würde sich etwas wie eine heiße Pfeilspitze in ihn hineinbohren, ohne ihm allerdings dabei Schmerz zuzufügen. Irritiert schaute er um sich und suchte zu finden, was ihn da traf.

Er fand es – das Paar zweier neugieriger, großer, schwarzer Augen. Frauenaugen. Sie durchdrangen ihn förmlich; neugierig, forschend und voller Lebenslust. Sie schienen mit ihm zu reden, ihn zu fragen: Wollen wir einander nicht kennen lernen? Zunächst war er verdutzt. Darüber, dass eine Frau ihn lockte; üblicherweise war es sein Part, eine Frau auf sich aufmerksam zu machen. Zunächst hielt er ihrem eindeutigen Blick stand. Erst nach langen Minuten löste er sich davon und begann zu entdecken, wem diese warmen, herzlichen, jungen und gierigen Augen gehörten. Sie war etwas kleiner als er, trug ein luftiges Kleidchen mit schmalen Trägern und einem freizügigen Dekolletee. Der farbenfrohe Stoff schmiegte sich an wohlgeformte Schultern, auf die langes, schwarzes Haar fiel, durch das die sommerliche Brise wehte.

„Hallo, ist das nicht ein herrlicher Tag heute", klang ihre weiche Stimme verlockend zu ihm hinüber. Der Akzent eines südamerikanischen Spanisch war unverkennbar. Also antwortete er mit einem „Ola! Si, si! Aber sicher sind die Sommertage in Mexiko noch weit schöner, nichtwahr?" Er war davon überzeugt, dass ihn sein Sprachgefühl nicht täuschte; diese Schöne war Mexikanerin. Schon das Erstaunen in ihrem Gesicht bestätigte ihm seine Vermutung. „Si Senor. Sieht man mir das wirklich an?" „Nein, eigentlich ist es mehr Ihr Akzent. Obwohl - Ihre Augen sind wie die feurige Sonne, wenn sie am Strand von Acapulco untergeht." Er hatte das Schmeicheln nicht lassen können, worauf sofort ein Strahlen über ihre Wangen wanderte. Mit eiligen Schritten kam sie auf ihn zu und stand sogleich vor ihm. Ganz nah. Er roch ihren Duft. Er spürte das laute Pochen ihres Herzschlages, als wäre es sein eigenes. Er fühlte ihre Hand die seine ergreifen. Warm, zärtlich, entschlossen. „Me llamo Paz."

„Ah, Sie heißen Paz. Das bedeutet doch Frieden, nichtwahr? Ihre großen Augen schienen sich noch mehr zu öffnen. „Sie sprechen meine Sprache?" „Un poco – nur ein wenig." Drei Sätze später waren sie beide schon mitten im Gespräch, erzählten, lachten, fanden irgendwann eine Bank, auf der sie sich niederließen, sahen nur noch einander - und bemerkten dabei nicht, wie die Stunden verflogen. Am Ende wusste er ganz viel von ihr – auch, dass sie eine ältere Schwester hatte, die ebenfalls ihre Heimat verlassen hatte, um in Europa ihr Glück zu finden; auch, dass sie selbst Französisch und Deutsch studierte. Was sie nicht aussprach – natürlich nicht – war, dass sie einen Mann suchte. Einen für die Liebe und vielleicht sogar fürs Leben. Doch spüren konnte er das! Ihre Gesten waren ein offenes Buch, in dem er lesen konnte. All ihre beiläufigen Berührungen waren Ausdruck ihres Wunsches. Alle Blicke, die sie ihm zuwarf, sprachen von Lust.

Er atmete tief durch. Ja, das war die Frau aus Guadalajara. Damals. Doch was war heute? Was war aus ihm geworden? Die Zeiten des lebenslustigen Mannes in ihm waren vorbei. Nun war er nur noch ein Verzweifelter. Er sank in seinem Sitz in sich zusammen.

Als die Schiebetüre aufgerissen wurde, schaute er erschrocken hoch. Vier ältere Herren stürmten mit einem überschwänglich grüßenden „Buongiorno" herein. Oh nein! Er stöhnte innerlich, antwortete jedoch höflich mit einem knappen „Hi!". Mit dieser Art von Antwort hoffte er sie Glauben zu machen, er sei Amerikaner, worauf sie ihn hoffentlich wegen der Sprachbarriere in Frieden lassen würden. Dennoch – mit der Ruhe im Abteil war es nun zu Ende; genau diese aber hatte er im Augenblick so nötig. Er beobachtete, wie die Zugestiegenen sich auf den Sitzen verteilten; dabei gab es offensichtlich Streit um den Fensterplatz. Der größte von ihnen setzte sich durch. Na prima, jetzt hatte er auch noch mit dessen langen Beinen zu kämpfen, ärgerte er sich.

Demonstrativ nahm er sein zwischen seine Oberschenkel gerutschtes Buch zur Hand, um sich erneut in seinen Roman zu vertiefen. Als er es aufschlug, fiel ihm ein Zettel in den Schoß. „Huch!", wunderte er sich halblaut. Rasch nahm er ihn, warf einen neugierigen Blick darauf - und stutzte. In großen, krakelig geschriebenen Buchstaben stand dort zu lesen:

TUN SIE ES BITTE NICHT!

Er verstand überhaupt nichts. Was sollte das? Wer hatte das geschrieben? Wie kam dieses Stück Papier in sein Buch? Und was sollte dieser Satz bedeuten? Verwirrt lehnte er sich in den Sitz zurück, schloss die Augen und grübelte. Sie, die Frau mit der getönten Brille. Sie, die noch da war, als er einschlief. Sie, die verschwunden war, als der Zug schon auf dem Bahnsteig in Rom stand. Aber …. Er versuchte krampfhaft, seine Gedanken zu sortieren. Warum sollte sie diesen Satz geschrieben haben? Was sollte er bedeuten? Er konnte sich keinen Reim darauf machen. „Verstehe ich nicht", murmelte er vor sich hin. „Das verstehe ich einfach nicht!", wiederholte er so laut, dass er den neugierigen Blick seines Gegenübers auf sich gerichtet spürte.

„Comes You from America?" Er rollte die Augen - welch schreckliches Englisch! - und schaute auf. Ob er aus USA kommt, wollte der Kerl wissen. Seinem verneinenden „No Sir" fügte er rasch die Erklärung an, er komme aus Deutschland. Um das Gespräch nicht zu fördern, hob er sein Buch vor sein Gesicht und tat so, als lese er weiter. Seine Gedanken jedoch galten dabei nur jenem Zettel. Tun Sie es bitte nicht! wiederholten seine Lippen stumm. Sollte er vielleicht davon …? Hatte sie ihm …? Er stolperte von einem zum nächsten Gedanken. Ein Schauer lief ihm über den Rücken. Meinte sie etwa …? Nein! Wie sollte sie davon wissen?! Sie hatten doch gar nicht miteinander geredet. Und darüber hätte er ganz sicher kein Sterbenswörtchen verloren. Ganz gewiss nicht! Oder …? Im Traum? Ach Unsinn! Das war wirklich zu weit her geholt. Er verwarf diese absurde Vorstellung, widmete sich seinem Romanhelden und gab sich alle Mühe, der Sache mit dem Zettel keine Bedeutung zuzumessen.

Stunden vergingen. Dank der Musik aus seinem Kopfhörer und der spannenden Handlung seines Romans überstand er die lautstarke Unterhaltung der vier Italiener. Und endlich – draußen war es schon lange dunkel - erreichte der Zug Reggio ganz im Süden des Italienischen Stiefels. Zuvor war in Neapel noch eine Rucksack-Touristin in sein Abteil gekommen. Die Arme wurde von der geschwätzigen

Neugierde der vier Italiener in Beschlag genommen, was den Geräuschpegel in dem kleinen Raum deutlich erhöht hatte. Endlich konnte er ins gebuchte Hotel, um am nächsten Morgen weiterzureisen; zunächst mit der Fähre nach Sizilien und dann mit dem Taxi nach Palermo. All das war vom Reiseveranstalter sehr gut organisiert worden, dachte er zufrieden.

Es war ein riesiges Schiff. Über zweitausend Passagiere, siebenhundert Mann Besatzung, acht Restaurants, viele Bars, vier Kinos, na und der ganze dazugehörige Pomp wie teure Boutiquen, ein Spielcasino, ein Golfplatz auf dem Obersten Deck und so weiter. Diese Größe war nicht unbedingt nach seinem Geschmack, doch für den Zweck seiner Reise genau das Richtige; bei so vielen Menschen achtete keiner auf den anderen, insbesondere nicht auf ihn, sodass er nicht befürchten musste, im letzten Augenblick noch gestört zu werden."

„Was ist, Francisco?" „Hab eine trockene Kehle. Dürfte ich mir etwas Limo aus dem Kühlschrank holen?" „Aber ja doch! Kennst dich ja aus. Aber beeil dich. Es bleibt uns sicher nicht mehr viel Zeit, oder?" „Keine Sorge, Chris, noch genug." Sie hörte das Rücken seines Stuhls und wie sich seine Schritte entfernten. Dann schlug die Türe des Hängeschranks leicht gegen die Seitenwand und ein Glas stieß an ein anderes. „Auch Durst?" „Ja." Die Kühlschranktüre wurde aufgezogen und gleich darauf drang das Gluckern der in die Gläser fließenden Limonade an ihre Ohren." „Drück die Tür bitte gut zu. Der Magnetverschluss funktioniert nicht mehr richtig." „Claro. Weiß ich doch, Chris." Er kam zurück. „Ich stell dein Glas oberhalb deiner rechten Hand auf den Tisch; wie immer." Sie nahm das Schleifen auf der hölzernen Tischplatte wahr. Wie immer, dachte sie. Wie gut er ihr tat! „Geht´s nun weiter?!" Sie wusste, dass er das Drängen in ihrer Stimme verstand. Wenn er ihr aus Toms Roman vorlas, war sie stets ungeduldig. Sie lehnte sich zurück. Ihre Fingerspitzen trommelten nervös auf ihr Brustbein. In wohltuend ruhiger Stimmlage begann er mit dem nächsten Teil.

„Die Versuchung

„I´m Maria. Welcome on board!" Diese freundliche Begrüßung gefiel ihm. Maria stellte sich als die für ihn zuständige Bord-Stewardess vor; sie sprach mit deutlich südamerikanischem Akzent, hatte ein strahlendes Lächeln um die Augen - und war wunderschön. Er dachte sofort an Paz aus Mexiko. Zu seiner Überraschung führte Maria ihn zunächst in einen neben dem Empfang gelegenen, holzvertäfelten und mit kleinen Sitzgruppen versehenen Raum und bot ihm auf silbernem Tablett ein Glas Champagner an. Dann sprach sie verheißungsvoll: „It would be our captain`s pleasure to invite you having dinner at his table this night at nine?" Aha - ihm sollte die Ehre zuteilwerden, heute Abend um neun zum Dinner am Kapitänstisch eingeladen zu sein. Er freute sich; welch ein Empfang! Für ihn lag dabei die Vermutung nahe, man habe ihn seiner besonders teuren Luxuskabine wegen hierzu ausgewählt.

Nach dem letzten Schluck wollte Maria ihn zu seiner Suite bringen und fragte mit suchendem Blick nach seinem übrigen Gepäck. Rasch erklärte er ihr, nicht mehr zu haben – und auch nicht mehr zu benötigen: „That´s it. I don´t need any more." Diese eigenartige Antwort schien sie zu befremden; doch sie wusste wohl, dass es sich nicht geziemt hätte, nach deren tieferer Bedeutung zu forschen. So führte sie ihn ohne weiteren Kommentar zu den Lifts. Jeder der fünf Aufzüge verband zehn Etagen miteinander; ihrer brachte sie in die zweit oberste – es war das `presi-

dent deck´, wie er auf einem kleinen vergoldeten Schild las. Als Maria ihm seine Kabine öffnete, war er äußerst zufrieden; sie war - mit einem Wort gesagt – vom Feinsten; alles in Mahagoni; ein Wohnzimmer mit Bar und einer kleinen Bibliothek, ein Schlafzimmer mit romantischen Gemälden sowie ein verspiegeltes Badezimmer. Er hatte diese exklusive Suite gebucht, weil er es sich auf dieser besonderen Reise auch besonders gut gehen lassen wollte. Der immens hohe Preis dafür drückte ihn nicht wirklich.

„If ever you´ll have any wish, let me know", ließ Maria ihn noch wissen, bevor sie hinter sich die Kabinentüre schloss und verschwand. In ihrem Ton lag etwas Herzliches, das ihm gut tat. Ja, er würde sich ganz sicher sehr gern mit dem einen oder anderen Wunsch an sie wenden; ein Lächeln legte sich auf seine Wangen, während er seine Herzensstimme flüstern hörte: Sie interessiert dich wohl?! Wie damals Paz. Er spürte, dass sein Innerstes die Wahrheit sagte, doch sein Verstand antwortete hastig mit einem deutlichen Nein! und ermahnte ihn, der auf ihn zu kommenden Realität ins Auge zu sehen.

Das war also sein zu Hause für die nächsten Wochen – bis .... Er ließ die Lider sinken; er wollte nichts von dem sehen, was sich da vor ihm aufbaute. Sollte das hier tatsächlich seine letzte Station sein? Erneut bäumte sich seine bisherige Lebenslust in ihm auf. Er atmete ganz tief durch – und sog dabei begierig das auf, was sich binnen Minuten in seiner Suite ausgebreitet hatte - Marias Parfüm. Ein weiteres Mal nahm er ihren Geruch in sich auf, was seinen Konflikt zwischen Wunsch und Notwendigkeit jedoch nur noch verstärkte. Der erneute Tadel seines Verstandes verfinsterte seine Miene.

Mit einem lauten „Ach Himmel, warum tust du mir das an?" wandte er sich seinem Gepäck sowie der Einladung zum Captain´s Dinner zu. Seinen Rucksack hatte er rasch ausgepackt und alles in die Einbauschränke verstaut. Nachdem er geduscht und sich angezogen hatte, verließ er die Kabine. Als er im Aufzug stand, gefiel ihm der Mann, der auf der verspiegelten Wand auftauchte. Schwarze Lederschuhe, schwarze Jeans, passender Ledergürtel mit goldener Schnalle, rasch aufgebügeltes, weißes Smokinghemd und eine silbergraue Fliege. Elegant und dennoch bewusst leger. Für heute musste das reichen. Morgen würde er sich in einer der Boutiquen etwas kaufen.

Auf dem unteren Flur kreuzten schwer bepackte Touristen seinen Weg, die offensichtlich auf der Suche nach ihren Kabinen waren. Ein älterer Herr kam mit der Chipkarte, die statt Schlüssel dem Öffnen seiner Kabinentüre diente, nicht zurecht; er half ihm kurzerhand. Trotz des bevorstehenden Dinners verspürte er Lust auf einen Drink. Sein Blick auf die Armbanduhr riet ihm davon ab, aber trotzig beschloss er, zur Not eben zu spät zum Abendessen zu kommen. Was hatte er schon zu verlieren?! Er steuerte auf die vor ihm liegende `American Bar´ zu, ließ sich bequem auf einem Barhocker nieder und bestellte sich bei einer großen Mulattin mit hübschem Gesicht und blondierten, kurzen Haaren eine Pina Colada.

Der alte Mann am Piano verwöhnte die wenigen Gäste leise mit melancholisch anmutenden Melodien. Er schaute sich um. Dort hinten in einer kleinen Sitzgruppe aus dunklem Korbgeflecht saß ein verliebtes, junges Pärchen, das nur Augen für sich hatte. Weiter vorn unterhielten sich kichernd zwei junge Ladies, als würden sie sich über ihre Liebhaber lustig machen. Links von ihm blies ein graumelierter Herr den süßlichen Duft seiner Pfeife in die Luft. Während er an seinem Drink nippte, verfolgte er geistesabwesend den Weg jener Rauchschwaden, die anfänglich noch dichtem Nebel glichen, sich aber bald aufzulösen begannen. Es war ihm dabei, als wollten sie ihm aufzeigen, wie soeben noch etwas existiert, was nicht viel später schon vergeht. So, dachte er traurig und verbittert zugleich, verschwindet auch die Hoffnung und die Zuversicht, die Liebe und die Freude – und irgendwann ganz sicher auch das Leben selbst.

Gerade wollte ihm die aufkommende Schwermut die Lust auf das bevorstehende Abendessen mit dem Kapitän verderben, da riss ihn eine weibliche Stimme aus seinen düsteren Gedanken. „Isch abe Sie ier noch gar nischt gesehn. Wie eißen Sie?" Irritiert drehte sich dabei nach der Fragenden um. Noch bevor er etwas sagen konnte, kam schon die nächste Frage auf ihn zugeschossen. „Sind Sie eute erst in Schiff gekommen?" Seine Hand fuhr durch sein Haar und sein Mund, um eine Antwort bemüht, öffnete sich – allerdings nur zu einem verdutzten „Äh – ja". Mit gesenkter Stimme fuhr sie süßlich fort: „Pardon, meine Herr. Isch nischt wollen überfalle Sie. Meine Name ist Rodin, Beatrice Rodin – Rodin, wie der berühmte Maler und Bildhauer." Dabei schloss sie die Augen zur Hälfte und fixierte ihn, einer Schlange gleich. Erst jetzt fing er sich. „Sorry, ich war gerade in Gedanken. Ja, ich bin erst seit heute Abend an Bord." Die Dame mit der französischen Aussprache verschlang ihn regelrecht mit ihrem Blick. Der eng anliegende Pullover mit dem äußerst gewagten Dekolletè und der kurze Rock ließen ihn sofort das vermuten, wonach die Szenerie aussah: Vor ihm stand ein Vamp auf Männerfang.

„So, Sie sind also Französin. Weshalb aber sprechen Sie mich auf Deutsch an?" „Ihre Breitling!", sagte sie kurz und deutete auf seine Armbanduhr. „Wie meinen

Sie?" Er verstand den Zusammenhang nicht recht. „Isch ware fünfzehn Jahr Chef von Verkauf, in Zentral von Genf. Unsere größte Umsatz mit diese speziell Modell von unsere hochpreisige Arm-Uhren wir machen mit Deutsche. Deshalbe abe isch so getippt, als isch Ihre Uhr gesehen. Abe isch rescht, nischt wahr?" Verblüfft über ihre Beobachtungsgabe gab er es zu: „Stimmt." Etwas verlegen nahm er einen Schluck – und musste im selben Moment husten; den Rauch ihres dünnen Zigarillos blies sie ihm direkt an seiner Nase vorbei. „Wollen Sie ein Cigarett von misch aben – oder viel mehr?" Hoppla, dachte er, die will keine Zeit verlieren. „Nein Danke, ich rauche seit zwei Jahren nicht mehr. Zu ungesund", gab er kühl zurück.

„O la la, eine Gesund-Apostel. Wissen Sie, isch denke la vie, das Leben, ist so kurze; da muss man jede Tag Genuss machen, oder wie sagt man in Ihr Sprache?" „Genießen", half er ihr. „Das stimmt schon, Madame; aber nur, solange man gesund ist, denke ich!" Sie wollte das nicht so stehen lassen und widersprach ihm: „Auch wenn man malade ist, also kranke! Mon Dieu, niemand weiß, wann la vie vorbei. Und deswegen will isch leben und – genießen. Isch will alles aben. Bis zu Schluss. Vor allem isch will l´amour, verschtehen Sie?" Und wie er das verstand! „Die Liebe ist zu schön für Verzischt! Wollen Sie nischt auch Liebe. Isch bin ganz auf l´amour eingeschtellt in diese Nacht. Wenn Sie möchten auch? Isch sehe gar kein Madame neben Sie." Ihre Augen funkelten dabei.

Er sah, wie ihre Zungenspitze dabei ganz leicht über ihre Oberlippe fuhr. „Sie müsse nischt alleine bleiben hier auf unsere schöne Schiff." Dabei schaute sie ihn mit ihren dunklen Augen eindringlich an – so, als würde sie nur eine Antwort gelten lassen wollen. Ihr Blick schien ihn hypnotisieren zu wollen. Die Luft zwischen den beiden war wie elektrisch aufgeladen.

Irgendwie musste er sich sehr rasch aus der Affäre ziehen. Oder ...? Er stutzte. Warum eigentlich nicht? Eine letzte schöne Zerstreuung mit einer aufregenden Frau würde ihm doch gut tun."

„Tom!", entfuhr es ihr energisch. „Wie konntest du nur!" Aufgebracht unterbrach Christine Francisco. „Du Schuft!" Ihr Gegenüber räusperte sich. „Nun ja – eigentlich kein Schuft, Chris. Immerhin war er solo." „Das spielt doch keine Rolle!" Sie schnaubte wütend. „Aber wieso nicht?" „Weil ..., weil er .... Ach, du verstehst das nicht!" Ihre Hand machte eine entsprechende Bewegung. „Dann erklär es mir." Sie stampfte mit dem Fuß auf. „Weil er tatsächlich ohne langes Zögern überlegt hat, mit der da in die Kiste zu gehen, und mich ...." „... hat er zurück gewiesen", vollendete er ihren Satz schneller, als sie es tun konnte; meinst du das?" „Ja! Dieser gemeine Kerl! Wo ich mich doch so nach ihm verzehrte. Weißt du, wie ich mich gefühlt habe?" Sie spürte Tränen auf ihren Wangen – und das Taschentuch, welches er ihr in die Hand legte.

„Okay, Chris; wenn dich das so sehr bewegt, höre ich besser auf zu lesen." „Nein, nein, das will ich nicht. Es ist nur, weil ...." „Ich versteh dich ja; aber schau; letztendlich hat er sich doch für dich entschieden." Sie schnaufte. „Hm. Hast ja Recht. Ach du! Das Ganze mit Tom ist eben noch immer so schwer für mich. Und wenn ich dann – jedes Mal wieder - höre, wie leicht ihn so eine ...." „Aber hast du ihn nicht auch betören und verzaubern wollen? Machte ihn das für dich etwa zum Frauenheld?" Sie spürte, wie Röte ihre Wangen belegte. „Du meinst ...." „Ja, genau das! Er war offensichtlich ein begehrenswerter Mann. Kannst du darauf nicht sogar stolz sein?" Sie schwieg. Lange. Solange, bis sie ihn mit schelmischem Unterton aufforderte: „Liest du jetzt endlich weiter?!" „Si, Seniora."

„Und, mein Lieber?" Mit festem Blick verlangte die schöne Französin seine Antwort. Sekundenlang starrte sie ihn mit einem lauernden Augenpaar an. Während er noch immer zauderte, sah er, wie sich ihr Schlangenblick urplötzlich in ein zartes, nahezu liebevolles Lächeln verwandelte, und begriff dabei, dass sie soeben ihre Taktik änderte. Als sich dann dieses Lächeln um ihre Mundwinkel sogar in ein sympathisches Lachen verwandelte, gab er nach und antwortete: „Okay! Ja, ich bin alleine hier; und das will ich gerne auch dabei belassen", hörte er sich entschlossen sagen. Versöhnlich baute er allerdings sofort eine Brücke: „Das heißt aber nicht, dass wir uns nicht noch ein wenig unterhalten können."

„Na siehst du, Chris. Er ging nicht mit ihr ins Bett."
„Schon gut – lies lieber weiter." Sie lachte etwas verkrampft.

„Er sah Freude in ihren Augen, welche sie sofort in Worte formte: „Très beau – sehr gut; dann lassen Sie doch eute Abend uns gemeinsame diner aben, äh zum Abend essen. Was sagen Sie?" Er tat, als müsste er überlegen. „Hm." Ihre Hand legte sich auf seinen Arm. „Bitte!" Mit einem verschmitzten Lächeln gab er zurück: „Aber nur ...." „Ja?" „Ich hätte dabei einen ganz persönlichen Wunsch, Beatrice." Ihr Mund öffnete sich leicht und ihre Zungenspitze befeuchtete ihre Oberlippe. Oh nein, dachte er, es ist nicht das, was du dir jetzt erhoffst. „Jede Wunsch erfülle ich, mon cher." Sich etwas vorbeugend gewährte sie ihm einen viel versprechenden Einblick auf ihre weiblichen Vorzüge. Schon fuhren ihre rot lackierten, langen Fingernägel über die verdeckte Knopfleiste seines Hemdes. „Nun, Sie müssten mich zum Captain`s Dinner begleiten. Ich habe nämlich eine Einladung dazu. Wären Sie damit einverstanden?"

Ihr verhaltenes „Oui" war zwar ein Ja, aber keines, das ihren Wünschen nach einer Liebesnacht entsprach. Dennoch zeigte sie ihm ihre Enttäuschung nicht; immerhin war ja noch nicht aller Tage Abend, malte sie sich aus. „Fantastique! Sie werde lachen; isch kenne unsere Capitaine von eine frühere croisière, Sie verschtehen, äh ..." „Sie meinen Kreuzfahrt?", half er ihr. „Genau. Er ist Franzose wie isch." „Na dann wird er sicher gegen meine reizende Begleitung nichts einzuwenden haben." Er schaute auf seine Armbanduhr. „Lassen Sie uns aufbrechen, d´accord?" „In Ordnung! Gehen wir, mon cher." Auf ihrem Weg ins `Restaurant Mèridien´ ahnte er, dass sie ihr Vorhaben noch nicht aufgegeben hatte – sie hakte sich bei ihm ein und strich dabei für den Hauch eines Moments zärtlich über seine Hand. Er ließ es geschehen; schließlich bestimmte er, wie weit er sie an sich heran ließ.

Ihr gemeinsames Ziel fast erreicht schallte ihnen ein erfreutes „Beatrice!" entgegen. Ein Herr in schicker Uniform stand ruckartig von seinem Platz auf und ging eilends auf sie zu. „Mon cher capitaine. Comment?" „Oh, très beau, Beatrice." „Meine lieb Kapitän, darf isch disch mein Begleiter vorschtellen. Eigentlisch ist er deine Gast für diese diner. Er ist wirklisch sehr nett, wie isch finde." Verheißungsvoll rollte sie dabei ihre Augen. „Capitaine Croix. Sehr erfreut. Herzlich willkommen an Bord", sagte er in akzentfreiem Hochdeutsch. Ein angenehmer Mensch, dachte er und stellte sich vor. „Thomas König. Vielen Dank für die Einladung."

„Darf ich Ihnen meine anderen Gäste vorstellen." Nach dem üblichen Händeschütteln wusste er, mit wem er es an diesem Abend zu tun hatte. Ihm gegenüber saß ein Ehepaar aus Basel; er war Inhaber einer Privatbank, sicher schon Anfang sechzig - und sehr laut, wenn er sprach; sie benahm sich da weit vornehmer, war höchstens Anfang dreißig und ausgesprochen hübsch. Daneben waren zwei Freunde Anfang fünfzig platziert; sie führten eine Schicki-Micki-Boutique in München. Zuletzt gab es eine etwas zu farbenfreudig gekleidete Galeristin aus Wien.

Der Kapitän selbst war ein routinierter Gastgeber und unterhielt alle vortrefflich mit Anekdoten aus seinem Seefahrerleben. Irgendwann zwischen den Gängen wurde auch er selbst gebeten, etwas zum Besten zu geben, was ihm natürlich nicht schwer fiel. Rasch gelang es ihm, die anderen mit einem seiner Reiseabenteuer in seinen Bann zu ziehen. Beatrice saß ganz dicht neben ihm und hing an seinen Lippen. Sie strahlte dabei eine Wärme aus, die ihn verunsicherte; ob es, dachte er, bei ihr am Ende doch um ehrliche Gefühle ging?

„Ja, Afrika ...", so hatte er begonnen und war bald ins Schwelgen gekommen. „Afrika ist meine ganz große Liebe geworden, als ich in Namibia war - und am Kap in Süd-Afrika." Mit seinen nach Begeisterung klingenden Worten sorgte er nun dafür, dass sogar die beiden Freunde, die sich bislang leise miteinander unterhielten, aufhorchten. Mit großen Augen lauschten sie seinen Worten. Wie gut ihm diese Gesellschaft tat – und damit die Möglichkeit, sein eigenes Elend an diesem Abend vergessen zu können. „Ich wollte mich seinerzeit sogar in Namibia niederlassen", erzählte er, „so gut hat es mir dort gefallen. Und dennoch bin ich froh, vom Kauf einer Farm Abstand genommen zu haben; heute sieht man die politische Entwicklung deutlicher als damals. Die dortige Regierung will und muss die gesellschaftlichen Verhältnisse ändern. Nur fünf Prozent der Bevölkerung - und zwar Weiße - besitzen den größten Teil des Landes; vor der Zeit der kaiserlichen Schutztruppen Deutschlands gehörte all das noch den verschiedenen einheimischen Stämmen."

Bei diesen Worten dachte er an den Helden seines Romans; auch er wurde von Besatzungsmächten beherrscht und wehrte sich dagegen, sein Land gestohlen zu bekommen. Abends im Bett würde er vielleicht noch darin lesen. „Da kann ich sehr wohl verstehen, dass mit dem wachsenden Nationalgefühl auch – gelinde gesagt – Verärgerung in der Bevölkerung aufkommt. Viele ausländische Farmer bekommen deshalb schon diese Briefe mit ...“

Sofort wurde er unterbrochen: „Welche Briefe meinen Sie?", fragte die Galeristin interessiert. „Nun, mit denen werden diese Farmer aufgefordert, ihr Land an Einheimische zu verkaufen – natürlich als Bitte formuliert, doch als deutliche Empfehlung gemeint, bevor sich die Lage zuspitzt. Und manchen weißen Farmer hat man auch schon im Busch tot aufgefunden." „Das ist ja terrible." Die Hand seiner Tischdame krallte sich in seinen Unterarm. „Sicher ist das schrecklich, Madame Rodin", ging er auf sie ein. „Doch ich bin dort auf eine ungeheure Arroganz der Weißen gestoßen, die mich äußerst beschämte. Viele von ihnen behandeln die Namibier noch vom hohen Ross herab – fast wie früher die schwarzen Sklaven, die ihre Vorfahren ausbeuteten und damit reich wurden. Pfui!" Er schüttelte sich.

„Und woher kommt dann – bitteschön - Ihre ach so große Liebe zu diesem schlimmen Land?", kam es ziemlich bissig aus dem Mund des Bankiers. „Geld verdienen ist doch schließlich nichts Unmoralisches." Wie gern wäre er ihm über den Mund gefahren! Er beließ es bei einem strafenden Blick und fuhr fort. „Es ist, glaube ich, die ungeheure Weite des Landes, der enorme Reichtum an wild lebenden Tieren und nicht zuletzt die Einfachheit des Lebens dieser Menschen. Sie haben, besonders draußen im Busch, nichts – und doch alles. Sie haben ein umfassendes, Tausende von Jahren altes Wissen um das, was sie umgibt und wovon sie leben - nämlich unermessliche Kenntnis ihrer Natur sowie eine ehrfürchtige Achtung vor ihr. Kein Buschläufer, der wochenlang zu Fuß durch sein Gebiet zieht, verhungert oder verdurstet oder wird von Löwen gefressen; er weiß nämlich, welche Wurzeln ihn ernähren, welche Pflanzen ihm Flüssigkeit spenden und wo er nachts Schutz findet."

„Immerhin haben wir diesen Wilden die Zivilisation geschenkt und Disziplin beigebracht", unterbrach ihn sein Gegenüber überheblich. Er schluckte und dachte: ... und sie ausgebeutet, ging aber zunächst darüber hinweg. „Niemand von uns würde dort auch nur achtundvierzig Stunden überleben; nicht einmal mit den Hosentaschen voller Goldmünzen." Dieser Hieb gegen den Herrn Bankdirektor musste sein, dachte er und freute sich über das zustimmende Nicken der anderen. Dieser arrogante Kerl ärgerte ihn. Er war ja selbst Banker und verdiente gerne Geld mit Geld – aber nicht so. Dieser Typ war für ihn einer von der Sorte von Reichen, denen Profit über jede Menschlichkeit ging.

„Das Einzige, was mir dort nicht gefiel, waren die Giftschlangen. „Isch abe auch große Furscht mit diese Schlangen. Wenn isch nur daran denke ..." Ihre Hand ließ nicht locker. „Aber nicht nur Schlangen sind gefährlich. Auch andere Tiere können Ihrem Leben dort von eben auf jetzt ein jähes Ende bereiten. Möchten Sie dazu eine spannende Geschichte hören oder langweile ich Sie?" „Aber nein!", ermunterte ihn der Kapitän. „Erzählen Sie!"

„Nun ich unternahm dort einmal eine Wanderung in die Berge, um eine prähistorische Höhle zu finden. Nach einem längeren Marsch mündete der Weg in einen schmalen Pfad, der eine kilometerlange Biegung nach rechts beschrieb und durch dichtes Gehölz und eng stehende Laubbäume führte; dadurch konnte man ihn schlecht einsehen. Nach etwa zwei Stunden geschah dann das, was ich als eines meiner riskantesten Abenteuer erleben sollte. Plötzlich preschten - wie aus dem Nichts aus dem Busch kommend - zwei Impala hervor; das ist eine Art großer Rehe. Sie jagten quer über den Weg, kaum fünf Meter vor mir. Ich zuckte zusammen! Weit erschreckender aber war das aus dem Busch kommende Gebrüll. So etwas Furcht erregendes hatte ich noch niemals zuvor gehört."

Er machte eine ganz kurze Pause; seine Zuhörer starrten ihn erwartungsvoll an. „Das war eine Mischung aus Hyänengeschrei und Löwengebrüll. Ich traute mich nicht einen Schritt weiter zu gehen. Mein Herz schlug mir bis zum Hals. Im nächsten Moment wusste ich, in welcher Gefahr ich mich befand." „Mon Dieu, das macht misch große Angst um disch, mon cher." Huch – sind wir schon beim Du?, merkte er wortlos auf.

„Schon brach eine Horde wild gewordener und Zähne fletschender, riesiger Paviane durchs Dickicht direkt auf mich zu. Ganz offensichtlich verfolgten sie jene Beute, die soeben vor meinen Augen an mir vorbei raste. Panik erfasste mich und ich dachte, mein letztes Stündlein hätte geschlagen. Wegrennen wäre mein sicherer Tod gewesen – Flucht erhöht den Jagdinstinkt wilder Tiere."

„Aber das waren doch nur Äffchen? Was können die Kleinen denn schon anrichten", kam seitens der Bankiersgattin, worauf ihr Mann hämisch grinste. „Was die können, will ich Ihnen sagen. Ich beobachtete einmal mit dem Fernglas, wie drei von denen solch ein ausgewachsenes Tier bis zur Erschöpfung jagten und dann mit ihren enormen Gebissen regelrecht zerfleischten. Stehend sind die übrigens mannshoch."

„Mon Dieu!" Seine Begleiterin hielt sich die Ohren zu. „Und – wie ging das weiter?" fragte einer der Freunde angespannt „Nun ja! Da rasten also ungefähr dreißig kräftige Paviane kreischend kaum ein paar Meter an mir vorbei hinter ihren Opfern her. Die waren wohl auf ihrer Nahrungssuche zu nah an den Lagerplatz der baboons – so heißen diese Affen dort - geraten und hatten diese aufgeschreckt und ..."; er lachte; „.... davon überzeugt, dass sie ein leckeres Mittagessen sein würden. Wie leicht hätten sich einige von ihnen auch für mich interessieren können. Ich hatte von Pavian-Angriffen auf Menschen erzählt bekommen, bei denen diese Tiere sogar mit Steinen und Holzknüppeln geworfen haben."

„Klingt ja tatsächlich sehr gefährlich", meinte der Kapitän ernst. „Und wie ging die Sache aus, Herr König?", schaltete sich die Galeristin interessiert ein. Das mochte Beatrice jedoch überhaupt nicht, sodass sie sich noch enger an ihn schmiegte. Aha, fiel ihm auf, sie wittert Konkurrenz. „Wie schrecklisch, wenn disch passiert wär etwas!" Das klang in seinen Ohren nach echter Besorgnis. Er schenkte ihr ein Lächeln. „Nun ...;" er atmete kurz durch; „.... die Tatsache, dass ich ihnen heute Abend dieses Afrikanische Abenteuer erzählen kann, zeigt Ihnen ..." - er zögerte ein wenig, um den letzten Moment der Spannung noch aufrechtzuerhalten – „.... dass ich das Ganze überlebt habe." Befreites Lachen war der Lohn für seine erheiternde Ironie – und der Kapitän klatschte ganz sachte in die Hände. „Ein tolle Geschichte. Sie haben offensichtlich allerhand erlebt." „Und was haben ...", er wandte sich dabei unvermittelt an die Dame mit der Galerie, „... Sie uns Aufregendes zu berichten, gnädige Frau?"

Sie musste sich zunächst sichtbar besinnen, bevor sie zu erzählen begann: „Nun ja .... Es gab da vor drei Monaten einen Einbruch in meinem Geschäft. Doch die Polizei hat den Dieb erwischt und das Bild zurück gebracht." Wie spannend, dachte er und rollte die Augen erst recht, als sie ergänzte: „Es ist übrigens verkäuflich, Herr Kapitän – für nur äußerst günstige ..." Doch zum Preis kam sie nicht mehr, denn der winkte gleich ab, erhob sein Glas und sprach einen Toast auf seine Gäste und die bislang erlebnisreiche Schiffsreise aus.

Am Ende des Dinners - es war schon nach zwölf geworden - schauten alle mit Ausnahme des Herrn Bankiers mit Gattin auf einen vergnüglichen Abend zurück und jeder ging seiner Wege. Seine schöne Französin aber wollte ihn nach der allgemeinen Verabschiedung noch nicht gehen lassen. „Und was wir zwei machen nun noch mit die angefang Abend, mon cher?" Ein Blick, der Bände sprach, begleitete ihre nahezu gehauchten Worte. Als er zögerte, stellte sie sich unvermittelt auf ihre Zehenspitzen und ließ ihre Lippen für eine Sekunde auf seiner Wange ruhen. „Isch habe eine schöne große Bett, Thomas. Siehst du nischt meine Herz schlagen für dir?" Er spürte, wie sich Schwäche in ihm ausbreitete. Der Wein, dem er großzügig zugesprochen hatte, benebelte ihn tatsächlich ein wenig. Warum sollte er es nicht einfach tun? Was bedeutete schon eine Nacht?! Sein Blick fiel auf ihre verlockende Figur."

Der vorlesende Francisco schwieg. Christine stutzte. Willst mich wohl testen, ob ich wegen Toms Schwäche wieder schimpfe?, überlegte sie. Nein, kein Wort werde ich sagen. Ganz bewusst sandte sie ein Lächeln in seine Richtung, das er zu verstehen schien, weil er weiter zu lesen begann.

„Aber was, wenn mehr daraus würde?, zweifelte er, während sein Blick noch immer auf ihren verlockenden Rundungen ruhte. Seine Gedanken begannen zu rasen. Was, wenn es ihr doch um echte Gefühle und nicht nur um ein flüchtiges Abenteuer ging? Er müsste ihr nach einiger Zeit unweigerlich wehtun, wusste er doch, warum er auf das Schiff gekommen war! Er schaute ihr tief in die Augen – und schwieg. Lange. Zu lange für sie. „Oui! Isch verschtehe. Schade! Dann will isch meine Glück in Diskothek suchen. Schlafen Sie gut, Monsieur König." Mit einem Ruck löste sie sich von ihm, machte kehrt und lief schnurstracks in Richtung Aufzug.

Irgendwie fühlte er sich wie ein begossener Pudel, so, wie er von ihr stehen gelassen wurde. Doch war es nicht das, was sein Verstand von ihm forderte? Vernünftig sein! In seiner Kabine angekommen begab er sich alsbald ins Bett, genoss noch das leichte Schwanken des Schiffs und war nach einigen Seiten des Romans eingeschlafen - nicht ohne zuvor, wie jeden Morgen, jeden Mittag und jeden Abend, die neun verschiedenen Tabletten eingenommen zu haben, die er mit an Bord gebracht hatte."

„Ja, Tom war sehr, sehr krank, Francisco, als ich ihn auf dem Schiff wieder traf." „Si. Eure Geschichte ist wirklich eine ganz besondere. Und wenn ich hier lese, wie sehr er sich gegen eine kurze Liebesaffäre wehrte, frage ich mich tatsächlich immer wieder, wie es dir gelungen ist, deine Liebe für ihn in sein Herz zu pflanzen. Das ist für mich wie ein Wunder." Sie hörte, wie der Stuhl knarrte; Francisco hatte sich mit einer energischen Bewegung gegen die hölzerne Lehne gedrückt.

„Ich glaube nicht einmal an ein Wunder. Nein, es war Vorsehung. Ich sollte Tom wohl von seinem Plan abbringen. Komm, lass mich hören, wie es weiterging, ja?"

Franciscos „Ja! Aber sehr ungern." klang nicht erfreut und sie kannte den Grund. Wie jedes Mal, wenn er das folgende Kapitel erreichte, wurde er traurig; sie hatte Tom damals ihre Liebe geschenkt - eine Liebe, nach der sich Francisco sehnte. Sie war ihm dankbar, als er dennoch weiter las.

„Die Liebe

Am nächsten Morgen lagen sie auf der Insel Elba vor Anker. Er war noch nie dort gewesen und nahm natürlich am Tagesausflug teil. Neben Napoleons Spuren machte er eine weitere Entdeckung: Beatrice Rodin stand eng umschlungen mit einem drahtigen Mit-Dreißiger im dünnen, hellen Leinenanzug unter dem Torbogen eines der alten Kaufmannshäuser. Das muss um diese Jahreszeit ganz schön kühl sein, dachte er – und bemerkte dabei, dass er ein ganz klein wenig enttäuscht war. So schnell hatte sie einen Ersatz für ihn gefunden. Umso zufriedener war er mit seiner getroffenen Entscheidung.

Abends wollte er auf der Kabine bleiben und lesen. Zuvor nutzte er den Zimmerservice, machte es sich bei einer Flasche Chianti gemütlich und ließ das Erlebte der letzten beiden Tage noch einmal in Ruhe an sich Revue passieren. Da gab es die fürsorgliche Maria, die ihn mit ihren wunderschönen Augen an Paz erinnerte. Und die aufreizende Beatrice, die ihn beinahe verführt hätte. Auch an das Abendessen am Kapitänstisch und die Geschichte aus seiner Zeit in Namibia dachte er – und damit automatisch daran, wie er zum Ende der beinahe verhängnisvoll ausge-

gangenen Wanderung tatsächlich die verborgene Höhle mit den urzeitlichen Wandmalereien entdeckt hatte.

Als er dann endlich das Buch zur Hand nahm, die Visitenkarte mit den winzigen handschriftlichen Notizen herauszog und zu lesen begann, kam ihm auch jene seltsame Begegnung mit der Frau am Fenster in den Sinn. Und dieser Zettel. Vergessen hatte er diese Sache nicht, verdrängt jedoch allemal! Zu geheimnisvoll kam ihm das alles vor, als dass er sich damit beschäftigen wollte. Doch nun brachen die Gedanken daran wieder durch. Es gab für ihn keinen Zweifel daran, dass der Zettel von ihr stammte. Aber was trieb diese Frau dazu, so etwas zu schreiben, bevor sie verschwand. Sein Kopfschütteln zeigte, dass er es einfach nicht verstand. Er nahm einen Schluck Roten; einen sehr großen. Einerlei, sagte er sich trotzig. Diese Frau war weit weg und konnte ihn nicht an dem hindern, was getan werden musste; und mit dieser lächerlichen Aufforderung erst Recht nicht. Oder sollte sie für ihn so etwas wie sein moralisches Gewissen sein? Eines, das ihn zweifeln lassen sollte; an seiner Entscheidung.

Nach einer nahezu schlaflosen Nacht mit wieder einmal hämmernden Kopfschmerzen verbrachte er den folgenden Tag im mondänen Monaco, dem nächsten Liegehafen. An Bord bleiben wollte er auf keinen Fall. Von Bord gehen eigentlich auch nicht; das jedoch kam ihm als das kleinere Übel vor; auch schien es ihm eine Möglichkeit zu sein, der bedrückenden Melancholie zu entrinnen, die sich schon gleich nach dem sehr viel zu zeitigen Aufwachen in ihm breit gemacht hatte. Also verließ er das Schiff in aller Frühe und machte sich auf, das zu erkunden, was er schon zehn Jahre zuvor gesehen hatte.

Er war überrascht, dass sich mittlerweile so Vieles verändert hatte. Aber jede Stadt, überlegte er, ändert wohl im Laufe der Zeit ihr Aussehen. Geschäfte verschwinden, andere öffnen. Hübsche Häuserfassaden tauchen auf, wo zuvor nichts Ansehnliches stand. Andere werden durch die Fronten wenig beschaulicher Hochhäuser ersetzt. So war das eben. Wie mit der Liebe; sie kommt und sie geht. Oder mit dem Leben; es entsteht und es verschwindet wieder; bei dem Einen früher, bei dem Anderen später. Bei ihm leider nicht später. Nichts bleibt, wie es war. Oh, wie leid er sich an diesem Tag tat! Nichts war mehr da von seiner Heiterkeit am ersten Abend.

Nach dem Mittagessen in einem abgelegenen, kleinen Restaurant in einem Wohngebiet lief er voller trister Gedanken durch einen Park, der direkt oberhalb des Hafens lag. Er fand eine freie Bank, ließ sich auf ihr nieder und starrte in die Ferne. Wäre ich jetzt nur nicht so einsam, dachte er traurig und schloss die Augen. Vom Ein- und Auslaufen der unzähligen kleinen Boote und teuren Luxus-Yachten bekam er nichts mit. Allein das Vogelgezwitscher drang an sein Ohr. Nach einer guten Stunde des vor sich hin Dösens spürte er zu seiner Überraschung das Nass der ersten Tropfen auf seinem Kopf. Er öffnete die Augen und erkannte die dunklen Wolken über sich. Sie erschienen ihm wie das Spiegelbild seiner niedergeschlagenen Stimmung. Der zunehmende Regen zwang ihn, sich aufzumachen – zurück zum Schiff.

So vergingen auch die folgenden Tage. Depressiv und lustlos sah er Marseille, Barcelona, Cartagena, Càdiz und Casablanca, in dessen verwinkelten, dunklen Gassen er sich im Menschengewirr erdrückt fühlte; zu viele Menschen auf einem Fleck konnte er noch nie gut ertragen. Dennoch war er dort von Bord gegangen, um auch auf den Märkten noch einmal die fremdartig klingende Sprache in sich aufzunehmen. Auf seinen vielen Reisen hatte er sich stets dafür interessiert, wenigstens ein paar Worte aufzuschnappen und sich zu merken.

Auf hoher See schlug das Wetter um und die Wellen wurden höher, sodass er nachts noch schlechter schlief und schwer träumte. So sehr hatte er noch zu Hause gehofft, ihn würde die Kreuzfahrt von seinen Alpträumen befreien. Doch nun kamen die ihn während der vergangenen Monate fast jede Nacht heimsuchenden Dämonen wieder zurück; mit glühenden Speeren quälten sie ihn – als wollten sie ihn an die Schmerzen erinnern, denen er tags über nur noch mit immer mehr Tabletten begegnen konnte. Schweißgebadet aufgewacht hätte er dann in seiner Verzweiflung am liebsten Maria gerufen. Er sehnte sich nach ein paar liebevoll schauenden Augen, deren Blick ihm sagten: Komm her; ich halte dich fest, damit du keine Angst haben musst. Seine Einsamkeit nagte spürbar an ihm. Die Leere um ihn herum ließ ihn frieren.

„Ich bin hier verdammt alleine", haderte er laut mit seinem Dasein, als er eine weitere Nacht beendete und das Bett verließ. Wieder ein trostloser Tag, dachte er traurig. „Hier gibt es so viele Menschen - und dennoch bin ich so einsam. Ich glaube langsam", redete er weiter mit sich selbst, „es wird Zeit für mich, es zu tun." Bitterkeit und Angst kroch in ihm hoch. Bitterkeit, weil er noch so jung war. Angst, weil sich das Unumgängliche wie ein Berg vor ihm auftürmte, den er allerdings ohne Umweg bezwingen musste. Was sich allerdings hinzu gesellte, als er seine traurige Gestalt im großen Badezimmerspiegel sah, war Ärger; darüber nämlich, dass er sich so gehen ließ und sich nicht bemühte, diese Reise wenigstens noch ein paar Tage lang zu genießen. „Thomas König, jetzt reißt du dich mal zusammen und lässt deine Jammerei. Verstanden?!" So sprach er zu seinem Konterfei und beschloss, heute einfach etwas Verrücktes zu tun; etwas, was er schon so lange nicht mehr gemacht hatte.

Eine Tour durch die vielen Bars des riesigen Schiffs. Von morgens nach dem Frühstück bis abends; solange, bis er genug hatte. Er wollte Spaß haben, gesellige Menschen treffen, ihnen zuprosten - und einfach nur vergessen; vergessen, was ihm bevorstand. Am Ende des Tages zählte er acht Barkeeper und dreimal so viele Drinks - und als Maria am nächsten Morgen gegen elf in seine Kabine kam, um dort Ordnung zu machen, wurde er erst wach, als sie mit Schwung die Türe zum Schlafzimmer öffnete.

Er fuhr hoch – und sie zuckte zusammen; beide erschraken zur gleichen Zeit. Leise murmelte sie auf Spanisch: „O, perdón, senor." Dann wiederholte sie auf Englisch ihre Entschuldigung, indem sie in den noch halbdunklen Raum hinein flüsterte: „Oh, excuse me, Sir!" Ebenso verdutzt wie benommen brummelte er seine Antwort – eine, die Maria sehr überraschte: „No, no. Buenos días. Vale! Un momento por favor." Er redete süd-amerikanisches Spanisch, als befände er sich gerade in ihrer Heimat. Sie war froh über seinen freundlichen Guten-Morgen-Gruß sowie seine Erklärung, er schliefe nicht mehr und es sei schon in Ordnung, gäbe sie ihm nur einen Augenblick Zeit. Sein Spanisch aber verwunderte sie sehr. Mit einem nahezu fassungslosen „I didn´t know, You are speaking my language. Estupendo!" sagte sie, überhaupt nicht gewusst zu haben und es toll zu finden, dass er ihre Sprache beherrschte. Er selbst hatte das in seiner noch ganz verschlafenen Verblüffung überhaupt nicht bemerkt; im Bett aufgeschreckt hatte er nur Maria gesehen und dann wie automatisch auf Spanisch geantwortet.

Sie lachte ihn strahlend an, als wäre er ein lieber Freund und fragte verschmitzt, wie es ihm gehe: „Como está?" Ihre Vertrautheit tat ihm gut! Gleich beichtete er ihr abwechselnd auf Spanisch und Englisch, dass es ihm wegen etwas zu viel Tequila nicht ganz so gut ging. "Dolor de cabeza" sagte er und wies damit auf seine stechenden Kopfschmerzen hin. Ihr „Si, si, senor" zeigte ihm, dass sie verstanden hatte. Schon drehte sie sich um und verschwand nach draußen. Kaum fünf Minuten später kehrte sie ohne anzuklopfen zurück; sie brachte ihm Tabletten. Sein „Muchas gracias, Maria!" kam als Dankeschön an sie von ganzem Herzen - und war von einer inneren Bewegtheit getragen, die ihm zeigte, dass ihn diese Frau berührte. Natürlich verschwieg er ihr, dass diese Arznei sicher viel zu schwach war und das, was in seinem Gehirn sein Leben bedrohte, nicht betäuben würde.

Während er sich im Bad duschte und ankleidete und sie im angrenzenden Schlafzimmer sein Bett machte, unterhielt er sich durch die halb offen stehende Türe mit ihr; darüber, welche verschlungenen Wege sie nehmen musste, um die Grenze zur USA zu überwinden. Auch über ihr tränenreiches Heimweh, weil die neuen Arbeitgeber sie als Illegale so schlecht behandelten. Kalt und unpersönlich seien die Amerikaner, die sie kennen gelernt hatte - so völlig anders als ihre Leute zu Hause in Puebla. Als sie so miteinander sprachen, ertappte er sich dabei, sich an jenen Sommertag in Paris und die erotische Spannung zu erinnern, die die Luft zwischen zwei jungen Menschen hatte flimmern lassen. Dieselben Empfindungen weckte nun Maria in ihm. Es war eine Mischung aus Lust auf das Leben und Freude an der Liebe.

Wie eine belebende Droge wirkte dieses Gefühl auf ihn. Erstaunt spürte er, wie seine ihn seit Tagen niederdrückende Stimmung verflog. Sein Spiegelbild im Bad bewies es ihm; er schaute in ungewohnt strahlende Augen. Welche sonderbar positive Energie erzeugte diese Frau doch in ihm! Ihre Anwesenheit verzauberte ihn auf sonderbare Weise. Wollte das Schicksal ihm durch sie etwa ein Zeichen geben, schoss es ihm durch den Kopf? Seltsam berührt fuhr er sich mit beiden Händen durch das noch nasse Haar. Ja, sagte er sich wortlos, derartige Zeichen soll man beachten. Er beschloss, sich unmittelbar nach dem Frühstück erneut unter die Passagiere zu mischen und seiner Depression eine noch deutlichere Abfuhr als gestern zu erteilen.

Nachdem er sich beim Langschläfer-Frühstück den Bauch vollgeschlagen hatte, schlenderte er über die Decks und wünschte jedem Entgegenkommenden einen schönen Urlaubstag. An der Reling hielt er nach Delphinen Ausschau, die das Schiff begleiteten. Auf Deck acht traf er die Bankiers-Gattin, als diese am Arm ihres Mannes den Juwelierladen betrat. Wie erstaunt über sich war er, als er sie ohne jeden Groll herzlich begrüßte! Hoppla, dachte er, diese Maria hat wirklich Zauberkräfte.

Auf einem Hinweisschild erfuhr er von der Möglichkeit, um elf Uhr dreißig den Kapitän auf der Brücke zu besuchen. Das wollte er sich nicht entgehen lassen. Mit einem „Da ist ja unser Weltenbummler. Gefällt es Ihnen an Bord – auch ohne gefährliche Tiere?" wurde er freundlich begrüßt. Nicht um eine passende Antwort verlegen gab er ihm mit einem verschmitzten Lächeln contra: „Na, ein paar Krokodile an Bord … - das würde schon für Stimmung im Pool sorgen, oder?" Wie gut es ihm an diesem Morgen ging! Maria, kam es ihm im Überschwang seiner aufgekratzten

Gefühle in den Sinn, ich könnte dich geradewegs küssen. Ach was! Am besten gleich verführen und dazu überreden, mit mir einmal um die Welt zu fliegen."

Christine stieß einen lauten Seufzer aus. „Ich verstehe das einfach nicht!" Francisco horchte auf und las nicht weiter. „Was meinst du?" „Für solche teuren Reisen hatte er immer Geld. Sogar für ein Zimmermädchen." Wieder paarte sich in ihrem Kopf Unverständnis mit Eifersucht. „Er hatte eben Lust darauf. Und außerdem - hatte er denn für dich kein Geld?" „Doch! Davon gab es stets genug; im Übermaß sogar." „Na also!" „Nix also! Nach seinem Tod war auf seinem Konto kaum mehr als ein Monatsgehalt. Am Ende hat er alles für diese Weiber ausgegeben? Maria – Beatrice – und wer weiß, wie sie noch alle hießen", brach es aus ihr heraus. Er lachte laut auf. „Jetzt übertreibst du aber; das war doch vor deiner Zeit. Oder etwa nicht?" „Was willst du denn damit sagen, Francisco?", brauste sie auf. „Gar nichts." „Klang aber so." „Ach was!"

Sie hörte, wie er auf seinem Stuhl unruhig hin und her rutschte. „Wenn sein Gehaltskonto so leer war, hatte er vielleicht noch ein anderes Konto?" „Das hätte ich doch wissen müssen", gab sie gereizt zurück. „Wirklich? Hast du mir nicht erzählt, wie oft er in die Schweiz flog, ohne dich mitzunehmen. Ist doch komisch, oder?! Er hatte wohl Geheimnisse vor seiner Frau. Was er da wohl machte? Und mit wem?" Ihre Stirn legte sich in Falten. „Nun hör aber auf, Francisco! Wie kannst du so etwas sagen!" Er atmete tief durch. „Hm! Also, wenn ich dein Mann gewesen wäre, dann ...." Erneut unterbrach sie ihn; dieses Mal sogar lauthals. „Warst du aber nicht." Blöder Kerl! Tom kreuzte meine Wege eben früher als du. „Hör auf, meinen Mann zu kritisieren, ja!" Tust du doch nur, weil du gegen ihn nie eine Chance hattest. Fast hätte sie es ihm sogar an den Kopf geworfen.

Erst recht sauer wurde sie, als er keine Ruhe gab. „Trotzdem sonderbar, dass er dich ohne Finanzen zurück gelassen hat. Wo ihr beide doch vorher wie die Könige in Saus und Braus gelebt habt. Ich hätte dich nicht so ...." Ihre flache Hand sauste auf die Tischplatte. „Jetzt reicht´s aber!" „Was willst du damit wieder sagen?" „Nichts." „Klang aber ganz anders! Weißt du was – das Thema Tom ist von nun an für dich Tabu. Verstanden?!"

Es dauerte ein paar Sekunden, bis er reagierte. In ihren Ohren klang er dabei, als wollte er sich entschuldigen. „Ich mach mir doch nur Gedanken um dich. Ich hab es echt nicht böse gemeint, Chris. Wirklich! Ich bin halt nur ...", druckste er herum. „Neidisch auf Tom? Und eifersüchtig?" Sie erkannte seine Gedanken. Laut presste er den Atem aus seinen Lungen. „Hm – schon irgendwie! Du weißt ja, wie sehr ich dich ...." Sie riss die Hand nach oben und gebot ihm zu schweigen. Im selben Moment jedoch tat er ihr leid. Liebe kann auch zur Qual werden, wenn sie nicht erwidert wird. Das hatte sie am eigenen Leib erfahren müssen. „Du - ich wollte dich doch auch gar nicht so anfahren. Sorry! Aber weißt du ..., hm, das mit den vielen Frauen macht mir ganz schön zu schaffen. Mit einem daher gelaufenen Zimmermädchen ...!" Sie schniefte. „Eine teure Weltreise. Und ich ..." – sie schwenkte ihren ausgestreckten Zeigefinger herum – „... muss in so etwas leben. Ist das fair? Sag es mir, Francisco!"

Erst nach einer langen Schweigeminute hörte sie ihn antworten. „Ich weiß ja auch nicht, warum es dir finanziell so schlecht geht. Das tut mir in der Seele weh. Wenn ich dich da nur herausholen dürfte. Aber ...." Sie wusste um den Grund für sein `Aber´; schließlich war sie dieser Grund. Doch da vermochte sie ihm nicht zu helfen. Sie konnte sich ja selbst nicht helfen – bei ihrem inneren Widerstreit. Toms Herz schlug direkt neben ihrem; da gab es keinen Platz für ein anderes. Auch wenn sie Francisco damit wehtat. Sich selbst auch?, fragte sie sich dabei irritiert. Ein leises Schlürfen und das Aufsetzen des Glases auf den Tisch lenkte sie von diesem Gedanken ab. „So, ich lese am besten mal weiter.

So verging der erste Teil des Tages wie im Flug.
Gegen drei Uhr nachmittags schaute er in `Dianas Sandwich Bar´ nach einem Platz, um seinen Hunger zu stillen. Ayse – so stand es auf ihrem kleinen Namensschild -, die blondierte Kellnerin, sprach ihn auf Deutsch an; schon wieder, dachte er, konnte er seine Nationalität nicht verbergen – wie schon bei Beatrice. Sie hatte um diese Zeit nicht viele Gäste; also nutzte er die Gelegenheit mit ihr zu plaudern. Auf sein Bitten hin setzte sie sich sogar zu ihm an den Tisch, nachdem ihr fragender Blick zu ihrer Chefin hinter der Theke mit einem zustimmenden „Tamam!" beantwortet war. Natürlich interessierte es ihn, aus welcher Ecke der Türkei sie stammte. Stolz berichtete sie davon, dass sie aus einem kleinen Dorf am Fuße des Ararat in Anatolien kam; mit zwölf war sie mit den Eltern nach Deutschland ausgewandert. Dort war sie bis zum Abitur zur Schule gegangen und hatte danach zunächst in Hotels gearbeitet. „Deshalb", warf er bewundernd ein, „sprechen Sie ein so perfektes Deutsch." Sie strahlte und erzählte weiter: „Als ich das Angebot bekam, auf diesem tollen Schiff zu arbeiten, heuerte ich ohne nachzudenken an."

Etwas hatte seine Neugierde geweckt – sie trug an einer feinen, goldenen Kette um ihren Hals ein filigranes Kreuz; sie ist Christin, sagte er sich und wollte es genauer wissen. „Warum sind ihre Eltern aus ihrem Land weggegangen?" „Wissen Sie, für uns Ar-

menier war das Leben im Grenzgebiet zwischen beiden Staaten nicht mehr erträglich gewesen." „Ja", antwortete er ihr; „die Geschichte beider Länder ist ja auch sehr belastet; aber davon will man in Ankara ja nichts wissen." Erstaunen zeigte sich in ihrem Gesicht. „Sie kennen sich aber gut mit dem Schicksal meines Volkes aus". „Oh ja! Euch christlichen Armenier hat man Schlimmes angetan! Ich habe mich damit beschäftigt - in meiner Zeit in Istanbul, als ich mit dieser ...." Er brach seinen Satz ab. „Aber das ist eine alte Geschichte; die lassen wir besser ruhen."

Die Finger fuhren für einen Moment durch sein Haar. Ayse blickte ihn ruhig an. Sehr lange, bevor sie mit warmer Stimme meinte: „Sie hat Ihnen wehgetan?" Er schloss die Augen und deutete ein Nicken an. Für einen Moment spürte er ihre Hand an seinem Unterarm; es war nur der Hauch eines Streichelns, eines, das mit wohltuender Wärme zu sagen schien: Ich verstehe Sie. Er schaute auf. Diese sensible Geste rührte ihn an. „Nicht alle Frauen sind so einfühlsam wie Sie, Ayse." Verlegen senkte sie den Blick. „Ob ich Sie wohl zu einem Glas Wein einladen darf?" Überrascht und erfreut zugleich schaute sie auf. „Meine Chefin erlaubt nicht, mit Gästen ..." Kurzer Hand erhob er sich und ging hinüber zur Theke. Als er zurückkehrte, stellte er zwei gefüllte Gläser auf den Tisch. „Sie hat ausnahmsweise nichts dagegen."

Große Augen trafen die seinen. „Warum ich das tue, fragen Sie sich gerade? Nun, weil Sie mir soeben etwas geschenkt haben, das für mich im Augenblick von sehr großem Wert ist. Menschliche Wärme. Wissen Sie ..."; er überlegte, ob er es ihr näher erklären sollte, beschloss jedoch, es zu lassen und sich auf andere Weise bei ihr zu bedanken – in ihrer Sprache. Das würde sie sicher freuen. So staunte sie nicht schlecht, als er sich bedankte und ihr sogar zusicher-

te, er wolle gleich morgen Mittag wieder kommen:
„Tesekkür ederim. Ama, tekrar gelecegim." Ein brei-
tes Strahlen ging über ihr Gesicht, als sie ihn begeis-
tert fragte, ob er Türkisch spreche: „Harika! Güzel
bir fikir. Türkce biliyor musunuz?" „Cok az, Ayse" –
nur ein wenig, Ayse - gab er zurück, erhob das Glas
und prostete ihr zu: „Serefe!"

„Du elender Charmeur! Immer schaffst du es, auf
Frauen Eindruck zu machen. Auf Ayse, auf Beatrice,
und vor allem auf diese blöde Maria, du ...!" Sie
schnaufte wütend. „Was ist denn jetzt wieder?", fragte
Francisco. „Hast dich doch sonst nicht so aufgeführt,
wenn ich diese Stelle vorgelesen habe." „Jetzt tue
ich´s aber, kapiert?!" Es gelang ihr einfach nicht, ihre
Gefühle im Zaum zu halten. „Hm!" „Was – hm?"
„Müsstest ihr eigentlich dankbar sein. Schließlich war
Maria es, die ihn aus seiner Niedergeschlagenheit
geholt und so aufgemuntert hat. Sie hat ihm eben gut
getan; genau wie diese Ayse und jene andere." „Dankbar? Pah! So ein Unsinn kann nur aus deinem Mund
stammen. Hör endlich auf, andauernd von diesen
Weibern zu reden, hörst du! Was geht dich das überhaupt an? Gar nichts!" Schon wieder gingen die Pferde
mit ihr durch. Sie hörte Stuhlbeine über den Fußboden schleifen. „Christine, ich denke, ich gehe jetzt
nach Hause." Die Richtung, aus der seine Stimme
kam, hatte sich etwas nach oben verlagert. Sie begriff,
dass er aufgestanden war. In ihrer Eifersucht war sie
nun entschieden zu weit gegangen. Warum bekam sie
das heute einfach nicht in den Griff? „Entschuldige.
Bitte! Geh noch nicht. Francisco!"

Wie konnte sie nur so garstig zu ihm sein. Nur, weil er
diese Frauen erwähnte. Sie stutzte. Diese Frauen.
Frauen? Ging es ihr denn wirklich darum? Ganz tief
sog sie die Luft durch die Nase ein. Oder vielmehr um
Tom? Darum, dass er andere an sein Herz ließ, wäh-

rend sie selbst ihr Herz vor anderen verschloss? Vor ihm – ihrem Francisco? So schnell sie die Klarheit dieser Erkenntnis überfallen hatte, so eilig verscheuchte sie diese Gedanken wieder. Nein – so etwas wollte sie gar nicht weiter denken!

„Bitte, bitte!", wiederholte sie flehend. „Verzeih mir, dass ich heute so ruppig bin. Aber ..., äh ...", fuhr sie stockend fort, „... wenn ich meine Tage habe, bin ich wirklich unausstehlich." Sie wusste, dass sie schwindelte; aber hätte sie ihm den wahren Grund offenbaren können? Nein! „Ob du nicht vielleicht doch weiter lesen möchtest?" Ihre Stimme klang so süß wie Honig schmeckt. Er schwieg. Lange. Dann hörte sie es. Endlich. „Erklärung akzeptiert, Christine!" Mehr kam nicht. Wie erleichtert sie war, als er mit Lesen fortfuhr!

„Nachdem Ayse nach ihrem gemeinsamen Plausch wieder arbeiten musste und er das kleine Restaurant verlassen hatte, dachte er bei sich, sie am liebsten näher kennen zu lernen. Doch sogleich meldete sich etwas in ihm, das ihn an die Wirklichkeit erinnerte. Ein tiefer Seufzer verließ seine Brust. Den aber überging er; von seinen Sorgen wollte er an diesem schönen Tag nichts wissen. Nach einem langen Spaziergang über die Decks und einem Planters Punch am Pool kehrte er in seine Suite zurück. Beschwingt öffnete er seinen Kleiderschrank, um sich etwas ganz Schickes als Abendgarderobe auszusuchen. In einer der Herrenboutiquen an Bord hatte er sich einen Anzug in dunkelblauer Seide gekauft. Der sollte es heute Abend sein! Gegen acht steuerte er gutgelaunt auf das `Incognito´ zu - ein Restaurant, das ihm der Kapitän auf der Brücke beim Abschied noch empfohlen hatte. „Sehr gemütlich – wenn es dort auch keine Schlangen gibt", hatte er schmunzelnd gemeint. „Vielleicht für ein romantisches Candle-Night-Dinner mit

Beatrice?" Diese Frage beantwortete er jedoch nur mit einem wohl unmissverständlichen Stirnrunzeln, denn als Reaktion kam ein viel sagendes „Ja, ja – Madame Beatrice!"

Hoffnung

Kaum hatte er das feine Restaurant betreten, fühlte er sich in einer anderen Welt. Überall Kerzenbeleuchtung, fast nur Zweiertische in durch Pflanzengruppen abgetrennten Nischen. Ja, dachte er, das war genau das Richtige für diesen Abend! „Are you alone this night, Sir?", fragte ihn der Kellner am Empfang höflich; er bestätigte, dass er allein war und bat um einen Tisch in der Ecke. „That´s right! Just a table for me, please. May be there in that corner?" Der Ober erfüllte seinen Wunsch gerne und bat ihn, ihm zu dem Tisch in der Ecke zu folgen. Er nahm Platz und freute sich nun auf ein geruhsames Abendessen in netter Atmosphäre – wenn auch alleine, was er schon irgendwie schade fand. Doch mit wem?

Er hatte sich einen wirklich schönen Tisch ausgesucht. Noch während er sich ein wenig umsah, schweiften seine Gedanken in die Weite seiner Vergangenheit. Gab es da nicht eine Situation, die der an diesem Abend glich? Langsam tauchte vor seinem geistigen Auge die Antwort auf. Es war vor vielleicht sieben, acht Jahren, erinnerte er sich. In einem ähnlich romantisches Restaurant. Doch nicht er selbst hatte dort diniert, sondern ...; er schmunzelte; es war eine der Figuren, die er für eine seiner Kurzgeschichten erdacht hatte. Sie trug den Titel `Gourmet´. Und das war zugleich der Name des Restaurants. Es war die Erzählung über eine Liebe, die mit der Lust auf die Gaumenfreuden eines Menüs begann und mit erotischer Lust endete - der Lust zwischen Pedro Primavera, eben diesem Gast, und der wunderschö-

90

nen Inhaberin Isabel de Flor. Er war ein drahtiger, eleganter Geschäftsmann aus Madrid, Ende dreißig und beruflich sehr eingespannt. Deshalb war es ihm auch noch nicht gelungen, aus der einen oder anderen Liebelei eine feste Beziehung entstehen zu lassen. Das unvermittelte Erscheinen jener attraktiven Dame in seinem Leben hingegen ließ Hoffnung in ihm aufkommen. Ihretwegen aß er, so oft es seine Zeit zuließ, im ´Gourmet` - doch eben nicht nur des guten Essens wegen. Er hatte sich in Isabel verliebt.

So saß er eines Samstagabends wieder dort an dem kleinen Tisch am Fenster und vertiefte sich in die Karte. Schon die Beschreibung des Menüs, für das er sich entschied, bereitete ihm so viel Lust auf den bevorstehenden Genuss, dass er dabei die einzelnen Gänge gedanklich auf der Zunge zergehen ließ, bevor er bestellte. „Ich nehme heute zunächst", begann er, „die cremig gerührte Tomate mit Ingwerstreifen unter dem Sahnehäubchen, dann das feine Carpaccio von der Chilenische Rinderlende auf frischem Erdbeermus und zum Abschluss diese fantastische Dessertvariation, die ich schon das letzte Mal hatte. Und den Bardolino Classsico – wie immer." Zu seiner großen Freude bediente ihn Frau de Flor mittlerweile persönlich. „Sehr gerne, mein lieber Senor Primavera." Ihre bei jedem seiner Besuche zunehmende Zuneigung zu ihm nährte seine Hoffnungen.

Zu fortgeschrittener Stunde – der Dessertteller war schon lange abgeräumt und die Flasche Wein bald geleert – trat sie an seinen Tisch. Wortlos und den Blick nicht von seinen Augen lassend nahm sie neben ihm Platz. Mit großer Freude bemerkte er dabei sofort, dass sie sich umgezogen hatte. Das hinreißende Kleid war schlicht gehalten, das Dekolletee bot ihm einen verführerischen Einblick. Sein Pulsschlag begann zu rasen. Schon ihre ersten Worte verblüfften ihn noch mehr als diese abendliche Überraschung. „Lieber Pedro!" Noch nie zuvor hatte sie ihn mit seinem Vornamen angesprochen. „Ich darf Sie doch so nennen. Aber natürlich nur, wenn Sie ab heute zu mir Isabel sagen, ja?!" Ihr Augenaufschlag brachte sein Herz dazu, noch schneller zu schlagen. Noch bevor er zu einer Antwort fähig war, hörte er sie fortfahren. „Mir ist jetzt nach Champagner. Ich darf uns doch zwei Gläser und eine Flasche holen?!" Ihr bestimmender Tonfall, mit dem sie ihm keine Wahl lassen wollte, überrollte ihn; doch welchen Grund könnte er gehabt haben ihr zu widersprechen?! Vor seinem inneren Auge sah er schon seine innigsten Wünsche in Erfüllung gehen.

Nach über zwei Stunden saßen sie noch immer zusammen, ganz eng, ganz vertraut, als wären sie schon seit Monaten ein Paar. Das zuvor voll besetzte Restaurant hatte sein Gesicht völlig verändert; auf einen Wink ihrer Chefin hin hatten die beiden Ober die Lampen des Restaurants gelöscht und waren gegangen - nicht, ohne die Eingangstüre abzuschließen. Das nur noch dämmrig scheinende Licht der Kerzen auf ihrem Tisch hüllte die beiden romantisch ein. Das Einzige, was noch strahlte, waren zwei glücklich schauende Augenpaare. Natürlich kam es, wie es kommen musste: Irgendwann erhob sich Isabel unvermittelt, ging in Richtung Treppe - dorthin, wo ihre Wohnung lag, drehte sich nach einigen Schritten auf dem Absatz um und meinte: „Komm!"

„Ja", murmelte Thomas König an seinem Tisch im `Incognito´ versonnen, „so geschah das damals in meiner Kurzgeschichte. Welcher Mann träumt nicht von einem solchen Abenteuer?!" Ach, hörte er bei diesen nachdenklichen Worten sein Herz leise klagen, wie schön wäre es doch, so etwas heute Abend auch erleben zu können. Wie gerne würde er seinen Puls noch einmal laut schlagen hören; wie gerne würde er noch einmal jene Flugzeuge in seinem Bauch herumsausen spüren. Wie gerne! Dieser wundervolle Tag heute könnte keinen schöneren Abschluss haben als jenen, den Pedro Primavera erlebt hatte. Aber, dachte er traurig, die Karten, die seinen Lebensweg bestimmten, waren nun eben gänzlich anders gemischt worden.

So widmete er sich der Menükarte, um sich abzulenken und seiner schon wieder aufsteigenden Wehmut keinen Raum zu geben. Um sich die Erinnerung an jene – wenn auch erfundene - Liebesgeschichte noch ein wenig zu bewahren, bestellte er eine Flasche Champagner. Der Ober, der ihn vorhin zum Tisch begleitet und sich mit George vorgestellt hatte, war äußerst zuvorkommend und nahm kurze Zeit später auch seine weiteren Wünsche auf; am Ende standen sechs Gänge fest. Er wollte es sich an diesem Abend – wenigstens auf diese Weise - gut gehen lassen!

Nach zwei ihn aufmunternden Gläsern und einem leckeren Amuse Gueule – feine Scheiben von der Gans an Himbeermus – kam ihm unvermittelt Beatrice in den Sinn. Beatrice - er ließ den Namen ganz genüsslich auf sich wirken; er hatte etwas vom Duft eines spritzigen Erdbeersektes. Der französische Akzent, erst Recht jedoch ihr verführerisches Aussehen, hatten ihn durchaus angesprochen; das musste er zugeben. Was wohl geschehen wäre, hätte er sich doch auf sie eingelassen? Dann säße sie jetzt hier und sie beide würden nach dem Essen .... Hoppla, dir gehen wohl gerade die Pferde durch, ermahnte ihn sein Verstand sofort. Doch was sollte er machen? Er war eben ein Mann; zudem ein sehr einsamer.

Das Restaurant begann sich langsam zu füllen. Die meisten Gäste kamen zu zweit. Vorne am Fenster beobachtete er ein älteres Ehepaar; die beiden waren emsig damit beschäftigt, einander anzuschweigen; sie waren sicher schon sehr lange miteinander verheiratet, witzelte er. In der anderen Ecke hatte sich ein junges Pärchen niedergelassen, das ganz im Gegenteil dazu nur mit Turteln beschäftigt war und gar nicht zum Bestellen kam; der Kellner musste hierzu mehrere Anläufe machen. Die Glücklichen!

George trat an seinen Tisch und servierte den ersten Gang. „Carpaccio vom Lachs in einer frischen Kräuter-Jus." Dieses Gericht erinnerte ihn spontan an einen luxuriösen Urlaub in Kalifornien, wo er den besten Lachs bekam, den er je gegessen ..."

„Siehst du, Francisco!", fiel Christine ihm ins Wort, „schon wieder so eine teure Reise! Und ich bin heute arm wie eine Kirchenmaus. Nichts hat er mir hinterlassen." Sie schnaubte und fuhr kleinlaut fort: "Außer der goldenen Kette. Und dem anderen Schmuck; aber den hast du ja schon für mich verkauft." Ihr Zeigefinger tippte an das, was sie heute um den Hals trug - um Francisco zu gefallen. „Du weißt es ja; die fanden wir in seinem Haustresor. Zusammen mit der Karte für ..."; schluchzend unterbrach sie sich; „... für mich. Geben konnte er sie mir aber nicht mehr; da war er schon ...." Ihre Hand stülpte sich über ihren Mund. Erst als sie sich fing, fuhr ihr Handrücken über ihre Wangen und wischte das salzige Nass weg, das sich auf ihre Backen ergossen hatte. „Ja, ich weiß, Chris; zwei Tage nach dem Unfall war dein Geburtstag."

Als wollte er, dachte sie, sie ablenken, wechselte er rasch das Thema. „Daneben lag doch auch dieses alte Buch von seinem Vater." Sie ließ sich darauf ein, um ihre Traurigkeit zu vertreiben. „Ja! Der Afrikaner." „Warum hing Tom eigentlich so sehr daran, dass er es im Tresor verwahrte?" „Er hat mir mal den Inhalt erzählt; da geht es in Afrika um eine Frau und einen Fürstensohn, glaube ich, der sie aus den Händen der Feinde befreite, weil er sie unendlich liebte. Seinem Vater war das Buch irgendwie ans Herz gewachsen, weil es ihn an seine eigene Frau erinnerte; die hatte er nämlich in Afrika kennen und lieben gelernt. Für Tom war es so eine Art väterliches Vermächtnis." „Aha! Aber im Tresor?" Sie zögerte. „Irgendwie komisch, oder?" „Schon! Na, egal. Willst du weiter lesen?" Er nickte. „Also – wo waren wir stehen geblieben? Ach ja, hier:

... wo er den besten Lachs bekam, den er je gegessen hatte. Während er seine Vorspeise genoss, bemerkte er, dass der Tisch links von ihm besetzt wurde. Eine Dame mit für seinen Geschmack viel zu viel Schmuck um den Hals und die Handgelenke, etwa Mitte sechzig, ging auf den Stuhl am Fenster zu, dicht gefolgt von ihrem weit jüngeren Begleiter. Ach wie schön, überlegte er eher beiläufig - Mutter und Sohn machen gemeinsam eine Kreuzfahrt.

Bald brachte George den zweiten Gang. Mediterrane Krustentiere im Knoblauchsud an getoastetem Chiabatta. Das bedeutete ein wenig Arbeit, doch die kleinen Meerestiere waren sehr lecker. Auch zu diesem Gang trank er Champagner - nun schon sein drittes Glas; er hatte beschlossen, statt Wein zu trinken heute Abend dabei zu bleiben. Während er nach einem guten Schluck davon das Glas absetzte, wurde er von einem heftigen Wortgefecht gestört: „Aber Liebes, das hast du völlig falsch verstanden. Da war wirklich nichts." „Du lügst!" „Nein, glaube mir!" Er schaute auf. Der laute Disput kam vom Nachbartisch, der kurz zuvor von jener Mutter mit Sohn besetzt worden war. Oh, oh – das klingt nicht gerade nach Urlaubsfreude; und wieso sagt er Liebes zu ihr? Neugierig verfolgte er das Geschehen. Der Mann – er konnte sein Gesicht aufgrund des zwischen den Tischen stehenden Paravents nicht erkennen - war wohl nicht der Sprössling, sondern der Liebhaber, versuchte er doch, die Hand seiner Tischdame zu streicheln und diese dabei mit geflüsterten Liebesschwüren zu besänftigen.

„Lass das und schweig", zischte sie ihn jedoch sofort an. „Ich habe genau gesehen, wie du aus ihrer Kabine gekommen bist. Lüg´ mich also nicht an, sonst ..." Aha, also tatsächlich ein Liebespaar, bei dem der Haussegen gewaltig schief hing! „Was ... sonst?!" Laut werdend erhob sich der Herr im feinen Zwirn für einen Moment. Nun sah er sein Gesicht – und war bass erstaunt. Den Mann kannte er doch! Natürlich, das war doch der Bursche, den er am zweiten Tag während des Landgangs mit Beatrice am Arm gesehen hatte. Sie war also diejenige, um die es hier ging.

„George!" Er rief leise nach ihm, als er an seinem Tisch vorüberging und bat um noch etwas Brot, wobei er ihm einen fragenden Blick zuwarf: „Some more bread, please", was er ihm mit einem Achselzucken zu bringen versprach. Nach einem weiteren lauten Wortwechsel stand nun im Gegenzug die Dame empört auf, nahm ihre Handtasche und eilte zum Ausgang. Der nun offensichtlich seiner Rolle enthobene Liebhaber blieb noch, bis der Wein bezahlt war, wie ein begossener Pudel sitzen und verließ dann schnurstracks das Restaurant. C`est la vie – so ist das Leben -, dachte er und war trotz der emotionalen Tragödie von nebenan ein wenig amüsiert.

Nach dem folgenden Zwischengang, einem leichten Zitronen-Sorbet namens `Lemon Surprise´ ging es weiter mit gratiniertem Gemüse aus dem Wok auf Glasnudeln, einer leicht bekömmlichen Köstlichkeit, wie er schon nach dem ersten Probieren fand. Danach würde sein Dessert, ein leicht geeister Obstsalat im gepfeffertem Vanillepudding-Kranz mit heißem Grand-Manier, ganz gewiss ebenso lecker sein, freute er sich schon. Zur darauf folgenden Auswahl an französischem Käse bat er George dann doch um einen passenden Roten – einen Coté du Rhone -, um seinen Geschmacksnerven noch ein Gegenstück zu dem Champagner zu bieten.

Nachdem er die gewünschte Flasche gebracht hatte, fachsimpelten sie ein wenig über gute Weine, woraus sich nach kurzer Zeit eine angeregte Unterhaltung entwickelte. George erzählte davon, in Seattle aufgewachsen zu sein. Er selbst wiederum erwähnte, schon zweimal dort sowie im kanadischen Teil der Rocky Mountains gewesen zu sein. Auch von seiner Zeit in Québec auf der französisch sprechenden Seite Kanadas berichtete er und kam dabei richtig ins Schwärmen. Nach vielleicht zehn Minuten meinte George, er müsse sich wieder um die anderen Gäste kümmern.

Umso größer war die Überraschung, als George nur kurze Zeit später erneut an seinem Tisch erschien. „Excuse me, Sir. The lady behind of you at that table asks you to join her in drinking a glass of wine." Mit großen Augen schaute er ihn an, weil er nicht gleich begriff. Wer wollte mit ihm ein Glass Wein trinken? Eine Dame? Am Tisch hinter ihm? Er drehte sich um. Mit dem Rücken zu ihm saß eine Frau mit blondem, kurzem Haar. „Die kenne ich nicht", murmelte er und schüttelte den Kopf. Was will die von mir? Seine Stirn legte sich in Falten. Schon wieder so eine wie Beatrice? Nein Danke! George bemerkte, dass die Augenlider seines Gastes zuckten und sich fünf Finger im dessen Haaren verfingen. „What do you want me to tell her, Sir?" Was er ihr mitteilen sollte? Nun dass ich kein .... Er zögerte.

„Hm - fragen Sie sie doch, warum sie ...." Noch immer wühlte er in seinem Haar. „Pardon me?" Erst jetzt begriff er, mit George auf Deutsch gesprochen zu haben. "Oh sorry. I´ll do it myself. Thank you, George." Ja, er konnte sie doch selbst fragen. Entweder es bewahrheitete sich sein Verdacht; dann bekäme die Lady einen Korb. Oder .... Wir werden sehen. Kurzerhand griff er nach seiner Flasche Wein und dem Glas, erhob sich, ging mit bedächtigen Schritten und einem höflichen „Guten Abend!" auf ihren Tisch zu – und erstarrte.

Noch bevor er sein Erstaunen in Worte fassen konnte, vernahm er ihr: „Hallo Thomas – wenn ich Sie so nennen darf." Mehr als ein „Das darf doch nicht .... Sie?" brachte er zunächst nicht heraus. „Sie erinnern sich also an mich?" „Selbstverständlich! Aber ...; aber woher ... kennen Sie ... meinen Vornamen?", stotterte er. Ein freundliches Lachen war ihre erste Antwort, die zweite ihr „Das ist wahrlich eine längere Geschichte". „Was machen Sie hier? Sie sind doch in Rom ...." „Nun, zum einen speise ich hier, ebenso wie Sie. Und zum anderen haben Sie damit Recht - auch wenn Sie es nicht sahen, weil Sie zu diesem Zeitpunkt schliefen."

Ein Lächeln lag auf ihren Wangen, als sie sagte: „Ich schätze, Sie schauen gerade sehr erstaunt drein; doch seien Sie gewiss, auch ich hätte nie im Leben gedacht, Sie noch einmal zu treffen. Als Sie sich soeben mit George unterhielten, habe ich Sie sofort an Ihrer Stimme erkannt." „Nein! Das ist unmöglich. Während der Zugfahrt sprach ich doch kein Wort mit Ihnen." „Auch das trifft zu. Dennoch hörte ich Sie reden." Er besann sich. „Ach ja, als ich mit diesem Eindringling sprach, der unsere Ruhe im Abteil zu stören drohte." „Hm. Aber nicht nur da." Sie richtete sich leicht auf und rückte mit Daumen und Zeigefinger ihre dunkel

98

getönte und verspiegelte Sonnenbrille zurecht. „Einerlei – nehmen Sie doch bitte Platz." Ihre Hand deutete auf den Stuhl ihr gegenüber. Er zögerte. „Bitte! Oder wollen Sie etwa nicht mehr erfahren?" „Doch, doch! Vielen Dank. Ich bin nur noch immer völlig perplex."

„Das darf nicht wahr sein; wie klein doch die Welt ist. Die Frau am Fenster, im Zugabteil." „Ja, die bin ich", nahm sie seine Worte auf. Noch immer durcheinander schüttelte er den Kopf. „Wissen Sie, dass ich .... Nun, ich meine, als ich damals in Rom aufwachte und plötzlich alleine da saß, war ich tatsächlich ein wenig traurig darüber, dass Sie fort waren." Ihre Wangen erröteten. „Nun, ich hätte Sie ja schlecht wecken können, nur um Ihnen zu sagen, dass ich aussteige, nichtwahr?!" „Natürlich; aber wollen Sie mir nicht verraten, was Sie hier ...; äh, wie Sie von Rom aus ... auf das Schiff ...; ich verstehe das nicht." Etwas gefasster fügte er hinzu: „Ich freue mich sehr, Sie wieder zusehen!"

Ich mich ebenfalls, dachte sie – erfreut und beruhigt zugleich. „Tja, das scheint kompliziert, ist aber ganz einfach zu erklären. Darf ich Sie zunächst zu einem Glas Wein einladen? Dann will ich Ihnen alles erzählen." Er deutete auf den mitgebrachten Rotwein. „Sehr gerne – wenn ich Sie zu meinem wundervollen Franzosen überreden darf?" Dabei hielt er ihr die Flaschenseite mit dem Etikett hin, um sie lesen und entscheiden zu lassen; auf ihr eigenartig eilfertiges Kopfnicken hin drehte er sich kurz zu George um, der die ganze Sache aus gebührendem Abstand mit Interesse beobachtete, und bat ihn um ein frisches Glas für die Dame: „George, a new glass for the lady, please." Sofort brachte er ihr ein neues Weinglas, nahm ihr gebrauchtes weg, schenkte den Wein halbvoll ein und stellte es zurück; dabei flüsterte er zu ihr

gerichtet: „I´ve put it on the same place." Ihr dankbar klingendes „Thank you, George" kam ebenso leise
– doch ihr Tischherr hatte es sehr wohl vernommen
und wunderte sich darüber, was es zu bedeuten hatte; warum stellte er ihr nur halb gefülltes Glas exakt
auf den vorherigen Platz?

„Oh, ich habe mich Ihnen noch gar nicht vorgestellt",
entschuldigte sie sich nun bei ihrem Gegenüber.
„Mein Name ist Christine Duval. Ich erhebe mein
Glas auf die Überraschung des Tages, nämlich darauf, Sie hier wohlauf zu sehen; äh, ich meine wieder
zu treffen." Während sie nach ihrem Glas griff,
schaute sie, als wartete sie auf seine Reaktion, in
seine Richtung und prostete ihm zu. Er verstand.
„Ach so. König, Thomas König. Die Freude ist ganz
auf meiner Seite, liebe Frau Duval." Aha, König,
dachte sie.

Er schaute sie an und spürte die Wärme, die in ihm
aufstieg. Nun war sie doch nicht einfach so verschwunden, ohne dass er ein Gespräch mit ihr anfangen konnte. Sie, die ihn im Zug auf irgendeine geheimnisvolle Weise berührt hatte. Sie, deren Nähe
ihm schlagartig gefehlt hatte, als sie nicht mehr da
war. Wie sehr er sich nun freute, sie hier wieder getroffen zu haben! Ein echter Zufall – oder, fragte er
sich. „Auf Ihr Wohl, Frau Duval!" „Cheers!", gab sie
beschwingt zurück und nahm einen Schluck. „Ich
liebe französische Weine; und dieser ist wirklich ausgesprochen gut. Das `Incognito´ führt edle Weine.
Das konnte ich schon mehrfach erleben; ich bin gerne
hier – natürlich auch wegen des hervorragenden
Essens." Sie trank erneut und setzte ihr Glas ab.
Exakt an der Stelle des Tischs, auf dem es gestanden
hatte, fiel ihm auf.

„Nun will ich aber gerne auf Ihre Frage zurückkommen." „Oh ja; ich bin gespannt." „Also - in Rom wohnt mein früheres Kindermädchen, das ich besuchte. Ihr Sohn nahm mich danach mit nach Marseille, wo er geschäftlich zu tun hatte. So kam ich erst in Frankreich an Bord. Sie sehen – eigentlich doch ganz einfach. Und ab wo haben Sie die Kreuzfahrt begonnen?" „Ab Palermo." „Dann haben Sie ja schon einige andere Häfen gesehen. Ich bleibe bis zum Ende der kompletten Route auf dem Schiff. Das kostet mich zwar meinen gesamten Jahresurlaub, ist es mir aber wert. Was machen Sie beruflich?" „Ich war Kapitalanlage-Manager, arbeite jedoch nicht mehr, seit ich ...." Er sprach nicht weiter. „Ach - Ihre Stimme klingt aber nicht gerade nach der eines Rentners? Viel jünger." Wieso klingt? Er legte die Stirn in Falten. „Und was machen Sie, wenn ich fragen darf?" „Ich spiele Cello." „Oh, eine Musikerin. Wie schön! In einem großen Orchester?" Die Frau nickte. „Da kommen Sie ja viel herum und sehen die großen Konzertsäle der Welt. Das ist bestimmt anstrengend; da ist eine so schöne Schiffsreise ganz sicher eine erholsame Abwechslung." „Oh ja, das ist sie; und so bequem für mich." Sie nahm einen weiteren Schluck Wein.

„Weshalb eigentlich - seit ...?" „Wie meinen?" „Sie sagten, Sie arbeiten nicht mehr, seit ...." Er presste seine Lippen aufeinander. Darüber wollte er nicht reden und ärgerte sich, sich eben verplappert zu haben. „Wissen Sie, dieses Thema ist für mich ein wunder Punkt." „Oh. Dann verzeihen Sie mir bitte mein Nachfragen." Sie beugte sich leicht nach vorn. „Ich entnahm ihren Worten nur etwas Ungewöhnliches. Ihre Stimme klingt, wie gesagt, zu jung, um schon die eines älteren Herrn zu sein. Höchstens nach vierzig. Richtig?" Wieso bemisst sie mein Alter nach meiner Stimme?, wunderte er sich erneut; trage ich etwa eine Tarnkappe? Sie sollte wohl besser ihre Brille absetzen; völlig undurchsichtige Gläser. „Nicht schlecht getippt. Aber ...“; er zögerte; „... sieht man das nicht?“

Er blickte sie forschend an. Sie aber schwieg. Lange. Zu lange. Er hakte nach. „Finden Sie nicht auch, dass Augen für das Einschätzen von Menschen von größerer Bedeutung sind als Ohren?“ Ihr Mund öffnete sich leicht, als wollte sie sofort antworten. Doch dann legten sich ihre Lippen wieder aufeinander. Er schaute ihr dabei zu, wie sie zu überlegen schien. Erst als sie sich noch etwas weiter zu ihm beugte, erwiderte sie leise: „Das stimmt schon; generell, meine ich. Menschen mit den Augen erkennen ist allerdings nicht gerade meine Stärke. Wissen Sie, ich sehe einen Menschen mit meinem Gehör besser. Diese Fähigkeit musste ich ..., äh, habe ich schon in meiner Kindheit erlernt.“ Fahrig fuhr ihre Rechte an ihr Ohrläppchen. „Ihrer Stimme zum Beispiel, Herr König, entnehme ich auch Herzenswärme.“ Ohne eine Antwort zu erwarten, sprach sie weiter: „Ja, da höre ich etwas sehr Emotionales!“ Er griff nach seinem Glas. Wie Recht sie hatte! Ein Lächeln legte sich auf sein Gesicht.

„Mancher mag glauben, er könne seine Stimme verstellen, um seine Wesensart – oder etwa seine wahren Absichten - zu verbergen. Doch da irrt er! Der Klang einer Stimme gleicht einem Spiegelbild und verrät mir Sympathie ebenso wie böse Gedanken – einfach dadurch, dass sie Harmonie ausstrahlt oder von innerer Anspannung getragen ist. Solche Zeichen kann keiner abschütteln, denn sie resultieren aus den Gedankenströmen, die wiederum für eine höhere Pulsfrequenz sorgen; der Puls schlägt sich stets auch in der Stimmlage nieder. Das Problem ist dabei nur, dass ein gesunder Zuhörer nicht immer die nötige Sensibilität aufweist, um das Gehörte richtig einzuordnen. Wer nicht feinsinnig zuhört, versteht auch nicht das, was, nun ja, sagen wir mal, zwischen den Zeilen steht."

Er stutzte. Ein gesunder Zuhörer? Sein Blick heftete sich an ihr Gesicht. Warum trug sie nur diese blöde Brille, die ihm den Blick in ihre Augen verwehrte? „Am besten können Sie übrigens hören – und ich meine damit zuhören im Sinne von begreifen -, wenn Sie ihre Augen dabei schließen. Versuchen Sie das einmal; dann fließt wie bei einem Trichter jede Wahrnehmung in Ihr Ohr. Nichts, was Ihre Augen zur gleichen Zeit sehen würden, kann sie ablenken. Denken Sie nur an all das, was Sie während eines Gesprächs umgibt: Mimik, Gestik, andere Menschen, Gegenstände, Geräusche, Licht, Farben – all das irritiert Sie und behindert Ihre Fähigkeit, sich zu konzentrieren. Glauben Sie mir; ich kann das sehr gut beurteilen!" Statt es zu tun, schaute er sie mit einer Mischung aus neugierigem Interesse und eigenartigem inneren Berührtsein an. Dabei beobachtete er, wie sich ihre Augenbrauen, die oberhalb ihrer Brille herauslugten, hoben und senkten. Ob sie darauf wartete, dass er die Augen schloss und ihr danach Recht gab?

„Nun ja, Ihnen gelingt das wohl besser als mir; ich brauche dafür schon meine Augen!" „Weil Sie es nicht versuchen!" Aus ihrem Tonfall entnahm er eine gewisse Verärgerung. „So wissen Sie auch nicht, wie bedeutsam es ist, sowohl das Sehen als auch das Hören nutzen zu können. Das ist ein ganz großes Geschenk, Herr König." Ihre Stimme klang nun sogar aufgeregt. Er sah, wie sie sich auf die Unterlippe biss. „Ihnen ist Sehen und Hören vergönnt; aber Sie wollen den Unterschied dieses großen Geschenks gar nicht begreifen", fuhr sie ihn an. Mit einem Ruck lehnte er sich zurück und verschränkte die Arme vor der Brust. Warum, dachte er, wird sie auf einmal so

103

aggressiv. „Welchen Unterschied?", hakte er irritiert nach. „Na ist das so schwer zu verstehen? Eben den, welchen Menschen ertragen müssen, denen nicht mehr alle Sinne gehorchen." Sie schnaufte. „Ach, was rede ich da. Ihr anderen habt einfach keine Ahnung davon!" Sie tastete nach dem Glas und leerte es in einem Zug.

So hatte er sich das Gespräch nicht vorgestellt. Ich sollte lieber wieder an meinen Tisch zurückgehen, beschloss er kurzer Hand. Schon wollte er sich erheben, da drang zu seiner Überraschung eine erschöpft und leise klingende Stimme an sein Ohr. „Entschuldigen Sie bitte meinen barschen Tonfall. Wissen Sie, es gibt da eine Wunde in meinem Leben, die nicht verheilen will." Er ließ seine Arme in den Schoß sinken. Eben noch schroff und im nächsten Moment so verletzlich, dachte er; was ist das nur für eine eigenartige Frau? „Oh, das tut mir leid." „Ist schon okay. Wenn ich es recht bedenke, finde ich es sogar sehr gut, dass wir uns nicht bloß über das Wetter unterhalten. Schließlich sind Sie ja kein Fremder für mich." Das verstand er nun überhaupt nicht, hörte aber zunächst weiter zu. „Dennoch möchte ich noch einiges mehr über Sie erfahren."

Kein Fremder, klang es in seinem Kopf nach. Weshalb das? Nun ja, mir ist sie ja auch nicht richtig fremd; und sie interessiert mich! „Das gilt aber umgekehrt auch für mich, liebe Frau Duval. Schon im Zug drängte es mich dazu, wenigstens in Ihre Augen schauen zu können, um mehr von Ihnen zu erfahren." Seine Hand fuhr nach oben und verfing sich in seinem Haar. „Zudem habe ich lange mit mir gerungen, Sie sogar anzusprechen. Am Ende machten Sie mir jedoch den Eindruck, kein Gespräch zu wollen. Umso schöner ist es im Moment, an Ihrem Tisch zu sitzen. Und ..." Er suchte die richtigen Worte. „Und es tut mir gut. Sie glauben ja überhaupt nicht, wie sehr!" Er beugte sich nach vorn und sprach leise: „Auch ich habe nämlich meine Wunden."

Ihr Gesicht neigte sich etwas nach unten. Ich weiß, sagte sie sich und spürte dabei ein ebenso mitleidiges wie verständnisvolles Weh in ihrer Brust. Da saß er nun ein zweites Mal ihr gegenüber, der Mann, von dem sie so viel Schlimmes wusste; und der ihr ebenso verletzlich vorkam wie sie es selbst war. Um ihre Mundwinkel legte sich ein warmes Lächeln.

„Darf ich Sie etwas fragen?" Sie schaute, noch immer mit ihren Gedanken beschäftigt, wieder in seine Richtung. „Woher kennen Sie eigentlich meinen Vornamen?" Sein forschender Blick ruhte zunächst auf dem Dunkel ihrer Brille, dann auf ihrem Mund. Er wartete. In ihr begann ein Kampf – einer, der darüber entscheiden würde, ob sie ihr Wissen offenbaren sollte. Sein Wunsch nach einer Antwort blieb jedoch unerfüllt. Etwas anderes zu erfahren reizte ihn ebenfalls, sodass er seine Wissbegier erst einmal darauf richtete. „Dürfte ich eine Bitte äußern?" „Welche?"

Er nahm allen Mut zusammen, auch auf die Gefahr hin, sie erneut zu verärgern. „Nun, wir sprechen die ganze Zeit über Sehen und Hören. Dabei sind Sie jedoch im Vorteil!" Wieder sah er ihre Augenbrauen über den Brillenrand lugen. „Ich verstehe nicht." Wie sehr sie jedoch verstand, wusste sie. „Nun, Sie haben meine Stimme gehört und zudem in meine Augen sehen können." „Stimmt!" „Sie können also in meine Augen sehen; mir allerdings bleibt dies ihrer dunklen Gläser wegen verwehrt. Wissen Sie, für mich gehört es zum Reden dazu, meinem Gesprächspartner in die Augen zu schauen; einfach, weil ich ihn somit besser kennen lernen kann."

Trotz ihrer Abneigung gegenüber seiner wortlos ausgesprochenen Aufforderung berührte sie seine Hartnäckigkeit. Dieser Mann interessierte sich tatsächlich für sie; sogar offensichtlich schon seinerzeit im Zug. Trotzdem – oder gerade deshalb?, fragte sie sich - wollte sie nicht, dass sie dieser Mann in einem Licht sieht, das sein Interesse an ihr ganz sicher verschwinden lassen würde. Wer wollte auch schon etwas von ihrem Leid wissen – geschweige denn ihre ausdruckslosen Augenhöhlen sehen. „Oh, schauen Sie, ich bin an meine ewige Dunkelheit gewöhnt." Sie stutzte; damit war sie zu weit gegangen. Rasch korrigierte sie sich. Ihr Atmen hörte sich dabei gehetzter an. „Äh, ich meine … hm, natürlich … die Dunkelheit meiner Brille; deshalb setze ich sie … ungern ab."

Dunkelheit? Einem Echo gleich hallte dieses Wort in seinem Kopf – einmal, zweimal, dreimal. Unbewusst fuhr seine Hand durch´s Haar. Er schimpfte mit sich. Ich Idiot! Wieso habe ich es nicht schon vorher begriffen? Schon damals. Natürlich! Die Frau am Fenster war blind. Fast schämte er sich für seine fehlende Sensibilität. Wie konnte er sie soeben nur darauf ansprechen?! So etwas muss man doch merken!, beschimpfte er sich wortlos. Warum sonst trägt diese Frau eine solche Brille?! Eine Blindenbrille. Was sollte er tun? Rasch das Thema wechseln? Sich entschuldigen? Sie trösten? Seine Hand bewegte sich auf der Tischplatte in Richtung ihres Armes, verharrte aber auf der Hälfte des Weges.

Nicht nur das Schleifen der Hemdenknöpfe auf dem Holz, sondern auch sein lauter werdender Atem machte ihr klar, dass sie sich soeben offenbart hatte. Nun wusste er es doch! Sie ließ sich schwer gegen die Rückenlehne fallen. „Ja, ich bin blind." Es dauerte, bis er zu reagieren vermochte. „Bitte, entschuldigen Sie. Das wollte ich nicht; ich habe ja nicht gewusst …."

„Oh, Sie müssen sich wirklich nicht entschuldigen. Ich weiß um die für Außenstehende unangenehme Wirkung dieser Erkenntnis. Deshalb trage ich stets dieses dunkle Glas." Dankbar und erleichtert folgte er den Bewegungen ihrer Lippen; sie nahm ihm sein tölpelhaftes Verhalten nicht übel. Doch Scham überdeckte seine Erleichterung. Was war seine eigene Krankheit gegen eine derartige ein Leben lang andauernde Dunkelheit?! Ein Gefühl von Mitleid drängte ihn dazu aufzustehen, um sie in den Arm zu nehmen - einfach so, um ihr auf diese Weise zu sagen, dass er ihr ganz nah war.

„Als Kind verlor ich", hörte er sie sagen, noch während er mit diesem Gedanken beschäftigt war, „mein Augenlicht. Ein Feuer." Er sah, wie sich Blässe auf ihre Wangen legte. „Ich blieb damals allein zu Hause, weil meine Eltern wieder auf irgendeiner Gala waren. Wie oft hatte ich sie schon weinend gefragt, warum sie nicht abends ...; na, egal!" Sie schluckte. „Mein Kindermädchen rettete mich im letzten Moment aus meinem brennenden Zimmer, kurz bevor mich die so schrecklich heißen Flammen um mich herum verbrannt hätten."

Ein Schütteln ging durch ihren Oberkörper. Die Erinnerung daran tat ihr so weh; jedes Mal wieder; sie würde wohl nie darüber hinweg kommen. „Meine Eltern hatten nie großes Interesse an mir gehabt. Nicht einmal an diesem für mich doch bedeutsamen Tag waren sie bei mir geblieben." Er merkte auf und schaute sie fragend an. Als hätte sie seinen Blick sehen können, antwortete sie: „Ja, es ist noch heute bitter für mich zu wissen, dass der Brandtag mein Geburtstag war." Sein Kopf bewegte sich bestürzt hin und her. „Sie hatten sich gerade noch Zeit dafür genommen, rasch die Kerzen neben dem üblichen Berg von Geschenken anzustecken, um dann eilig das Haus zu verlassen."

Für einen Moment senkte er den Kopf, weil er ihn nicht mehr ertragen konnte – ihn, den Anblick ihres traurigen Gesichts. Er spürte Stiche in seiner Brust; sie kamen von dem Schmerz über das, was jenem Mädchen von damals widerfahren sein musste. Welches Leid hatte es erleben müssen! Ein Leid, das, wie ihm gerade vor Augen geführt wurde, noch heute nicht überwunden war. Endlich fand er Worte, mit denen er seine Sprachlosigkeit durchbrach und sein Mitgefühl auszudrücken versuchte. „Mein Gott, wie schrecklich muss das für Sie gewesen ..."; er schwieg kurz; „... und noch immer sein!" Doch er empfand diesen Satz als so schwach, als so unbedeutend wenig! Viel mehr wollte er sagen; viel mehr von dem, was ihm durch den Kopf ging und was ihm die Stiche in seiner Brust zeigten. Doch würde nicht jedes weitere Eingehen auf sie ihr noch mehr wehtun - und einem Finger gleichen, den er damit in eine offene Wunde legte?

„Wie Recht Sie vorhin hatten. Wir Sehende können überhaupt nicht ermessen, wie schwierig ein Leben in Blindheit ist. Jeder kleine Handgriff muss doch schon ein Problem sein." Er erinnerte sich an etwas: „Ich hatte mich vorhin schon gewundert, als George Ihnen sagte, er habe das Glas exakt auf denselben Platz gestellt. Ich Dummer! Nun begreife ich erst, warum." „Ja, George weiß vom Kapitän, dass ich nicht sehen kann und richtet sich danach. Deshalb gehe ich an Bord immer nur ins `Incognito´. Dieser Tisch ist auf der gesamten Reise für mich reserviert. Und ...", fügte sie hinzu, „... meine Kabine liegt nur genau zweiundvierzig Schritte vom Eingang dieses Restaurants entfernt auf demselben Deck."

Welch starke Frau, dachte er, und tat das, worum sie ihn vorhin gebeten hatte. Für einen Moment schloss er die Augen; er wollte sein wie sie; hören wie sie, lauschen wie sie, einfach ihr nah sein. Ohne zu sehen sah er sie – vor seinem geistigen Auge. Das wunderschöne Gesicht, das ihm im Zug so gefiel; ihren zierlichen Körper, die weiße Bluse mit den Perlmuttknöpfen, den bunten Schal, der luftig um ihren Hals geschlungen war, ihre Hände sogar, die er in diesem Augenblick gerne berührt hätte. Doch – er stutzte – war da nicht noch etwas? Er konzentrierte sich auf das, was ihm seine Nase erzählte. Mit einem Zug sog er ihn ein, den Duft ihres Parfüms. Es roch nach Rose; sofort erinnerte es ihn an einen großen Strauß Baccara-Rosen. Er öffnete die Augen. „Ich habe Sie gesehen, ohne zu sehen."

Ein Strahlen erschien auf ihrem Gesicht. „Danke, dass sie es ausprobiert haben." Ihre rechte Hand bewegte sich langsam nach oben und legte sich auf ihre Brust, dorthin, wo ihr Herz schlug. Nach einer Minute des Schweigens hörte er sie sagen: „Wissen Sie, was mich heute Abend ganz besonders berührt?" „Sagen Sie es mir", entgegnete er ebenso neugierig wie liebevoll. „Heute ist ein besonderer Tag. Nicht nur, weil ich Sie heute wieder treffe, was ich sehr schön finde. Auch nicht nur, weil wir uns so vertraut unterhalten; ganz im Gegenteil zu damals übrigens; obwohl – wirklich geschwiegen haben Sie damals nicht, denn eigentlich sprachen Sie mit mir." „Eigentlich?" „Nun ja. Hm." Sie wusste nicht, ob es richtig war, sich schon jetzt ihm gegenüber zu erklären. Doch hatte sie nicht schon zu viel angedeutet, als dass sie noch zurück konnte? „Sie erzählten mir von sich." Erstaunt runzelte er die Stirn. „Zum einen ließ mich Ihre Stimme etwas über Ihren Charakter erfahren. Genauer gesagt über Ihre Durchsetzungsfähigkeit, als Sie nämlich mit dem Herrn sprachen, der in unse-

rem Abteil Platz nehmen wollte." Ach, das meinte sie; er nickte, während er sich an diese Szene erinnerte. „Zum anderen aber verrieten Sie mir auch ein Geheimnis."

Bitte? Unwillkürlich dachte er an den geheimnisvollen Zettel. Ein Schauer lief ihm über den Rücken; er versuchte ihn mit einer Schulterbewegung abzuschütteln. „Wie meinen Sie das?" Seine Gesichtszüge spannten sich an. Nein, überlegte sie, sie durfte ihn nicht weiter im Unklaren lassen. Schließlich zwang sie ihr Wissen über ihn doch dazu, ihm zu helfen. „Sie sprachen nämlich im Schlaf." Er fühlte, wie sein Gesicht blass wurde. Hatte er etwa ...? Mit Macht drängte sich ein Verdacht in sein Grübeln. Doch hoffentlich nicht ... davon!

Noch bevor ihn dieser Gedanken noch mehr erschreckte, legte sich ihre Stimme beruhigend über seine Sorge. „Lieber Thomas ..."; sie beließ es bei seinem Vornamen. „Haben Sie keine Angst! Was Sie mir damals unwissentlich anvertrauten, ruht in mir wie in Abrahams Schoß. Eigentlich wollte ich auch gar nicht darüber reden, sondern über das, was mich heute Abend ganz besonders berührt?" Noch völlig irritiert versuchte er, sich zu fangen. „Und was ist das?", fragte er fast flüsternd. „Genau heute, an dem Tag, an dem wir uns hier wieder sehen ...." Sie schluckte, weil sie um ihre Fassung rang. „Genau heute jährt sich der Tag, an dem ich mein Augenlicht verlor. Heute ist nämlich mein Geburtstag."

Christines Wangen wurden feucht; sie konnte ihre Tränen nicht zurückhalten. „Oh Chris. Ich sollte jetzt wirklich zu lesen aufhören. Das alles regt dich jedes Mal wieder so auf." Sie vernahm das Rücken seines Stuhls und wusste, was sogleich geschehen würde; das, was immer passierte, wenn er an diese Textstelle kam und sie zu weinen begann. Und das, wogegen sie sich nun erneut zur Wehr setzen würde. Viel zu sehr verharrten ihre Gefühle noch immer bei ihrem Tom, dessen Geschriebenes ihr die Tränen der Trauer in die Augen trieb. Sie liebte ihren Ehemann - ihre große Liebe und der Vater ihrer kleinen Lara. Schon glitt seine Hand über ihren Kopf, dann ihr Haar entlang nach unten, um auf ihrer Schulter liegen zu bleiben. Er sprach kein Wort dabei, doch sie wusste, was er gesagt hätte, würde sie es ihm gestatten.

Das aber tat sie nicht. Einen Augenblick lang vermochte sie sich allerdings nicht gegen das in ihr aufkommende Gefühl zu wehren; seine Berührung tat ihr so unendlich gut. Ach, wie sehr sie sich nach Zärtlichkeit sehnte! Doch schon kam sie sich als Verräterin an Tom vor und schüttelte Franciscos Hand von sich ab. „Nicht! Bitte." Ihre Lippen bebten, während er von ihr abließ. Was sie dabei still zu sich sagte, wusste er nicht: Ach Francisco, ich kann meine Liebe zu Tom nicht aufgeben. Aber wie lange kann ich meine Empfindungen für dich noch einsperren? Und, dachte sie ängstlich weiter, wie lange hältst du meine Zurückweisungen noch aus? „Lieber, sei nicht böse; bitte. Liest du weiter, ja?!" Seine Stimme klang traurig, als sie das Papier rascheln und ihn weiter lesen hörte.

„Verzweiflung

Er lag fast die ganze Nacht wach. Aufgewühlt warf er sich von der einen auf die andere Seite. Gewiss, der Abend im Restaurant war noch wunderschön geworden. Er hatte sich sogar für zehn Minuten entschuldigt, war drei Decks tiefer in den Blumen-Shop geeilt und - mit einer langstieligen roten Baccara-Rose hinter seinem Rücken - zurückgekehrt. Als er neben ihr am Tisch stand, hielt er ihr die Blüte vorsichtig unter die Nase. „Eine Rose? Oh, wie sie duftet. Für mich? Wie lieb!" Sein darauf folgendes „Ganz herzlichen Glückwunsch zum Geburtstag!" bewegte sie dermaßen, dass sie aufstand, mit beiden Händen nach oben griff und seinen Hals fand. Sie streckte sich ein wenig und gab ihm einen Kuss auf die Wange. Wie gut ihm diese unerwartete Liebkosung tat! Wie lange hatte er so etwas nicht mehr gehabt!

Dennoch – trotz dieser Innigkeit zwischen ihnen hatte den restlichen Abend über so etwas wie ein dunkler Schatten über ihnen geschwebt. Diese Frau hatte behauptet, sie wisse von einem Geheimnis, von dem er im Schlaf gesprochen haben sollte. Nun lag er in seinem Bett und grübelte; der Gedanke ließ ihm keine Ruhe. War das wirklich möglich? Jutta jedenfalls hatte sich manchmal darüber beschwert, er hätte sie nachts mit seinem wirren Reden geweckt. Er schüttelte sich. Jutta. Dieser Name bereitete ihm Unbehagen. Sie hatte ihn einfach alleine gelassen; mit seinem Kummer, mit seinen Ängsten. Das, was ihm da bevorstünde, hatte sie ihm klar zu verstehen gegeben, während sie ihre Koffer packte, sei einzig und allein sein Problem; damit wollte sie nichts zu tun haben. Sie sei jung, wolle leben und käme als seine ... - er schluckte bei der Erinnerung daran - ... Krankenschwester am Totenbett ganz sicher nicht in Betracht. Wieder schüttelte er sich – wie hatte er sich in dieser Frau nur so täuschen können?

Ach, wie ganz anders kam ihm da Christine vor! „Christine Duval" - welch ein wohlklingender Name, ging ihm durch den Kopf, als er den Namen sanft über seine Lippen kommen hörte. Dennoch – die Sache mit dem Geheimnis stand zwischen ihnen. Wie konnte sie sich überhaupt erlaubt haben, ihn zu belauschen, schimpfte es in ihm. Sofort brachte ihn sein Herz wieder zur Räson und rügte ihn dabei: Sie hat dich nicht belauscht, mein Lieber; sie hat nur zugehört. Schließlich warst du derjenige, der geplaudert hat. Also war es seine eigene Schuld, wenn sie ..., dass sie .... Sein gedanklicher Redefluss kam dabei ins Stocken, weil er etwas vor sich sah, was er nicht wahr haben wollte. Sollte sie tatsächlich etwas davon wissen? Während er sich darüber das Hirn zermarterte, erinnerte er sich erneut an den handgeschriebenen Zettel, der plötzlich in seinem Buch lag? Stammte er von ihr? Konnte es nach ihrer Andeutung von gestern Abend daran überhaupt noch einen Zweifel geben?! Vor seinem geistigen Auge erschien das Geschriebene:

TUN SIE ES BITTE NICHT.

Natürlich!, schoss es ihm nun glasklar durch den Kopf; sie wusste alles. Er hatte also im Traum darüber gesprochen, weshalb er sich zu dieser Schiffsreise durchgerungen hatte.

Irgendwann war er eingeschlafen. Doch die Nacht war unruhig; immer wieder hatte ihn ein sorgenvoller Gedanke geweckt – würde sie seitdem schlecht über ihn denken? Deswegen. Eigentlich ja nicht; mit keinem Wort sprach sie davon, was sie zu wissen vorgab. Sie beide redeten den ganzen Abend nur über ihre Kindheit, die Schulzeit, den Beruf, darüber, welche Bücher sie lasen, einfach über Gott und die Welt. Als er einmal den Versuch wagte etwas über ihr ominöses Geheimnis herauszubekommen, schwieg sie dazu eisern und meinte lediglich: `Das ist zu traurig. Heute Abend möchte ich fröhlich sein. Lassen Sie uns vielleicht später einmal darüber reden.´ Mit seinem bittenden ´Versprochen?´ hatte er ihr dann wenigstens ein bejahendes ´Versprochen!´ abringen können; doch es blieb dabei etwas Bitteres in ihrer Stimme. Als er sie dann verabschiedete, war es schon so spät gewesen, dass sie niemandem begegneten. Im `Incognito´ hatte George sie schon mehrfach gefragt, ob sie noch etwas bestellen wollten. Erst nach dem dritten Mal bemerkten sie, dass sie mittlerweile alleine im Restaurant saßen und wie weit die Zeit schon fortgeschritten war.

Als er morgens todmüde erwachte, fühlte er sich wie gerädert. Widerwillig und schlaftrunken schlug er die Augen auf und streckte sich, um die Müdigkeit aus seinem Körper herauszupressen. Er horchte in sich hinein: Ging es ihm gut? Hatte er Lust aufzustehen? Eigentlich war er viel zu müde dazu. Wann war er eigentlich ins Bett gegangen?, versuchte er sich zu erinnern. Seine Benommenheit machte es ihm schwer, das aufzurufen, was er abends erlebt hatte. Nur ganz langsam tauchten Fragmente vor seinem inneren Auge auf, die ihn irritierten, denn sie waren mit einem besonderen Empfinden verbunden. Er fühlte so etwas wie Glücklichsein in sich. Ein wohliges Strahlen legte sich auf seine Wangen. Sein Herz begann zu klopfen. Die Frau aus dem Zug. Der Duft ihres Parfüms. Ihr flüchtiger Kuss. Die Umarmung zum Abschied. Vor ihrer Kabine. Sie hatte ihn durcheinander gebracht!

Ein Sehnen kam in ihm auf. Heute würden sie sich wieder sehen. Dieser Gedanke brachte ihn dazu, augenblicklich aufzustehen. Mit einem Satz sprang er aus dem Bett. In diesem Moment klopfte es an seiner Kabinentüre. Maria, schoss es ihm durch den Kopf. Hatte sie heute nicht frei? Auf sein lautes „Adentro!" wusste sie, dass sie hereinkommen durfte; mit ihrem Serviceschlüssel öffnete sie und trat ein. „Desayuno, caballero." Mein Frühstück? Wie das? Rasch fuhr er sich durch sein Haar, zog den Morgenmantel über seine nackte Haut und bedankte sich durch die offene Schlafzimmertüre für ihre nette Geste. Dann fragte er nach der Uhrzeit. „Que ora es, Maria?" „Son las diez en punto." Ach Du liebe Güte, schon zehn Uhr. Und um halb elf soll ich bei ihr sein.

Mit einem „Gracias, Maria" bedankte er sich und fügte hinzu, er sei noch total müde: „Soy muy fatigado todavia." Ein breites Lächeln legte sich über ihr fröhliches Gesicht, während sie sich wohl an jenen Tag erinnerte, als er viel zu viel getrunken und morgens Kopfschmerzen hatte. „Demasiado mucho vino?"; er verstand – sie glaubte, er hätte zu sehr dem Wein zugesprochen. Er widersprach heftig - auch, um bei ihr nicht in allzu schlechtem Licht zu erscheinen. „No, no!" Sie lachte und fügte versöhnlich hinzu: „Que aproveche!" Mit diesem „Guten Appetit" verschwand seine gute Fee und ließ ihn allein. Nein, nein, wiederholte er in Gedanken, nicht zu viel Wein; nur zu viele Gefühle gestern Abend. Er verschlang sein Frühstück in aller Eile – ebenso wie seinen allmorgendlichen Tablettencocktail - und war danach rasch im Bad fertig; ein Tagesbart musste heute okay sein. Dann schlüpfte er in Jeans und Hemd, zog die neuen Schuhe aus einer der Bord-Boutiquen an, griff nach der ebenso frisch erworbenen, leichten Wildleder-Jacke und sauste los.

Sie wartete schon unweit des Aufzuges vor ihrer Kabine Nummer 608. „Hallo, guten Morgen. Ich hoffe, Sie warten noch nicht lange", rief er, noch bevor er sie erreicht hatte. Das Strahlen in ihrem Gesicht gefiel ihm. „Nein, ich bin gerade heraus gekommen. Geht es Ihnen gut, nach dem langen Abend – für den ich mich sehr bedanken möchte. Das war wirklich mein schönster Geburtstag seit langer Zeit! Und ich habe heute Nacht endlich einmal wieder durchschlafen können." Er sah, wie sie eine Hand nach ihm ausstreckte. Er ergriff sie mit beiden Händen. „Ich glaube, Sie tun mir gut, Thomas." „Der Abend mit Ihnen war für mich ebenfalls ... sehr, sehr schön." Dabei lächelte er sie liebevoll an. Im selben Moment begriff er es traurig: Sie konnte das Strahlen in seinen Augen doch gar nicht sehen.

„Lassen Sie uns ein wenig auf dem Deck mit den vielen Pflanzen und Bäumen spazieren gehen; dort gibt es wenigstens keine Jogger und Kinder, die mich andauernd umzurennen drohen. Schauen Sie!" Er verstand nicht. „Ich habe meinen Taststock in der Kabine gelassen. Ich vertraue mich Ihnen voll und ganz an." Sie hakte sich bei ihm ein. „Und lassen Sie mich nicht mehr los." „Ich werde Sie keinen Augenblick los lassen." Kaum hatte er es ausgesprochen, begriff er die wohlige Empfindung, die er bei diesen Worten hatte. Verwundert horchte er in sich hinein; was geschah da mit ihm? Wie gut sie sich anfühlt, mit ihrem Arm in meinem, dachte er. Und - er schnupperte - wie gut sie wieder duftet. Nein, ich werde sie nicht mehr los lassen, wiederholte er lautlos; aber nur am heutigen Tag, hörst du?! Vergiss nicht, wozu du hier bist. Bitter stieß ihm dieser Nachsatz auf, an dessen Bedeutung ihn sein Verstand erinnerte.

Arm in Arm gingen sie nach draußen, wobei er peinlich genau darauf achtete, seine größere Schrittlänge der ihren anzupassen. Geschmeidig wie eine Katze schmiegte sie sich beim Gehen an seine Seite, während er sie geschickt an allen Hindernissen vorbei führte; selbst die Treppenstufen zwischen den beiden Außendecks gingen sie im Gleichschritt. Das Paar, dem andere Touristen begegneten, glich einem, das schon viele Jahre in fürsorglicher Harmonie und liebevoller Übereinstimmung miteinander lebte.

Sie beide genossen an diesem Morgen die erfrischende Luft an Deck. Der warme, aber stürmische Seewind blies ihnen die feuchte und sich auf ihre Lippen legende Meeresbrise entgegen. „Schmeckt ganz schön salzig", meinte er, was sie bestätigte - und dabei daran dachte, wie viel besser ihr seine Lippen auf den ihren schmecken würden. Sie hörten das wilde Schlagen der Wellen gegen die Bordwand. Er beschrieb ihr in farbigen Bildern, wie die Fregattvögel mit ihren riesigen Flügelspannweiten an ihnen vorbei zurück in Richtung der Küste Venezuelas schwebten, wo ihr Schiff heute früh abgelegt hatte. Runde um Runde hielten die beiden gegen den immer heftiger werdenden Wind durch, bis er sie sorgenvoll fragte: „Wird es Ihnen nicht zu viel?" „Eigentlich schon. Aber es ist hier so schön ... mit Ihnen." Ihr Kopf schmiegte sich dabei kurz an seinen Oberarm. „Na gut, lassen Sie uns hineingehen. Direkt am Heck ist ein Cafe. Die Kellner kennen mich - seit meinem ersten kläglichen Versuch, dort einen Platz zu finden." Sie lachte.

„Kläglicher Versuch? Das klingt nach einem kleinen Missgeschick, oder?", hakte er sofort interessiert nach. „Und ob! Ich war neulich zu ehrgeizig gewesen und wollte mit Hilfe meines Taststocks einen Stuhl für mich finden, ohne auf den Ober zu warten. Das ging natürlich schief – ich lief gegen einen Tisch und warf dabei ein paar Gläser um." „Oh, oh! Und dann?" „Die Kellner eilten mir zu Hilfe und entschuldigten sich dafür, mir nicht bei meiner Suche geholfen zu haben." Er atmete auf. „Da bin ich aber froh, dass Ihnen nichts weiter passiert ist. Wirklich!" Er war sogar versucht hinzuzufügen: Aber nun bin ich ja bei Ihnen und passe auf Sie auf.

Stattdessen beließ er es bei einem: „Ich habe Lust auf italienischen Sekt. Man soll ja am nächsten Tag mit dem Getränk weitermachen, mit dem man abends zuvor aufgehört hat. Wie wäre das?" „Sie sind ja verrückt – jetzt schon Alkohol", wandte sie ein, korrigierte ihre Meinung dann aber mit einem verschmitzten Lächeln: „Ach Unsinn, lieber Thomas! Sie haben Recht; das machen wir."

Beide erhoben die Gläser mit einem „Salute!", das wie aus einem Munde kam. Er führte sein Glas vorsichtig an ihres und ließ die Gläser klingen. Sie erschrak ein wenig und lachte dann, bevor sie mit dem begann, was ihr seit gestern Abend auf dem Herzen lag. „Wenn wir schon dabei sind uns zuzuprosten .... Nun, ich würde mich sehr freuen, wenn Sie ..., also du ..."; sie tat sich nun doch etwas schwer mit dem, was sie loswerden wollte. Doch er kam ihr sofort zu Hilfe: „Und ich wäre ebenso froh, wenn du, liebe Christine, von nun an Tom zu mir sagen würdest." Sofort revoltierte sein Verstand; er schloss für die Dauer eines Wimpernschlags die Augen und verjagte jeden Gedanken daran. Ihre Antwort kam prompt, wobei ihre freie Hand seinen Oberarm suchte und fand, um leicht streichelnd über ihn zu fahren: „Wie gerne tue ich das; und für dich heiße ich von nun an Chris, so, wie mich nur meine wahren Freunde nennen" - von denen es aber, dachte sie bitter, leider keine mehr gibt; außer meiner Emilia.

„Ich freue mich so! Weißt du, Chris, der gestrige Abend hat mich sehr berührt. Ich kann nicht mehr so leicht aus meinem Schneckenhaus heraus, seit ich .... So rasch, meine ich. Immerhin warst du für mich eine Fremde." Ein Sehnen danach, sie zu umarmen, bemächtigte sich seiner. Die Berührung ihrer Hand auf seinem Arm ließ in ihm schon fast vergessene Empfindungen aufkommen, die seinen Körper wohlig durchströmten. Ach wäre nur alles anders – und nicht so schrecklich, wie es ist, schrie sein Herz laut auf. Wie gerne würde er wieder unbeschwert glücklich sein; glücklich mit dieser Frau neben ihm. Wehmut legte sich wie ein übermächtiger Schatten über dieses Glücksgefühl in ihm.

118

Es drängte ihn, ihr so vieles von dem zu sagen, was sie seit gestern in ihm aufzuwühlen begonnen hatte. Sie warf ihn tatsächlich aus der Bahn; einer Bahn, die ihn eigentlich nur noch in eine Richtung führen sollte. Er hatte sich von der Gegenwart verabschiedet, alles zurück gelassen, was ihm einmal wichtig war. Seit der Sache mit Jutta, erst recht aber seit der Diagnose war sein Herz versiegelt, weil es keine Zukunft mehr erleben würde. Ganz bestimmt wollte er sich auf keine Frau mehr einlassen! Und nun das! Diese Christine Duval berührte ihn. Sie drückte geradezu die Türe zu seinem Innersten ein. Wie laut hörte er sein Herz schlagen, als er sie nun ansah! Allzu gerne würde er das, was er auf sich zukommen hoffte, zulassen! Jetzt sofort. Mit einer Umarmung. Mit einem Kuss. Einem richtigen. Und mit einem mutigen Blick nach vorne. Die Nähe, mit der sie sich beim Spaziergang an ihn schmiegte, die Wärme, die sie dabei ausstrahlte, ihre Hand, die sich in die seine legte – all das ließ ihn nicht daran zweifeln, dass auch sie mehr als reine Sympathie für ihn empfand.

Doch im selben Moment rief ihn sein Verstand zur Ordnung. Er durfte dieser Frau keinen Platz in seinem Herzen einräumen. ihr zuliebe nicht! Wie sehr würde sein Schicksal ihr wehtun! Nein, es gab keine Zukunft für eine Liebe – nicht einmal für eine Liebelei. Er hatte andere Pläne; zwingende Pläne; unaufschiebbare Pläne; nicht mehr aufzuhaltende Pläne; solche, die ihr das jung verliebte Herz brechen würden! Zum Glück, dachte er beruhigt, vermochte Chris seine sich anspannenden Wangen und die Härte, die sich damit auf seinem Gesicht breit machte, nicht zu sehen. Sie würde seine Stimmung erkennen und …. Schon stieg erneut die Erinnerung an jenen Zettel in seinem Buch in ihm auf. Aber wusste sie nicht sowieso von seinem Vorhaben?!

Diese Unsicherheit trieb ihn an – er musste es wissen! Er musste mit ihr reden. Nicht direkt; dazu war sie zu klug. Nein, beschloss er, er musste sie dazu bringen, noch etwas mehr über ihr Leben zu erzählen, bis ...; nun ja, bis sich eine passende Gelegenheit bieten würde, ihr das zu entlocken, was sie mit `Geheimnis´ gemeint hatte. „Sag, Chris, machst du solche Schiffsreisen eigentlich öfter alleine?" Seine Frage kam für sie überraschend, kannte sie doch nicht seine Gedanken, die ihn während der vergangenen Sekunden bewegt hatten. Auch nicht das, was er zudem herausfinden wollte; gab es da einen Mann in ihrem Leben. „Leider nicht so oft, obwohl es eine auf meine Situation perfekt zugeschnittene Reiseform ist. Aber sehr teuer. Für diese lange Kreuzfahrt habe ich sogar mein Konto geplündert. Aber ich musste einfach mal etwas anderes sehen." Sie lachte. „Ich meine, etwas Gutes für mich tun."

Sie machte eine kleine Pause, hatte aber an deren Ende keine Zweifel mehr daran, mehr von sich erzählen zu wollen; „Und ja, alleine. Ich habe mich schon eine ganze Weile daran gewöhnt, ohne einen Mann an meiner Seite zu leben. Auch wenn Emilia, die einzige wahre Vertraute, die mir im Leben geblieben ist", fügte sie traurig hinzu, „mir schon seit Jahr und Tag predigt, ich sei eine schöne Frau und solle meine Bedenken über Bord werfen. Dann würde mir der Himmel auch den Traumprinzen schicken, der mich nicht nur verzaubern, sondern auch tatsächlich glücklich machen kann. Doch erstens kann ich ihr Urteil über mich nicht überprüfen, denn mein Spiegel verweigert mir jegliche Aussage dazu. Und zweitens glaube ich nicht daran, dass es für eine Blinde auch ein Leben in wahrer Liebe geben kann. Ich wurde zu oft um dieses Glück betrogen." Noch während ihrer letzten Worte sah er, wie sie sich in ihrem Stuhl zurück lehnte und die Arme verschränkte.

Die Bitterkeit, mit der sie sprach, schmerzte ihn. Er musste sie ganz rasch aufheitern. „Nun ja", begann er. „Dann bist wohl nicht du die Blinde." Im selben Moment, in dem sein Herz ihn veranlasste, das zu sagen, rügte ihn sein Verstand erneut: Lass es sein, mit deinen Komplimenten mit ihr zu flirten, verflixt! Er hörte nicht darauf – nicht jetzt. Ein überrascht klingendes „Bitte?" von ihr zeigte ihm, dass er sie mit seiner Bemerkung aufhorchen ließ. „Chris, ich meine damit, dass dann all jene Männer in deiner Umgebung die Blinden waren; denn eines kann ich dir versprechen – und ich bin, mit Verlaub, ein Mann, der in Bezug auf Frauen nie blind war. Du bist eine bemerkenswert interessante und auf ganz natürliche Weise schöne Frau!" Was als Antwort kam, war zunächst nur Schweigen. Und Rührung, was er daraus schloss, dass sich die Verschränkung ihrer Arme löste und sie sich rasch mit den Fingern hinter beide Brillengläser fuhr; gab es da etwa winzige Tränchen?

Er achtete ihre Bewegtheit und wartete ruhig ab, ob sie etwas sagen wollte. Eine Minute lang; zwei Minuten lang; so lange, bis er zusah, wie sie ihr Weinglas nochmals erhob und hörbar betroffen antwortete. Wovon sie sprach, erschreckte ihn, weil ihn sein Verstand noch eben genau davor gewarnt hatte. „Tom, bist du denn der Mann, den der Himmel ausgesucht hat, um mir Hoffnungen zu machen?" Mehr sagte sie nicht. Auch nichts dazu, dass sie seine Worte über ihre Schönheit glücklich aufgesogen hatte. Er wiederum traute sich nicht zu antworten, erkannte er doch das Unheil, das er anzurichten begann. Er war tatsächlich schon dabei, ihr Herz zu öffnen. Wie konnte er nur?! Wohin sollte das führen? Zum schlimmsten Kummer, den es gab - zu dem Kummer Liebender, die nicht zusammen bleiben dürfen.

Sein inneres Zerwürfnis ließ ihn nun nicht mehr los. Lass es zu, Thomas!, schrie ihm sein Herz laut zu, während sein Kopf ihn zur gleichen Zeit mit einem unnachgiebigen `Nein!´ verwarnte. Für derartige Gefühle ist es zu spät; dazu steht dein Leben schon viel zu nah am Rand des Abgrunds. `Nein!´, verlangte sein Verstand noch lauter; bring die Situation ganz schnell in ein unverfängliches Fahrwasser – ohne Gefühlsduselei. Hörst du?!

Er nahm alle Kraft zusammen, die er aufzubringen vermochte und versuchte, seiner Stimme einen belanglosen Tonfall zu geben. „Ach, das mit der wahren Liebe gibt es doch gar nicht. Und wenn, dann bräuchte es doch viel Zeit, bis sie sich entwickelt hat. Was bleibt aber am Ende?" Er hielt kurz inne, weil er den Schmerz in seiner Brust darüber spürte, dass er ihr gegenüber so hart war. „Am Ende bleibt doch stets nur der Scherbenhaufen zerstörten Glücks, nichtwahr? Die Sache mit der Liebe ist doch sowieso nur wie ein Irrlicht, dem man hoffnungsvoll folgt. Aber wohin? Auf den falschen Weg - auf den in maßlose Enttäuschung."

Wie er sich für diese gefühllosen Worte hasste! Warum musste er ihr nur etwas vorspielen?! Das Herz in ihm tobte vor Empörung und schimpfte mit ihm: Du Feigling! Sag ihr doch ganz offen, wie es um dich steht. Und gestehe ihr, dass du dich in sie verliebt hast. Siehst du denn nicht, dass sie sich danach sehnt, von dir in die Arme genommen zu werden? Allein - sein Verstand trat diesem unsäglichen Flehen seines Herzens energisch entgegen: Hör nicht auf solche Sentimentalitäten und lass die Finger von dieser Frau. Oder willst du sie sehenden Auges unglücklich machen? Hin und her gerissen saß er förmlich zwischen zwei Stühlen; er wusste einfach nicht, was richtig und was falsch war.

Während er noch mit sich haderte, hörte er ihre Stimme. Ernst und unnachgiebig. „Schade, Thomas, dass du das denkst! Dein hartes Urteil über die Liebe kann ich nicht akzeptieren. Wer sich nicht traut, zu seinen Gefühlen zu stehen und sich stattdessen aufgibt, der vergibt die Chance, die ihm ein ...“; sie schluckte und ihre Lippen öffneten und schlossen sich dabei, als suchte sie nach der passenden Formulierung ihres Gedankens; „... verlorenes Leben zurück bringen kann. Liebe kann heilen, Thomas!“ Die Wucht ihres heftigen und lauten Vorwurfs traf ihn wie ein Keulenschlag, mit dem er nicht gerechnet hatte. Sie nannte ihn nicht Tom, sondern Thomas. Und dann dieses betont ausgesprochene `verlorene Leben´. Sie musste ahnen, warum er sich so widersprüchlich verhielt! Er spürte die Wärme aufschießenden Blutes in seinen Wangen. Sein Haar war völlig zerzaust, als seine Hand wieder nach unten sank.

Christine schluckte schwer; ihre Traurigkeit hinderten sie daran, fortzufahren. Sie hatte den Grund für sein Verhalten sehr wohl begriffen! Dieser Mann vor ihr hatte aufgegeben und wehrte sich gegen das, was er vermeintlich nicht mehr haben durfte. Liebe. Eine, der er keine Dauerhaftigkeit zutraute. Zutrauen konnte, weil er sich .... Es schauderte sie so sehr, dass sie ihren Gedanken nicht weiter zu führen vermochte. Doch durfte sie sich dem beugen? Musste sie ihm nicht im Gegensatz dazu helfen? Ihm Mut machen? Dazu, seine Gefühle zuzulassen. Rede mit ihm, ermahnte sie sich selbst – sachte, verständnisvoll, klug und liebevoll. Wie sehr sie die Härte ihrer Stimme von eben bedauerte! Sofort schlug sie einen wohlwollenden Ton an.

„Lass mich dir etwas erzählen, lieber Tom! Ich glaubte einmal an mein Glück und musste hilflos zuschauen, wie es zerbrach. Ich war damals zwei ...“; sie dachte kurz nach; „... nein dreiundzwanzig und mit dem Musikstudium beinahe zu Ende. Da trat unerwartet ein Mann in mein Leben; nun, eigentlich kannten wir uns schon vom gemeinsamen Musizieren; doch irgendein Interesse an mir hatte er nie gezeigt. Es war auf einer Party, auf die mich Freunde geschleppt hatten; dort forderte er mich zum Tanzen auf.“ Sie machte eine Pause, um sich auf das zu besinnen. Sie begann schwer zu atmen, bevor sie weiter erzählte: „Nun, um die ganze Sache kurz zu machen: Ich verliebte mich Hals über Kopf in ihn. Bald darauf war ich schwanger. Als er davon erfuhr, verließ er mich. Ich stand völlig alleine da und war am Boden zerstört.“

Trotz ihrer Gefasstheit, mit der sie ihm davon erzählte, überkam sie bei der Erinnerung an das Kind in ihrem Bauch ein heftiges Schluchzen. „Im sechsten Monat gab es plötzlich schwere Komplikationen. Ich lag vier Wochen im Krankenhaus. Und dann ...“; ihr stockte der Atem; sie hielt sich die Hand vor den Mund, um ihrer Traurigkeit Herr zu werden; „... und dann ...“; wieder schaffte sie es nicht, weiter zu sprechen. Ihr Körper begann zu zittern. Thomas erfasste tiefe Erschütterung – und so etwas wie Zorn; Zorn auf diesen Mistkerl, der sie so im Stich gelassen hatte. Er sah, dass sie nicht zu reden in der Lage war und half ihr: „Und dann hast du ... dein Baby ... verloren.“ Kopfnicken war ihre Antwort. Er stand auf und legte seine Arme um ihre Schultern. Mehr tat er nicht, doch mehr war auch nicht nötig. Alsbald hörte ihr Zittern auf. Ihre Hände fuhren über seinen Rücken und sagten ihm auf diese Weise lautlos Danke! Danke, dass du da bist, Tom, dachte sie dabei.

Nach einer Weile - er hatte sich wieder auf seinen Platz gesetzt - nahm Christine das Gespräch wieder auf. Ihre Stimme klang nun ruhiger: „Was ich dir mit dieser Geschichte sagen will, Tom, ist, dass ... auch ...“ - sie betonte dieses Wort deutlich und langsam - „... ich damals an einem Punkt angelangt war, von dem aus ich nicht weiter wusste und aufgeben wollte; meine Hormone spielten total verrückt und trieben mich in schwere Depressionen; die wurden so schlimm, dass ich ein Jahr in einem Sanatorium lag – blind, meiner Liebe beraubt, meiner Gesundheit und meines Babys ebenfalls. Aber ich habe es geschafft, weil ich nicht aufgab, leben zu wollen. Verstehst du? Leben – aber nicht ... ebenfalls ...“ – wieder nahm sie sich für dieses Wort Zeit – „... sterben.“

Ihre Worte trafen ihn wie Messerstiche direkt ins Herz. Eines war ihm damit klar: Ohne jeden Zweifel wusste sie alles! Und noch etwas: Sollte ihm die Begegnung mit dieser Frau etwa einen Weg zeigen? Einen, der nicht jener war, auf dem er sich gerade befand? Wollte der Himmel, dass er sich ihr anvertraute? „Du meinst leben, statt zu sterben?“ Er biss sich auf die Unterlippe; so fest, dass sich ein Tropfen Blut bildete. „Genau! Es gibt immer einen Ausweg – selbst aus dem tiefsten und dunkelsten Tal heraus.“

Wieder schwieg sie. Bewusst. Sie wollte ihm nicht die Worte in den Mund legen, sondern erreichen, dass er aus freien Stücken das freigab, was ihn so sehr bedrückte. Er verstand ihre Absicht, setzte zu reden an, doch sein Mund blieb stumm; er brachte keinen Ton heraus. Ein weiteres Mal versuchte sie es; dieses Mal auf andere Weise; auch wenn sie es für gewagt hielt. Doch sie musste es versuchen. „Lass es, Tom, wenn es dir zu schwer fällt, darüber zu reden. Schließlich geht es mich ja gar nichts an, was du mit deinem Leben tust.“

Die Provokation musste gelingen, bangte sie und spitzte die Ohren, um wahrnehmen zu können, was kam. Ein Schnauben etwa, das ihr zeigen würde, dass er böse wurde über ihre psychologische Motivation. Oder ein Schweigen, das darauf hindeutete, dass er nachdachte. Sie hörte nichts; ein gutes Zeichen, freute sie sich. Und tatsächlich – er ließ sich auf sie ein. „Chris, ich kann nicht, weil ich ...“ Mit einem Mal schlug sein Herz derart gegen seine Brust, dass es ihm so vorkam, als würde es im nächsten Augenblick zerplatzen wie eine Seifenblase, in der sich zu viel Druck aufgebaut hat. „... weil ich todkrank bin.“ Er sank in sich zusammen und fühlte sich gerade so, wie es ihm erging, als der Arzt ihm sein baldiges Ende prophezeite. „Mir bleibt keine Zeit mehr für die Liebe.“ Mit Tränen in den Augen schaute er zu, wie Christine tastend mit der ihren seine Hand suchte – und fand.

„Das tut mir so unendlich leid. Aber, Tom, glaube mir eines: Ich weiß genau, wie es ist, wenn man so einen schrecklichen Tiefschlag erfährt und den Lebensmut verliert. Eben ist noch alles in Ordnung und man ahnt nicht, dass im nächsten Moment sein gesamtes restliches Leben auf den Kopf gestellt wird.“ Ihre Hand strich zärtlich über die seine. Auch wenn sie es sich ganz bewusst nicht anmerken lassen wollte, um ihm nicht noch mehr Kraft zu nehmen, hätte sie am liebsten losgeheult. Sie litt mit ihm - und mit sich selbst, führte sie das alles doch wieder in die Zeit ihres eigenen Schreckenserlebnisses als Kind zurück. Und sie fühlte sich schlecht; was Thomas ihr soeben anvertraut hatte, wusste sie ja im Prinzip schon – aus dem Zug nämlich. Das tat ihr weh, hatte sie ihn damit doch hintergangen. Sie hätte es ihm erzählen müssen, bevor er davon anfing. Oder doch nicht, hinterfragte sie ihr schlechtes Gewissen? Hätte sie ihm damit nicht die freie Entscheidung dazu genommen zu bestimmen, ob und wann er davon erzählen wollte? Zumal sie schließlich wusste, was er vorhatte. Davon nämlich, was in ihm brodelte wie das Magma in einem Vulkan, der unmittelbar davor stand auszubrechen, um alles zu zerstören, was um ihn herum lebte.

Welche Dankbarkeit erfüllte ihn, als er begriff, auf einen Menschen gestoßen zu sein, dem er seinen Schmerz offenbaren konnte. Ja, dachte er erleichtert, diese Frau versteht mich. „Dich haben deine schlimmen Schicksalsschläge also auch jedes Fünkchen Lebensmut gekostet?" „Oh ja! Genauso wie bei dir hat sich das helle Licht in meinem Leben von eben auf jetzt in Dunkelheit verwandelt. Ich konnte trotz dreier Operationen nicht mehr sehen. Meine alte Schule musste ich gegen eine Blindenschule eintauschen. Ich verlor damit so gut wie alle meine Freundinnen." Traurigkeit begleiteten ihre Worte.

„Mein Leben war zu einem gänzlich anderen geworden; meine Erblindung beherrschte mein neues Dasein – jeden Tag, jede Nacht. Es gab kein Lachen mehr in meinem Gesicht. Es gab keine Freude mehr in meinem Herzen. Es gab keine Hoffnung mehr auf ein unbeschwertes Leben. Ich kam mir wie eine Gefangene vor, die zu hundert Jahren Kerkerhaft in einem dunklen und eiskalten Verließ verdammt war. Damals dachte ich oft ..." - sie schwieg kurz, um seine Aufmerksamkeit zu erhöhen. „Hör gut zu, Tom!", forderte sie ihn mit erhobener Stimme auf; „damals dachte ich oft, ich sollte mir am besten ...;" sie senkte ihren Kopf und überlegte, ob sie wirklich dazu berechtigt war, ihn so in die Enge zu treiben. Sie entschloss sich, es zu tun; sie musste ihn davon abbringen! „Nun ja, ich sollte mir am besten das Leben nehmen, überlegte ich damals." Sie atmete tief durch. Nun hatte sie es getan, hatte das ausgesprochen, was ihn selbst betraf und womit sie ihn aufzurütteln hoffte. „Ja", fuhr sie ohne weiteres Zögern fort, „das ging mir in meiner Verzweiflung immer wieder durch den Kopf. Aber ich wusste als Kind einfach nicht, wie man es anstellt, sich umzubringen."

Hätte Christine in diesem Augenblick sehen können, dann hätte ihr Augenlicht ihr verraten, wie sehr ihre Worte Thomas trafen – gleich der Wucht einer in eine Betonmauer einschlagenden Kanonenkugel. Genau eine solche Mauer hatte er um sich gezogen, um seine geschundene Seele zu schützen und dem schrecklichen Leiden zu entgehen, das er bei seinem dahinsiechenden Vater erlebt hatte. Allein sein lauter Seufzer zeigte ihr, dass sie bei dem Versuch, ihm zu helfen, auf dem richtigen Weg war. „Aber auch später, als Heranwachsende, bin ich diesen Gedanken lange nicht losgeworden. Erst als ich Musik studierte und merkte, wie viel mir das Musizieren an Freude und Hoffnung gab, stand mein Entschluss fest, mein Leben anzunehmen, so wie es war. Die Musik war, Tom, wie eine neue Liebe, die mir Kraft gab."

Nun machte sie bewusst eine Kunstpause; sie wollte ihren Worten hinreichend Zeit geben, in ihn einzudringen. Sehr bedächtig sprach sie weiter auf ihn ein: „Und leben zu wollen, war die richtige Entscheidung! Ich kann zwar nicht sehen, aber ich kann reisen; auf Kreuzfahrtschiffen, wie du siehst. Ich habe zwar kein Augenlicht, aber aus mir ist eine begehrte Konzertsolistin geworden. Mit meinem Cellospiel verdiene ich mittlerweile bei internationalen Auftritten so viel Geld, dass ich gut davon leben kann. Okay, ich habe kein Kind; das tut mir noch heute sehr weh. Auch, das muss ich zugeben, habe ich mit Männern kein Glück, was sicher an meiner Erblindung liegt. Aber ...." Sie zögerte kurz, traute sich aber ihren neu erwachten Gefühlen nachzugeben. „Aber wer weiß; vielleicht meint es der Himmel ja doch gut mit mir und der

Liebe." Sie schluckte und spürte den Herzschlag in ihrer Brust; wie sehr dieser Mann ihr so solange verschlossenes Herz berührte! War er am Ende tatsächlich der Prinz, den sie sich schon so lange herbei sehnte? Würde sie sich sonst so sehr um ihn bemühen?!

Sie wartete. Würde er nun reagieren und sich einen Ruck geben, um ihr von alleine davon zu erzählen, warum er diese Reise machte? Oder würde er sich doch noch gegen ihre Einmischung zur Wehr setzen? Ihr blieb nichts anderes übrig als geduldig zu sein. Er aber schwieg. Du Sturbock, dachte sie halb ärgerlich, halb liebevoll. Lass dich doch auf mich ein. Vertrau dich mir doch an. Tu es endlich! Merkst du denn nicht, was ich für dich empfinde? Sogar ein Hauch von Zorn kam nun in ihr auf. Du kannst dich doch nicht einfach davonschleichen – jetzt, da ich dich gerade gefunden habe. Ohne Kampf werde ich dich nicht wieder loslassen. Als sie ihre Ungeduld nicht mehr zügeln konnte, baute sie ihm eine weitere Brücke, über die er, wie sie hoffte, gehen würde. „Allerdings verstehe ich auch uneingeschränkt Menschen, die ein zu großes Leiden nicht ertragen können."

Ein heftiges Schnauben drang an ihr Ohr. Aha, stellte sie zufrieden fest, bald habe ich die Schutzmauer um dich herum eingerissen, und du wirst alles loswerden wollen, was dich so schrecklich bedrückt. „Wie ein so Schwerkranker dann entscheidet, muss letztlich ihm überlassen bleiben." Wieder gab sie ihm einen Augenblick Bedenkzeit. Noch immer beharrte er darauf zu schweigen. Sie aber gab nicht auf.

„Doch ich persönlich traf damals die für mich einzig richtige Entscheidung. Ich wollte meinem Leben all das abringen, was es noch für mich bereithielt, selbst wenn es ach so wenig war – im Vergleich zu einem glücklichen Gesunden. Ich lebte zwar oft sehr einsam.

Aber ich hatte etwas entdeckt, das mir Kraft gab: Die Liebe zur Musik; die zu meinem Cello. Es wurde zu einem Freund, der für mich da war. Es begann mit mir zu sprechen; mit jedem Strich über seine Saiten dankte es mir dafür, dass ich seinem hölzernen Körper solch wundervolle Töne entlockte. Es gab mir – so verrückt das auch klingen mag, Tom - die Erkenntnis, für mein Cello wichtig zu sein; ohne meine Hilfe war es nur ein totes Stück Materie. Dadurch aber, dass ich den Bogen strich, hauchte ich ihm Leben ein. Jedes Berühren der gespannten Saiten beantwortete es mir mit einem wohlklingenden Brummen. Dieses eigenartige Miteinander gab mir die Kraft, in meinem Leben einen höheren Sinn zu finden. Und in den Konzertsälen belohnte der begeisterte Applaus meinen Entschluss, nie aufgegeben zu haben. Ich wurde ...;" sie überlegte. „Ja, ich wurde gebraucht – und meine Liebe zum Musizieren wurde auf diese Weise sogar erwidert. Die Liebe ist eben mächtiger als jedes Leid."

Ohne ihm noch einmal Zeit zum Schweigen zu geben, ging sie zum Generalangriff über. Sie hatte schon gestern Abend den hohen Grad seiner Emotionalität in Bezug auf Frauen erkannt. Er liebte das Weibliche; nicht als einer, der hinter jedem Rock her war; nein, das nicht, sondern als Mann, der in der Lage war, in einer festen Beziehung echte Liebe zu leben, weil er sie brauchte wie die Luft zum Atmen. Immer wieder hatte er von dem erzählt, was ihn am Wesen einer Frau so begeisterte, und wie sehr er sich nach der einen, wahren, großen Liebe sehnte. „Kannst du dir vorstellen, noch einmal von einem Menschen – vielleicht von einer dich liebenden Frau, die dir Kraft gibt – gebraucht zu werden, Tom?"

Sein tiefes Durchatmen, das von seiner inneren Zerrissenheit zeugte, zeigte ihr, wie hart ihr Speer in ihn eingedrungen war. Hatte sie damit den Schlüssel gefunden, welcher in das Schloss passte? In das Schloss der Türe, hinter der sein Kampf tobte; und in das Schloss, das die niedrige Pforte öffnete, die den einzigen Zugang zu dem bildete, was hinter der hohen Mauer lag, die ihn umgab. Sie hatte sich nicht geirrt! „Genau das ist es doch, verdammt!", brauste er auf – aufgebracht und, wie es Christine vorkam, gleichzeitig dankbar dafür, seiner Wut auf die Ungerechtigkeit seines Schicksals endlich Raum zu geben. „Nach dieser Diagnose wollte mich plötzlich keiner mehr. Mit einem Schlag stand ich alleine da. Meine Freundin verließ mich, weil sie nicht mit einem Todkranken leben wollte. Wie sehr hätte ich gerade in dieser Situation ihre Liebe gebraucht! Auch nahezu alle Freunde hatten alsbald keine Zeit mehr für mich. Bis auf einen."

Er atmete tief durch. „Und selbst vor dem habe ich mich in mein Schneckenhaus verkrochen. Die ärztliche Aussage über meine Chancen hatte mir von eben auf jetzt den Boden unter den Füssen weggezogen. Meine Psyche, mein Selbstvertrauen, mein Lebensmut – all das war wie nach einer ohrenbetäubenden Explosion völlig zerstört. Nichts habe ich mir noch zugetraut; jede Kleinigkeit hat mich so aufgeregt; ich brauchte Tage, um wieder ins Gleichgewicht zu kommen. Diese Scheißkrankheit!" Seine Faust schlug schwer auf den Tisch vor ihm auf."

Francisco räusperte sich, sagte jedoch kein Wort. Doch sie spürte seine Anspannung – er atmete schwer durch die Nase. Christine hörte das leise Schleifen des Glases über die Tischplatte und gleich darauf, wie er schlürfend einen großen Schluck nahm. Dann begann er zu husten, während er sich mit der Hand gegen die Brust schlug. Er hatte sich verschluckt. „Ich weiß, Francisco; dir geht diese Stelle jedes Mal wieder sehr nah. Tom war damals tatsächlich völlig außer sich. Ich hatte ihn mit meinem Speer in seiner tiefen Wunde getroffen. So tief, dass er vor Schmerz aufschrie. Genau das aber hatte ich tun müssen, damit er endlich die Mauer des Schweigens durchbrach und sich öffnete."

Hustend setzte er das Glas wieder ab. „Du musst wissen, Chris, früher, als wir noch gemeinsam im selben Tennisclub spielten, war er einer der Besten und stets gut drauf. Und dann das! Mit einem Schlag war er ein gebrochener Mann. Nach dieser schlimmen Diagnose baute er zusehends ab und verschloss sich mir; ich kam nicht mehr an ihn heran. Muy triste!" „Ja, sehr traurig!" „Hm! Soll ich wirklich noch weiter lesen, Chris? Es ist schon halb sieben. Eigentlich müsste ich schon gegangen sein." Sie überlegte nicht lange. „Meinetwegen gerne; sehr gerne. Oder ..." Sie schwieg kurz. „Oder musst du in dein und deiner Frau zu Hause?"

In diesem Satz lag purer Sarkasmus und schmerzende Verbitterung. Sie hasste es, Isabel zu erwähnen - war sie doch die Person, die zwischen Francisco und ihr stand. Doch stimmte das wirklich? Wie gerne redete sie sich das ein, wenn sie sich über sich selbst ärgerte. Du bist schon wieder ungerecht, Christine, haderte sie mit sich. Schließlich hielt sie ihn ihrer Liebe zu Tom wegen auf Abstand. Doch Isabel dafür die Schuld zu geben war leichter als sich selbst einzugestehen, dass sie selbst es war, die sich nicht von Tom verabschieden und ihren Gefühlen zu Francisco nachgeben konnte. „Nein, Christine! Das ganz sicher nicht." Sie wunderte sich über die Härte in seiner Stimme; und Christine nannte er sie nur, wenn ihm etwas sehr missfiel. Ohne jeglichen weiteren Kommentar fuhr er zu lesen fort.

„Sag, möchtest du noch einmal geliebt werden? Und so angenommen, wie du bist; mit all deinen Sorgen, Thomas?" Er wich aus – welch ein absurder Gedanke! „Nach diesem Schlag gegen meine Gesundheit hatte ich keine Kraft mehr für derartiges. Und das gilt heute umso mehr." Ihr Vorstoß, ihn emotional zu packen und gleichermaßen für sich zu gewinnen, war misslungen. Doch sie gab nicht auf, war ihr doch klar, dass ihr Wissen um ihn ihr befahl, ihm zu helfen. „Wie kommst du heute mit deiner Krankheit zurecht?" Eigentlich ärgerte sie sich über diese Frage. Natürlich kam er nicht klar damit! Doch irgendwie musste sie ihn doch zum Weiterreden bringen. „Nun, seit einem halben Jahr habe ich nur noch Schmerzen, muss regelmäßig im Krankenhaus alles Mögliche über mich ergehen lassen - und weiß doch ganz genau, dass es mein Sterben nur hinauszögert und schwerer macht. Ich bin nicht zu retten! Ohne die vielen Tabletten, die ich mitgenommen habe, könnte ich es hier an Bord – statt der eigentlich nötigen Infusionen - gar nicht aushalten."

Er atmete tief ein und aus. „Ich muss den Tatsachen einfach ins Auge sehen; mein Lebensende steht vor der Türe – entweder mit zunehmendem Leiden – oder ...." Erschrocken brach er seinen Satz ab – doch sein Gegenüber kannte seine Gedanken dazu sehr wohl. Er schluckte mehrmals; dann wurde sein Tonfall wieder härter. „Wo bleibt da noch der Sinn des Lebens, wenn man nicht mehr kann – und niemand da ist, der einem hilft, der einen liebt? Sag doch selbst - wer will so einen wie mich schon noch? Du musst es doch selbst am besten wissen."

Auf eine solche Äußerung hatte sie gewartet. „Kannst du dir denn wirklich niemanden vorstellen, der für dich da sein möchte?" Ihre Stimme bebte dabei. Sie richtete ihr Gesicht unmittelbar in die Richtung des seinen - so, als würde sie ihm direkt in die Augen schauen. Konnte sie ihn, hoffte sie verzweifelt, damit dazu bringen, endlich das zu sagen, was er vorhatte; und das, was er sich andererseits so sehr wünschte. Wie viele Brücken musste sie ihm denn noch bauen?!

Erneut strichen ihre Finger ganz gefühlvoll über seinen Handrücken. Er musste doch erkennen, dass es in ihr einen solchen Menschen gab, der für ihn da sein wollte! Wie sehr sie sich das wünschte; für ihn, aber natürlich auch für sich selbst. Sie wollte nicht mehr alleine sein - jetzt, da sie ihn als einen Mann kennen gelernt hatte, der sie auf Anhieb so sehr angesprochen hatte, dass sich ihr Herz öffnete. Kaum war dieser Gedanke zu Ende gedacht, legte sich wie ein plötzlich aufsteigender Nebel Traurigkeit darüber. Oder wollte das Schicksal so hart zu ihr sein, diesen Mann gefunden und zur gleichen Zeit vor Augen zu haben, ihn noch auf dem Schiff wieder zu verlieren?

Er spürte, wie sehr sie auf seine Reaktion wartete; auch daran, dass ihre Fingerkuppen ungeduldig gegen ihr Glas trommelten. Doch er vermochte ihr nicht zu antworten. Sehr wohl fühlte er sich von dieser Frau angenommen! Sehr wohl begriff er, dass sie ihn mit seinen Sorgen ernst nahm! Sehr wohl verstand er, dass sie aus eigener Erfahrung in der Lage war, sein Schicksal nachzuvollziehen. Und sehr wohl berührte ihn das in seinem tiefsten Inneren; es zu leugnen gliche einer Lüge. Dennoch – eine bestimmte Antwort, die nämlich, auf die sie es ganz offensichtlich abgesehen hatte, konnte er ihr nicht geben. So gern er es wollte. Dieser Zwiespalt machte ihn wütend. Da treffe ich auf diese Frau, schimpfte es in ihm, die mich so aufwühlt, dass ich sie am liebsten sogleich dankbar umarmen möchte. Doch wann taucht sie in meinem Leben auf, verdammt? Dann erst, wenn es zu spät ist und keinen Sinn mehr hat. Unsinn!, hörte er die Stimme seines Herzens heftig widersprechen; siehst du nicht, was dir der Himmel gerade schenken möchte? Er schickt dir auf wundersame Weise diese Frau, damit du von deinem unseligen Plan abrückst. Denk doch mal nach! Hat sie nicht die Aufgabe auferlegt bekommen, dir Mut zu machen und zu zeigen, dass du nicht mehr alleine bist. Und noch was, Thomas König; überlege auch, ob es nicht sogar so ist, dass du ihr begegnen solltest, um umgekehrt ihr zu helfen und für sie da zu sein. Oder glaubst du etwa, sie ist mit ihrer Einsamkeit glücklich?

Thomas öffnete den Mund, als wollte er verärgert widersprechen. Was ging ihn diese Frau Duval überhaupt an? Und was mischte die sich in seine Angelegenheiten ein, verflixt? Schon wollte ihm ein „Nein, so etwas kann ich mir beim besten Willen nicht vorstellen – und will es auch nicht, Frau Duval" über die Lippen kommen. War das aber die Antwort, die sie verdient hatte? Und jene, die er ihr wirklich geben wollte? Rasch presste er die Lippen aufeinander, sodass von seinem inneren Durcheinander nur ein tiefer Seufzer nach außen drang. Den nahm Christine sehr wohl wahr. Mit ihm schwand ihre Hoffnung auf die erhoffte Antwort und darauf, dass sie Tom heute noch zur Umkehr bringen konnte. Eines aber stand für sie fest: So leicht würde sie nicht aufgeben!

„Weißt du was, Tom? Mein Magen sagt mir gerade, dass es Zeit für´s Mittagessen ist. Wenn du auch Appetit hast, lass uns doch ins `Incognito´ gehen. Ich weiß, dass es dort heute frische Pasta gibt. Liebst du Nudeln?" Wie erleichtert er war, auf diese Weise seiner prekären Situation zu entkommen. „Oh gerne. Nudeln könnte ich jeden Tag essen, ehrlich!"

Francisco ließ den Packen beschriebener Blätter hörbar auf die Tischplatte fallen. „Was ist?" „Nichts." „Sag es mir!" Ihr Tonfall hatte etwas Befehlsartiges an sich. „Wirklich nichts." Sie schwieg und richtete ihr Gesicht in seine Richtung, als wollte sie ihm gegenüber Strenge zeigen. Er gab nach. „Eigentlich ...." „Ja?" „Du weißt, dass ich Tom mochte. Aber ..." „Aber?" Er ruckte laut auf seinem Stuhl hin und her. Sie ahnte, was kommen würde. Nur zu gut wusste sie um seine jahrelangen Empfindungen für sie! Einerseits wollte sie es nicht hören; andererseits tat es ihr gut. „Wie gerne wäre ich damals an seiner Stelle gewesen. Da hätte ich nicht so gezögert wie ... dieser ... dumme Kerl. Ich hätte sofort „Ja" gesagt und mich dir geöffnet. Du weißt, wie sehr ich dich ..." Plötzlich spürte er ihre flache Hand auf seinen Lippen. Sie hatte sich ganz nach vorn über den Tisch gebeugt. „Schweig, Francisco! Ich will nichts davon wissen. Und, bitte, lies weiter."

Er tat es nicht. Sie wusste, weshalb. Schon wieder hatte sie ihm einen Korb gegeben. Ihm, den der Gedanke daran plagte, dass ihre Liebe nur Tom galt und gilt – und nicht ihm; damals wie heute nicht. Francisco hatte ihr von dem Moment an den Hof gemacht, als er sie kennen lernte. Wenn auch sehr zurückhaltend; sicher aus Rücksicht darauf, dass Tom sein Freund war. Sie erinnerte sich an jenen Tag. Es war auf einer Party im Sportclub. Mit ihrem feinen Gespür für den Ausdruck einer Stimme und für das, was zwischen den Zeilen stand, hatte sie sofort begriffen, dass er etwas für sie empfand. Er war nicht mehr von ihrer Seite gewichen – den ganzen Abend. Doch der Anstand in ihm hatte ihm verboten, seinen Gefühlen Taten folgen zu lassen.

Nur einmal hatte er sie innig umarmt. Nach der Beerdigung. Und als sie dann vor dem finanziellen Aus stand, hatte er ihr seine Hilfe angeboten und sehr ernst gemeint, Tom hätte mit ihr ehrlicher sein und sie in seine Bankgeschäfte einweihen müssen. Er hatte dann noch so eine eigenartige Andeutung gemacht, die sie nicht verstand – und auch gar nicht verstehen wollte. Obwohl – begriffen hatte sie bis heute nicht, dass Tom sie ohne jegliches Vermögen allein gelassen hatte.

Traurig senkte sie den Kopf; nun hatte sie ihm schon wieder vor den Kopf gestoßen; sicher würde er jetzt nach Hause gehen. Und sie selbst säße wieder allein hier in ihrer verhassten dunklen Einsamkeit. Als seine Stimme erklang, wusste sie, dass sie sich irrte.

„Die Liebe

Nicht nur diesen Tag, sondern auch die nächsten Tage verbrachten die beiden gemeinsam. Sie gingen an Deck spazieren oder standen oft lange an der Reling; dann legte Thomas seinen Arm um Christine und beschrieb ihr ganz genau, was er sah. Wenn etwa ein Containerschiff in Sichtweite vorüber fuhr, erzählte er von den Farben und Symbolen der Wimpel und Fahnen, die an den von Schornstein zu Schornstein gespannten Seilen hingen; oder von der Anzahl der metallenen Behälter, in denen was auch immer befördert wurde. Den Aufschriften auf den Seitenwänden entnahm er jeweils Namen und Herkunft der riesigen Meeres-Transporter. Steuerten sie, meist gegen Abend, wieder auf irgendeine Küste Süd-Amerikas zu, schilderte er ihr die Landschaft, die umso größer wurde, je näher sie ihr kamen.

Am meisten beeindruckte ihn – und damit auch sie – das weite und fast einem Meer gleichenden Delta des Amazonas, als ihr Kreuzfahrtschiff auf die brasilianische Stadt Belem zusteuerte. Allein – auf eines verzichteten sie beide, nämlich auf die angebotenen

Landausflüge; er hatte, seit sie sich vor vielen Tagen im `Incognito´ getroffen hatten, beschlossen, mit ihr an Bord zu bleiben, um so ihre Zweisamkeit zu genießen. Wie wohl es ihm tat, morgens aufzuwachen und zu wissen, dass sie schon gleich auf ihn wartete!

Abends saßen sie bis in die späte Nacht hinein in `ihrem´ Restaurant an `ihrem´ Tisch und ließen sich von `ihrem´ George alles bringen, worauf sie Lust hatten; dieser hatte an jenen Abenden so manche Flasche Champagner für die beiden zu öffnen. Sie unterhielten sich in dieser Zeit über alles Mögliche und erfuhren gegenseitig sehr viel voneinander. Thomas erzählte Christine oft von seinen Reiseabenteuern und fügte stets am Ende an: „Weißt du, ich bin froh, so viel erlebt zu haben. Meine Erinnerungen daran kann mir nämlich für den Rest meiner Tage niemand mehr wegnehmen." Christine wiederum ließ sich über ihre Beziehung zu jenem Mann aus, von dem sie geglaubt hatte, er liebte sie ehrlich; doch er verletzte sie so tief, dass sie danach zu keinem anderen mehr Vertrauen fassen konnte und deshalb alleine blieb.

Nur ein bestimmtes Thema, das, welches noch immer gleich einer unüberwindbaren Mauer zwischen ihnen stand, ließen beide aus. Christine tat dies, weil sie die Atmosphäre ihrer für sie so wohltuenden Nähe nicht gefährden wollte. Obwohl – und insoweit haderte sie jede Nacht wieder mit sich – sie um die Notwendigkeit des Redens sehr wohl wusste. Doch, dachte sie, solange sie sich täglich sahen, würde er das nicht tun, wovon sie wusste, dass er es vorhatte. Er hingegen vermied es geflissentlich, sie auf das anzusprechen, was sie ihm gegenüber als `sein Geheimnis´ bezeichnet hatte; er wollte von ihr nicht erneut genötigt werden, sich über diese Sache zu äußern.

Die Zuneigung zwischen beiden wuchs zusehends. Wenn seine Hand zärtlich über ihr Haar strich, spürte er an dem Beben, welches ihren Körper durchfuhr, wie sehr es ihr gefiel. Wenn sie ihren Arm beim Gehen fest um seine Hüfte legte, genoss er die Vertrautheit ihrer Gegenwart. Und wenn jeder von ihnen nach einem weiteren gemeinsamen Abend im eigenen Bett lag, gab es ein großes Sehnen in ihnen; es war eines, das von Nacht zu Nacht stärker wurde. Doch keiner von ihnen hatte den Mut, einen Schritt darauf zu zumachen, diesen innigen Wünschen ein befreiendes Ende zu schenken.

Christine nicht, weil sie dem Flehen ihres Herzens nicht nachgeben wollte – noch nicht wenigstens; solange nicht, bis Tom die Entscheidung getroffen hätte, mit ihr zu reden; darüber zu reden! Und dennoch gab es in ihrem Körper ein immer stärker werdendes Begehren. Thomas wiederum scheute sich, weil er schon viel zu weit gegangen war – damit nämlich, seine Gefühle dieser ihn so erfüllenden Frau gegenüber durch Komplimente und beinahe zufällige Berührungen anzudeuten. Weiter aber durfte und wollte er nicht gehen! Das war seine feste Überzeugung; dass diese schon bald auf eine schwere Probe gestellt werden würde, ahnte er dabei nicht.

Am nächsten Morgen sollten sie Rio de Janeiro erreichen. Als Thomas erwachte und sogleich neugierig auf den Balkon seiner Kabine trat, hatte das Schiff schon angelegt. Er holte Chris um neun Uhr vor ihrer Kabine ab, denn sie hatten - entgegen ihren bisherigen Vorsätzen - etwas vor; heute wollten auch sie beide von Bord gehen. Allen anderen voran gingen sie alsbald Arm in Arm vorsichtig die Gangway hinunter und bestiegen einen der vielen Busse, der für sie bereitstand. Die Fahrt wurde zu einem unvergesslichen Erlebnis für Christine, weil Thomas ihr alle Sehenswürdigkeiten genau beschrieb. Er wollte sie mittels seiner Augen das sehen lassen, was er sah, damit auch sie die Schönheit Rios erleben konnte. Er selbst kannte die Stadt von einer früheren Reise und konnte ihr damit vieles mehr erzählen, als der Reiseführer zu berichten wusste.

Am Abend waren beide ganz erfüllt von den prächtigen Eindrücken. Nach einem guten Abendessen verließen sie das `Incognito´, um von der Reling aus das Auslaufen des Schiffs zu beobachten und den warmen Wind auf ihrer Haut zu fühlen. Thomas genoss dabei wieder die Art, mit der sich Christine an ihn schmiegte und ihm zeigte, wie sehr gerne sie die Wärme seines Körpers spürte. Sie hatte - das war ihm schon den gesamten Tag über aufgefallen - keine Gelegenheit ausgelassen, die unbedeckte Haut ihrer Arme an den seinen zu reiben und im Bus stets besonders eng neben ihm zu sitzen.

Nur zu oft hatte sie ihren Kopf an seine Schulter gelehnt. Wenn der Fahrer eine der engen Kurven etwas zu schnell nahm, dadurch ihr Oberkörper noch mehr an den seinen gedrückt wurde und ihr Kopf auf seine Brust rutschte, ließ sie ihn noch lange dort liegen. Dann strömte ihm der Duft ihres Parfüms, mit dem sie ihn zu betören suchte, besonders verlockend in die Nase. Auch die weit ausgeschnittene Bluse, mit der sie nun zum Abendessen erschienen war, machte es ihm immer schwerer, den Mann in sich zu zügeln. Besonders verführerisch war das, was ihm so mancher seiner scheuen Blicke zeigte: Die feine Seidenspitze ihres ganz leicht herauslugenden, schwarzen BHs.

Zwar wollte er es sich nicht eingestehen, aber es blieb ihm nichts anderes übrig – diese wundervolle Frau wurde ihm zunehmend gefährlich. Hatte sie es denn, dachte er mit gemischten Gefühlen, während sie bei-

140

de nach dem Essen an Deck unter dem Sternenhimmel auf eine ihnen Glück bringende Sternschnuppe warteten, darauf abgesehen, ihn heute zu verführen? Seine Befürchtung wurde genährt, als Christine nach einiger Zeit ihre Hand ganz sachte über seinen Rücken nach unten fahren ließ – und dabei nicht an seinem Hosengürtel Halt machte. „Lass uns gehen – ja?!“, hauchte sie ihm dabei ins Ohr. Es schauderte ihn; Lust und Vernunft kämpften gegeneinander.

„Schade, jetzt schon, wo es hier draußen so paradiesisch schön ist“, war sein Versuch, sich der Gefahr zu entziehen. Darum bemüht, so zu tun, als würde er das Offensichtliche ignorieren, fuhr er in belanglosem Ton fort: „Aber natürlich – wenn du müde bist, bringe ich dich zu deiner Kabine. Morgen Nacht gibt es bestimmt wieder einen solch klaren Sternenhimmel.“ Er schaute in ihr Gesicht und sah einen Hauch von Enttäuschung. Schon glaubte er, der Versuchung entkommen zu sein. Doch er irrte. „Ach was – ich bin doch noch nicht müde.“

Christine nahm Franciscos rascher werdendes Atmen sehr wohl wahr. Sie hatte schon darauf gewartet. Natürlich wusste sie, warum er an dieser Textstelle eine Pause brauchte. Es waren seine unangenehmen Erinnerungen an das allererste Mal seines Vorlesens; damals kannte er natürlich den Fortgang der Erzählung noch nicht, sodass ihn die amourösen Vorstellungen in seiner Fantasie schwer zu schaffen machten. Zunächst hatte er sich geweigert weiter zu lesen. Den darauf folgenden Dialog erinnerte Christine sehr genau: `Ich möchte ganz bestimmt nicht wissen, was ihr an jenem Abend getan habt.´ `Aber warum nicht!´ `Bitte, Christine, zwing mich nicht dazu fortzufahren.´ Gezwungen hatte sie ihn nicht; nur zu weinen begonnen. Wer sonst hätte ihr Toms Geschichte vorgelesen?! Wie froh war sie damals – ebenso wie jetzt - darüber, dass er weitermachte.

„Ebenso angespannt wie sorgenvoll brachte er Chris – wie immer Arm in Arm - zu ihrer Kabine. Hoffentlich würde nun gleich, bangte er, nicht das geschehen, wovor er Angst hatte! Alsbald standen die beiden - wie jeden Abend, wenn sie sich für die Nacht trennten – vor ihrer Türe. Thomas löste sich von ihr, doch Christine umklammerte sofort mit beiden Händen seine Unterarme. Ihr Gesicht war auf das seine gerichtet. Ein ganz besonderes Lächeln spielte um ihre angefeuchteten Lippen – eines, das er an ihr bislang noch nicht gesehen hatte. Ihr Mund war leicht geöffnet. Ihm wurde angst und bange, weil er ahnte, was unaufhaltsam auf ihn zukam – wie eine Flutwelle, die ihn sogleich mit sich zu reißen drohte.

Trotz seines inneren Widerstands hörte er aber auch voller Glückseligkeit sein Herz sprechen: Lass es zu, Tom! Gestehe dir endlich ein, dass du es willst, dass du es brauchst – dass du sie willst und sie brauchst. Doch sein Verstand verbot es ihm und gebot ihm zu handeln; mit dem Versuch, es liebevoll erscheinen zu lassen, wand er sich behutsam aus ihrer Umklammerung und flüsterte ihr so gefühlvoll, wie er es vermochte, zu: „Schlaf gut und träume von all dem, was du heute erlebt hast. Gleich morgen früh sehen wir uns wieder."

Wie sehr hoffte er bei diesen Worten, sie würde ihn gehen lassen und es damit für sie beide nicht schwerer machen, als es sowieso schon war - hatten sich ihrer beider Herzen doch schon viel zu sehr ineinander verfangen. Statt jedoch zu resignieren begehrte sie auf – und das mit den Waffen einer Frau. Mit zärtlicher und hörbar verführerisch klingender Stimme setzte sie an: „Du ...!" Mit beiden Händen

142

griff sie erneut nach ihm und zog ihn an sich. Im selben Moment wusste er, dass die Situation nun eskalieren würde. Sie wollte es; ihn; heute Nacht. Schon legten sich ihre Lippen erst auf seine Wange und gleich darauf auf seinen Mund.

Wie warm sie sich anfühlten. Wie zärtlich ihre Zungenspitze über seine Lippen strich; lockend und liebevoll zugleich. Wie sehr er ihr offenkundiges Begehren von Sekunde zu Sekunde mehr genoss. Wie sehr sich der Mann in ihm nach mehr sehnte. Doch wie sehr wusste er zugleich, wohin das führen würde; nach wenigen Tagen unsagbaren Glücks bräche er ihr mit seinem vorgezeichneten Schicksal das Herz.
Ihre Hand legte sich nun auf seine Brust, worauf ihre schlanken Finger zwischen den Knöpfen seines Hemdes seine nackte Haut fanden. Ihre andere legte sich um seine Hüfte, wobei sich ihr Arm kraftvoll und einem Schraubstock gleich um seinen Körper schloss.

„Du ...!", wiederholte sie in zu vibrieren beginnender Tonlage, denn ihr Begehren vermochte sie nicht länger in Zaum zu halten. Kurz zögerte sie noch einmal, bevor ihn die Wucht ihres Verlangens mit all seiner Heftigkeit traf: „Tom, ich will heute Nacht nicht alleine sein!" Sie hatte ausgesprochen, wovor er sich fürchtete. Sorge genug hatte er davor schon an vielen Abenden verspürt, wenn er sie vor ihrer Kabinentüre verabschiedete. Doch noch nie zuvor war es so weit gekommen wie in diesem Moment. Jetzt war es geschehen - sie wollte es!

Was sollte er nur tun? Ihr nachgeben? Ja, das hätte er am liebsten getan! Natürlich! Seine Gefühle für diese Frau umschlangen ihn mittlerweile wie ein festes Band, das ihn an sie fesselte. Seine innige Zuneigung für sie war so stark geworden, dass er sich ihr eigentlich nicht mehr entziehen konnte. Unter anderen Umständen, früher eben, das wusste er, hätte er einem solchen Sehnen nach Liebe und Lust ganz bestimmt nachgegeben und sich nicht zweimal bitten lassen. Doch die Verhältnisse waren nicht danach. Die Sterne standen schlecht für eine gemeinsame Zukunft; daran ging für ihn kein Weg vorbei. Und nur spielen mit ihr? Nein, das war für ihn ausgeschlossen! Dazu war ihm diese empfindsame Frau viel zu wertvoll.

Ganz zögerlich begann er zu antworten – und hätte sich dabei inniglich gewünscht, dass sie den Zwiespalt und das Leid in seinen Augen hätte sehen können: „Du, Chris! Ich spüre deine Gefühle für mich. Auch ich schenke dir wirklich jeden Tag ein großes Stück mehr von meinem Herzen. Aber ....“ Er stockte und suchte in sich nach dem nötigen Mut, um ihr das beibringen zu können, was er ihr unumgänglich erklären musste; „... aber ich kann nicht! Chris, ich wünschte mir nichts lieber, als jetzt mit dir ...“

Er verbat sich, das Verlockende auszusprechen, es in solche Worte zu kleiden, die es ihm – und ihr – noch schwerer machen würden. „Aber es geht nicht! Bitte verzeihe mir; es hat wirklich nichts mit dir zu tun – einzig und alleine mit mir. Du bist eine so wundervolle Frau! Du berührst mein Herz. Genau deshalb bist du mir viel zu wichtig, als dass ich dir ....“ Seine verzweifelte Niedergeschlagenheit brachte seine Rede ins Stocken. Um sie nicht zu hart zurückzuweisen, fügte er hinzu – und wusste dabei, dass er sie anlog: „Lass uns vielleicht noch ein wenig warten, wenigstens ein paar Tage, ja?“

Mit diesem `Ja?´ erhoffte er sich ihre Zustimmung – doch was er mit seiner ablehnenden Antwort anrichtete, bekam er umgehend zu spüren. Christines Inneres schien in sich zusammenzusacken, während sie ihn losließ, sich im Zeitlupentempo umdrehte, ihre Kabine öffnete, ein fast unhörbares „Gute Nacht" von sich gab, hinein ging und die Türe hinter sich ins Schloss warf.

Eine Hülle eisiger Kälte stülpte sich über ihn. Frost ließ seinen Körper erstarren - vom Nacken über die Schultern den Rücken hinunter. Sein ihm sogleich entgleisen wollender Blick fiel auf die zugeschlagene Türe, hinter der soeben die Frau verschwand, zu der er sich so unendlich hingezogen fühlte. Mit einem herzzerreißenden Seufzer schloss er die Augen. Wie in Trance hob er die Arme und vergrub sein Gesicht in seinen Handflächen. Messerstiche drangen in sein Herz ein – in ein Herz, das aufschrie; vor Schmerz und vor Wut. Vor Wut auf ihn, der seinem Verstand mehr gefolgt war als seinem Gefühl; und in ein Herz, das ihn nun unerbittlich laut anklagte: Thomas König! Du hast soeben die Hoffnung dieser in ihrer Blindheit einsamen Frau auf ein Liebesglück zerstört! Schäm dich! Zudem hast du dir selbst den letzten Halt genommen.

Thomas wusste, als er seine Kabine erreicht hatte, nicht, wie er den Weg dorthin gefunden hatte; in seinem Kopf gab es nur eines: Ein heilloses Durcheinander. Wie in Trance schloss er die Türe hinter sich und landete bäuchlings auf seinem Bett. Was hatte er getan? Wie sehr hatte er diese Frau verletzt? So sehr, dass sie ihm nicht einmal die Gelegenheit dazu zu geben vermochte, sich näher zu erklären. Er hatte sie – und ihre Liebesgefühle für ihn – von sich weg gestoßen. Sie, die sich schon so lange nicht mehr auf einen Mann eingelassen hatte. Sie, die sich ihm gegenüber trotz aller schlimmen Erfahrungen soeben so sehr geöffnet hatte. Sie, die für ihn ganz sicher die Letzte war, der er wehtun wollte. Doch genau das hatte er getan!"

Christines Schluchzen unterbrach den Freund. Als sie seinen Stuhl rücken hörte, wusste sie, dass er in der nächsten Sekunde bei ihr sein würde. Schon legte sich sein Arm um ihre Schulter, während sie seine Lippen auf ihrem Haar spürte. „Weine nicht, Chris. Bitte! Deine Tränen schmerzen mich." „Ach du. Ich war damals so schrecklich verletzt. Nach so vielen Jahren war er der erste Mann, demgegenüber ich mein Herz öffnete – und nicht nur das. Und was tat er?" „Ja, ich weiß. Aber schau, ..." Die nun folgenden Worte hätte er so gerne nicht gesagt. Thomas verteidigen? In dieser Frage? Das war das Letzte, was er tun wollte. Doch er konnte nicht anders. „Schau, er tat es doch nur zu deinem Besten. Wie viel schlimmer wäre es für dich gewesen, hättest du dich ihm hingegeben, um dann wenig später erleben zu müssen, was er vorhatte." Christine wusste, dass er Recht hatte und griff nach seiner Hand. „Stimmt schon! Aber ...."

„Hm?" „Aber ich hätte ihn damit umstimmen können." „Ich glaube nicht. Er hat sich mit Rücksicht auf dich dagegen gewehrt, mit dir zu ...." Das letzte Wort sprach er nicht aus. Sie wusste warum; sicher brachte ihn die Vorstellung an das zum Schweigen, was er an Toms Stelle selbst so gerne mit ihr getan hätte – und seit langem tun wollte. Christine verstand ihn und strich ihm zärtlich über seinen Arm, der noch immer auf ihrer Schulter lag. „Möchtest du weiter lesen?" Er zögerte zunächst, ließ dann aber von ihr ab und schlurfte zu seinem Stuhl, dessen Sitzfläche er unter sich zog. „Okay, Chris, du lieber Quälgeist. Wo war ich? Ach, hier. Also:

Völlige Verzweiflung erfasste ihn. Hätte er anders reagieren können? Durfte er die Frau, die ihm ihr Herz aufgetan hatte, zum Preis einer Liebesnacht sowie einiger weniger glücklicher Tage in die Sack-

gasse eines Schicksals führen, in der sie alleine zurückbleiben würde? Nein!

Als Thomas am nächsten Morgen zur gewohnten Zeit vor ihrer Türe stand, um sie abzuholen, erschien Christine nicht. Nach einer halben Stunde des Wartens war er soweit, anzuklopfen; er hob die Hand, bog den Zeigefinger, spannte den Muskel an und versuchte, mit dem kleinen Fingerknochen feste gegen das Türblatt zu hämmern. Doch es gelang ihm nicht. Wie von Geisterhand geführt, streckte sich dieser Finger wieder, verließ die Kraft diesen Muskel, fiel diese Hand schlaff nach unten. Er traute sich nicht. Zu genau wusste er, wie sehr er sie am Vorabend zurück gestoßen hatte. Trotz aller Vernunft schämte er sich dafür.

Vielleicht, hoffte er, hatte Chris ja schon vor der üblichen Zeit die Kabine verlassen, um an Deck spazieren zu gehen? Sofort machte er sich auf, um sie zu suchen – überall dort, wo die Plätze und Wege waren, die sie beide während der vielen vergangenen Tage zu ihren eigenen gemacht hatten. Allein – er suchte vergeblich. Den gesamten Tag über irrte er wie ein zurückgelassener, ja verlassener, einsamer Mann durch die Gänge, hielt überall Ausschau nach ihr, schlich über die Außendecks, fragte George nach ihr und lauschte sogar zwischendurch, wenn niemand auf dem Flur war, immer wieder an ihrer Kabinentüre. Stunde um Stunde lief er nun über die Decks – auf und ab, hin und her. Er suchte all die Plätze ab, an denen er mit Chris auf ihren Spaziergängen gewesen war - stets von der Hoffnung beseelt, ihr dort zu begegnen. Besonders oft und lange hielt er sich dabei an einer ganz bestimmten Stelle an der Reling auf.

Diese war so etwas wie ihr persönlicher Lieblingsplatz geworden. Immer wieder hatte sie ihn sogar -

allein ihrem bewundernswerten Orientierungssinn folgend – dorthin gelenkt. Dorthin nämlich, wo sie sich dann in einer Ecke eng an ihn schmiegte – ganz versteckt von dem üblichen Geschehen an Deck. So oft verweilten die beiden dort, während er ihr all das beschrieb, was es zu sehen gab, und sie den Geruch des schäumenden Meeres in sich aufsog - wie süchtig nach dem, was zu erleben ihre Sehkraft ihr verweigerte. Einmal hatte sich Thomas, während er nach Delphinen Ausschau hielt, über die Reling gebeugt, die Bordwand entlang tief nach unten geschaut, Christine den Anblick der durch die Schiffsschrauben aufgewühlten Wellen beschrieben – und wie beiläufig gefragt, ob man einen Sprung in dieses bodenlose Nass wohl überleben würde. Zu seiner Verwunderung hatte Christine daraufhin geschwiegen und sich für einen Augenblick von ihm abgewandt.

Genau hier stand er auch jetzt wieder, blickte nach unten - und erschrak über seine Gedanken. War Christine nicht schon für ihn verloren? Sicher wollte sie ihn nicht wieder sehen. Warum sollte er es dann nicht einfach tun? Hier an dieser Stelle des Schiffshecks. Jetzt gleich. In diesem Augenblick seiner düsteren Vorstellungen brach plötzlich der Himmel auf und die Sonne blendete ihn mit den Strahlen ihres gleißenden Lichts. Rasch hob er die Hand vor die Augen. Was war das? Etwa ein göttliches Zeichen? Mit einem Mal verschwanden die dunklen Schatten in seinem aufgewühlten Inneren. Ruckartig stieß er sich vom der Reling ab und machte Kehrt. Er musste Christine finden! Doch all sein verzweifeltes Bemühen darum, alles wieder in Ordnung zu bringen, alles wieder gut zu machen, blieb ohne Erfolg. Christine war und blieb für ihn unerreichbar, unsichtbar wie ein Geist, der sehr wohl anwesend war, aber seine Gestalt vor ihm verbarg.

Am nächsten Morgen lag das Schiff vor Montevideo, der Stadt an der Mündung des Rio de la Plata. Schon sehr früh stand er vor der Kabine, auf dessen Türe die aus golden schimmerndem Metall geformte Zahl 608 angebracht war. Er hatte sich während der Nacht, in der er wieder stundenlang wach lag und grübelte, vorgenommen, sie dort zu erwarten, wenn Christine herauskommen würde. Lange, sehr lange hielt er es ab sieben Uhr morgens aus - an den Türrahmen gelehnt oder den Flur auf und ab patrouillierend.

Immer wieder beäugten ihn die vorbei gehenden Passagiere neugierig vor jener Kabinentüre - wohl auch, wie es ihm vorkam, mitleidig, dachten sie wohl, er sei von seiner Frau ausgesperrt worden. Die Blicke der Zimmermädchen, welche während seines Wartens ihren Wagen den Gang entlang schoben, ließen ihn allerdings ihr deutliches Misstrauen ihm gegenüber spüren. Gegen elf Uhr knurrte sein Magen unbarmherzig und er bekam Kopfschmerzen. Er fürchtete um seinen Kreislauf, der ihm seit vielen Monaten schwer zu schaffen machte und ihn so manches Mal in die Knie gezwungen hatte. Kein Wunder, dachte er, bei den vielen Medikamenten. Sein Drang, auf Christine zu warten, wich der Notwendigkeit frühstücken zu gehen.

Der erste Schluck Kaffee tat gut; und dennoch fühlte er sich elend – gleich einer Marionette, die nur noch an einem einzigen Faden hing, völlig kraftlos und ohne eigenen Willen. Allein sein schlechtes Gewissen, seine tiefe Traurigkeit, seine Verzweiflung und auch sein Sehnen nach der Frau, die ihm so nah und dennoch so weit entfernt war, bestimmten sein Handeln noch. Er schloss die Augen und verdeckte sein Gesicht mit beiden Händen. Wie sehr er bereute, sie zurückgewiesen zu haben! Allerdings hatte er es getan und sie hatte ihre Konsequenzen gezogen. Offensichtlich mit eindeutiger Endgültigkeit. Hatte es da überhaupt noch einen Sinn, mit ihr reden zu wollen? Sollte er sie nicht einfach in Ruhe lassen – so, wie sie es augenscheinlich von ihm verlangte? Sollte er sich nicht besser allein auf sich konzentrieren – und auf das, was ihm bevorstand?

Ein Hadern begann in ihm, gleich dem Kampf zweier feindlicher Kräfte, von denen jede mit aller Macht zu gewinnen versuchte. In ihm kämpften ein guter und ein böser Geist; einer, der ihm aus dem Herzen sprach und seine wahren Gefühle kannte, und einer, der von seinem emotionsfreien Verstand gelenkt war. Doch, fragte er sich, durfte er schon aufgeben? Schuldete er Christine nicht eine Erklärung für sein Verhalten? Mit all dem, was zwischen ihr und ihm unausgesprochen geblieben war, konnte er sie nicht alleine lassen! Die Begegnung mit ihr, die vielen Gespräche, das Wohlgefühl ihrer Anwesenheit und das Wissen um ihre innigen Empfindungen für ihn hatten ihm so unendlich gut getan.

Er hatte sich verliebt; oh ja, das musste er sich eingestehen! Allerdings war das zur falschen Zeit geschehen. Er durfte ein solches Glück nicht mehr zulassen? Sein Herz flehte ihn an, seinem Gefühl nachzugeben und von seinem Vorhaben abzurücken. Christine ist, flüsterte ihm sein Herz in´s Ohr, die Frau, die dir das Schicksal schenkt, um dich zu retten; ergreife diese Chance! Doch sein Verstand belauschte diese Worte und gebot seinem Gegenspieler zu schweigen. Was wollte er Christine, fragte er sich daraufhin resigniert, auch sagen, käme sie doch noch aus ihrer Kabine heraus? Etwa, dass auch er sich in sie verliebt hatte? Auch, dass diese Liebe aber keine Zukunft hatte. Warum, würde sie erbost fragen?

Warum nur, Thomas? Immer wieder würde sie diese eine Frage stellen, weil er ihr nicht antwortete. Solange, bis es aus ihm heraus brechen würde - wütend und verzweifelt zugleich. Weil ..., verdammt, weil es auf dem Schiff bald einen Passagier weniger gibt. Er merkte das Zittern seiner Lippen und die Tränen, die in ihm aufstiegen. Seine Hand presste sich auf seinen Mund. Er war am Ende seiner psychischen Kräfte. Das vergangene Jahr hatte ihn zu viel Energie gekostet, als dass er noch hätte behaupten können, im seelischen Gleichgewicht zu sein. Diesem nun mit Christine neu aufgetauchten emotionalen Druck war er nicht mehr gewachsen."

Francisco machte eine Pause und trank; Christine hörte es an dem schlürfenden Geräusch, das er dabei machte. Sie schwieg und blieb geduldig; sie wollte nicht wieder darum bitten, dass er mit dem Vorlesen fortfuhr. Francisco schnaufte. Er wollte sie damit wohl genau dazu bringen, wollte ihr Bitten hören. Sie blieb standhaft. Er brummelte etwas für sie Unverständliches vor sich hin – und las weiter.

„Die Rettung

Um Punkt sieben Uhr morgens legte er sein Ohr an ihre Kabinentüre und lauschte; ob sie überhaupt schon aufgestanden war, fragte er sich zweifelnd. Allein dieser Gedanke raubte ihm den Mut, anzuklopfen. Was, wenn sie noch schläft, überlegte er? Dann verärgere ich sie durch mein Wecken noch mehr und verspiele von vornherein jegliche Chance darauf, dass sie mich anhört. Also kehrte er in seine Kabine zurück. Gegen halb neun hielt er es nicht mehr aus und stand ein zweites Mal vor ihrer Türe. Wieder lauschte er angestrengt um herauszufinden, was er sich erhoffte. Geräusche nämlich, die verrieten, dass sie da war. Nichts drang in sein Ohr. Er schimpfte leise. Verflixt noch mal, ich muss mit dir reden! Jetzt! Wenn nicht, tue ich es heute Abend.

Er klopfte. Einmal. Leise. Nichts. Ein zweites Mal. Etwas fester. Gleichzeitig rief er: „Zimmerservice". Vielleicht klappte es auf diese Weise, wünschte er sich. Doch wieder nichts! Er wartete. Sollte er wieder gehen? Nein, verdammt! Er setzte alles auf eine Karte, ballte die Hand zur Faust und holte zum Schlag gegen das Türblatt aus. Wütend und entschlossen. Es gab für ihn kein Zurück. Als die Wucht seines Schlages die Türe traf, erschrak er. Noch mehr jedoch, als er den Bruchteil einer Sekunde später ihre Stimme hörte. „Was willst du, Thomas König? Verschwinde!" Sie hatte seine Stimme erkannt. Einerlei! Jetzt galt es. Sein Mund öffnete sich zum ersten Satz. Doch all die Worte, die er sich zurechtgelegt hatte, waren wie weggeblasen. Was sollte er nur sagen. „Christine, ich bitte dich", stammelte er. „Hau ab!" klang es ihm hart entgegen. Er wurde zornig. Seine Hand umschloss die Türklinke und rüttelte daran. „Geh weg!" „Bitte mach die Türe auf; ich muss mit Dir reden."

Etwas Drohendes lag in seinen Worten. Gleichzeitig aber auch Verzweiflung. Sein Herz schien voller Schmerz zu zerbrechen. Er griff sich an die linke Brust, als wollte er es schützen. „Bitte, Christine. Lass dir doch ...." Seine erregte Stimme brach ab. Er schluckte. „Ich muss dir unbedingt ...." Erneut versagten ihm seine Stimmbänder den Dienst. „Ich halte diesen Tag ohne Dich nicht mehr aus, glaube mir. Wenn du nicht öffnest, dann ...." Wären in diesem Augenblick nicht zwei ältere Damen an ihm vorbei gegangen, hätte er seinen Satz sogar beendet; soweit hatte ihn seine Verzweiflung gebracht. Die Frau hinter der verschlossenen Türe schwieg. Die Sekunden verstrichen - lang wie Minuten. Aus diesen Sekunden wurden Minuten – und die schienen ihm zu Stunden zu werden! Von Moment zu Moment, den er da stand, schwand seine Hoffnung.

Da! Er traute seinen Augen nicht. Vor ihm tat sich ein Spalt auf. Licht fiel von innen auf ihn. Die Öffnung wurde größer; immer weiter bewegte sich das Türblatt, bis es offen stand – und er sie sah. Da stand sie. Im zerknitterten Négligé. Barfuß. Ohne ihre dunkle Brille. Mit rot unterlaufenen Augen. Elend. Einfach elend. Oh, wie unendlich schlecht er sich fühlte. „Was willst du?" Ihre Lippen bebten. „Mit dir sprechen. Über mich. Dir alles erklären. Mich bei dir entschuldigen. Bitte, Chris!" Ihre leeren Augenhöhlen starrten ihn an. „Nein, Thomas! Du hast mir so wehgetan. Zu weh!"

Da konnte er sich nicht mehr zurückhalten; Tränen schossen ihm aus den Augen. Tränen, die sein Gegenüber nicht sehen konnte. Hören aber - und fühlen, ganz tief in ihrem verletzten Herzen. Zitternd hob sie ihre Arme, als wollte sie das tun, wonach sie sich so inniglich sehnte: Ihn umarmen, seine Nähe spüren. Doch im selben Moment fielen sie wieder herab, als befehle ihr Zorn ihr, sich diesem Mann vor ihr nie mehr zu öffnen. „Nein! Verschwinde aus meinem Leben. Bitte." Die Türe vor ihm begann sich langsam zu schließen.

Mit einer raschen Handbewegung wischte er sich die Tränen aus dem Gesicht, betrachtete sie - und erkannte zum ersten Mal wirklich, was er angerichtet hatte. Er hatte ihr eine Wunde geschlagen, die nicht mehr heilen würde. Nie mehr. Und damit alles verloren. Sie. Ihre Liebe. Seine Gefühle. Seine geheimste Hoffnung; auf ein Wunder; und damit auf sein Leben gar. Sie wollte, dass er für immer verschwand. Alles war verloren. Was blieb ihm noch? Nichts! Nur das Eine. Gleich heute Nacht. Er gab auf. Wie in Trance drehte sich sein Körper, um zu gehen. Weg von ihr. Für immer. Wortlos. Sein Blick fiel zu Boden. Er spürte seine Beine Schritte machen. Drei, vier, fünf. Seine Hand tastete sich an der Wand entlang. Er gehorchte und verschwand aus ihrem Leben. Alles in ihm brach zusammen. Er war nur noch die Marionette, deren letzter Faden soeben durchgeschnitten wurde. So endet also dein Leben – das war das Einzige, was sein Kopf noch denken konnte.

„Bleib!" Sein Geist nahm es nicht wahr. „Bleib, Tom." Er stutzte und hielt inne. Sein Oberkörper drehte sich. Seine Augen erfassten den verhärmten Körper einer Frau; einer, die nun auf dem Flur stand. Eine Hand streckte sich nach ihm aus. Noch einmal hörte er ihre schwache Stimme sagen: „Komm!" Dann verschwand Christine wieder in der Türe. Als er eintrat, erschrak er. Die Kleider, die sie an jenem verhängnisvollen Abend getragen hatte, lagen wild zerstreut auf dem Boden. Auf der Kommode und dem Nachttisch standen Tabletts mit leeren Tellern und Tassen. Im Brotkorb lagen ausgetrocknete Scheiben. Daneben sah er eine Schachtel, deren Aufschrift er sehr wohl kannte – Schlaftabletten! Zwei leere Blister lagen daneben.

Das waren mal zwölf Tabletten. Mein Gott! Hatte sie die alle genommen?! Der Teppich war nass. Drei entkorkte Flaschen Wein lagen am Boden. Die Bettdecke und das Kissen lagen zerwühlt auf dem Leinentuch. Überall sah er zerknüllte Taschentücher. Wie sehr musste sie geweint haben. Welch ein Anblick! Noch klarer als zuvor begriff er es: Das war sein Werk.

Er schloss die Türe hinter sich. Da stand sie neben dem Bett. Fröstelnd und mit zitternden Knien murmelte sie etwas, das sich für ihn wie eine Entschuldigung für die Unordnung anhörte. Fahrig hob und

154

senkte sie ihre Arme, als suchte sie nach einer Erklä-
rung für ihn. Dann tastete sie sich an den Bettrand
heran und ließ sich kraftlos auf das Laken fallen. Ihre
Hände fanden das Kopfkissen, in das sie ihr Gesicht
vergrub – sie wollte nicht, dass er ihre Tränen sah,
denen sie nun nicht mehr Einhalt gebieten konnte.

Tom rang um seine Fassung. Was konnte er nur tun,
um das alles ungeschehen zu machen. Hätte er nur
nicht `Nein´ gesagt! Wäre er nur ihrer Bitte gefolgt,
die Nacht über bei ihr zu bleiben! Doch – wäre das
wirklich alles gewesen, was sie damit von ihm woll-
te? Nur eine Nacht? Nein! So eine war sie nicht! So
schätzte er sie ganz gewiss nicht ein. Ihr war es si-
cher nicht auf einen One-Night-Stand angekommen.
Sie wollte weit mehr von ihm als ein flüchtiges Aben-
teuer. Das hatte er gespürt – an jenem Abend ebenso
wie an den vielen Tage zuvor. Sie wollte sich auf ihn
einlassen; sie wollte sich trauen, eine Liebe zu begin-
nen; sie hatte den Mut gefasst, doch noch einmal
einen Mann in ihr Leben zu lassen – trotz ihrer bishe-
rigen Enttäuschungen. Bei dieser erneuten Erkennt-
nis biss sich Thomas auf die Lippen – und wusste
dabei, wie sehr auch er sich eine Zukunft mit dieser
Frau gewünscht hätte. Aber nur hätte – denn sein
Schicksal ließ ein solches Glück für ihn nicht mehr zu!
Seine Uhr war fast abgelaufen – wie hätte er da noch
mit ruhigem Gewissen mit ihr zusammenkommen
können?!"

Francisco fuhr zusammen und brach sein Vorlesen ab,
als er Christine aufbrausen hörte. „Natürlich hättest
du!" entfuhr es ihr aufgebracht, während ihre flache
Hand hart auf der Tischplatte aufschlug. „Richtig,
Chris! Hätte der Kerl." Er schwieg kurz, fuhr aber
sogleich fort: „Ich selbst hätte ...;" er beendete seinen
Satz nicht, weil sie ihn harsch unterbrach. „Was?",
fragte sie angespannt. Franciscos Selbstbeherrschung

stieß an dessen Grenzen; irgendwann musste er es ihr einmal sagen! Viel zu lange schon hatte er seinem Unmut Einhalt geboten. Noch energischer als soeben brauste er auf: „Was, willst du wissen, Christine? Das kann ich dir sagen. Wie konnte Tom dir das nur antun?! Pfui! Ich hätte dich niemals so verletzt, das versichere ich dir. Ich hätte dir all meine Liebe und Zärtlichkeit ....“ Weiter kam er nicht. „Schweig, Francisco!“ Erneut landete ihre Hand laut auf der Tischplatte. „Wie willst du wissen, wie es damals in Tom aussah? Er war schließlich todkrank und verzweifelt.“ Wie konnte er es wagen, Tom zu kritisieren?! Schäm dich, hätte sie ihm am liebsten an den Kopf geworfen.

Der alte Holzstuhl knarrte – Francisco hatte seinen Rücken mit Schwung nach hinten in die Lehne gedrückt. Erschrocken über ihre harsche Reaktion fuhr ihre Hand nach oben und legte sich kurz auf ihre Lippen. Sollte sie besser schweigen und ihren Ärger über seine Anmaßung für sich behalten? Nein! Niemand hatte das Recht, Tom so zu beschimpfen. „Tom ist mein Ehemann; er war immer gut zu mir und ist der beste Mann, den es in meinem Leben gibt und geben wird. Ich verbiete dir, so über ihn zu sprechen, hörst du!“

Sie hörte die Stuhlbeine über den hölzernen Fußboden schleifen. „Ich werde nun nach Hause gehen, Christine. Mir reicht´s! Fang endlich an, dich den Realitäten zu stellen. Dein Tom war kein Heiliger. Schau dich doch um. Ich würde dich niemals so leben lassen.“ Mehr kam nicht, außer, dass er beim Aufstehen so heftig den Tisch rammte, dass ein Tischbein gegen Christines Knie stieß. „Au!“ Auf seine Entschuldigung wartete sie vergeblich.

Sie erschrak; nun war sie zu weit gegangen. Wie kannst du, schimpfte es in ihr, ihm so vor den Kopf stoßen. Aber er hat doch ..., wehrte sich eine andere Stimme. Nichts aber!, kam unnachgiebig zurück; hat er denn so Unrecht mit dem, was er über Tom sagt? Und über sich selbst. Sei doch mal ehrlich zu dir. Hätte er dich mit einem leeren Bankkonto in dieses finanzielle Elend gestürzt, in welchem du nun blind und alleine gelassen steckst? Hätte er dich im Unklaren darüber gelassen, woher das viele Geld stammte, von dem ihr so gut lebtet und darüber, warum es das nun plötzlich nicht mehr gibt? Wie lange noch willst du deine Augen vor den Tatsachen verschließen und deinem toten Tom nachtrauern? Am Ende wirst du Francisco verlieren – wenn es nicht schon so weit ist. Steh doch endlich zu deinen Gefühlen zu Francisco! So tobte es in ihr.

Mit einem Ruck erhob sie sich und streckte die Arme aus, um Franciscos Körper zu fassen zu bekommen. „Bitte, verzeih mir. Und geh nicht weg, du Lieber!" Ihr stockte der Atem, als sie begriff, was sie da gesagt hatte; in dieser Tonlage; mit diesem warmen Gefühl in ihrer Brust. Lieber! Ihre rechte Handfläche traf suchend seine Brust. Doch er wehrte sie ab und versuchte an ihr vorbei zu kommen. Sie machte einen energischen Schritt zur Seite und versperrte ihm den Weg. „Francisco, bitte geh nicht. Nicht so – ohne Worte und im Zorn. Ich gebe ja zu, dass ich ..." „Ja? Was gibst du zu, Christine?", raunzte er sie an, ließ aber zu, dass ihre Hände nun seine Taille festhielten. „Dass ich ...; ich meine, ich hätte nicht ..."; verzweifelt suchte sie nach den Worten, mit denen sie ausdrücken konnte, was in ihr vorging. Doch sie war zu durcheinander, um sie zu finden - die richtigen. So blieb es nur bei einem: „Francisco, bitte bleib." Was sie dann tat, war nicht von ihrem Verstand gesteuert; sie reckte ihren Kopf nach oben und ließ ihre Lippen einen Kuss auf seine Wange hauchen; flüchtig, zaghaft, ängstlich. Als sie ihn so berührte, auf eine Weise, in der sie es noch nie zuvor getan hatte, spürte sie es; seine Arme legten sich um ihren Rücken; seine Hände strichen darüber, seine Fingerkuppen wanderten ihre Wirbelsäule entlang – so, als hätte er auf ein derartiges Zeichen von ihr schon ewig gewartet.

Sekundenlang hielten sie sich so, bevor sie voneinander abließen. „Du." „Hm?" „Bin froh." „Hm!" „Tut so gut." „Hm!" Irgendwie spürte sie seinen erwartungsvollen Blick auf ihrem Gesicht ruhen. „Dir auch?" „Ja, Francisco; mir doch auch. Aber ...." „Was – aber?" Seine Stimme klang mit einem Schlag unruhig. „Gib mir etwas Zeit. Bitte. Weißt du, es ist nicht einfach für mich. Wegen Tom." Er atmete tief durch und sie verstand die Enttäuschung in seiner Stimme. „Schade. Aber natürlich gebe ich dir Zeit." Ohne auf eine weitere Reaktion von ihr zu warten, ließ er von ihr ab und setzte sich mit Schwung auf seinen Stuhl. Christine hörte, wie er den Packen Papier über die Tischplatte zog. „Setz dich auch wieder. Ich lese dir weiter vor. Also:

Mit erschüttertem Blick auf den mit dem Rücken zu ihm gewandten und von Weinkrämpfen geschüttelten Frauenkörper machte er einen Schritt nach vorne, ließ sich schwer auf die Knie fallen und griff mit beiden Händen nach Christines Schultern. Sofort versuchte sie, seiner Berührung zu entkommen; Thomas hielt sie jedoch entschlossen fest – so, als wollte er sie mit seiner Beharrlichkeit davon überzeugen, dass es ihm mit dem, was er nun zu sagen hatte, unendlich ernst war. Tatsächlich ergab sie sich seinem festen Willen – denn wie gerne wollte sie sich trotz all ihrer Gegenwehr von ihm berühren und umarmen lassen. Daran aber wagte er nicht einmal zu denken. So begann er mit schwacher Stimme. „Bitte, verzeih mir." Im Anblick dieser zitternden Frau fühlte er sich unsagbar schlecht. Gleich darauf hörte er sich hinzufü-

gen – und konnte kaum glauben, dass sein Herz sich damit gegen seinen Verstand durchsetzte: „Liebes!" Doch war es nicht das, was dem Sehnen in ihm entsprach?! War es nicht das, was er Christine schon seit Tagen hätte gestehen sollen?! Gegen den verfluchten Widerstand seines Kopfes.

Kaum war ihm dieses bekennende `Liebes!´ entglitten, sah er, wie sie sich mit unerwartet energischem Schwung zu ihm umdrehte. Er fuhr zusammen; würde ihn nun die Gewalt ihres Wutausbruchs treffen? Doch zu seiner Überraschung spürte er, wie ihre suchenden Hände seinen Kopf fanden, wie Finger sich in seine Haare wühlten und ihn zärtlich streichelten. Dann ließ sie von ihm ab, sodass er ihre leeren Augen direkt vor sich hatte. Was in ihr vorging? Hatte sie ihm etwa vergeben? Ausdruckslos blickten ihn diese beiden um ihre Sehkraft Beraubten an. Er zwang sich, diesen ernüchternden und ihn so unglaublich traurig machenden Anblick zu ertragen. Wie gerne hätte er seine eigenen Augen den ihren liebevoll sagen lassen: Mein Herz liebt dich doch, Chris! Doch sie hätten es nicht wahrnehmen können.

„Warum, Thomas? Warum? Sag es mir ... endlich. Bitte!" Unverständnis und Verzweiflung drangen bei diesen Worten in sein Ohr. Mit all seinen Sinnen suchte er danach, was er ihr jetzt sagen wollte, konnte, durfte. Wie behutsam musste er dabei vorgehen? Wie weit konnte er sich vorwagen – mit seinen Erklärungen, mit seinem Empfinden, mit seinem Sehnen nach Hoffnung? Würde sie sein Verhalten überhaupt begreifen? Seine Augen nahmen das Zucken ihrer Wangen wahr. Das Mienenspiel um ihre Lippen glich einem einzigen Fragezeichen. Wartete sie auf mehr von ihm? Natürlich tat sie das! Doch er fand nicht die richtige Antwort und schwieg.

Nach nicht enden wollenden Minuten inneren Kampfes zwischen ihrer Hoffnungslosigkeit und dem Fünkchen Zuversicht in ihrem Herzen seufzte sie und rang sich dazu durch, ihren Tom noch nicht aufzugeben. „Verzeih du mir. Ich war so hart zu dir und habe mich vor dir versteckt. Glaube nicht, ich hätte dich nicht an meiner Türe gefühlt; mein Herz wusste, dass du dort warst - wieder und wieder! Glaube nicht, ich hätte nicht gespürt, wie du mich suchtest! Aber versteh mich bitte. Ich konnte dir nicht öffnen. Dein nächtliches `Nein´ zerstörte alles in mir. Schon wieder wurde ich von einem Mann zurückgewiesen und um meine Liebe zu ihm gebracht – so, wie damals, als ...;" hier verweigerte die Stimme ihr den Dienst und versagte.

Er traute seinen Ohren nicht. Diese Antwort hatte er gewiss nicht erwartet - sie bat ihn um Verzeihung. „Ach Chris! Glaube du mir umgekehrt, wie schwer es mir fiel, Nein zu sagen." „Das tat so weh!" „Mir auch, als du dich wortlos umdrehtest, die Türe hinter dir zuzogst und ich alleine auf dem Gang stand." Nicht der Bruchteil einer Sekunde lag zwischen seinem letzten Wort und ihrem darauf folgenden Satz; und der trug den bitteren Klang des Zweifelns, des Fragens und des Zorn. Eines Zorns, der sagen sollte, dass all ihrer beider Leid der vergangenen Tage und Stunden doch gar nicht nötig gewesen wäre, hätte er dieses gar so hässlich abweisende `Nein´ nicht ausgesprochen. „Aber warum, Tom ...? Warum nur?", schoss es aus ihr lauthals heraus. „Erkläre es mir bitte; warum wolltest du nicht? Warum bist du nicht mit mir gekommen? Warum willst du meine Liebe nicht? Warum hast du mir so wehgetan? Warum, Tom?" Und sie dachte bei sich: Ich weiß, warum; aber ich will, dass du es mir sagst.

Die Wucht ihrer Worte ließ ihn zusammenfahren. Was hatte er dagegen zu setzen? Wie konnte er ihr sein Verhalten plausibel machen? Er hatte doch gute Gründe. „Chris ..., Chris, ...", begann er zögernd; „... das ist so schwer zu erklären." „Dann versuche es!" Ihre laute Stimme klang hart und fordernd. Er spürte, wie es ihn Überwindung kostete, nicht ebenfalls aufzubrausen. Thomas, riet ihm die Stimme seines Herzens, du musst jetzt mit der ganzen Wahrheit herauskommen; wenn sie die hört, wird sie deine Zurückweisung verstehen. Ja, tue es!, pflichtete ihm sein Verstand bei - und dachte dabei insgeheim daran, dass ihn diese Frau dann in Ruhe lassen würde. „Christine, mein Herz schlägt mit all seiner Liebe für dich. Aber ...." Er stockte. „Aber es ist alles so kompliziert." Der Mut verließ ihn, ihr zu erklären, was es war, das alles so kompliziert machte. Doch eines war ihm dabei klar; sein Schweigen machte in diesem Moment alles noch komplizierter und war nicht das, worauf Chris wartete.

„Erkläre es mir!" Unnachgiebig drang ihre Aufforderung in ihn ein. Sie verlangte von ihm, ihr zu gestehen, wozu er diese verfluchte Schiffsreise unternahm. Er sollte es ihr sagen – aus freien Stücken und im Vertrauen darauf, dass sie ihn verstand. Denn sie verstand ihn! Dann erst würde sie ihm mit all ihrer Liebe helfen – helfen zu leben und zu lieben. Aber nur dann, wenn er sich ihr ganz öffnete. Rede endlich, Tom, tobte es in ihr. Wut kam in ihr auf. Ihre Muskeln spannten sich. Sie hatte genug von diesem Schweigen.

Energisch richtete sie sich auf. „Du Idiot!", brach es aus ihr heraus. „Ich wollte doch gar nicht mit dir schlafen. Mir ging es nur darum, dass du mit mir kommst und mir deine Sorgen ..."; ihre Stimme überschlug sich, als sie mit noch mehr Gewalt ihren Ärger herausschrie: „Du dummer Mann! Siehst du denn nicht, wie sehr ich dich lieb gewonnen habe und dir helfen will?" Ohnmächtiger Zorn ließ ihre Wangen puderrot werden. „Glaubst du denn wirklich, ich wüsste nicht, was mit dir los ist?" Mit beiden Händen ertastete sie sein Hemd und zerrte daran. „Warum willst du nicht ehrlich zu mir sein? Sprich doch endlich darüber, was dich daran hindert, deinen Gefühlen nachzugeben!"

Tom brachte keinen Ton heraus. In seinem Kopf drehte sich alles. Sein Schweigen aber machte Christine so fuchsteufelswild, dass sie zum letzten Mittel griff. Sie schrie ihn an: „Thomas König, du willst dich auf diesem Schiff ..." Im letzten Moment unterbrach sie sich. Sollte sie es ihm trotz allem ins Gesicht sagen? Würde sie ihn damit nicht am Ende so sehr in die Enge treiben, dass er sich ihr gänzlich verschloss? Wenn sie nur wüsste, kämpfte es in ihr, was das Richtige war. Doch eines war sicher: Würde sie hier und jetzt nicht alles unternehmen, um ihn umzustimmen, dann würde er es tun – heute, morgen, wann auch immer. Sie durfte nichts unversucht lassen, diesen Mann – und auch ihre Hoffnung auf eine Zukunft mit ihm - zu retten. Im Bruchteil einer Sekunde beschloß sie, alles zu sagen – und das noch energischer als bisher. Mit scharfer Stimme herrschte sie ihn an: „In jener Nacht mit dir, um die ich dich bat, wollte ich alles versuchen, dich von deinem schlimmen Plan abbringen. Meine Liebe sollte dich wieder zurückholen ins Leben. Und ..." - sie schluckte - „.... in ein gemeinsames Leben mit ..."; wieder stockte ihr der Atem; „.... mit mir. Ich liebe dich, Tom!" Nun vermochte sie sich nicht mehr zurückzuhalten und begann hemmungslos zu weinen; ihr Körper zitterte dabei wie Espenlaub im Wind.

Der Mann vor ihr spürte, wie auch er seine Fassung zu verlieren begann. Die letzten Tage und Nächte seiner inneren Kämpfe hatten ihn schon viel Kraft gekostet, doch das hier war zu viel für ihn. Völlig erschüttert sah er diese verzweifelt Weinende vor sich. Himmelhoch jauchzend und dennoch zu Tode betrübt hörte er – einem Echo gleich – in seinem Kopf, in seinem Herzen, wieder und wieder, ihre Worte: Ich liebe dich, Tom. Oh Schicksal, flehte er mit einem hilflosen Blick zur Decke der Kabine, warum konntest du mir diese Frau nicht früher schicken – und nicht erst jetzt, da es zu spät dafür ist?

„Bitte tu es nicht, Tom! Bitte!", schluchzte sie. Dieser Satz traf ihn wie ein Hammerschlag. Woher, um Himmels willen, wusste sie es? Noch bevor er sich das eingestehen konnte, was er vermutete, sprach sie mit von Tränen erstickter Stimme: „Ich weiß alles, Tom! Hörst du – alles! Deshalb habe ich doch so viel Angst um dich. Ich lasse nicht zu, dass du dich ....." Sie musste sich fangen, bevor sie fortfahren konnte. „Nein! Ich will, dass du lebst. Und das gemeinsam mit mir, Tom." In Thomas Ohren hallten ihre Worte wider – wieder und wieder; `... dass du lebst ... gemeinsam mit mir´.

„Ich will nicht, dass du dein Leben wegwirfst!", fuhr sie fort. Diese letzten Worte fegten jeden Zweifel davon; vor seinem geistigen Auge tauchte er auf - der Zettel in seinem Buch; der, auf dem jener Satz stand: TUN SIE ES BITTE NICHT. Natürlich! Er musste tatsächlich davon gesprochen haben. Im Schlaf. Daher wusste sie von seinen Absichten. Und da sie nicht mit ihm darüber reden konnte, hatte sie ihm diese Nachricht hinterlassen. „Oh nein!", entfuhr es ihm. „Du weißt alles?" „Ja, genau, du Dummer! Ich kenne deinen Plan. Du selbst hast ihn mir erzählt. Im Zug. Als du im Traum laut redetest." Sie richtete ihren

Kopf direkt in seine Richtung, um ihm mit dieser Geste noch klarer zu machen, dass sein Geheimnis keines mehr war. Doch zu viel kochte noch in ihr, als dass sie schon hätte aufhören können, ihn weiter zur Rede zu stellen; schließlich hatte sie sich fest vorgenommen, sein Leben zu retten – auch für sich selbst, denn eines wusste sie ganz genau: Tom war der Mann, auf den sie schon lange wartete! Sie wollte ihn haben; und behalten. Freiwillig würde sie ihn nicht mehr hergeben.

So setzte sie ihm nochmals zu, nun aber in einem Tonfall, der so verständnis- und liebevoll klang, wie es nur ging: „Merkst du denn nicht, dass du mit deinen Sorgen nicht mehr alleine bist? Tom, ich will mit all meiner Kraft für dich da sein. Ich werde dir helfen. Nichts kann mich davon abhalten dich zu pflegen, wenn deine Krankheit deinen Körper zunehmend schwächen wird – ja, auffressen will, wie du es im Zug so drastisch ausgedrückt hast." Sie schluckte schwer an dem Kloß, der sich bei dem Gedanken daran in ihrem Hals bildete. „Tom, du musst keine Angst mehr davor haben, was da auf dich zukommt. Ich werde alle Last von deinen Schultern nehmen. Wir beide werden gemeinsam kämpfen, wenn ..."; Christine hielt kurz inne; „... wenn du mir jetzt `Ja! Ich will´ sagst."

Thomas schwieg. Er war fassungslos und wusste nichts zu antworten. Seine Hand legte er über seine Lippen; er wollte nicht, dass Christine sie zittern sah. Er begriff in seiner Bestürzung gar nicht, dass sie es nicht sehen konnte. Sie wollte ihm zur Seite stehen. Doch wie sollte das funktionieren? Sie war blind und hatte mit sich selbst genug zu tun. Eine ungeduldige Stimme drang an sein Ohr. „Bitte, Tom, lass dich auf mich ein. Lass dich einfach fallen – ich werde dich auffangen und halten." Ihn beschwörend fügte sie hinzu, bevor sie still wurde und ihn mit all ihren Sinnen fixierte: „Herr König, ich wünsche mir so sehr, dass wir beide zusammen bleiben. Die Zeit mit dir war bislang die wertvollste, die ich je erlebte." Sie atmete tief durch. „Ich liebe dich."

Thomas fühlte sich überrollt von der Intensität ihres Flehens und dieser Offenbarung. Ergriffen biss er sich auf die Lippen; sein Blick irrte umher, suchte einen festen Punkt, an dem er sich ausruhen konnte, ohne sie ansehen zu müssen. Sie, die ihn soeben entlarvt hatte. Sie, die drauf und dran war, all seine Pläne, um die er so lange mit sich selbst gerungen hatte, zunichte zu machen. Sie, die ihm ihre Liebe gestand – eine Liebe, die auch er für sie in seinem Herzen spürte.

Statt seiner eigenen hörte er - weil Christine sein noch immer beständiges Schweigen nicht aushalten konnte - ihre Stimme: „Was glaubst du, warum ich dir im Zug den Zettel in dein Buch gelegt habe, bevor ich aussteigen und dich in deiner Not alleine lassen musste? Weißt du es noch - was stand darauf geschrieben? Los, sag es mir! Schau mir in meine leeren Augen und sprich es laut aus!" Sie verstummte und wartete. Unerbittlich verlangten ihre starr auf ihn gerichteten Augenhöhlen nach seiner Antwort.

Ein Thomas mit Macht umklammerndes Unbehagen breitete sich in ihm aus; zu viel stürzte in diesem Moment auf ihn ein. Er fühlte sich in die Enge getrieben. Dennoch - gleichzeitig empfand er ihre Worte unendlich befreiend, weil nun all das, was als Geheimnis auf seinen Schultern gelastet hatte, von ihr ans Tageslicht geholt war. Zudem - die Wärme, mit der ihn ihre Stimme nun umhüllte, tat ihm so gut. Leben wollte sie mit ihm. Für ihn da sein zu wollen, versprach sie. Pflegen würde sie ihn. Sollte er nun tatsächlich nicht mehr alleine mit meinen Sorgen sein? Wie ein Wunder kam ihm das alles vor.

Doch unmittelbar darauf legte sich über diese wohltuenden Gedanken der dunkle Schatten bitterer Zweifel. Ahnte sie denn überhaupt, was sie sich mit ihrer Zusage da abverlangte? Wie sollte sie das alles bewerkstelligen können? Hat sie überhaupt eine Vorstellung von der Heimtücke seiner teuflischen Krankheit? Sie weiß doch nicht – hierbei dachte er an seinen dahinsiechenden Vater -, dass sich die Schmerzen, die ihn schon jetzt schrecklich peinigen, noch ins Unerträgliche steigern würden? Sieht sie denn nicht, dass er trotz dieses Leidens dem unerbittlichen Sensenmann nicht entrinnen würde? Will sie mich in ihren Armen halten müssen, während das hämische Grinsen des Todes darauf wartet, dass sich mein Atem, mein Herzschlag, mein Bewusstsein, mein Leben von mir - und ihr – verabschiedet? Thomas wusste, was ihm bevorstand; sehr genau; er hatte seinen Vater bis zuletzt begleitet. Deshalb hatte er sich entschlossen, nicht diesen sinnlosen Leidensweg zu gehen.

Er holte tief Luft, bevor er begann: „Ja, ich erinnere mich sehr wohl an jene Worte auf dem Zettel. Tun Sie es bitte nicht. Du warst das also wirklich." Keinen Moment zögerte sie mit ihrer Antwort, war sie doch so froh, dass er endlich aus sich heraus kam und redete: „Ja, natürlich, wer sonst. Du hast im Traum immer wieder aufgeschrien: `Nein, nein! ... Ich will nicht ... Es tut so weh ... Da ertrinke ich lieber vorher in der Tiefe des Meeres.´ Thomas, das mit anhören zu müssen, war schrecklich für mich! Am liebsten hätte ich dich wach gerüttelt. Doch durfte ich das? Nein, du warst ja ein Fremder für mich. Gar nichts tun brachte ich aber auch nicht über mich. Also ...." Er unterbrach sie und setzte ihren Gedanken fort. „Also hast du mir diesen Zettel geschrieben." Er schüttelte den Kopf – und dachte: Was ist sie für ein besonderer Mensch!

Christine beugte sich noch weiter nach vorne und umschlang ihn mit beiden Armen. „Oh du Lieber. Ich verstehe, dass du Angst davor hast. Aber ...“; dabei wurde ihre Stimme ganz sanft; „... aber was glaubst du, warum du mich gerade jetzt, auf dieser Reise, die du zu deiner letzten machen willst, getroffen hast? Was glaubst du, warum ich gerade in dem Abteil sitzen sollte, in welchem du eine Platzreservierung hattest? Denke einmal darüber nach!“ Sie richtete ihr Gesicht auf ihn, suchte mit ihren Lippen die seinen und küsste ihn – ganz liebevoll, gleichzeitig aber auch mit Inbrunst; sie wollte ihn spüren lassen, wie ernst sie das alles meinte.

Nun konnte er seiner Bewegtheit nicht mehr Herr werden. Mit Wucht brach aus ihm heraus, was ihn schon so lange belastete. Die ersten Tränen wischte er mit dem Handrücken weg; die Flut der folgenden ließ er gewähren. Schluchzend legte er seinen Kopf auf ihre nackte Schulter. „Glaubst du wirklich, dich hat der Himmel geschickt? Damit ich ..., damit ich ... weiterleben soll?“ Er unterbrach sich, weil ein Gedanke in ihm Widerstand erzeugte. „Und damit schrecklich leiden werde? Oh nein! Habe ich nicht jedes Recht der Welt zu bestimmen, ob ich qualvoll sterben soll oder nicht, bevor der Sensenhieb des schwarzen Manns meinen geschundenen Leib tötet? Muss ich ein derartiges Leiden ohne Hoffnung auf Rettung ertragen? Sag es mir! Muss ich das? Nur weil du ....“ Er brach seinen Satz ab, merkte er doch, dass dieser in Ungerechtigkeit abgleiten würde. „Und – musst du dir meinen Kummer auch noch aufladen, bei all dem, was du selbst schon zu tragen hast?“

Christine senkte die Lider. Sie spürte, dass sie ihm in diesem Moment auf keinen Fall widersprechen durfte. Er sollte Zeit haben, sich mit dem auseinander zu setzen, was soeben geschah. Darauf hatte sie so lange hin gearbeitet. Endlich hatte sie einen Zugang zu seinem Innersten gefunden und ihn dazu gebracht, seinen Kummer heraus zu schreien. Und tatsächlich - nach wenigen Minuten erhob er wieder seine Stimme. „Wofür soll diese unmenschliche Kraftanstrengung von dir und mir denn gut sein? Wofür sollen wir denn diesen Zerfall meines Körpers ertragen? Wofür soll ich diese unsagbaren Schmerzen haben? Wofür nur? Sag, Christine! Wofür?"

Sie erkannte, dass sie ihm nun eine Antwort schuldete; eine, die ihm den Mut geben konnte, den er jetzt brauchte. Brauchte, um seine Meinung zu ändern; brauchte, um ihr zu vertrauen; brauchte, um sich selbst eine Chance zu geben, weiter zu leben, statt sich ...; der Gedanke daran ließ sie frösteln; sie schüttelte sich. Die Art ihrer Antwort überraschte ihn, war sie doch anders, als er sie erwartete. Statt zu reden, umarmte sie ihn; fest und innig. Sie wollte ihm zeigen, dass sie zu allem entschlossen war! Sie wollte ihm klar machen, dass er von nun an nicht mehr allein war. „Wofür? fragst du dich. Dafür, Thomas,", begann sie energisch, „dass ich an deiner Seite sein werde. Und dafür, dass du - zum Donnerwetter noch einmal - wieder deinen Mut zum Leben und auch zur Liebe findest. Außerdem dafür, dass ich einen wundervollen Mann, den mir der Himmel geschickt hat, nicht gleich wieder verlieren muss. Denk auch einmal darüber nach, Thomas!"

Er schluckte schwer. Sein Verstand wand sich unter der Flut dessen, was ihm diese Frau an den Kopf warf. Sein abwehrendes „Ja, aber ..." ließ Christine nicht gelten. Sie merkte, wie sehr er ins Wanken ge-

riet und setzte eilfertig nach: „Aber ...? Was aber? Es gibt nur ein einziges `Was?´, und das ist das Folgende: Was ist nämlich, wenn wir beide einander kennen lernen sollten, weil das Schicksal es so für dich und mich vorgesehen hat? Verstehst du? Damit ich nämlich für dich da sein kann, wenn es dir ganz schlecht geht?" Wie gerne hätte sie noch weiter ausgeholt, um am Ende jegliche Gegenwehr ausgeschaltet zu haben. Doch ihre Klugheit gebot ihr nochmals, ihm Zeit zu geben, um ihre Worte in ihm wirken zu lassen.

Tom wand sich wie ein Aal. Der Schlagkraft ihrer Worte vermochte er beim besten Willen nichts entgegenzusetzen. Ja, haderte er mit seinem Verstand, der noch immer nicht nachzugeben bereit war, was ist, wenn Christine tatsächlich vom Himmel dafür vorgesehen war, mir zu helfen? War es nicht das, wonach er sich seit der Diagnose in seinem tiefsten Inneren sehnte? War es nicht das, was ihm vielleicht sogar die Kraft geben würde, all das zu ertragen, was ihm bevorstehen sollte? Ja!, frohlockte sein Herz, das ihm in der nächsten Sekunde befehlen wollte, dieser wunderbaren Frau endlich nachzugeben. Aber dem kam sein wacher Verstand zuvor, indem er fast vor Wut platzte, weil er ahnte, den Widerstreit der Interessen zu verlieren. Halt, halt!, schrie es in seinem Kopf; wenn du deinem gefühlsduseligen Herz folgst, dann wirst du unweigerlich einer dieser verlorenen Patienten werden, die bis zu ihrem bitteren Ende an irgendwelchen Maschinen hängen müssen. Willst du das wirklich?

Das saß! Fieberhaft wog Thomas ab, wofür er sich entscheiden sollte. Viel Zeit dafür blieb ihm nicht, denn er sah, wie der Ausdruck in Christines Miene von zunehmender Ungeduld zeugte. Was sollte er ihr nur antworten? Es musste ehrlich sein und seinem wahren Willen entsprechen. Anlügen durfte er sie nicht – sich selbst aber ebenso wenig. Um sein Grübeln nicht zu lange andauern zu lassen, versuchte er eine rasche Antwort, scheiterte jedoch damit kläglich: „Oh Chris, ich will ja; aber wie? Was soll ich nur machen?" Er schaute sie dabei mit einem flehenden Blick an, der seine gesamte Verzweiflung zum Ausdruck bringen sollte. Doch gleich darauf schlug er die Augen nieder, denn er begriff: Sie konnte seinen traurigen Blick gar nicht wahrnehmen!

„Sag Ja! Zu mir, zu uns – und zu deinem Leben. Tue es endlich!" Noch während sie es sagte, rutschte sie auf die andere Seite des Bettes. Dann klopfte sie mit der flachen Hand auf das Leinentuch. „Komm zu mir, Tom! Ich will deinen Körper neben dem meinen spüren. Ich will dich umarmen. Ich will ...." Sie beendete ihren Satz nicht. Durcheinander schaute er auf die dort halbnackt Liegende. Das trommelartige Klopfen ihrer Handfläche kam ihm wie ein unnachgiebiger Befehl vor, gleichzeitig aber auch wie ein liebevolles Locken. Doch weder dem einen noch dem anderen durfte er Folge leisten! Wohin das führen würde, lag für ihn auf der Hand. Das aber war, mahnte ihn sein Verstand hastig, eine Sackgasse, an deren Ende das stehen würde, was er ihr auf keinen Fall antun wollte; da seine Entscheidung, dem langsamen Sterben zuvor zu kommen, unwiderruflich getroffen war, würde er Christine danach mit ihrer Liebe zu ihm alleine lassen und sie damit zerbrechen. Nein!, sagte er zu sich, ich komme nicht; er blieb stur vor dem Bett knien.

Der Takt des Klopfens aber wurde mit jeder Sekunde, die er zögerte, schneller. Unnachgiebig drang es in sein Ohr. Er blieb standhaft. „Komm!" Wie ein letztes Flehen drang es in sein Bewusstsein. „Umarme mich und schenke mir deine Wärme, Tom. Bitte!" Dieses `Bitte!´ zerrte an seinen Nerven. Sein Kopf schrie sein `Nein!´ deutlich heraus. Doch in diesem Moment fand Christine Unterstützung. Sein Herz ermahnte ihn mit Nachdruck: `Tom, hör nicht auf den Verstand. Der versteht doch nichts von deinen Gefühlen. Sei endlich ehrlich zu dir selbst und gib zu, wie sehr du dich nach dem, was sie dir anbietet, sehnst´. Als Christine spürte, wie die Matratze dem Gewicht seines Körpers nachgab, verließ ein dankbarer Seufzer ihre Brust.

Was während der nächsten Stunden in der Kabine folgte, war ein Reigen aus wohliger Wärme, aus zärtlichen Worten und alsbald aus der Lust zweier ebenso Verzweifelter wie glücklich Liebender. Tastende Hände fanden Hände, Lippen küssten erwartungsvolle Lippen, Stoffe fielen hastig zu Boden, nackte Haut schmiegte sich an Nacktheit, Gier befriedigte Wolllust – solange, bis es für die beiden kein Halten mehr gab und Christine Thomas Stärke in sich spürte und zu verbrennen begann. Wie unendlich groß war die Glückseligkeit, mit der die beiden dann – nach tausend Sekunden heißester Leidenschaft - den Augenblick höchster Erregung gemeinsam erlebten!

Als sie – von ihrem Liebesspiel völlig erhitzt - nebeneinander lagen, und er mit all seiner Zartheit ihren Körper streichelte, während sie ihn wieder und wieder liebevoll küsste, begannen sie wieder zu reden. Da gab es innigste Dankbarkeit eines Mannes, dem soeben eine ihm noch vor kurzem unbekannte Frau ihre uneingeschränkte Liebe und Fürsorge zugesagt hatte. Da gab es aus dem Mund dieser Frau Worte innigster Zuneigung – Worte, die sie sich in ihrer Einsamkeit schon so viele Jahre sehnsüchtig auszusprechen gewünscht hatte. Da gab es aber auch ihn, der sich gegen Ende der Kreuzfahrt eines Nachts in einer dunklen Ecke des Schiffs über die Reling ins

Meer stürzen wollte, nachdem er eine Flasche Whisky geleert hatte. Da gab es sie, die seit Tagen so viel Angst um ihn hatte - und davor, dass sie ihn nicht davon abhalten konnte, das zu tun, wovon er schlafend im Zug gen Süden gesprochen hatte. Und da gab es letztlich sie beide, die soeben mit einander geschlafen hatten und sich nun so fest umarmten, dass keine Kraft der Welt sie hätte auseinander reißen können.

Langsam kehrte Ruhe zwischen ihnen ein, und es legte sich ein wohliges Schweigen auf ihre Münder. Sie hatten das getan, wozu sie ihre Sehnsüchte getrieben hatte. Sie hatten alles gesagt, was sich in ihnen angestaut hatte. Jeder hörte das Herz des anderen schlagen und suchte die Gedanken des anderen zu erahnen. Christines Gesichtsausdruck war entspannt und Thomas atmete den Geruch ihrer Haut in tiefen Zügen ein - so, als wollte er auf diese Weise diese Frau in seinen Armen für immer in sich aufnehmen. Er spürte, wie ihn die Einzigartigkeit des Augenblicks nahezu schwerelos in einen Raum schweben ließ, der ohne Sorgen, ohne Ängste und voll von Liebe für sie war. Alles in ihm sehnte sich danach, dass dieser Moment des Glücks nie vergehen möge und zum Inhalt einer glücklichen Zukunft würde.

Und dennoch - in seinem Kopf nahm er – Minute um Minute deutlicher - jene Unruhe wahr, die er so leidvoll kannte und die ihm zu verstehen gab, dass die Realität seiner Situation ein anderes Gesicht hatte. Vor seinem inneren Auge tauchten Bilder auf, die ihn wieder zu plagen begannen. Er sah Chris neben sich am Krankenbett sitzen. Er erkannte in seiner aufgewühlten Fantasie, wie sie - völlig übermüdet und in Tränen aufgelöst an seinem Bett sitzend - ihr Gesicht in ihren Händen verbarg. An ihrer Rechten glänzte ein goldener Ring – jener, den er ihr erst vor kurzem angesteckt hatte, als sie einander vor dem Standesbeamten ihr gegenseitiges Ja-Wort gaben. Mit eisiger Kälte hörte er seinen Verstand sagen: Ist es das, was du ihr antun willst, Thomas König? Willst du ihr tatsächlich so wehtun? Kannst du das mit deinem Gewissen vereinbaren? Wenn nicht, dann verlass sofort diese Kabine! Lass diese Frau in Ruhe einschlafen und geh. Und locke sie nicht noch weiter in ein Glück, das nur von kurzer Dauer sein kann und sehr bald vom Winde verweht wird.

Sein Herz hörte diese harten Worte und gab sich ohne Zögern alle Mühe, Thomas vom Gegenteil zu überzeugen. Mit Engelszungen umhüllte es ihn mit der wie bunte Blumen blühenden Hoffnung auf ein Leben in Zweisamkeit. Auf diese Weise wollte es die bitteren Gedanken, die jener rationale Verstand nicht aufzugeben bereit war, vertreiben. Mit honigsüßer Stimme – wohlklingend wie eine romantische Sinfonie – versuchte es, ihn zu betören und von dem abzubringen, was sein Kopf von ihm verlangte. Hab Mut zur Liebe, Tom! Vertraue dieser Frau, denn sie wird dich tragen; ihre Liebe zu dir wird dich wieder gesund machen. So sprach sein Herz zu ihm – darauf hoffend, den Kampf gegen die Macht des Geistes zu gewinnen.

Als Christines Atem ruhig und gleichmäßig wurde und sich ihre Augenlider endgültig geschlossen hatten, berührte er mit seinen Lippen ganz sanft ihre Stirn und sah ihr liebevoll zu, wie sie in seinen Armen vom Schlaf übermannt wurde. Auch sein eigener Körper entspannte sich zunehmend, obwohl die mahnenden Worte in ihm noch immer mit den Ermutigungen seines Herzens fochten. Am Ende jedoch erlag er der Übermacht seiner Erschöpfung und Müdigkeit, sodass er ebenfalls seine Augen nicht mehr offen halten konnte. Bald darauf waren beide eingeschlafen."

Francisco hörte ihr Schluchzen. „Ach Chris, du Liebe. Ich höre jetzt wirklich auf. Du weißt doch, wie sehr dich das, was nun folgt, jedes Mal mitnimmt." Das Einzige, was er von ihr als Antwort bekam, war ein heftiges Kopfschütteln. Sie wollte es hören. Also gab er nach und fuhr mit angespannter Stimme fort.

„Als Thomas erwachte und die Augen aufriss, blickte er ins Dunkel. Der Fluch seiner wilden Träume hatte ihn wieder einmal verfolgt – so, wie allzu oft, seit es das Schicksal mit ihm nicht mehr gut meinte. Schlimme Bilder liefen noch immer schemenhaft vor seinem geistigen Auge ab. Er versuchte sie zu verjagen, indem er sich mit einer Hand übers Gesicht fuhr und sich dabei lautlos zurief: Wach auf – es war doch nur ein Traum! Doch das, was ihn geplagt hatte, ließ ihn nicht los: Ein ganz in schwarz gekleideter Mann hielt seinen Arm fest umklammert und zog ihn mit übermenschlicher Kraft hinter sich her – direkt auf eine Klippe zu, unter der die Schaumkronen einer vom Sturm aufgewühlten Brandung bedrohlich und wütend auf den hohen Wellen tanzten. Panische Angst ergriff ihn. Mit aller Kraft bemühte er sich, der drohenden Gefahr zu entkommen, doch der eiserne Griff des schwarzen Mannes ließ ihn keinen Schritt zurück machen. Das Einzige, was ihn vor dem Absturz in die Tiefe rettete, war der Schrei des Entsetzens, der in seiner höchsten Not aus der Kehle drang – stumm und dennoch unüberhörbar: `Neiiin! Ich will nicht ...!´ Im Traum musste er wie ein Donnerhall getönt haben, so laut, dass er davon aufgewacht war.

Noch immer halb betäubt zwang Thomas sich, die Augen offen zu halten, um nicht wieder vom Grauen seiner nächtlichen Fantasien übermannt zu werden – Fantasien, die er zunehmend deutlicher als schreckliche Vorahnungen begriff. Gleich einem flüchten Wol-

174

lenden reckte er seinen Kopf zunächst nach oben und gleich darauf zur Seite. Irritiert versuchte er sich in der ihn umgebenden Dunkelheit zu orientieren. Wo war er? Ganz vorsichtig tastete seine Hand nach etwas Greifbarem. Eine Berührung erschreckte ihn; seine Finger spürten Wärme, fühlten Haut, griffen in Haare. Er drehte sein Gesicht danach um und begriff.

Es war Christines Kopf, der unmittelbar neben seiner Schulter ruhte. Ein wohliges Gefühl durchdrang ihn und sein Gehirn fing an, ihm einen Film vorzuspielen. Er sah einen Mann, der verzweifelt an eine Kabinentüre klopfte. Anklagende Worte der Ablehnung drangen in dessen Ohr. Dann gewahrte er Tränen – Christines Tränen. Auch die darauf folgende, alle Sorgen betäubende Innigkeit und Ruhe spürte er; es war diejenige, welche zwischen ihnen beiden herrschte, nachdem sie sich geliebt hatten und bevor sie beide einschliefen. Doch dann gab es plötzlich einen von einem grellen Lichtblitz begleiteten Filmriss, der diese letzten, schönen Bilder zweier Liebender Sequenz um Sequenz verschwinden ließ. Sie verbrannten – wie jenes Zelluloid in seiner Fantasie verbrannte; was übrig bleib, war ein eiskalter Schauer, der seinen Körper durchfuhr und ihm vor Augen führte, was ihn nicht loslassen wollte. Es war der zwiespältige Kampf, der noch immer in ihm tobte – der Kampf, der zwischen Leben und Tod, zwischen erfüllender Liebe und ewiger Einsamkeit, zwischen Sein und Nichtsein entscheiden sollte.

Was konnte er nur tun? Dort neben ihm im Dunkel ihrer Kabine lag diese Frau, die ihm mit ihrer Liebe hatte Hoffnung geben wollen; und Glauben an einen Ausweg, nach dem er sich tief in seinem Innersten so sehr sehnte. Diese Wundervolle, die es in ihrer Blindheit selbst so schwer im Leben hatte und ihm dennoch ihren Arm reichte, ja, ihr Herz schenkte, um für ihn da zu sein. Was sollte er tun? Wieder zerrte die Frage der Fragen an seinem Nervenkostüm: Bleiben? Bei ihr? So lange es eben ging? Danach aber würde Christine - der sagenhaften, griechischen Elektra gleich - Trauer tragen und in ihren eigenen Tränen ertrinken müssen.

Oder gehen? Sie zurücklassen? Jetzt sofort. Und für immer. Das wäre bitter; am Anfang - gleich nachher, in einigen Stunden, wenn sie schlaftrunken aufwachen und neben sich die Leere begreifen würde, die ihr sein heimlicher Weggang beschert hätte. Diese Leere würde sich in tiefste Traurigkeit umwandeln, solange, bis diese stark genug geworden wäre, um sein Verschwinden zu ertragen; dann würde die Zeit ihre Wunden geheilt haben. Welches Leid wäre das weniger Schlimme für Christine? Er musste eine Entscheidung treffen. Jetzt. Bevor sie aufwachte.

Geh! - sofort, schrie ihn sein Verstand an. Zu bleiben hat doch keinen Sinn mehr! Bleib – flehte ihn sein Herz an; doch es weinte dabei bitterlich, weil es ahnte, dass all sein Hoffen an der Härte der Wirklichkeit scheitern würde. Christine hatte ihm, überlegte er ein letztes Mal, ihre Liebe versprochen. Gewiss! Aber würde sein schlimmer Zustand, den er schon jetzt nur noch mit hohen Dosen seiner Medikamente in Zaum halten konnte, nicht ihren Glauben daran, ihre Liebe könnte ihn vielleicht doch noch heilen, Tag um Tag mehr zerstören? Ja, das würde er! Und am Ende wäre ihre Kraft aufgezehrt; dann hätte sie ihren Kampf um eine gemeinsame Zukunft mit ihm verloren und müsste trotz allem alleine zurück bleiben.

Ein tiefes Seufzen verließ seine Brust, denn er begriff in diesem Augenblick, dass er soeben einen endgültigen Entschluss gefasst hatte. „Ja!", entwich es ihm viel zu laut, durfte er Christine doch jetzt auf keinen

Fall wecken. Ja, wiederholte er wortlos, es hat keinen Sinn zu bleiben! Ganz vorsichtig löste er sich von ihr, stand vom Bett auf, tastete nach seinen auf dem Boden liegenden Sachen, schlüpfte rasch in Hose und Hemd, richtete ein letztes Mal tieftraurig und dennoch fest entschlossen durch die Dunkelheit einen imaginären Blick auf die Schlafende, warf ihr einen liebevollen Kuss zu, der seinem Herzen einen schmerzhaften Stich versetzte, öffnete behutsam die Kabinentüre und zog sie von außen leise hinter sich zu.

„Adieu, Christine! Adieu, Leben!" - diese vier gehauchten Worte brannten sich mit der Hitze von tausend Feuern in seine Seele ein, weil er wusste, dass sie die letzten waren, die er denken, die er fühlen und die er schmerzvoll ertragen würde. Nun gab es nur noch ein gefühlloses und der Welt entrücktes Handeln. Er musste so schnell wie möglich zu jenem Platz des Schiffs gelangen, an welchem er Christine einmal gefragt hatte, ob man von dort aus einen Sturz in die Fluten überleben könnte. Der Weg dorthin würde nicht weit sein – nur den Gang entlang und dann aus der ersten Seitentüre hinaus aufs Deck. Schon würde er an der Reling stehen, dort, im Dunkel der in dieser Nacht den Himmel düster verschleiernden Wolken.

Als er die schwere Türe erreichte und öffnete, drückte ihn der draußen wütende Sturm mit all seiner Gewalt zurück – so, als wollte er ihn an seinem Tun hindern. Und tatsächlich - Thomas zögerte noch einmal. Sollte dies etwa ein letztes Zeichen des Himmels sein? Sollte er wirklich tun, was nun zu tun war? Er drehte seinen Kopf um, schaute in den beleuchteten Flur zurück, verfolgte den Weg, der ihn soeben Schritt um Schritt von Christine entfernt hatte. Es schauderte ihn. Minutenlang blieb er dort stehen. Sein Herz schöpfte Hoffnung, glaubte, doch noch gewinnen zu *können. Dann aber sprach sein Verstand mit energischer Stimme ein Machtwort: alia iacta est - der Würfel ist gefallen, Herr König. Du wirst jetzt sofort dort hingehen und es vollbringen!*

Gegen den widerspenstigen Sturm an Deck drückte er die Türe ganz auf und stand draußen. Alleine; einsam; verloren; auf ewig. Es gab kein Zurück mehr. Nur das flackernde Licht einer defekten Neonleuchte über der weiter vorn liegenden Treppe nach unten schien schwach zu ihm herüber. Der heftige Wind und das Regennass bliesen unbarmherzig in sein Gesicht, als wollte er ihn noch immer von seinem Vorhaben abhalten. Doch er stemmte sich gegen den Sturm und erreichte nach gut zwanzig Schritten den Platz am Geländer, von dem aus er Christine so oft den Ausblick aufs Meer beschrieben hatte. Dort angelangt musste er sich festhalten, um nicht von den immer wiederkehrenden Böen umgestoßen zu werden. Ihm wurde kalt; das halb offene Hemd flatterte im Wind.

So, das war es also, dachte er bitter. Er schaute auf die Leuchtziffern seiner Armbanduhr: 23.50 Uhr. Na, das passt ja, schoss es ihm unendlich traurig durch den Kopf. Auf die Welt gekommen um 23.50 Uhr – aus der Welt gegangen um 23.50 Uhr. Sein rechter Oberarm stützte sich auf die oberste Stange der Reling; mit seiner Linken hielt er sich an dem seitlich angebrachten Fahnenmast fest und stellte sich mit einem Ruck zunächst auf die untere, dann auf die nächst höhere Metallstrebe. Vor Anstrengung und innerer Zerrissenheit zitternd hatte er Mühe, gegen den Sturm die Balance zu halten. Sein Blick wanderte nach unten. Entsetzen erfasste ihn. Hier sollte er also sein Ende finden - so jung, jedoch auch so todsterbenskrank.

„Jetzt musst du nur noch springen, dann ist alles vorüber", rief er sich selbst laut zu, um sich den nötigen Mut zusprechen. Tausend in die Vergangenheit weisende Bilder liefen bei diesen Worten rasend schnell an ihm vorbei: Die schlafende Christine, die er soeben verlassen hatte. Das `Incognito´, in dem sie ihn an seiner Stimme wieder erkannte. Die Zugfahrt, auf der er sie getroffen hatte. Seine Wohnung, die er vor kurzem zum letzten Mal von außen abgeschlossen hatte. Die eiskalte Stimme des Arztes, der ihm ohne jedes Mitgefühl die tödliche Diagnose mitteilte. All das, schrie es in ihm auf, sollte nun gleich unwiderruflich in der Tiefe des wild schäumenden Meeres begraben werden. Nichts würde bleiben! Christine aber würde in wenigen Stunden erwachen und - weil sie ihn auf dem Schiff nicht finden konnte – alsbald tränenerstickt begreifen, dass er es getan hatte.

Er spürte den Schauer des Entsetzens über seinen Rücken laufen. Sollte er wirklich ...? Natürlich! Schließlich war er nun schon so weit gekommen; hierher; an den Ort seines Planes, seiner letzten Handlung. Auf der obersten Sprosse des Geländers stehend brauchte er doch nur noch zu springen. Augen zu und loslassen. Ganz einfach. Dennoch – er hörte das Flehen seines Herzens, um Himmels Willen zurück zu kehren. Doch sein Verstand hatte ihn fest im Griff.

So stand dort inmitten der sturmgepeitschten Nacht ein einsamer Mann sprungbereit vor dem Tod bringenden Abgrund. Ohne es verhindern zu können, begann er hemmungslos zu weinen; die Tränen schossen ihm wie Fontänen aus den Augen und verschleierten ihm den Blick. Das Herz in seiner Brust zersprang vor Schmerz. Doch statt seinen Gefühlen zu folgen, gehorchte er seinem ihn anschreienden Kopf. Was zögerst du so feige?, vernahm er dessen unnachgiebige Aufforderung. Du weißt doch, was auf dich – und damit auf diese Frau – zukommt, wenn du zu ihr zurückgehst. Willst du dann zusehen, wie dir der Tod unerbittlich langsam und genüsslich deinen Lebensatem raubt! Und ihre Liebe zu dir zermürbt. Also tu es endlich. Spring!

Einem Häufchen Elend gleich wischte sich der kraftlos gewordene Mann auf der Reling mit seinem Ärmel das Nass von den Augen und drehte seinen Kopf nach hinten, um seiner Vergangenheit einen letzten Blick zuzuwerfen. Niemand war zu sehen. Niemand beobachtete, was hier geschah. Niemand würde – um ihn in der letzten Sekunde noch retten zu wollen - rufen: `Mann über Bord´. Niemand! Er wandte sich wieder dem tosenden Meer zu und dachte nur noch dieses eine Wort: Spring! Dieser Befehl fror in seinem Gehirn ein wie Wasser bei eisiger Kälte, um nie mehr aufzutauen. Sein Leben würde in wenigen Minuten Vergangenheit sein. Sein Leben – und damit auch jene letzte Frau in seinem Leben.

Allen Mut zusammen nehmend schrie er es, so laut er konnte, gegen den Sturm aus sich heraus: „Spring!“ Seine Stimme ertönte wie tausend Posaunen vor Jericho, um jedoch sogleich in der schäumenden Flut der tosenden Wellen für immer zu ersticken. Mit Augen, die nur noch Dunkelheit und Verzweiflung sehen konnten, schaute er in die Tod bringende Tiefe unter sich. Für den Bruchteil einer Sekunde schoss ihm der Name durch den Kopf – der Name, den er mit inniger Liebe ausgesprochen hatte, als er wenige Stunden zuvor neben ihr lag. Christine. Sie war es, die ihm wie ein Wunder geschickt worden war. Sie war es, die ihn festhalten wollte. Sie war es, für die er so viel empfunden hatte. Doch auch sie war es, die er jetzt für immer verlassen musste! „Chris, bitte verzeih mir!“

waren seine letzten Worte, die er verzweifelt auf das tosende Meer hinaus brüllte. Dann war er soweit.

Er ging, auf dem Geländer balancierend - ganz leicht in die Knie. Seine Muskeln spannten sich zum Sprung an. Seine Lider verschlossen seine Augen. Seine Lippen pressten sich aufeinander. Sein Gehirn hörte auf zu denken. Sein Herz beschloss nicht mehr zu schlagen. Er wollte nur noch loslassen, springen, fallen - fallen, ohne sehen, ohne denken, ohne empfinden zu müssen. Allein ein Bild wollte er vor seinem geistigen Auge haben, wenn er nun den Halt unter seinen Füssen verlieren würde: Christines Gesicht.

In diesem Augenblick seiner letzten Entschlossenheit hörte er ihn. Diesen Schrei. Schrill. Laut. Verzerrt. Diesen Schrei, der tausend Mal lauter war als das Tosen des Sturmes um ihn herum. Diesen Schrei, der tausend Mal mächtiger war als all die am Schiffsrumpf zerbrechenden Wellen unter ihm. Diesen Schrei, der tausend Mal verzweifelter war, als er ihn soeben noch getan hatte.

Wieder drang sie unbarmherzig in seine Ohren - die Stimme einer Frau. Einer Frau? Ihm stockte der Atem. Christine? Fassungslos riss er mit einem Ruck den Kopf herum – und verlor das Gleichgewicht; sein rechter Fuß war von der Stange gerutscht. Intuitiv suchte seine Hand Halt, fand ihn, an der Fahnenstange, umschloss sie, einem Schraubstock gleich, schlug dabei mit dem Kopf dagegen, so hart, dass ihm die Sinne zu schwinden drohten, griff mit der anderen zu und fing sich gerade noch, bevor er unweigerlich nach unten gestürzt wäre.

Schon schallte diese Stimme erneut zu ihm hinüber. Schrill dieses Mal und blankem Entsetzen gleich. Ein unendlich lang gezogenes „Nein!" durchdrang all seine Sinne wie Donnerhall.

Nochmals drehte er den Kopf. Da stand sie; halbnackt; zitternd am ganzen Leib; vom Regen durchnässt mit am Kopf klebenden Haarsträhnen. „Chris, geh weg! Es ist zu spät." Schwach und kraftlos kam seine Stimme bei ihr an. „Bleib bei mir!" schrie sie mit sich überschlagender Stimme in seine Richtung.

In diesem Augenblick ergriff ihn eine Bö und er geriet ins Wanken. Blut schoss ihm in den Kopf. Gerade noch rechtzeitig fing er sich. Christines hysterisches Kreischen drang wieder zu ihm hinüber. „Spring nicht. Ich komme." Doch eine andere Stimme ertönte noch lauter: Tue es endlich. Es war die Stimme seines Verstandes.

Unter Aufbietung all ihrer Kraft zog sie sich am Geländer entlang in die Richtung, aus der sie sein Schreien gehört hatte. Schritt um Schritt kämpfte sie gegen den Sturm an. Nie hatte sie ihre Blindheit mehr verflucht als in diesem Moment ihrer größten Not! „Tom, sag was, damit ich dich finde." War er überhaupt noch da? Hatte er sich schon in die Tiefe gestürzt? Noch eben hatte sie seine Worte gehört. Aber jetzt ...? „Er muss noch dort sein! Bitte!", flehte sie. Dort an jener Stelle, an der sie beide so oft Arm in Arm Zeit verbracht hatten. Aber eben auch an dem Ort, an dem Tom ihr diese Frage gestellt hatte - die Frage, deren Hintergrund sie sehr wohl verstanden hatte! Oh mein Gott, ich höre ihn nicht mehr. „Tom! Bist du noch da?"

Er stand wie versteinert auf dem Geländer und schwieg. Er hörte sie rufen, doch seine Lippen blieben nun aufeinander gepresst. Was sollte er auch sagen?! Ihr, der er im schwachen Schein des flackernden Neonlichts zusah, wie sie in ihrem flatternden Morgenmantel und barfuß versuchte, sich ihm zu nähern. Er fühlte sich unendlich machtlos. Sein Gehirn gebot den Stimmbändern, sich nicht zu bewegen; es befahl seiner Zunge, am Gaumen kleben zu bleiben; es verbot seinen Lippen, Worte zu formen; es untersagte sogar seinen Lungen Luft zum Reden freizugeben. Sein Herz aber flehte ihn an, zu ihr zu gehen und sie in seine Arme zu nehmen.

Die Frau hinter ihm kämpfte sich weiter, während sie „Tom! Tom!" schrie. Plötzlich aber blieb ihr rechter Fuß an etwas hängen; sie schwankte, verlor den Halt, strauchelte, schlug mit dem Gesicht gegen etwas Hartes, fiel zu Boden und schrie vor Schmerz. Ihre Lider legten sich schützend über ihre toten Augen. Die Gliedmaßen erschlafften. Angespannt lauschte sie in die Dunkelheit. Kein Laut. Keine Stimme. Kein Tom. War er noch dort? Erstickte das Tod bringende Salzwasser ihn schon? Hatte sie ihren Kampf um ihn verloren?

„Nein!" schrie sie. „Nein!" Mit letzter Energie zog sie sich am Geländer hoch. Ihr Fuß schmerzte, als sie auftrat. Das, was sie von ihrer Stirn herunter über ihre Lippen rann, schmeckte süßlich. Blut! Hektisch fuhr ihr Handrücken darüber. Sie musste weiter, dorthin, von wo aus sie ihn das letzte Mal gehört hatte. Nackte Angst jagte durch ihr Gehirn; war er noch am Leben? Ihre Lungen dehnten sich und sogen die nasse Gischt in einem tiefen Zug ein. Sie hustete und schlug mit der Faust gegen die Brust. Erneut holte sie tief Luft. Dann schrie sie mit weit geöffnetem Mund ihre ganze Verzweiflung aus sich heraus. Lauter als das Sturmgetöse; hysterisch, wie eine in höchster Not verrückt Werdende; verzweifelt um einen Liebenden kämpfend.

Ihre Worte trafen Thomas wie ein Gewitterblitz aus nächster Nähe. Dem Donnerhall gleich durchfuhr ihre Stimmgewalt seinen Körper. Ihr schriller Aufschrei ließ ihn erstarren.
„Tom, wenn Du jetzt springst, dann springe auch ich in den nassen Tod hinein!"

Christines erschüttertes Schluchzen erfüllte das Zimmer und unterbrach damit sein Vorlesen. „Soll ich aufhören?" „Ach Francisco, das war so schrecklich." Er schwieg. „Ich war am Ende meiner Kräfte." „Ich kann es mir vorstellen, Liebes." Wirklich, dachte sie? Nein, was ich damals erlebte, kann niemand nachvollziehen. „Soll ich?" „Was?" „Aufhören." Langsam drehte sich ihr Kopf von einer zur anderen Seite; sie schniefte dabei laut. „Es sind ja nur noch ein paar Seiten. Lies zu Ende." „Wie du willst?" „Ja! Bitte!" „Also gut:

Einige Jahre später

„Jetzt gib mir deine zwei hellblauen Jeans und das braune Pullöverchen." Eilig holte das Mädchen die Sachen aus ihrem Schrank und legte sie nacheinander auf zwei ausgestreckte Hände. „Das habe ich eben mit geschlossenen Augen gemacht; so wie du immer." „Toll, Lara." Was hab ich nur für ein wundervolles Mädchen, dachte ihre Mutter. „Freust du dich schon auf deinen ersten großen Urlaub. Was sagen eigentlich Klausi und Mike dazu?" „Am Anfang haben sie gedacht, ich würde sie anschwindeln. Weißt du, was ich da gemacht habe?" „Nein; erzähle es mir." „Ich bin ganz böse geworden und hab sie gefragt, ob sie wohl nicht mehr meine Blutsbrüder sein wollen." „Was meinst du mit Blutsbrüder?" Sie hatte dabei eine Ahnung, die ihr gar nicht gefiel. Lara zögerte. „Na ja ..., wir sind nämlich Blutsbrüder, so wie Winnetou und Old Shatterhand. Mutti, es hat auch überhaupt nicht wehgetan." „Was, bitte?"; das darf doch

nicht wahr sein, begriff sie entsetzt. „Mikes Taschen-
messer; das Blut kam ganz schnell aus dem Finger.
Aber Klausi hat ganz schön mit den Augen gezuckt
und Mike hat ihn dafür ausgelacht. Dann hat jeder
von uns den Finger auf den des anderen gelegt – und
nun sind wir Freunde für immer." Mein Gott! Sie
zwang sich ruhig zu bleiben; was hätte es jetzt noch
für einen Sinn zu schimpfen. „Sie wollen aber aus
jedem Hafen, in dem wir anlegen, eine Postkarte mit
einer tollen Briefmarke darauf. Meinst du, das geht?
Ich hab´s ihnen nämlich geschworen." „Verstehe -
Indianerehrenwort. Klar schickst du ihnen die An-
sichtskarten. Was glaubst du, wie stolz sie die dann
herum zeigen können. Und jetzt die weißen und die
blauen Söckchen." „Sofort! Auch die Turnschuhe?"
„Die Schuhe kommen später dran, okay." „Na gut;
aber nicht vergessen."

„Mutti?" „Hm?" „Ich muss dir aber noch ganz dringend etwas sagen", druckste das Mädchen mit dem
blonden Haar halb zögerlich, halb entschlossen herum. „Eigentlich bin ich dir böse." Erstaunt runzelte
sie die Stirn. Ihre Hand legte sich auf ihre Wange und
stieß dabei an ihre dunkel getönte Sonnenbrille. So
kurz vor dem Urlaub konnte sie ganz bestimmt keinen Unfrieden gebrauchen; die Zeit war schon knapp
genug geworden, um all das zu schaffen, was noch zu
erledigen war – und dabei war sie doch so sehr auf
Laras Hilfe angewiesen. Bestürzt hakte sie nach:
„Aber warum denn, Liebes?" „Heidi findet sogar, dass
du gemein bist." „Bitte?" Sie tastete dabei nach ihrem
Ärmchen, um sie zu spüren, doch Lara machte einen
kleinen Schritt zur Seite und wich ihrer suchenden
Bewegung aus. „Jetzt sag schon; was hab ich denn
gemacht?" „Du hast gestern Abend gesagt, dass ich
Heidi nicht mit auf das große Schiff nehmen darf."
„Deine Puppe?" „Ja, genau!" Warum sollte ich ihr das
verboten haben, fragte sie sich? Dann dämmerte ihr

etwas. „Lara, bitte überleg mal ganz ruhig, was genau ich gesagt habe!" „Na ...", gab sie prompt zurück und verschränkte dabei verärgert ihre kleinen Arme vor der Brust, „... du hast erzählt, dass schwimmen wichtig ist, weil unter dem Schiff ganz viel Wasser ist." „Aber du kannst doch schwimmen, Liebes." Das Mädchen stampfte mit dem Fuß auf. „Aber Heidi nicht." Erleichtert atmete Christine auf. „Aber ich habe dabei doch nicht Heidi gemeint." Ein anfänglich noch unsicheres, gleich darauf jedoch glückliches Strahlen bemächtigte sich ihres kleinen Gesichts. „Dann darf Heidi also mit? Außerdem ...", schob sie zur Sicherheit nach, „... kann sie in der Badewanne schon sehr gut schwimmen!" „Natürlich darfst du sie mitnehmen! Komm zu mir, meine Süße." Sie ging in die Hocke und breitete ihre Arme aus. Das ließ sich Lara nicht zweimal sagen; jetzt war für sie die Welt wieder in Ordnung.

Minutenlang drückten sie einander. Christines Herz quoll vor Glück über. Oh Himmel, ich danke dir, dachte sie, dass du uns dieses wunderbare Kind geschenkt hast – nach all dem, was wir durchgemacht haben. „Ich hab dich ganz, ganz lieb, Mutti; und den Papi auch." Sie wand sich aus ihren Armen. „Wann kommt er endlich heim? Er muss doch noch seinen Koffer packen! Sonst verpassen wir unser Schiff." „Ganz bald. Außerdem geht die Reise erst in drei Tagen los. Morgen früh bringt Papi dich noch ein letztes Mal in den Kindergarten." „Aber ihr fahrt nicht ohne mich, wenn ich dort bin?" „Natürlich nicht!" Sie griff nach ihr und zog sie erneut in ihre Arme. „Mami, heiratet Papi dich noch mal?" Christine lachte. „Wieso?" „Na, weil wir doch auf dem Schiff eine Hochzeitsreise machen." „Ach so; nein, nein. Wir sind doch schon verheiratet, hatten nur noch keine Zeit, deshalb zu verreisen. Erst war Papi so krank; dann warst du in meinem Bauch, aber jetzt haben wir Zeit

dafür. Ist das nicht toll?" „Au ja!" Sie nickte heftig.
„Vier Könige auf hoher See, hat Papi gestern gesagt."
Ihre Mutter stutzte erst, begriff dann aber. „Natür-
lich! Lara König mit Heidi König, Christine König
und Thomas König."

„Hör auf! Hör auf, Francisco. Bitte!" Von Tränen erstickt flehte sie ihren Vorleser an. „Ich kann nicht
mehr." Ihre rechte Hand hatte sich in ihren Busen
gekrallt und dabei die Bluse verkrumpelt. Dann brach
es noch herzzerreißender aus ihr heraus. „Lara. Lara.
Meine kleine, süße ...." Mehr schaffte sie nicht. Schon
stand Francisco hinter ihr und legte seine Arme um
sie. „Es ... tut ... so ... weh." „Ich weiß; ich weiß. Aber
...." Sie ahnte, was er sagen wollte. So oft schon hatte
er es ihr vorgehalten; verständnisvoll, aber bestimmt.
Doch sie wollte Toms Roman hören. Bis zum Schluss.
Bis zu dem Abend, nach dem er nicht mehr hatte weiter schreiben können.

„Ist das nicht furchtbar schrecklich?" Er antwortete
nicht, legte aber seine Wange an die ihre und nickte
kurz. „Meine kleine Lara. Warum hab ich sie auch nur
noch einmal in den Kindergarten gelassen?" „Chris,
du konntest doch nicht vorhersehen, was ..." „Hätte
ich aber müssen!" kam zornig zurück. Sein „Nein!"
war jedoch noch energischer. Sie ergab sich seinem
Machtwort, wusste sie doch, dass er Recht hatte. „So
bitter es auch ist, Chris. Die Zeit der beiden war einfach gekommen. Dafür kann keiner von euch etwas.
Schau! Tom war ein so umsichtiger Autofahrer, und
trotzdem wurden die zwei von diesem betrunkenen
LKW-Fahrer ...." „Nicht! Sag es nicht; ich will mir
nicht ausmalen müssen, wie ...." Ihr Schluchzen ließ
kein weiteres Sprechen zu. Sie konnte nur denken –
immer und immer wieder dieselben Gedanken: Erst
schickt mir der Himmel einen wunderbaren, aber
völlig verzweifelten Mann. Kurz darauf kann ich ihn

im allerletzten Moment vor dem nassen Tod retten. Wie ein Wunder heilen ihn die Ärzte in Boston mit diesem neuen Medikament. Wir heiraten, bekommen unsere kleine Lara – und dann .... Ihre Faust landete hart auf der Tischplatte, während sie mit einem Ruck Franciscos Umarmung abschüttelte. „Das ist so verflucht ungerecht", schrie sie zornig. „Bin ich denn nicht schon gestraft genug mit meiner Blindheit?! Darf ich denn kein Glück haben? Das ist doch kein Leben! Ganz alleine gelassen. Wieder einmal. Tom war und ist doch der Einzige, der meinem Leben einen Sinn gibt und der mich wirklich liebt. Kein anderer kann mir das geben."

„Ach wirklich?" Franciscos Stimme klang nicht nur verletzt; nein, sie vernahm Unmut in ihr. „Und was ist bitteschön mit mir? Bin ich niemand für dich?" „Ja, doch; schon; aber trotzdem ...." „Aha! Klingt ja sehr überzeugend, Christine! Meintest du das vorhin mit: Ich brauche noch Zeit." Sie sagte nichts. Ärger kam in ihr auf. Warum will er mich nicht verstehen? Stattdessen ist er beleidigt. Als ginge es nur um ihn. Ich bin doch schließlich diejenige, die unter Toms Tod leidet! „Du schweigst? Nun gut; dann wird es Zeit für mich zu gehen." „Aber ...." „Ja?" „Schon?" „Ja!" Sie erhob sich. „Nein, nein; bleib ruhig sitzen. Ich finde die Türe. Gute Nacht." Sie schluckte. „Aber du kommst doch ...." „Weiß nicht." „Wie? Warum? Was hast du denn?" „Muss nachdenken." „Worüber?" „Darüber, welche Rolle du mir in deinem Leben gibst."

Als sie das Scharnier quietschen und gleich darauf die Türe ins Schloss fallen hörte, riss sie sich die Brille herunter und verbarg das Gesicht in ihre Hände. Das Nass ihrer Tränen lief ihre Arme herunter. Erst jetzt dämmerte ihr, was sie gesagt hatte; und wie es bei Francisco angekommen sein musste. Obwohl - so hatte sie es doch gar nicht gemeint. Wirklich?, fragte

sie sich jedoch sogleich. Warum konnte sie nicht end-
lich in ihrem tiefsten Inneren anerkennen, was ihr
Francisco bedeutete? Ohne Wenn und Aber. Sie muss-
te sich endlich von Tom lösen! Er war tot; Francisco
aber lebte. Was, wenn er nicht mehr kommt – diesen
Gedanken wollte sie sich gar nicht weiter vorstellen.
Dennoch – Tom und Lara hatten sie so viele schöne
Jahre lang glücklich gemacht. Endlich hatte sich ihr
Schicksal zum Guten gewendet. In jenem Zugabteil
von damals hatte es damit begonnen; als Tom im
Schlaf davon redete, seiner schweren Krankheit durch
einen Sprung ins Wasser ein Ende zu bereiten. „Dem
Himmel sei Dank“, murmelte sie, „dass ich dich noch
rechtzeitig davon abhielt. Sonst ....“

Vor ihrem inneren Auge tauchte wieder jenes Schre-
ckenserlebnis auf. Sie spürte – als wäre es gestern
gewesen – die Panik in ihr aufkommen, die sie ergriff,
als sie mitten in der Nacht erwachte und Tom nicht
mehr neben ihr lag. In derselben Sekunde wurde ihr
klar, was das zu bedeuten hatte; er hatte sich davon
geschlichen, um es zu tun! Wie lange, schoss es ihr in
jenem Augenblick höchster Angst durch den Kopf,
konnte er schon weg sein? Hatte es noch Sinn, ihm
nachzueilen? Wo würde er es tun? Wo nur? Etwa
dort?

Noch während sie sich an die Stelle auf Deck erinnerte, an der er jene verhängnisvolle Bemerkung gemacht
hatte, schnellte sie hoch, tastete sich ins Badezimmer,
griff hinter der Türe nach dem Bademantel und zog
ihn über ihre nackte Haut. Dann hetzte sie los. Alles
ging rasend schnell. Sie hatte nur einen Gedanken:
Nicht zu spät kommen! Mit ihrer Rechten am Hand-
lauf stolperte sie – mehr, als dass sie lief – den Flur
entlang, bis zur ersten Türe nach draußen. Geschafft,
dachte sie; nun war sie gleich an Deck und würde auf
ihn treffen – hoffentlich. Doch die Türe ließ sich kaum

einen Spalt öffnen. Der Wind drückte sie zu. Wollte das Schicksal etwa, dass sie zu spät kam? Wut packte sie und sie stemmte sich mit ihrem ganzen Gewicht dagegen. Sie durfte diesen Mann dort draußen nicht einfach dem nassen Tod überlassen. Nochmals warf sie sich verzweifelt gegen das schwere Metall – und schrie vor Schmerz auf; ihre Armknochen schienen zu zerbrechen.

Endlich gelang es ihr, sich nach draußen zu zwängen. Schwer schlug die Türe hinter ihr ins Schloss. Sie streckte die Hand weit nach vorne, um mit drei Schritten das gegenüber liegende Geländer zu erreichen. Doch irgendetwas hielt sie fest. Hektisch griff sie hinter sich; ihre Hand ertastete den straff gespannten Gürtel ihres Bademantels; sie begriff - die zugeschlagene Türe hatte ihn eingeklemmt. In ihrer Not riss sie ihn aus den beiden Schlaufen. Regen peitschte gegen ihren nun entblößten Körper. Der Sturm pfiff, als wollte er jedes andere Geräusch übertönen. Wie heftig die Wellen in jener Nacht gegen den Schiffsrumpf schlugen! Mit Mühe erreichte sie die metallene Brüstung und zog sich am nassen Geländer in die Richtung, in welcher sie ihn vermutete.

`Tom, bist du da? Tu es nicht, bitte!´ schrie sie; so ähnlich mussten ihre Schreie geklungen haben. Dann konzentrierte sie sich darauf etwas zu hören – gegen alles Laute um sich herum. Immer stärker trommelte der Starkregen gegen ihren Körper, als wollte er sie am Laufen hindern, doch sie kämpfte sich weiter. Erneut sog sie Luft in ihren Brustkorb und presste sie stimmgewaltig heraus - mit sich überschlagender Stimme schrie sie los und hoffte, er würde sie hören – noch. `Tom, Tom!´ Statt seiner Antwort hörte sie nur den Sturm, dessen Pfeifen ihr wie ein hämisches Lachen vorkam. Verdammt, fluchte sie wortlos, hätte ich nur Augen, die sehen können. Sie hastete weiter, stolperte, verlor den Halt, stieß mit dem Gesicht gegen etwas Hartes und schlug schwer auf dem Boden auf. Ein stechender Schmerz durchzuckte ihr rechtes Bein. Für einen Augenblick glaubte sie bewusstlos zu werden. Mit allerletzter Kraft zog sie sich am Geländer hoch, bis sie wieder auf beiden Beinen stand. Dann atmete sie so tief ein, wie es der Schmerz in der Brust zuließ und öffnete ihren Mund zu einem noch lauteren Schrei – einem, dessen einzige Aufgabe es war, diesen Mann, der dort stand, davon abzubringen, in die tödliche Tiefe zu springen: `Tom, wenn Du jetzt springst, dann springe auch ich in den nassen Tod hinein!´

Christines Herz schien sich zu verkrampfen; all diese Erinnerungen spiegelten das Schlimmste wider, das sie je erlebte - seit jener Feuernacht in ihrem Kinderzimmer. Aber verbannen wollte sie die Gedanken daran ganz sicher nicht; sie gehörten zu ihr, waren sie doch der Beginn einer großen Liebe. Tief greifend, Herz zerreißend, voller Glück, all ihre Träume erfüllend und am Ende gekrönt von ihrer Heirat mit dem Mann, dem sie das Leben rettete und der ihr bald darauf ihr gemeinsames Kind schenkte.

Erneute schossen ihr Tränen aus den Augen, ohne, dass sie etwas dagegen tun konnte; ihre Lippen bebten, wie so oft, wenn sie ergriffen an all das dachte. Noch immer tat ihr das Herz weh; wieder kam die Angst vor einem Infarkt in ihr auf; wie so oft während der letzten Zeit. Sie legte ihre Hand auf die Brust und massierte sie. Als das nicht half, erhob sie sich und ging nach nebenan, um sich kurz hinzulegen. Aber nur für einen kurzen Moment, um mich zu beruhigen, beschloss sie. Sie musste ja gleich noch die Wohnungstüre abschließen und das Geschirr wegräumen. Sie legte sich aufs Bett, zog die Decke über sich, schloss die Augenlider, bemühte sich um ein ruhiges

Atmen, spürte alsbald, wie sich ihr Herzschlag besser anfühlte – und schlief langsam ein.

Kapitel 4

„Tante König, kommst du mit zum Spielplatz", schallte es durch die geschlossene Wohnungstüre, während gleichzeitig gegen das Türblatt geklopft wurde. Eilig öffnete Christine. „Anne. Warum klingelst du nicht?" „Die geht nicht. Hab´s ganz oft probiert." „Schon wieder kaputt?" „Unsere auch. Papa hat schon mit dem Hausmeister geschimpft. Und ...?" „Was und?" „Willst du mitkommen? Mama und Papa sind mit Freunden weg." Natürlich wollte sie! Nicht nur, weil sie zugeben musste, in diesem Mädchen oft genug ihre eigene Tochter zu sehen. Nein, Anne tat ihr auch leid; ihre Eltern hatten viel zu wenig Zeit für sie; nicht einmal sonntags. Wie sehr sie das an ihre eigene Kindheit erinnerte! Außerdem - jede Abwechslung war besser als die ganze Zeit an das Fiasko von gestern Abend zu denken. Seit dem frühen Morgen hatte sie vergeblich versucht, Francisco telefonisch zu erreichen. Kein Zweifel – sie hatte ihn sehr verletzt. „Zwei Minuten? Ich muss mir nur die Schuhe anziehen."

Auf der Straße fühlte sie Annes kleine Hand an ihrem Zeigefinger. „Brauchst deinen Stock nicht; ich führ dich." Sie spürte den Schauer, der ihr über den Rücken lief; so hatte es Lara oft gemacht. Mutti, so schlimm ist das nicht mit deinen Augen; du hast ja meine, hatte sie dann gesagt – und sie damit zu Tränen gerührt. „Guck mal, die große Schaukel ist frei. Komm schnell." Das Mädchen zog sie eilig nach vorn. „Schubst du mich an? Ich will ganz, ganz hoch." Bei den ersten Malen hatte sie dabei das Schaukelbrett beinahe an den Kopf bekommen; bis sie gelernt hatte, Annes Rücken rechtzeitig zu fassen und mit dem auf sie zukommenden Schwung einen Schritt zurück zu gehen. „Noch höher! Wenn ich ganz oben bin, spring ich." „Nicht! Du wirst dir wehtun." Zu spät. Schon hörte sie Annes Jauchzen und gleich darauf die Landung ihrer Füße auf dem Boden, während die Schaukelkette gegen das schwere Holzgestell schlug. „Du verrücktes Kind!" „Macht doch so viel Spaß! Aber ..." - sie dachte sich, was kommen würde; wie jedes Mal - „... nix dem Papa sagen." Ein breites Lächeln verließ Christines Gesicht. „Natürlich nicht. Hab ja nichts gesehen." Annes Antwort spürte sie auf besondere Weise; deren Arme schlangen sich um ihre Beine. „Ich hab dich lieb, Tante König." „Ich dich auch, Lara." „Aber Tante König! Ich heiß doch Anne", kam entrüstet zurück. Sie stutzte. „Klar, Anne. Bin heute ein wenig durcheinander." „Nicht schlimm. Ich schaukele noch mal." Schon hörte sie das Quietschen der Kettenglieder.

Christine zog es zur Parkbank; das Ende ihres Taststocks zeigte ihr, dass sie unbesetzt war. Sie setzte sich und dachte erneut an gestern Abend. Das mit Francisco nahm sie sehr mit. Hoffentlich erreichte sie ihn heute noch. Morgen würde er wieder arbeiten. Sie musste sich unbedingt entschuldigen; und heraushören, wie verärgert er noch über sie war; und ob er am Samstag zu ihr kommt; und vielleicht schon vorher, wo doch seine Frau in Spanien war; und .... „Du dumme Kuh!", entfuhr es ihr lautstark. Gerade jetzt, wo er ungehindert Zeit für dich hätte, musst du ihn so vor den Kopf stoßen, ergänzte sie lautlos, weil sie sich maßlos über sich ärgerte.

„Wieso bin ich eine dumme Kuh, Tante König? Bist du jetzt doch böse, weil ich noch mal gesprungen bin?" Annes Stimme riss sie aus ihren Gedanken. „Oh nein! Ich hab doch nicht dich gemeint." Sie ahnte den verwunderten Blick des Mädchens. „Mit mir hab ich geschimpft." „Warum?" Ihre Frage kam zögerlich. „Ach, weißt du. Erwachsene sind manchmal ganz schön dumm." „Echt?" „Ja! Ich hab gestern mit meiner schlechten Laune einem Mann wehgetan." Ihr kleiner Körper schwang sich neben sie auf die Bank und drückte sich dabei ganz nah an sie. „Das war bestimmt der Mann, der vorgestern da war; der wollte zu deinem Mann." „Welcher Mann?" „Einer mit ohne Haare auf dem Kopf." Christine verstand kein Wort. „Bitte? Einer mit Glatze? Zu Tom?" „Ja; der hat gesagt, dass er ein Freund von Thomas König ist. Hat mir ein Foto von ihm gezeigt. So ein Ähnliches, wie es in deinem Glasschrank steht. Du weißt doch, das mit dem silbernen Rahmen und der schwarzen Schleife. Neben dem Bild von Lara." „Aber Anne, was erzählst du da?" „Ehrlich, Tante König!"

Christines Hand legte sich an die Schläfe. „Und was wollte der?" „Sag ich doch – zu seinem Freund." Ihre Stirn legte sich in Falten. „Wann war das?" „Nachmittags unten vorm Haus. Hab aber gesagt, dass Herr König tot ist. Da wurde er richtig nervös und hat Scheiße gesagt. Igitt, das darf man gar nicht sagen. Aber er könnte doch dich besuchen, hab ich gesagt. Das wollte er machen, aber erst später. Ist dann weggehumpelt. Hat dich also doch gestern besucht?" „Nein." „Aber du hast doch eben geschimpft, weil du böse zu dem warst?!" „Wieso böse?" Sie verstand nicht gleich. „Ach das! Nein, nein; das war ein anderer Mann." Sie besann sich. „Er hat gehumpelt, hast du gesagt?" „Ja; so wie Onkel Ernst; der hat ja nur ein Bein und am anderen eine Broteste." Sie schmunzelte. „Du meinst eine Prothese." „Ja, genau, so eine Broteste aus Holz. Komischer Mann, der Glatzkopf!" Ganz langsam bewegte sich Christines Kopf hin und her. „Wirklich komisch." „Ich darf noch mal schaukeln? Ich spring auch nicht mehr. Versprochen." „Ja, ja; geh nur, Lara", murmelte sie gedankenverloren.

„Drei, sieben, neun, null, acht, zwei." Laut sprach sie die Ziffern aus, während sie die Tasten drückte. „Bitte, bitte, geh dran." Tüt, tüt, tüt. Zehn Mal. Wieder nicht. Sie legte auf. „Ach Francisco! Es tut mir doch so leid." Es war später Abend geworden und noch immer ging er nicht ans Telefon. Obwohl er ihre Nummer im Display sehen musste und damit wusste, dass sie es war, die anrief. Vielleicht ...; sie überlegte; ob er nicht zu Hause ist? Ach, Unsinn. Wo sollte er um diese Zeit schon sein. Er war keiner, der gerne ausging. Alleine schon gar nicht. Alleine? Er wird doch nicht etwa ...?

Sie griff sich an die Brust, dorthin, wo ihr Herz schlug; schneller jetzt plötzlich, wie es ihr vorkam. Eine andere Frau? Weil sie ihn gestern .... Quatsch! Wirklich? Ihre Finger krallten sich in den Stoff ihres T-Shirts. Francisco! Tu mir das nicht an. Bitte! Ich brauch dich. „Ich ..."; sie stampfte mit dem Fuß auf den Dielenboden. „Ich liebe dich doch!" Sie war wütend auf sich, weil es ihr so schwer fiel, es zuzugeben – sich selbst und erst Recht ihm gegenüber. „Blöde Kuh!" Er ist es doch, der jetzt in deinem Leben ist. Er – nicht Tom.

Ihre Gedanken schweiften ab. Was war das nur mit dem Mann, der ihn besuchen wollte? Ein Freund? Nie hatte er etwas von einem einbeinigen Freund erzählt. Sie schüttelte den Kopf. Sehr eigenartig! Aber er hatte ein Foto von ihm. Also doch? Los, ruf noch mal an, befahl ihr ihre innere Stimme. Sie tat es. Wieder nichts. Ihr Magen rumorte. „Ruhe da unten. Hab jetzt andere Sorgen", schimpfte sie halblaut. Doch ihren Hunger interessierte das wenig, hatte sie doch heute noch nichts Richtiges gegessen. Dazu war sie viel zu nervös gewesen. Sie ging zum Kühlschrank. Würstchen? Mit Brot? Sie griff nach dem angebrochenen Glas und der Margarine. Nein! Wie sollte sie essen können, wo sie doch gerade dabei war, Francisco zu verlieren. Das durfte sie nicht zulassen! Die Kühlschranktüre flog mit Wucht ins Magnetschloss. „Okay, mein Lieber, wenn du nicht mit mir telefonieren willst, dann ..., dann ..., jawohl, dann schreibe ich dir eben. Einen Brief. Jetzt sofort.

Sie würde sich sehr konzentrieren müssen; es war über ein Jahr her, dass sie auf diese Weise etwas geschrieben hatte; mit richtigen Buchstaben; nicht mit den Punkten der Blindenschrift. Mit Großbuchstaben ging´s am besten. „Damals", murmelte sie und dachte an ihren letzten Liebesbrief an Tom - den allerletzten, bevor er .... Sie begann; sorgfältig fuhr die Bleistiftspitze über den Papierbogen. Ihre linke Hand führte die rechte und tastete dabei den Rand des Papiers ab, um nicht darüber hinaus zu schreiben. Deshalb nahm sie keinen Kugelschreiber; die blauen Striche auf der Tischplatte bekäme sie sicher nicht wieder heraus.

LIEBER FRANCISCO
BITTE VERZEIH MIR UND KOMM WIEDER. TOM IST MIR DOCH NOCH SO NAH. DU ABER AUCH, GLAUB MIR DAS. IMMER MEHR.
CHRIS

Jetzt musste sie sich eilen. Kuvert; Briefmarke; Adresse drauf. Rasch, damit der Brief noch vor der Nachtleerung in den gelben Kasten vor dem Haus kam. Den Postwagen hatte sie noch nicht durchs offene Fenster gehört. Dessen Piep, piep beim Rückwärtsfahren entging ihr nie, weil sie dann wusste, dass es Viertel vor zehn war; ungefähr wenigstens. Danach schaltete sie jedes Mal das Radio ein, um die Nachrichten um zehn zu hören.

Schuhe an, Schlüssel in die Tasche, Türe auf – schon hastete sie, die Hand am Geländer, die knarrende, alte Holztreppe hinunter. Unten angekommen schimpfte sie. „Mist!" Die Haustüre war schon abgeschlossen.

Sie nestelte nach dem richtigen Schlüssel, nach dem mit dem Plastikring, und steckte ihn ins Schloss. Mit Schwung riss sie die alte Türe am gusseisernen Griff auf – und fuhr zusammen. „Sagen Sie, wohnt hier ein Thomas König?" Biergeruch schlug ihr entgegen. Sie spürte, wie sich ihre Nackenhaare stellten. Ihre Hand fuhr nach vorne. Eine Armlänge weit; schon ertasteten ihre Fingerspitzen Stoff; und eine Knopfreihe. „Hoppla!" Die Stimme klang rau. „Finger weg!" Das Herz schlug ihr bis zum Hals. Wer war das? „Gehen Sie bitte einen Schritt zur Seite. Ich muss zum Briefkasten." Sie hörte keinerlei Bewegung des Mannes.

„Und ...?" „Was?" Sie wusste, was er meinte, weil sie begriff; das musste der Kerl sein, der Anne nach Tom gefragt hatte. „Thomas König. Der wohnt doch hier?", raunzte er sie an. „Nein!" Ihre Antwort kam prompt und entschlossen. Nicht nur, weil sie des Briefes wegen wirklich keine Zeit für weitere Erklärungen hatte; schon hörte sie nämlich die Bremsen des schweren Postwagens. Sondern auch, weil so etwas wie intuitive Abwehr in ihrem Hinterkopf entstand, die sie zur Vorsicht mahnte. Dieser raue Patron wollte ein Freund von Tom sein? Niemals! „Wirklich? Aber auf dem Klingelschild ...." Sie ließ ihn nicht ausreden. „Das ist die alte Frau König. Die wohnt allein." „So? Hab gehört, der soll tot sein."

Sie zuckte mit den Achseln und bemühte sich um einen bestimmenden Tonfall, um ihn ihre Aufgeregtheit nicht erkennen zu lassen. „Kann ich jetzt endlich vorbei?!" Er brummelte etwas Unverständliches. Ihre Hand verlor den Kontakt zu dem Hemdstoff des Mannes vor ihr. Dann vernahm sie das, wovon Anne ihr berichtet hatte; es war das eigentümliche Schleifen eines Schuhes. Genauso hatte sich das Laufen von Annes Onkel angehört, als sie die beiden einmal auf der Straße traf. Er war es also wirklich! In aller Eile tastete sie sich zum Briefkasten an der Hauswand, in dessen Schlitz ihr Brief an Francisco verschwand – und sie selbst fast so schnell im sicheren Hausflur. Mit zitternden Händen schlug sie die Türe hinter sich zu und hastete in ihre Wohnung.

Was wollte dieser Kerl von ihrem Tom. Wer war er? Ein Freund? Das hätte sie doch gewusst, nach so vielen Jahren. Sie war außer Atem, weil sie so rasch nach oben geeilt war. Den Holzstuhl unter sich schiebend setzte sie sich. Ihr Puls raste; diese Begegnung soeben machte ihr Angst. Sein Ton klang irgendwie feindselig; und gehetzt. Und dieser Biergeruch – so etwas kannte sie von Tom nicht; und so einer sollte sein Freund sein? Energisch schüttelte sie den Kopf.

Würde er wiederkommen? Am Ende zu ihr an die Wohnungstüre, um herauszubekommen, wer hier wirklich wohnt. Ihre Hand legte sich auf ihren Mund. Ihre Gedanken rasten zu Francisco. Sie musste ihm davon erzählen; er wüsste Rat. Doch wie; und wann? Sie schloss die Lider. Er ging ja nicht ans Telefon. Ob sie es noch einmal .... Ja! Sie erhob sich, ging hinüber und wählte. Tüt, tüt, tüt, tüt, tüt. Wie sie dieses Tüt hasste. Schon wollte sie auflegen, da hörte sie seine Stimme.

„Domìnguez. Hinterlassen Sie bitte Ihre Nachricht nach dem Piep." Christines Mund öffnete sich, ihre Zunge bewegte sich, ihre Lippen formten das, was sie sagen wollte – doch es gelang ihr nicht zu sprechen. Sekundenlang; endlich fasste sie sich und ließ ihrer Anspannung freien Lauf: „Francisco, bitte ruf mich an. Es tut mir leid. Ich muss dringend mit dir reden – über einen Mann." Sie ließ das Telefon sinken; anstatt es abzulegen, nahm sie es mit ins Schlafzimmer, wo sie sich auf Bett legte. Sicher würde er nun gleich zurückrufen; er musste zu Hause sein; vorhin war der

Anrufbeantworter ja noch nicht eingeschaltet. Sie legte das Telefon auf ihre Brust und hielt es mit beiden Händen fest. Voller Sorge spürte sie, wie sich Müdigkeit in ihr ausbreitete. „Bitte ruf mich an, bevor ich am Ende noch einschlafe", murmelte sie.

Kapitel 5

Erschrocken riss sie die Augen auf. „Guten Morgen! Heute ist Montag, der dritte August." Ihr Oberkörper fuhr hoch. Noch immer umklammerten ihre Finger das Telefon. Sie begriff – Francisco hatte nicht zurückgerufen.

Nach dem Frühstück – mehr als eine Scheibe Brot hatte sie nicht herunter bekommen, so niedergeschlagen war sie – machte sie sich auf den Weg; um zehn hatte sie ihren Termin beim Augenarzt. Schon jetzt nervte sie das, was ihr bevorstand – das lange Warten in der überfüllten Praxis. Aber wenigstens zurück würde sie ein Taxi nehmen; nach der Behandlung konnte sie nicht alleine gehen. Zum Glück zahlte die Krankenkasse das wenigsten. Auf der Treppe nach unten begegnete ihr Anne. „Guten Morgen, Tante König. Gehst du heute mit mir auf den Spielplatz?" „Später vielleicht; jetzt muss ich zum Doktor." „Dann besuche ich dich heute Nachmittag, ja?" Sie überlegte. „Weiß nicht, Anne." Ihr war heute gar nicht danach.

Einige Stufen später zupfte das Mädchen an Christines Bluse. „Bist du böse mit mir?" Ihr Stimmchen klang weinerlich. „Oh nein, Liebes. Mir geht es heute nur nicht so gut." Beruhigt und wieder heiter kam ihr bestimmtes „Na, dann bring ich dir eine Waffel Eis mit. Hab nämlich gestern mein Taschengeld bekommen. Aber nur ein Bällchen. Magst du wieder Erdbeere?" Sie suchte ihren Kopf und strich ihr über das wuschelige Haar. „Anne, du bist sehr lieb; so wie meine kleine Lara." Sie spürte eine kleine Hand an der ihren. „Du bist auch lieb." Dann hörte sie das Kind nach draußen springen und wunderte sich dabei, dass die Haustüre nicht in ihren Angeln quietschte; sie stand also schon wieder offen. „Verflixt, die soll doch immer verschlossen sein", murmelte sie unten und zog die Holztür hinter sich zu.

„Nummer zehn, sagten Sie?" „Ja, zehn. Davor stehen drei große Kastanienbäume." „Die können Sie sehen?" Ein leichtes Lächeln huschte über ihr Gesicht. Sie schüttelte den Kopf. „Aber riechen; wenn sie blühen." „Donnerwetter!" „Ja, wenigstens das!" „Na, ich kann das nicht. So, da wären wir. Direkt vor der Haustür. Macht elf achtzig." „Ich hab einen Taxischein." Sie hielt ihn ihm hin. „Okay. Soll ich Ihnen bei der Einkaufstüte helfen?" Sie war nach dem Arzt noch bei Frau Himmelreich gewesen. Sie unterhielt sich so gerne – und jedes Mal sehr lange - mit der alten Dame. Emma Himmelreich. Sie schmunzelte - nannte sie ihr kleines Geschäft neben der Arztpraxis doch wirklich einen Tante-Emma-Laden. „Nein danke, geht schon. Also dann – gute Fahrt." „Schönen Tag noch." Sie stieg aus und schlug die Türe zu. Mit quietschenden Reifen sauste der Wagen davon. Ein junger Kerl also; so, wie sie ihn seiner Stimme wegen einschätzte.

„Guten Tag! Sie sind Frau König?" Sie stutzte. Wer war das? „Ja, wieso?" „Oh, ich muss mich entschuldigen. Darf ich mich vorstellen. Polizeiobermeister Pelzick." „Polizei?" „Ja, aber regen Sie sich bitte nicht auf. Jemand rief uns an, dass bei Ihnen eingebrochen wurde." „Bitte? Bei mir?" „Ja; vor einer Stunde. Deshalb bin ich gleich gekommen. Aber es hat im Haus niemand aufgemacht. Ich wollte schon wieder zurück auf´s Revier fahren." „Die Klingel!" „Die Klingel?" „Sie ist kaputt. Andauernd." „Ach so. Na egal; dann kann ich Sie ja jetzt nach oben begleiten, um den Schaden aufzunehmen." Sie zog den Schlüssel aus der Hosentasche. „Eingebrochen?" „Ja! Das wird immer schlimmer bei uns!" Mein Gott! - sie dachte an ihr geliebtes

Cello. „Kommen Sie, ich nehme Ihnen die Tüte ab."
„Danke." Die Türe quietschte. „In welcher Etage liegt
Ihre Wohnung?" „In der zweiten." „Dann nehmen wir
am besten den Aufzug." Sie lachte. „Sehen Sie einen?"
„Ach so. Na dann."

Oben angekommen wollte sie den alten Bartschlüssel
zum Schloss führen. „Brauchen Sie nicht; aufgebrochen. Die Tür steht offen." Sie fuhr mit den Fingern
den Türrahmen entlang. „Au!" Er griff nach ihrer
Hand. „Ein Holzsplitter! Ganz ruhig; ich zieh ihn
raus." „Au!" „Da ist er schon. Saugen Sie das Blut auf."
Wie hilfsbereit dieser Mann war! Sie machte einen
Schritt durch die Türe. „Und?" Er verstand. „Nun ja.
Wie immer bei diesen verdammten Einbrüchen." Sie
eilte nach vorne und streckte die Hand aus. „Ist es
noch da?" „Was meinen Sie?" „Na, mein Cello natürlich." Schon spürte sie den Holzkörper. Angstvoll fuhr
ihre Hand dessen besaiteten Hals entlang – und atmete tief durch. „Was ein Glück!" „Sie können darauf
spielen?" Seine Frage klang nach Erstaunen. „Warum
nicht?" „Äh ..., nun ja ...." „Weil ich blind bin?" „Ja!",
kam kleinlaut zurück. Ohne weiter darauf einzugehen
drehte sie sich um. „Sagen Sie – hat er viel kaputt
gemacht?" „Wollen Sie sich nicht besser erst einmal
setzen?"

Ihre Stimme wurde lauter. „Wie sieht meine Wohnung
aus?" Sie tastete sich zu dem Sideboard vor; unter
ihren Füßen knirschte es. „Vorsicht! Die Scheibe ist
kaputt." „Die Bilder. Von Tom und Lara. Sind sie auch
zerbrochen?" „Hm. Da ist nur eins; mit einem Mädchen. Ihre Tochter?" „Nein. Äh – ja. Ich meine das
andere mit der schwarzen Schleife." „Wieso?" „Was,
wieso?" „Eine schwarze Schleife?" Warum wohl?!,
dachte sie ärgerlich. Ist das so schwer zu begreifen?
„Also!", fuhr sie ihn an. „Was ist mit dem Foto meines
Mannes?" „Sag ich doch! Da ist kein zweites." „Auf

dem Boden?" „Nein." „Aber wieso nimmt der Dieb das Bild mit?" Die Antwort klang ruhig und gelassen; irgendwie teilnahmslos. „Tja. Schauen wir lieber, ob etwas Wertvolles fehlt. Was ist mit Geld? Wo haben Sie ihren Tresor, Frau König?"

Sie runzelte die Stirn. Geld? Tresor? Pah! „Würde ich so wohnen, wenn ich Geld zu verstecken hätte?" „Was ist mit Kreditkarten? Und ihrer Bankkarte?" „Sie meinen die vierhundertfünfzig Euro auf meinem Konto? Dafür gibt es keine Kreditkarte. Da hätte der Kerl früher kommen müssen!" „Früher? Wie meinen Sie das?" „Na, vor ein paar Jahren; da waren mein Mann und ich reich. Aber jetzt ..." Sie ging zum Tisch hinüber und setzte sich. Mit ihrem „Bitte schön!" und einer entsprechenden Handbewegung bot Sie ihm Platz an. „Danke. Ich will erst noch das zweite Zimmer sehen." „Bitte - da geht´s lang."

Das zweite? Verwundert schüttelte sie den Kopf. Seine Schritte entfernten sich. „Ist es noch da? Das Radio?", rief sie hinüber. „Wo?" „Auf dem Nachtisch." „Kein Radio!" Ihr Schnaufen klang nach Niedergeschlagenheit. „Zahlt Ihnen die Versicherung." „Versicherung – dass ich nicht lache. Dafür habe ich kein Geld." Er kam zurück. „So schlimm?" „Arm eben." „Tut mir leid." Sie schwieg; was sollte sie auch sagen. „Ihr Kleiderschrank ist durchwühlt. Und hier liegt auch alles am Boden. Soll ich es wieder einräumen?" Schon hörte sie das Geräusch, das Buchseiten machen, wenn sie durchblättert werden. „Sie können lesen?" „Nein; also wenigstens nicht normale Bücher. Aber lassen Sie das jetzt bitte, ja! Das mache ich nachher selbst."

Das Geräusch hörte nicht auf. „Hallo!" „Ja – ich wollte doch nur helfen. Sie hörte, wie er sich an den Tisch setzte. „Ein Ledereinband; so etwas findet man heutzutage ja kaum noch. Der Afrikaner. Aha. Sicher spannend?" Hastig griff sie danach. „Ist schon sehr alt. Geben sie es mir! Das gehört meinem Mann." Sie legte es auf ihren Schoß. Wenn das auch gestohlen worden wäre - furchtbar!

„Sie waren reich, sagten Sie? Wieso waren? Wo ist ihr Vermögen hingekommen?" Er machte eine Pause. „Aber ..."; der Stuhl knarrte; ihr Gegenüber hatte sich zurückgelehnt; „... das geht mich ja gar nichts an." „Schon in Ordnung; ich habe ja nichts zu verbergen. Wissen Sie, bevor mein Mann umkam, haben wir nicht so armselig gewohnt." Sie ließ ihren ausgestreckten Arm kreisen. „Da gab es keine Wünsche, die mir mein Tom nicht erfüllte. Doch seitdem ...." „Umgekommen?" Die Frage klang für sie so, als sollte ihr ein `Also doch!´ folgen. Sie richtete ihren Oberkörper auf. „Ja, bei einem Verkehrsunfall; mit meiner kleinen Tochter." „Oh! Mein Beileid." Er schwieg kurz. „Dann hat er Ihnen aber doch viel hinterlassen, nichtwahr? Warum wohnen Sie dann aber in dieser winzigen Wohnung, liebe Frau König? Das verstehe ich nicht so richtig. Wo ist Toms ganzes Geld?" Sie stutzte. Tom? Er nennt ihn beim Vornamen?

„Herr Pelzick, haben Sie sonst noch Fragen; ich meine, konkrete zu diesem Einbruch? Wenn nicht, würde ich gerne aufräumen. Außerdem bekomme ich gleich Besuch von meiner kleinen Anne." Es dauerte einen Moment, bis sie die Antwort hörte; die aber machte sie fast ein wenig ärgerlich; das war ihr denn doch zu viel Hilfsbereitschaft. „Dann muss ich Ihnen doch erst recht beim Aufräumen helfen. Dabei können wir uns noch ein wenig über den guten Tom unter ..."; er unterbrach sich in Mitten des Satzes; „... also über Ihren verstorbenen Mann unterhalten." Schon wieder. Sie erhob sich mit Schwung und stieß dabei den Stuhl hinter sich um. „Nein Danke! Ich will Sie nicht länger aufhalten, Herr Pelzick." Er schien zu verstehen, denn sie hörte, wie er aufstand. „Na gut. Dann komme ich wegen der Formalitäten noch einmal vorbei" sagte er, bevor er endlich die Wohnung verließ. Die Türe schlug dabei hart gegen das ausgebrochene Schließblech. Sie griff hinter sich, hob den Stuhl auf, setzte sich und vergrub ihr Gesicht in die Hände.

„Was ist denn hier passiert?" Sie fuhr zusammen. „Anne, pass auf! Hier liegt überall Glas." „Das waren sicher Einbrecher, Tante König. So sah es auch bei den Eltern von Sofia aus." „Haben die bei deiner Freundin auch ...." „Ja, so vor einem Monat. Mitten am Tag, stell dir vor. Und alles geklaut, hat sie erzählt. Sogar ihr Sparschwein; dabei wollte sie sich davon eine neue Barbie kaufen; weißt du, die mit den langen roten Stiefeln. Wie gemein!" „Komm zu mir, Kind. Meinst du, du kannst mir ein bisschen helfen?" „Beim Aufräumen? Klar! Aber zuerst müssen wir essen. Rasch!" „Essen?" „Streck mir deine Hand hin; los!" „Wieso?" „Tante König!" „Ja, ich mach ja schon." Dann fühlte sie es zwischen ihren Fingern. „Versprochen ist versprochen." „Du bist so lieb." Beinahe hätte sie wieder Lara gesagt. „Ich liebe Erdbeereis." Ihre Zunge fuhr genüsslich über das Gefrorene. „Hm! Und was hast du?" „Mango-Nuss. Total lecker."

Eine Stunde später kam Anne ein zweites Mal von unten in die Wohnung; Christine hatte sie die Glasscherben aufkehren und in die Mülltonne werfen lassen. „Anne, waren die Eimer auch wirklich nicht zu schwer?" „Aber nein; ich bin doch schon groß. Ich hab auch schon den Papa angerufen; der will die Türe heute Abend reparieren, wenn er heimkommt." „Das ist aber lieb." „Zeig mir doch noch mal das tolle Buch von eben; das mit dem Ledereinband und dem bunten Bild drauf. Ist das wirklich Afrika?" „Hm!" „Sieht hübsch aus." „Darin hat schon der Vater meines Mannes gelesen." „So alt. Ein Krimi?" „Nein. Eine Liebesgeschichte eigentlich." „Igitt! So mit küssen?" Christine lachte. „Ja – aber küssen ist schön." „Weiß nicht. Der Klaus hat mich neulich auf den Mund geküsst und `Ich liebe dich´ gesagt. Eklig." „Na, wenn du mal älter bist, küsst dich vielleicht ein Prinz." „Ein richtiger? Aus dem Märchen? Meinst du?" „Schon möglich. So wie in dem Buch – und bei Toms Papa. Der hat nämlich auch eine Frau geküsst, weil er sich Hals über Kopf in sie verliebte. Und dann haben die beide geheiratet und ein Kind bekommen; meinen Tom." „Deinen Mann?" „Ja, genau." „Und den hast du auch geküsst?" „Und wie!" Anne schwieg für einen Moment. „Wenn das so ist, dann küsse ich vielleicht doch später mal."

Christine hörte sie in dem Buch blättern. „Guck mal, da steckt sogar ein Lesezeichen; ich hab auch eines; aber aus Leder; viel schöner als das da; das ist ja nur eine Wisintenkarte." „Äh, du meinst eine Visitenkarte?" „Sag ich doch." „Was steht denn drauf? Lies mal vor." „Also", begann sie. „Bankhaus Goldmeir. Komischer Name. Zürich. Limmat 4-8. Tel." „Die Nummer ist nicht so wichtig. Danke, Anne." „Soll ich nicht weiter lesen? Da stehen auch noch so gekritzelte Sachen mit Kuli drauf." „Nein, nein; das ist nicht wichtig; leg es wieder rein und klapp das Buch zu. Willst du eine Limo? Hast so toll geholfen." „Oh ja. Und bis der Papa kommt, bleib ich hier; damit der Einbrecher nicht noch mal auftaucht."

Mach bloß keine Witze!, dachte sie erschrocken. War sie hier überhaupt noch sicher? Wenn der nachts .... Sie sog Luft ein, blies die Backen auf und presste sie in einem Zug durch ihre fast geschlossenen Lippen. Der Mann mit dem Holzbein schoss ihr durch den Kopf. War der der Einbrecher? Wenn nur Francisco hier wäre! „Sag! Spielst du für mich?" Warum ging er nur nicht ans Telefon? Heute Morgen schon wieder nicht. Nur der blöde Anrufbeantworter. „Tante König – bitte!" Ob er den Brief heute schon bekommt? „Auf dem Cello; das klingt immer so schön." Nun konnte sie sich Annes Worten nicht mehr entziehen; sie hatte sie gehört, ihren Inhalt aber nicht wahrgenommen. „Was ist, Lara? Äh – Anne; entschuldige. Ich war in Gedanken. Was möchtest du?" „Dass du mir vorspielst." „Auf dem Cello?" „Ja. Als Belohnung, wo ich dir doch geholfen hab. Ich hör nämlich immer, wenn du spielst. Mein Zimmer ist nämlich direkt unter dir." „Weiß ich doch. Na gut. Dann setz dich mal da hin."

Sie ging in die Ecke, kam damit zurück, ließ sich auf dem Stuhl nieder, stellte das Instrument zwischen ihre Beine und begann damit, den Bogen über die Saiten wandern zu lassen. Nach zehn Minuten hatte sie noch immer kein „Schön!" oder etwas Ähnliches gehört. Anne war wohl so angetan, dass sie nicht stören wollte. „Gefällt es dir?" Ihr „Ja – sehr!" kam ganz andächtig. „Will ich auch lernen, Tante König."

„Bravo!" Das gleichzeitige, laute Klatschen kam von der Wohnungstüre. „Papa, Papa. Guck doch mal, wie toll Tante König spielt. Schon ganz lange; nur für mich. Ich will das auch lernen. Bitte, bitte." Sie sprang auf und rannte zu ihm. „Guten Tag, Herr Franke. Hab schon gehört, dass Sie meine Türe reparieren wollen. Sehr nett von Ihnen." „Mach ich doch gerne! Wann ist das denn passiert? Diese Schweine!" „Ich war heute Morgen beim Arzt. Als ich heimkam, war die Polizei schon da."

„Donnerwetter, sind die schnell, wo man doch sonst ewig warten muss, wenn sie zu einem Unfall kommen sollen. So, Anne-Kind, lass mich mal los; ich muss arbeiten." „Erst, wenn du mir versprichst, dass ich das lernen darf." „Was?" Er klang etwas genervt. „Cellospielen. Tante König bringt es mir sicher bei." „Hm – glaub nicht. Musikstunden können wir uns nicht ... -

also, die sind ganz schön teuer, weißt du." „Bitte!" Sie ließ nicht locker. Bevor ihr Vater energischer werden konnte, ging Christine dazwischen. „Es wäre mir eine große Freude, Herr Franke. Anne vertreibt mir immer so schön die Zeit; ich bin schließlich sehr allein." „Aber ..." „Ich bin noch nicht fertig. Und weil sie das so gut macht, revanchiere ich mich damit, dass ich ihr was beibringe. Nicht auf dem Cello; das ist noch viel zu groß. Aber auf der Geige, sobald ich eine besorgt habe." Hierbei hoffte sie auf Franciscos Hilfe. „Abgemacht?" „Wirklich – ohne Geld?" „Wirklich! Oder glauben Sie, ich würde Anne dafür etwas berechnen, wo sie mir doch oft genug wie meine kleine Lara vorkommt. Ihre Tochter ist ein wundervolles Kind und schon sehr erwachsen für ihr Alter."

Und ich liebe sie sehr, dachte sie bei sich. „Vielleicht ...", druckste sie herum; „nun, ich meine, die Türe könnten sie ja auch umsonst reparieren?" Sie bemühte sich um ein sich bei ihm einschmeichelndes Lächeln. „Aber natürlich, Frau König. Und danke für ihr Angebot. Freust du dich, Anne?" Als Antwort machte sie einen Luftsprung – die Dielen unter ihr knarrten ordentlich. „Oh ja! Papa, du bist der Beste. Und ich hab nach der Schule bis abends Zeit, wo ihr doch immer so spät heimkommt. Heute wieder?" Ihr Stimmchen klang traurig. „Leider. Hab mir nur eine Stunde frei genommen; wegen der Tür. Das muss ich gleich nachher nacharbeiten." „Oh, das ist sehr freundlich von Ihnen." „Gern geschehen. Aber jetzt muss ich anfangen. Schauen wir mal, was der Mistkerl angerichtet hat."

Am nächsten Morgen wachte sie nicht um sieben Uhr auf. Ohne ihren Radiowecker klappte das nicht. Erst das laute Klingeln des Telefons riss sie unsanft aus dem Schlaf. Sie griff danach – es lag neben ihr im Bett, weil sie es am Abend mitgenommen hatte. So sehr hoffte sie auf Franciscos Anruf. „König?" „Guten Morgen. Polizeirevier Hohensteiner Straße. Ich verbinde." Es klickte und Musik ertönte. Diese Stimme – woher kannte sie die? Kleine Nachmusik - wie passend, dachte sie verschlafen. Die Kirchturmuhr schlug. Sie zählte. Neun Schläge. Na super! Und noch immer waren die Fenster geschlossen. Die stickige Hitze würde sie heute nicht mehr loswerden, bei dem heißen Wetter draußen. Ungeduldig und verärgert wartete sie. „Pelzick hier. Hallo, Frau König. Ich habe da noch einige Fragen. Ich bin gegen zwölf bei Ihnen? Oder wollen Sie lieber auf´s Revier kommen?"

Wie sollte sie das denn machen. Hohensteiner Straße. Wo war das eigentlich? „Nein! Kommen Sie hier her – wenn´s unbedingt sein muss. Haben Sie den Kerl schon? Ich will mein Radio zurück haben. Bin viel zu spät wach geworden." Es schien ihr, als entweiche ihm ein unterdrücktes Lachen. „Das bereden wir dann nachher. Ich muss Schluss machen. Also dann." „Also dann" äffte sie ihn nach, als sie den Ton hörte, der ihr sagte, dass er aufgelegt hatte. „Blöder Kerl - wollen Sie auf´s Revier kommen. Bin ich vielleicht nicht blind, he? Oder Krösus´ Frau, um mir eine Taxi leisten zu können?" Sie schwang sich aus dem Bett.

Was wollte der überhaupt noch von ihr. Na, vielleicht hat die Polizei das Radio gefunden – und Toms Foto. Sonst würde sie von nun an jeden Morgen so spät aufwachen, verflixt?! Warum nur hat der das Foto geklaut? „Versteh ich nicht!", brummelte sie. Wieder fiel ihr dieser Einbeinige ein. Der hatte doch nach Tom gefragt. Schon bei Anne. Aber was sollte der mit Toms Bild? Hatte er nicht selbst eines dabei gehabt, das er Anne zeigte? Natürlich hatte er! Komisch, komisch, das Ganze. Sie musste diesem Polizisten davon erzählen. Gleich nachher. Wieso hatte sie nur gestern nicht daran gedacht?!

„Danke für den Kaffee, Frau König. Wegen der vielen Arbeit kam ich heute Morgen nicht einmal zum Frühstücken." „Gerne. Nun, was wollten Sie mit mir besprechen?" Sie hörte ihn noch einen Schluck trinken. „Wir machen uns Gedanken zum Motiv des Einbrechers, um damit den Täterkreis besser eingrenzen zu können. Dazu haben wir ein wenig recherchiert. Ihr verstorbener Mann war doch im Kapitalanlage-Geschäft, nichtwahr?" „Richtig." „Ihre derzeitige finanzielle Lage schilderten Sie mir mit schlecht. Wenn ich mich hier so umschaue, kann man das ja auch so sagen. Da Ihr Mann nach Aussage seines früheren Arbeitgebers jedoch ein überdurchschnittlich hohes Einkommen hatte, fragen wir uns allerdings, ob er Ihnen nicht doch ein kleines Vermögen hinterlassen hat. Er muss doch eine Menge Geld auf der hohen Kante gehabt haben. Genau darauf könnte es der Einbrecher abgesehen haben. Ich meine, nicht auf die Holzstühle und die alte Glasvitrine hier. Nein, sicher nicht. Aber auf Sparbücher und den Schlüssel zum Banktresor."

Sein Redeschwall überraschte sie nicht nur, sondern irritierte sie zudem. „Aber ..., aber Herr Pelzick, habe ich Ihnen nicht schon gestern gesagt, dass ich keinen Tresor besitze?! Und außerdem - auf seinem Konto gab es wirklich nichts Nennenswertes." Sie hörte, wie er tief durchatmete. „Verstehen Sie mich bitte nicht falsch, liebe Frau König. Es geht mir doch auch darum, Ihnen zu helfen. Vielleicht hatte Ihr Mann doch ein Bankschließfach. Gäbe es da Geld, müssten Sie nicht so ärmlich wohnen – ich meine, im Gegensatz dazu, wie Sie und Ihr Mann früher lebten."

Sie spürte Verwunderung in sich aufkommen; war dieser Mann etwa einer von der ausgestorbenen Sorte der ´Polizei – dein Freund und Helfer´? „Dass Sie sich so viele Gedanken um mich machen .... Das ist echt nett von Ihnen." „Nun – haben Sie es nicht schwer genug?! Da muss man Ihnen doch helfen wollen!" Sie zuckte zusammen; auf ihrer Hand lag plötzlich die ihres Gegenübers. Sie zog sie hastig zurück. Was war das? Der meint es ja wirklich gut mit mir. „Könnte Ihr Mann vielleicht ein weiteres Konto gehabt haben? Eines, von dem Sie nichts wussten." Ihre Stirn legte sich in Falten. „Nein; müsste ich das nicht wissen?!" „Nun ja, wie soll ich sagen? Vier Augen hätten wohl mehr gesehen als zwei. Oder?" Ihr Zeigefinger legte sich auf ihre Wange und tippte dagegen. Blöde Bemerkung! Aber Recht hat er ja.

„Schon. Aber ... - nein, so etwas glaube ich nicht." „Eventuell im Ausland; so ein Nummernkonto, wissen Sie?" Christine schüttelte bedächtig den Kopf. „Im Ausland? Warum im Ausland?! Unsinn!" Während sie noch abwiegelte, weil sie sich solch einen Unsinn nicht vorstellen konnte, schoss ihr etwas durch den Kopf. Tom war doch oft in der Schweiz. Aber das war doch meistens geschäftlich. Und warum sollte er Geld in der Schweiz haben, wenn sie hier lebten. Quatsch! Sie verwarf den Gedanken.

„Nun, vielleicht fällt Ihnen dazu ja noch etwas ein." Statt einer entsprechenden Antwort fragte sie: „Wenn Sie den Kerl gefunden haben, bekomme ich doch mein Radio zurück, nichtwahr? Ach, und bevor ich´s wieder vergesse; ich wollte Ihnen noch etwas erzählen. Es könnte sein, dass ich den Einbrecher kenne." „Bitte?" „Ja! Da war nämlich neulich so ein Kerl da, der sich nach meinem verstorbenen Mann erkundigte." „Und das sagen Sie mir erst jetzt." „Das ist mir erst heute Morgen wieder eingefallen; gestern hab ich in der Aufregung nicht daran gedacht." „Und – wer ist er?" Sie erzählte ihm von ihrer abendlichen Begegnung mit dem Einbeinigen. „Haben Sie vielleicht einen Mann mit Holzbein in Ihrer Verbrecherkartei?" Als seine Antwort kam, fehlte ihr etwas an ihr – die Freude darüber, dass sie ihm so einen doch sicher wichtigen Hinweis geben konnte. „So, ein Mann mit einem künstlichen Bein. Nein, so einen kenne ich nicht. Außerdem – wie wollen sie das gesehen haben, Frau König?! Sie wären leider keine geeignete Zeugin für uns." Er machte eine Pause, während der sie wahrnahm, dass er vom Tisch aufstand. „Oh, es ist schon gleich halb eins. Ich muss rasch los. Nochmals danke für den Kaffee, Frau König. Und wie gesagt, wenn Ihnen noch etwas einfällt; ich melde mich wieder bei Ihnen. Einen schönen Tag noch!" Sie hörte das Knarren der alten Türklinke und gleich darauf die Tür zuschlagen.

„König." Sie hörte nichts. „Hallo?" „Äh, ja, ich bin´s –
Francisco." „Francisco!" rief sie laut aus. „Du hast mir
eine Nachricht ..." „Francisco!", unterbrach sie ihn
noch erfreuter als zuvor. „Ich bin so ..."; die Stimme
versagte ihr den Dienst. Mit seinem Anruf hatte sie
fast nicht mehr gerechnet, nachdem er am Samstag
nicht, wie sonst üblich, zu ihr gekommen war. „Ich
auch. Aber ...." „Ja?" „Sag, hast du dir Gedanken gemacht?" Sie wusste, was er meinte. Sein spanischer
Stolz ließ nicht zu, über seinen Schatten zu springen
und zu vergessen, wozu er sie aufgefordert hatte. „Das
hab ich dir doch auf deine Mailbox gesprochen!",
meinte sie ein wenig trotzig. „Reicht nicht!" „Wie –
reicht nicht?" „Christine. Ich will von dir wissen, welche Rolle ich in deinem Leben spielen darf. Noch immer nur der brave Freund oder ...." Sie unterbrach
ihn. „Oder was?" „Oder der Mann, den du ...." Er zögerte. Sprich es doch aus, dachte sie. „Den ich liebe?
Meinst du das?" „Ja, Christine, das. Und noch etwas;
ich muss wissen, was es mit dem Mann auf sich hat,
den du am Telefon erwähntest. Geht es etwa überhaupt nicht um Tom, sondern um einen ganz anderen,
der die ganze Zeit zwischen dir und mir steht?"

Christine verstand nicht. Nicht gleich. Erst als sie sich
das in Erinnerung rief, was sie ihm letzte Woche auf
Band gesprochen hatte. Sie lachte befreit auf. „Nein,
kein anderer Mann. Francisco! Um Gottes willen, was
denkst du nur von mir." „Aber du hast doch ..." „Unsinn, du Dummer. Das war doch nur .... Du musst
wissen .... Es ist so viel passiert, seit du ...." Alles spru-
delte auf einmal aus ihr heraus. „Weißt du was? Wenn
du alles erfahren willst, dann musst du heute Abend

zu mir kommen. Dann erzähle ich dir auch, was du für mich bist." Als von ihm nichts kam, bekam sie Angst. Würde er sie etwa nicht mehr wollen? „Francisco – bitte sag was!" Wieder schwieg er. Ihre Stimme wurde eindringlicher. „Ich brauche dich. Du – bei mir wurde eingebrochen. Und der Polizist hat mich ...." „Was?!", schrie er in den Hörer. „Eingebrochen? Chris, schließ dich sofort ein. Mach niemand auf, hörst du! Ich bin in zwei Stunden bei dir. Ich klingle dreimal kurz und einmal lang. So um fünf, verstanden. Mach dir keine Sor ... - Maldito," hörte sie ihn mitten im Satz lauthals fluchen. „Ich beeile mich! Du Chris, die Probe geht weiter. Ich muss sofort Schluss machen." Als seine Stimme verstummte, hatte er aufgelegt.

„Oh Francisco, endlich hast du dich gemeldet", jauchzte Christine vor Glück. Aber ein Idiot bist du trotzdem, fuhr ihr Kopf die Gedanken an ihn fort. Mich so lange hängen zu lassen! Doch kaum hörst du von dem Einbruch, bist du sofort wieder der Mann, wie ich ihn kenne und liebe. Ja, liebe, du dummer Kerl! Ihr Herzschlag wurde bei diesem Geständnis schneller. Und heute Abend werde ich´s dir sagen. Ein für alle Mal. Mein Leben muss weiter gehen; mit Tom geht das nicht mehr; ich hab´s begriffen! Auch, warum ich mich so freue, wenn du kommst. Auch, warum ich mich während der Woche so schrecklich einsam fühle, bis du samstags wieder zu mir kommst. Und auch, warum ich mich nach dir sehne, wenn ich abends alleine im Bett liegen. Warum? Weil ich dich liebe.

So unterhielt sie sich wortlos mit sich selbst und verstand dabei, dass sie keine Lust mehr hatte, auf diesen Mann zu verzichten; nur, weil sie Tom treu sein wollte. Während der vielen Nächte, seit Francisco neulich gegangen war, hatte sie Zeit genug gehabt, um sich darüber klar zu werden, was sie mit ihm verband.

Am Ende gab es für sie keinen Ausweg mehr, auf dem sie flüchten konnte; flüchten vor der klaren Erkenntnis, dass das Gefühl, das sie für ihn in ihrer Brust schlagen spürte, nur das Eine sein konnte: Liebe. Ja, heute Abend würde sie es ihm sagen. Und noch etwas. Nämlich, wie sehr sie sich wünschte, dass er bald geschieden sein würde.

Der hohe Ton der Türklingel lenkte sie ab. „Ich komme", rief sie und hatte nach wenigen Schritten schon die Türklinke in der Hand, um sie sogleich herunter zu drücken. Im letzten Moment zog sie den ausgestreckten Arm zurück. Was hatte Francisco soeben gesagt? Mach niemand auf. Was, wenn dort draußen der Einbrecher stand, um herauszubekommen, ob die Wohnung leer war. Suchte der vielleicht noch immer nach Wertsachen? So wie es dieser Pelzick gesagt hatte. Wie kam der nur auf die Idee, Tom habe irgendwo Geld versteckt. Nein, davon hätte sie doch gewusst.

Erneut drang dieses schrecklich schrille Geräusch der alten Klingel in ihr Ohr. „Tante König, bist du nicht zu Hause?" „Ach, du bist´s." Als sie die Türe öffnete, sprang ihr Anne entgegen. „So, jetzt lerne ich Geige spielen." Sie schloss die Türe und drehte den Schlüssel einmal herum. Sicher ist sicher, dachte sie. „Aber Kind; so schnell geht das nicht. Ich hab doch noch keine Geige." „Aber wieso? Du hast doch gesagt ...." „Natürlich hab ich das; und das machen wir auch. Ich muss aber heute Abend erst meinen Freund ..." – sie begriff, wie sie Francisco gerade nannte, überlegte für den Bruchteil einer Sekunde, ließ es aber so stehen – „... also meinen Francisco fragen, ob er uns seine alte Geige leiht. Verstehst du?" „Na gut. Dann aber Morgen, ja?!" „Versprochen, meine Süße. Und weil du warten musst, habe ich eine Überraschung." „Eine Überraschung?" „Achtung!" Christine drehte sich um, ging zur Schrankschublade, hob die Tischdecke und die Servietten hoch und zog ihre Geldbörse hervor. Anne schaute ihr neugierig über die Schulter. „Aha, du versteckst dein Geld. Meinst du, der kommt noch mal?" „Wer weiß? Schau, hier gebe ich dir zwei Euro. Damit holst du uns Eis. Für mich ...." „Erdbeere, das weiß ich doch! Au ja; bin gleich wieder da." Schon rannte sie los und schloss die Türe auf. „Tür zu!", rief Christine hinterher, doch da sprang sie schon die Holztreppe nach unten.

„Lecker! Danke, Tante König." „Na, wir müssen uns doch schon mal stärken, wenn du morgen mit Geige spielen anfangen willst." Sie lachte. „Oh ja. Wenn du willst, bring ich meine Flöte mit. Darauf spiele ich nämlich schon ziemlich gut, sagt Frau Schumann." „Ah, die Musiklehrerin; deine Mutti hat mir davon erzählt. Das wird uns helfen, rascher vorwärts zu kommen, weil du schon Noten lesen kannst." „Igitt!" „Was ist?" „Hab mich verkleckert." „Geh rasch ins Bad und mach dich am Waschbecken sauber. In dem Schränkchen sind Lappen." Im nächsten Moment hörte sie das Brummen des Ventilators. „Und", fragte sie, als Anne wieder vor ihr stand, „alles okay?" „Hoffentlich sieht Mutti nichts; das T-Shirt hab ich erst heute Morgen frisch angezogen. Guck doch mal!" Schon bemerkte sie ihren Fehler. „Ach wie dumm. Du kannst es ja gar nicht sehen." „Ist doch nicht schlimm." Sie streckte ihre Hand nach ihr aus und bekam sie am Haar zu fassen, über das sie liebevoll strich. „Es ist so schön, dass du da bist, Anne." „Find ich auch. Ach so – weißt du, wen ich unten gesehen hab?" „Nein; wen denn?" „Den Glatzkopf."

Augenblicklich lief Christine ein eiskalter Schauer über den Rücken. „Wen? Doch nicht .... Etwa den mit dem Holzbein?" „Hm." „Wo genau?" „Sitzt auf der anderen Straßenseite im Auto." „Nein!" „Doch! Glaub´s mir. Hat mich aber nicht gesehen, weil er durch das Fernglas guckte. Auf unser Haus. Warum macht der das, Tante König? Soll ich runter gehen und ihn fragen?" Statt zu antworten ergriff sie Annes Hand und zog sie zum Fenster. „Komm mit und schau, ob du ihn sehen kannst." Ungeduldig trippelte sie von einem auf den anderen Fuß. „Und?" „Die Blätter!" „Guck genauer; es ist wichtig!" „Nein! Ich sehe nichts; die Bäume, Tante König." „Wie blöd! Das ist vielleicht der Einbrecher, weißt du." „Der von neulich?" „Genau der. Aber ... warum ..."; sie dachte laut nach; „warum ... beobachtet der ... unser Haus ... oder ... etwa mich?" Ihre Hand legte sich über ihre Lippen. „Rasch! Ich muss die Polizei anrufen. Diesen Herrn Pelzick. Der hat mir nicht richtig geglaubt. Nun muss er kommen und ihn festnehmen." Sie wandte sich zum Tisch und nahm das Telefon auf. „Aber ..."; sie hielt in der Bewegung inne. „Oh nein! Ich habe ja keine Nummer von ihm. Was mach ich bloß, was mach ich bloß?" Anne zupfte an ihrem Unterarm. „Ich hab eine Idee; soll ich ihn fotografieren; dann muss dir der Herr Patzig glauben. Ich renn schnell und hol meine Kamera." Noch bevor sie richtig überlegen konnte, hatte Anne die Türe hinter sich zugeschlagen und sauste die Stufen hinunter. Christines aufgeregtes „Aber sei vorsichtig!" hörte sie wohl nicht mehr.

Kaum zehn Minuten später klopfte es und Christine hörte Annes Stimme. Sie ließ sie herein. Völlig außer Atem brach es aus ihr heraus: „Warum beobachtest du uns, hab ich ihn gefragt und ihn dabei durchs offene Fenster fotografiert." Sie hörte Anne dabei schluchzen. „Da hat er mir einfach den Foto abgenommen und ist weggefahren." „Nein! Dieser Mistkerl." „Wenn das Mutti rauskriegt." Aus ihrem Schluchzen wurde Weinen. „Komm zu mir, Anne. Mach dir keine Sorgen; du bekommst einen neuen; gleich morgen. Ich bitte Francisco ...." „Aber das geht nicht; da sind die Bilder vom Geburtstag drauf. Auch die von dir, wo du mir das Geschenk gibst. Mutti braucht die für´s Album." Sie schlang ihre Arme um das traurige Kind. „Beruhig dich. Ich spreche mit deiner Mutter und erklär ihr alles. Dann kann sie dir gar nicht böse sein." Zu blöd, dass der abgehauen ist, ärgerte sie sich. Jetzt glaubt mir dieser Polizist wieder nicht.

Es dauerte lange, bis sich Anne beruhigt hatte. Und Christine ebenfalls. Warum nur hatte sie sich nicht Pelzicks Telefonnummer geben lassen?! Wie hieß die Straße noch, die er erwähnt hatte? Sie grübelte, kam aber nicht gleich drauf. Dann klickte es. „Ja!", rief sie laut aus. „Hohensteiner Straße." Da könnte ich ja eigentlich selbst die Auskunft anrufen, kam ihr in den Sinn. „Anne, Liebes, lass mich gerade mal los; ich muss telefonieren." Während sie sich erhob, hörte sie es – und atmete erleichtert auf: Drei mal kurz, einmal lang. „Das ist Francisco!" Eilig ging sie zur Tür und drückte auf den elektrischen Öffner. Keine Minute später stand er völlig außer Atem vor ihr und umarmte sie. „Chris, ist dir auch nichts passiert? Wenn er dir was angetan hat, bring ich ihn um. Garantia!"

„Nein, nein, alles ist gut. Komm rein." „Das ist dein Freund, Tante König? Aber den kenne ich doch. Der kommt doch jeden Samstag und macht mit dir Musik." „Ja, Anne, das ist Francisco." Mein Francisco, dachte sie stolz. „Hallo, Anne!" „Hallo. Hast du meine Geige dabei?" Christine ahnte dessen Verwunderung und half sofort. „Also, Francisco, das ist so; Anne will eigentlich Cello, zunächst natürlich Geige lernen und braucht eine. Da hab ich gedacht ...." „Da hast du an meine ausrangierte Geige gedacht. Claro, die kannst du haben, Anne. Genies muss man unterstützen." Er lachte. „Gleich Morgen bringe ich sie her." „Oh toll, oh toll!" Anne hüpfte hoch und landete laut auf den Füssen.

„Sag, haben sie den Kerl schon gefasst?" „Nein, eben nicht. Obwohl wir ihn gesehen haben. Vorhin." „Wie? Ich denke, der Einbruch war gestern." „Nicht gestern; schon vor ...; ach egal. Anne hat ihn gerade gesehen." „Aber jetzt ist er weg und mein Foto auch", warf sie mit trauriger Stimme ein. „Sei nicht traurig, Süße. Das kriegen wir schon wieder hin." „Momento! Jetzt verstehe ich gar nichts mehr. Welches Foto? Und wieso ist der Einbrecher weg?" „Weil der Pelzick mir nicht glaubt; und ich seine Nummer nicht habe." „Und das Radio hat er auch geklaut", ergänzte das Mädchen. „Lass mal, Anne, du machst den Francisco ja noch ganz durcheinander. „Du aber auch, Chris. Durcheinander ist kein Ausdruck. Wer ist denn jetzt wieder dieser ...?"

„Patzick", kam es Anne über die Lippen. „Pelzick; der Polizist heißt Pelzick, Liebes." „Ist doch einerlei, wie der heißt", ging Francisco dazwischen. „Hauptsache, ihr kennt den Einbrecher." „Ja, der hat nämlich so ein Bein wie mein Onkel." „Anne!" „Stimmt aber doch! Und vorhin saß er im Auto; mit einem Fernglas." „Wieso das?" „Also - Anne ist ihm schon einmal begegnet; als er noch nicht bei mir eingebrochen hat." Francisco stöhnte. „Kann mir jetzt mal einer euer ganzes Chaos erklären? Aber bitte nur einer. Ja!" „Da hat er nämlich nach ...." „Nein, Anne, du bist jetzt bitte wirklich mal still! Also, Francisco, das war so."

Nachdem sie mit ihrem Bemühen fertig war, ihm das Ganze nacheinander zu erklären, kam von ihm ein trockenes „Muchas Gracias! Dann brauchen wir doch nur noch auf der Lauer liegen, bis der Glatzkopf wieder auftaucht und die Polizei verständigen." Er machte eine Pause und räusperte sich danach. „Christine, aber vorher würde ich gerne mit dir noch etwas klären. Unter vier Augen. Ja?" Sie verstand. „Anne, Liebes, wir müssten jetzt mal ein wenig allein sein. Vielleicht hast du Lust, zu Hause schon mal etwas Flöte zu üben, damit du mir morgen die sechs Stücke vorspielen kannst. Was meinst du?" „Aber das könnte ich doch auch hier machen. Ich lauf rasch und hol sie." „Besser unten!", kam von Francisco – und dies in einem Tonfall, gegen den Anne sich offensichtlich nicht wehren wollte. „Na gut, dann bis Morgen." An der Türe meinte sie jedoch hörbar trotzig: „Aber die Geige bringst du uns!" „Versprochen, Anne."

Kaum saßen sie beide am Tisch, wollte Francisco nicht länger warten, denn er begann sofort: „Nun, Christine, hast du es dir überlegt?" Sie spürte, wie ihr Herz klopfte. Nun also war der Augenblick gekommen. Sie hob den Kopf, tastete nach seiner Hand und legte ihre fest darauf. „Francisco, ich habe lange gebraucht, um mir darüber klar zu werden, was ich will – und insbesondere wen. Dass du neulich einfach gegangen bist und dich nicht mehr gemeldet hast, hat mir – auch wenn ich das nicht gerne zugebe – sehr geholfen. Heute weiß ich, wie dumm ich war. Obwohl – dumm eigentlich nicht. Laras und Toms plötzlicher Tod hat mir den Boden unter den Füssen weggezogen. Du weißt am besten, was Tom mir bedeutet. Du kennst unsere Geschichte bestens. Ich lernte ihn kennen; ich rettete ihn. Ich begleitete ihn durch seine schlimme Krankheit. Ich erlebte, wie er wieder gesund wurde. Ich trug sein Kind unter meinem Herzen. Er wurde mein Ehemann. Und dann verlor ich ihn und ..." – ihre Lippen bebten vor Erschütterung; „... meine kleine Lara."

Dankbar spürte sie den Druck seiner Finger, die sich um ihre Hand gelegt hatten, und fuhr fort. „Selbst als er unter der Erde war, lebte er noch – in meinem Kopf, in meinem Herzen, in meinen Gedanken, überall um mich herum. Dabei habe ich nicht gesehen und später - nach einiger Zeit - nicht sehen wollen, dass es da jemanden gab, der für mich da war. Irgendwann spürte ich sogar Gefühle für diesen Mann, durfte sie aber nicht zulassen; ich konnte doch meinen geliebten Tom nicht betrügen! Glaube nicht, ich hätte das Bemühen dieses Mannes um mich nicht wahrgenommen. Wie oft lag ich gerade während der vergangenen Monate nachts wach und bat den Himmel darum, mir zu zeigen, wie ich mich entscheiden sollte." Die Tränen, die nun ihre Augenhöhlen verließen, wischte sie mit dem Handrücken weg. „Immer und immer wieder wehrte ich ihn ab – und verletzte ihn in seinen Empfindungen für mich. Und dann war es plötzlich zu spät. Der letzte Tropfen hatte das Fass gefüllt und es lief über; das war der Moment, in dem dieser Mann meine Zurückweisungen nicht mehr ertragen konnte und neulich einen schönen Samstagnachmittag damit beendete, dass er von mir ging."

Für einen Moment ließ Francisco ihre Hand los, griff jedoch gleich mit beiden Händen danach. Mehr kam von ihm nicht; sie ahnte, dass er im Augenblick nur zuhören, nicht aber sprechen wollte. „Nachdem sich dieser Mann über eine Woche nicht bei mir meldete, glaubte ich ihn verloren zu haben. Nun aber ..." – ihr Tonfall wurde feierlich – „... sitzt er vor mir, um zu erfahren, wie ich mich entschieden habe. So will ich diesem wundervollen, einfühlsamen, fürsorglichen und äußerst liebenswerten Mann antworten. Lieber Francisco, ich sehne den Tag deiner Scheidung herbei, damit ich `Ja´ sagen kann, wenn du mich fragst, ob ich deine Frau werden will; dass du das willst, weiß ich schon lange; wie sehr ich selbst das möchte, weiß ich nun endlich auch." Sie schluckte vor Aufregung. Als er noch immer schwieg, spürte sie Unruhe in sich aufsteigen. „Glaubst du, mich nach all meinem Zögern auch noch zu wollen?" Hoffnung und Sorge zugleich – das waren die Gemütsbewegungen, die sich in ihrem letzten Satz paarten.

Erschrocken spürte sie, wie er seine Hände abrupt zurückzog. Hatte sie sich zu weit nach vorn gewagt? Hatte sie von ihm zu viel Verständnis für ihr Verhalten gefordert? Oder hatte sie sich .... Sie kam nicht weiter, denn das laute Stuhlrücken und seine auf sie zu kommende Stimme unterbrachen ihre sorgenvollen Gedanken; „Chris! Du machst mich zum glücklichsten Mann auf Gottes Erden." Schon stand Francisco unmittelbar neben ihr. „Dass ich dich liebe, weißt du ja; doch wie sehr ich dich liebe, werde ich dir von heute an bis in alle Ewigkeit beweisen. Und damit will ich nicht mehr warten; zu lange würde es dauern, bis mich diese ..."; er stockte; „... Frau endlich aus ihren Klauen lässt."

Was sie, noch bevor sie sich besinnen konnte, nun spürte, waren Lippen auf den ihren, die ihr einen derartig innigen Kuss gaben, dass ihr der Atem ausbleiben wollte. Sie umfasste sein Gesicht, streichelte seine Wangen und befreite sich dann rasch, um Luft zu holen. „Dann dürfen mich deine gierigen Küsse aber nicht gleich heute ersticken, Liebster." Sie lachte und legte ihre Fingerkuppen auf seinen Mund. „Du wundervoller Francisco. Ich bin so unendlich froh, dass es endlich raus ist. Mein Herz wird sich nun nicht mehr grämen müssen; endlich weiß es, dass es den Kampf um dich gewonnen hat." „Ja, Chris, lass mich von nun an der einzige Mann in deinem Leben sein. Ich verspreche dir, Tag und Nacht für dich da zu sein und dich zu verwöhnen." Auch nachts, dachte Christine und erinnerte sich an manche schlaflose Nacht, in der sie sich wünschte, ihn neben sich liegen zu haben. Ja, sie sehnte sich danach, ihren nackten Körper an den seinen zu schmiegen und seine kräftigen Hände auf ihrer Haut zu spüren. Als wäre es das Normalste der Welt, umfassten ihre Arme seine Hüfte. „Du bleibst ja heute Nacht hier?!"

Francisco blieb – und es wurde eine Nacht, die zum Tag wurde, weil sie beide sehr lang nicht zum Schlafen kamen. Und als sie endlich nebeneinander liegend von ihrer Erschöpfung übermannt wurden, vernahm Christine schon das erste frühmorgendliche Vogelgezwitscher in den Kastanienbäumen.

Kapitel 7

Sie erwachte. Nicht von einem Radiowecker; nicht von einem Telefonklingeln. Nein, es war ein Duft; einer, den sie kannte. „Guten Morgen! Gut geschlafen?" Sie reckte sich. „Oh ja. Noch nie besser." Dann schlug sie das Leinentuch zur Seite und klopfte mit der flachen Hand auf die Matratze. „Komm her!" Seine Hände spürte sie zuerst – auf ihrem Bauch und gleich darauf auf ihren Brüsten. „Wie schön du bist!" Wie gut ihr diese Worte taten! Dann schmeckte sie seinen ersten Kuss und erwiderte ihn genussvoll. „Lust auf frischen Kaffee, Eier, Marmelade und Brötchen?" „Wie – Brötchen? Hast du etwa ...?" „Hab ich dir nicht gestern versprochen, dich von nun an zu verwöhnen?" Ja, das hatte er, dachte sie. Und nicht nur mit einem tollen Frühstück. Dieser Kerl war heute Nacht ein wahrer Vulkan. Sie spürte ihn noch immer in sich.

„Schenkst du mir noch eine Tasse ein?" Sie hörte den Kaffee in die Tasse fließen. „Danke! Wie spät ist es eigentlich? Musst du nicht zur Arbeit?" Mit verschnupft klingender Stimme antwortete er: „Darf man mit einer derartigen Erkältung seine lieben Orchesterkollegen anstecken?" Sie verstand. „Du hast dich krank gemeldet." „Ja! Ich kann ja schließlich nicht gleichzeitig auf zwei Hochzeiten tanzen; dort spielen und hier auf dich aufpassen." Sie lachte überglücklich. Was für ein Mann!

„Das Ganze ist aber nicht einmal so lustig wie es klingt, Chris, sondern ernst." Sie horchte auf. „Wie meinst du das?" „Den ganzen Morgen will mir eines nicht aus dem Kopf gehen; bei dir wird eingebrochen – nun gut, das passiert tagtäglich irgendwo. Aber dann muss ich erfahren, dass sich der Einbrecher – also dieser Einbeinige, den du dafür hältst -, vor deinem Haus herumtreibt und dich ganz offensichtlich observiert. Wie passt das denn, bitteschön, zusammen? Da muss doch irgendwas anderes dahinter stecken; meinst du nicht auch?" Franciscos Worte wiederholten sich in ihrem Kopf. „Du hast Recht - wenn ich mir´s so richtig überlege. Warum entreißt der Kerl Anne die Kamera, als sie ihn fotografiert?! Das ist echt nicht normal." „Das kommt mir gerade so vor, als wärst du nicht irgendein beliebiges Einbruchopfer, sondern ...; na, ich weiß es auch nicht; aber mein Verstand sagt mir, dass der Typ hier ganz gezielt etwas Bestimmtes suchte." „Ach was! Bei mir gibt´s doch nichts Besonderes."

Dennoch, dachte sie, ist etwas dran an dem, was er sagt. Sie brauchte ein wenig, um ihre Gedanken zu sortieren; alles kreiste in ihrem Kopf: Ihre nächtliche Begegnung mit dem Mann vor der Haustüre; dieser eklige Biergeruch; Annes Bericht über dessen Fragerei nach Tom; das gestohlene Bild von ihm. „Tja, das Einzige, was mir dazu einfällt, ist das, was dieser Pelzick gemeint hat." „Was denn?" „Nun, Tom könnte in einem Wohnungstresor oder in einer Bank Geld liegen haben. Aber wo? In unserem früheren Zuhause gab es zwar einen; in dem war jedoch so gut wie kein Geld; das hast du ja selbst gesehen, als du mir beim Umzug geholfen hast. Und wo anders? Das hätte ich doch gewusst!" „Hm. Das würde aber erklären, warum plötzlich keines mehr da war. Tom hatte sein Geld in irgendeiner Bank deponiert und ... nun ja, ... nicht mehr hinfahren können, um neues zu holen, als er ..., also, nach dem Unfall, meine ich."

„Aber selbst wenn das so gewesen wäre, damals, als er noch lebte, zählt doch nur Eines, Francisco: Hier bei mir gibt es kein Geld und erst recht keinen Tresor! Es gibt also nichts, auf das es der Kerl hätte absehen können. Oder liegt hier etwa ein Haufen Fünfhunderter herum?!" Sie lachte abfällig. „Natürlich nicht. Aber vielleicht doch in einer Bank, von der du nichts weißt?" „Unmöglich!" „Eventuell gar nicht hier, sondern im Ausland. Luxemburg, Schweiz – was weiß ich? Irgendeinen Grund muss die Polizei doch haben, um so etwas zu vermuten, oder? Ich erinnere mich, dass Tom schon früher oft weggeflogen ist." Sie überlegte. „Na ja, seit ich ihn kenne, ziemlich oft sogar." „Was habt ihr dort gemacht?"

„Wieso wir? Er war immer alleine weg. In der Schweiz sogar – wie du sagst. Das darf doch nicht .... Und ..." Ihr kam etwas in den Sinn. „Er hat sogar gewollt, dass ich´s niemand sage; ich meine, dass er in der Schweiz war. Als Kapital-Banker, meinte er, würde man da viel zu leicht in Verdacht geraten." „Aha!" „Aha? Was meinst du damit?" „Na ja, wegen Schwarzgeld und so." „Du meinst Steuerhinterziehung? Aber doch nicht Tom! Dazu war der viel zu ehrlich." Sie neigte den Kopf etwas zur Seite. „Aber ...." „Hm?" „Eigenartig ist es schon, dass er mich nie mitgenommen hat und ..." - ihre Hand legte sich auf die Wange, wobei sie die Stirn runzelte – „... kein Geld mehr da war, als er ...." „Starb?" Sie nickte. „Weil er nicht mehr dorthin fahren konnte!" Ihr Nicken wurde entschiedener, während sie irritiert fragte: „Ob er etwa doch ...?"

„Nun aber mal langsam, Chris. Nur, weil dieser Kommissar so etwas denkt, muss daran ja noch nichts Wahres sein. Woher will der so etwas überhaupt wissen?!" Er machte eine kurze Pause, bevor er seinen Gedanken weiter spann. „Aber lass uns einfach mal überlegen. Was wäre, wenn solch ein Konto in der Schweiz existierte? Wie um alles in der Welt würde das mit dem Einbruch in Verbindung stehen?" „Woher soll ich das wissen." Sie zog dabei kurz die Schultern hoch. „Also - solche Konten sind doch geheim; ich meine, wenn sie vor dem Fiskus versteckt werden sollen." „Aber doch nicht mein Tom!" Fast ärgerte sie sich über Franciscos Bemerkung. „Weiß ich ja! Ich denk das ja auch nur rein hypothetisch, Chris." Sie spürte, wie sich seine Körperwärme von ihr entfernte und er sich gleich darauf geräuschvoll auf den alten Holzstuhl niederließ.

„Damit nämlich niemand weiß, wem ein solches Konto gehört, verstecken es die Steuerbetrüger hinter Nummern. Die kennt ..." „Halt! Tom ist doch keiner, der seine Steuern nicht zahlt. Francisco, ehrlich, das geht jetzt zu weit!" Sie zuckte zusammen, als sie sein lautes Schnauben vernahm. „Christine! Klar ist Tom nicht so einer. Wir spielen das doch nur durch, um zu verstehen, was dieser Einbrecher hier gewollt haben könnte." Sie atmete einmal tief durch. „Okay. Dann mach eben weiter." „Nun, diese Nummern kennt nur derjenige, der dort Geld bunkert. Manchmal haben die zusätzlich einen Tresorschlüssel, um an ihr Geld zu kommen." „Ach? Und woher kennst du dich so gut aus, he? Du hast wohl selbst ...." Er lachte spitz. „Wäre schön! Aber leider .... Das weiß ich alles von einem Fall, der neulich durch die Presse ging. Genau das wurde dem Mann nämlich zum Verhängnis. Das Finanzamt bekam einen Tipp und hat bei einer Wohnungsdurchsuchung genau das gefunden. Und warum? Weil sich der Trottel den Geheimcode nicht merken konnte, hat er ihn aufgeschrieben und den Zettel in seine Brieftasche gelegt. Den und seinen kleinen Tresorschlüssel haben sie gefunden – und ihn dann so lange ausgequetscht, bis er gestanden hat." „Aha, ich kapiere, worauf du hinaus willst. So etwas könnte der Kerl bei mir gesucht haben."

Sie schwieg kurz, weil ihr etwas einfiel. „Weißt du, was tatsächlich dazu passen würde?" Sie merkte, wie ihr

Herzschlag schneller wurde. „Was?" „Deshalb ist der Einbeinige bei Anne so nervös geworden, als er hörte, dass Tom tot war. Der wollte zu ihm, weil er …. Nein, das kann aber doch nicht sein!" Francisco schien ihren Gedanken zu erfassen. „Doch, Chris! Der Kerl könnte angenommen haben, dass dein Tom so ein Schwarzgeldkonto hat. Folgerichtig ging´s dem gar nicht um die Dinge in deiner Wohnung. Der dachte am Ende, dass, wenn es Tom König nicht mehr gab, ganz sicher die Witwe König seine Sachen hat." Aufgeregt ergänzte Christine: „Dazu passt wieder Pelzicks Aussage mit Toms vermeintlichem Vermögen. Du, dann hat Tom doch ein geheimes Konto. Mein Tom. Oh Gott!"

Seine Hand legte sich auf ihre. „Jetzt erst mal langsam, Chris! Woher, bitte schön, soll Tom denn so viel Geld haben, dass er es verstecken muss? Gut, er hat in der Bank prima verdient. Aber damit wird man doch nicht so reich, dass es sich rechnet, Steuern zu hinterziehen." „Francisco!" „Ja, ja; ich mein ja nicht Tom. Aber trotzdem …." „Du denkst", unterbrach sie ihn, „damit ist Pelzicks Vermutung doch Unsinn?" Ihre Stimme klang nach Erleichterung. Sie wartete auf Franciscos Bestätigung; die blieb aber aus. „Meinst du das?" Mehr als ein nachdenklich klingendes „Hm." kam nicht. „Sag, Francisco!" „Eigentlich schon. Nur …." „Was nur?" Sie hörte Zweifel in seinen Worten. Das machte sie nervös; unruhig rutschte sie auf dem Stuhl hin und her. „Na ja, der Einbeinige wollte ursprünglich zu Tom. Richtig?" „Stimmt." „Obwohl er erfuhr, dass Tom nicht mehr lebt, ist er in die Wohnung eingebrochen." „Ja; das weißt du doch."

Dieses Rätselraten ging ihr zusehends auf die Nerven. „Was er mitgenommen hat, war ein Foto von Tom." „Und mein Radio", fügte sie hinzu und spürte ihren Zorn auf diesen Mistkerl; ein Neues konnte sie sich nicht leisten und würde damit morgens nicht rechtzeitig aufwachen, um die Fenster zu öffnen; und das bei der stickigen Sommerhitze in der Wohnung. „Wenn du mich fragst, ging es ihm sicher nicht um das alte Ding, sondern ....“ „Um das Foto von Tom?“ „Genau!“ „Aber, wozu um Himmels Willen braucht er das, wenn er Toms Freund war? Das wenigstens hat er Anne gesagt.“ Es brauchte einen Augenblick, bis Franciscos Antwort kam. „Weil dieser Kerl gar nicht sein Freund ist; ich denke, er kennt ihn überhaupt nicht.“ „Jetzt wird´s aber ein bisschen durcheinander, mein lieber Sherlock Holmes!“

„Keineswegs! Überleg doch mal. Dieser dubiose Herr Einbein wollte ganz offensichtlich herausbekommen, ob es sich bei jenem Namen `König´ auf dem Klingel-schild um den Mann handelt, den er suchte. Oder ein anderer vielleicht? Verstehst du?“ „Du meinst, von einem mysteriösen Dritten?“ „Richtig! Einer, der, warum auch immer, im Hintergrund bleiben will, bis er seiner Sache sicher war. Und genau dazu ....“ Sie schnitt ihm das Wort ab: „.... braucht er Toms Foto? Um ihn identifizieren zu lassen; von diesem anderen.“ Sie erschrak, als sie Franciscos Faust auf die Tisch-platte sausen hörte. „So ist es, verdammt! Da ist einer hinter deinem Tom her, Christine. Deshalb auch das Beschatten vor deiner Wohnung.“

Sie merkte, dass sie blass wurde; ihr Gesicht fühlte sich kalt an. Ihr wurde schummerig. Die Finger ihrer Hand verkrampften sich. „Francisco. Du machst mir Angst. Große Angst. Was geschieht da mit mir?“ Er griff nach ihrem Unterarm. „Ach Unsinn, Liebes. Mach dir keine Sorgen. Ich bin ja bei dir. Und außer-dem wird sich das schon aufklären.“ In ihren Ohren klang das allerdings nicht nach innerer Überzeugung. Sie zog ihren Arm zu sich, worauf sie ihre Wangen mit beiden Händen bedeckte. Erschüttert fasste sie ihre Angst in Worte. „Und wenn der wiederkommt? Oder dieser unbekannte Hintermann? Da bin ich doch völlig hilflos. Ich kann sie doch nicht einmal sehen." Ein heftiges Schluchzen durchzog ihre Stimme. „Aber nein! In deiner Wohnung bist du völlig sicher. Schau mal – der will doch was von Tom; und den gibt´s nicht mehr. Damit hat sich das Ganze eigentlich ja schon jetzt erledigt." Ihr Kopf begann sich hin und her zu bewegen, erst zögerlich, dann immer heftiger. „Das glaubst du ja selbst nicht! Das höre ich doch an deiner Stimme. Sag, warum beobachtet der dann das Haus? Sag es mir! Und ich kann mich doch nicht ewig in der Wohnung verkriechen. Und ... - was, wenn er noch einmal die Tür aufbricht - am Ende nachts, wenn ich schlafe? Francisco!"

Als er im nächsten Moment hinter ihr stand und seine Arme sie umschlangen, liefen ihr schon die Tränen die Backen hinunter. Mit fester Stimme sagte er: „Dann wirst du eben nachts bei mir sein. Und zwar ab sofort." Konsterniert drehte sie ihren Kopf soweit sie konnte nach hinten. „Aber das geht doch nicht. Deine Frau ...." „Das geht sehr wohl, Chris! Erstens, weil sie in Spanien ist und zweitens ..."; er machte eine kurze Pause; „... weil du ab jetzt meine Frau bist."

Kapitel 8

Das erste, was sie spürte, als sie die Augen aufschlug, war sein Atem, der sich Hauch um Hauch auf ihrer nackten Schulter niederließ. Dann erst nahm sie seinen Arm wahr, der schwer auf ihrem Busen ruhte; seine Fingerkuppen berührten dabei ihren Hals. Francisco lag also auf dem Bauch, schloss sie daraus; noch immer. Ein wohliges Gefühl durchfuhr sie. Und eine Erinnerung, die ihr zudem ein erregendes Kribbeln schenkte – dort unten. Nachdem sie beide endlich und zur gleichen Zeit den Augenblick höchsten Glücks erlebt hatten, war er schwer atmend zur Seite gerutscht – und wenige Minuten später eingeschlafen. Um ihn nicht zu wecken, hatte sie sich nicht getraut sich zu bewegen; sie fand, er habe sich nach diesen amourösen Stunden etwas Ruhe verdient. Was für ein wundervoller Liebhaber!

Mit ihrer Linken tastete sie das Leintuch entlang bis zum Bettrand; wie breit es war! Und wie zart sich der seidene Kissenbezug unter ihrer Wange anfühlte; etwas Derartiges hatte sie lange nicht mehr gehabt. Wie spät es sein mochte? Vielleicht schon hell? Sie lauschte. Kein Vogelgezwitscher drang aus dem Garten unter dem Fenster an ihr Ohr. Das Schlafzimmer geht nach hinten, Chris, hatte er ihr erklärt, als er ihr seine Wohnung zeigte; da wirst du nicht frühmorgens vom Straßenverkehr gestört. Raum um Raum war er mit ihr im Arm durchschritten und hatte sie ertasten lassen, wo welche Möbel standen, damit sie sich nicht stieß und alleine zurechtfinden konnte. Keine Vögel - also noch vor halb fünf, dachte sie; erst dann beginnen die ersten ihre Morgenrufe zu trällern. Sie sollte noch etwas weiterschlafen, ermahnte sie sich. Den Wecker stelle ich auf halb acht, hatte er vorgeschlagen. Seine Probe beginne erst um zehn. Mit seinem mehrfachen „Willst du nach dem Frühstück nicht hier bleiben?" hatte er eindringlich versucht, sie dazu zu überreden. Wie lieb! Aber das ging natürlich nicht; sie hatte ja gar nichts mitgenommen – außer den Sachen für die Nacht.

Schlaf jetzt!, befahl sie sich. Sie versuchte sich auf ihren Atem zu konzentrieren. Einatmen, halten, ausatmen und dabei fühlen, wie sich der Brustkorb senkt und der Sauerstoff den Körper verlässt. Das war die Technik, die sie sich nach dem Tod ihrer beiden Liebsten angeeignet hatte, um ihren schrecklichen Alpträumen zu entfliehen und zur Ruhe zu kommen. Ich liebe euch, hauchte sie in den Raum hinein. Dich, mein Herzblut Lara. Und dich, mein geliebter Thomas. Vor ihrem inneren Auge sah sie sein Gesicht – so, wie sie es tausendfach mit ihren Fingern und mit ihren Lippen ertastet und erforscht hatte. Oh du Lieber, sei mir bitte nicht böse, dass ich hier mit diesem Mann liege, sprach sie lautlos. Du wirst für immer in meinem Herzen wohnen – als mein Ehemann und als der Mann, der mir dieses wundervolle Töchterchen schenkte. Aber schau – mein Leben muss jetzt endlich wieder schön werden. Oder würdest du mich ewig traurig und hoffnungslos sehen wollen – von dort oben? Nein! Das weiß ich; viel zu groß war deine Liebe zu mir.

Einatmen, halten, ausatmen; einatmen, halten, ausatmen. Langsam kehrte Schläfrigkeit in ihr ein. Ein Gedanke schlich sich jedoch in diese aufkommende Ruhe und hinderte sie daran einzuschlafen. Hattest du etwa ein Geheimnis vor mir? Sag, Tom, stimmt das, was dieser Polizist andeutete? Warum hast du mich nie in die Schweiz mitgenommen? In das hübsche Hotel in Zürich. Zürich? Fragend wiederholte sie dieses Wort in ihren Gedanken; langsam und nachdenklich. Immer wieder. Zürich? Zürich? Ihre Fingerkuppe trommelte leicht gegen ihre Unterlippe. Solange, bis sich eine Erinnerung in ihr bildete. Eine, die zu ihrer Überraschung gar nicht einmal alt war. Wie durch ein sich öffnendes Fenster sah sie das, wonach sie geforscht hatte.

Ja natürlich! Anne hatte nach dem Einbruch im `Afrikaner´ eine Visitenkarte gefunden; die einer Bank in Zürich. Sollte das etwa ...? Fassungslos öffnete sie ihre Lippen. Dann hätte dieser Pelzick ja doch Recht. Und Tom wäre vielleicht tatsächlich ein Steuerbetrüger. Ihr Herz begann schneller zu schlagen. War die Polizei ihm etwa schon auf die Schliche gekommen? Wusste sie mehr als sie sagte? Sein Geld wäre dann ja illegal. Und sie käme am Ende ins Gefängnis – als Toms Erbin; niemand würde ihr doch glauben, nichts davon gewusst zu haben. Mit Mühe kämpfte sie gegen die Aufregung, die in ihr aufstieg.

Oder sollte sie das Geld etwa ...? Nein! Welch ein Gedanke! Dann wäre sie womöglich reich und all ihre finanziellen Nöte los. Das mit der Zürcher Bank durfte sie auf keinen Fall der Polizei sagen! Zu Hause musste sie sich diese Visitenkarte ansehen. Sie ballte die Hand zur Faust. Ansehen - wie denn, schimpfte sie lautlos. Anne! Um drei wollte sie zum Geige spielen kommen. Sie musste ihr vorlesen, was darauf stand; das Handschriftliche, das sie erwähnt hatte. Ja, so wollte sie es machen – und dann alles mit Francisco besprechen.

„Schau noch mal, Anne, wie ich´s mache; wenn du den Bogen so hältst, kannst du ganz leicht über sie Saiten streichen. Und deine Finger legst du ganz leicht auf; hier oben; siehst du es? Und krümme sie ein wenig.“ „Lass es mich probieren, Tante König.“ Christine

234

gab ihr Franciscos alte Geige zurück. „Ich will fühlen, ob du es richtig machst." Sie ertastete Annes Haltung. „Ja, Kindchen, so ist es perfekt. Und jetzt spiel mal die Tonleiter; c-d-e-f und so weiter. Rauf und runter, bis der Bogen wie von selbst die Töne macht." Sie hörte zu und schwieg zunächst, weil sie das Mädchen nicht entmutigen wollte. „Immer noch?" „Ja, immer weiter. Du weißt ja: Übung macht den Meister." Nach einer Weile war Christine schon recht zufrieden mit ihrer kleinen Schülerin. „Anne, das war für´s erste schon ziemlich gut." „Dann kann ich doch jetzt die Mond-scheinsonate üben; die gehen wir nämlich gerade in Musik durch."

Sie zögerte kurz. „Nun, dazu kommen wir sicher bald, Liebes; zunächst musst du noch eine Menge Finger-übungen machen. Aber weißt du was? Du hast jetzt erst einmal eine Pause verdient. Wie wär´s mit Eis. Mach mal den Kühlschrank auf." An Annes Springen erkannte sie ihr Freude, schon bevor sie begeistert sagte: „Lecker; Heidelbeere und Banane esse ich auch gerne. Der andere Becher ist für dich?" „Na klar – Erdbeere. Komm, wir setzen uns an den Tisch."

Nach dem Eis ging Christine das an, was sie sich so dringend vorgenommen hatte. „Liebes, holst du mir bitte das alte Buch aus der Schublade; weißt, das, was dir neulich beim Aufräumen so gefallen hat." „Au ja; willst du mir daraus vorlesen?" Rasch merkte sie ihren Fehler. „Ach Unsinn! Du kannst ja gar nicht ...; ich meine, du bist ..." „Schon okay, Kindchen. Nein, ich will, dass du mir vorliest; und zwar das, was auf der kleinen Karte steht, die zwischen den Seiten steckt." „Ja, ja, ich weiß! Auf der kleinen Wisintenkarte." Christine schmunzelte. „Genau auf der." Sie hörte, wie die Schublade aufgezogen wurde. „Also, da steht: Bankhaus Goldmeir, Zürich, Limmat 4-8; und eine

Telefonnummer: Null, null, vier, eins, ..." „Das ist nicht so wichtig. Was steht da noch?"

„So Zahlen." „Andere Zahlen?" „Ja; eins, zwei, vier und eins, vier, sechs und noch zwei, null, zwei. Was bedeuten die, Tante König?" Sie zuckte die Achseln. „Kein Ahnung." Warum hatte Tom diese Zahlen aufgeschrieben. Komisch. Sie konnte sich keinen Reim darauf machen. „Steht sonst noch etwas drauf? Vielleicht hinten, auf der ...?" Heftiges Klingeln an der Wohnungstüre unterbrach sie. „Kommt dein Freund, Tante König?", fragte sie freudig. „Der ist ganz schön nett, dein Freund." Sie schüttelte den Kopf. „Sicher nicht; der muss arbeiten." Ihr war nicht ganz wohl, während sie zur Türe ging; natürlich dachte sie sofort an den Einbeinigen mit der Glatze. „Wer ist da?", fragte sie angespannt. „Ich bin es, Herr Pelzick." Erleichtert griff sie nach dem Schlüssel. „Anne, das ist nur der Mann von der Polizei."

Sie öffnete und ließ ihn eintreten. „Hallo Frau König. Ich wollte eigentlich vorher anrufen, hatte aber sowieso in der Nähe zu tun. Störe ich?" „Nun ja, ich übe gerade mit meiner Anne." „Ah, Geige. Donnerwetter! Das kannst du schon?" „Natürlich!" kam stolz zurück. „Tja, Frau König, ich wollte hören, ob Ihnen noch etwas eingefallen ist." „Lassen Sie mich erst die Türe abschließen, ja?" „Abschließen?" Schon wollte sie sich rechtfertigen, da kam sein „Aber klar! Sie haben noch immer Angst, dass noch einmal einer in Ihre Wohnung will, nichtwahr." Sie ersparte sich ein Nicken – irgendwie war ihr ihre Ängstlichkeit peinlich. Gar nicht Recht war ihr dann, dass Anne sich einmischte: „Ich hab den Einbrecher nämlich gesehen, Herr Kommissar." „Anne!" „Stimmt aber doch; und außerdem hat der mir meine Kamera weggenommen." „Wie? Du hast den Mann gesehen?" „Sag ich doch.

Einer mit Glatze und einem Humpelbein." „Sie meint einen Mann mit Beinprothese."

Für Christines Gespür ein wenig zu uninteressiert meinte er: „Nun, kannst du ihn näher beschreiben?" „Na, oben ohne Haare eben; und nur ein richtiges und ein Holzbein; so, wie mein Onkel." „Aha; aber zugeschaut, als er die Türe aufbrach, hast du nicht, oder?" „Nö." „Viel ist das nicht, mein Kind. Da wenden wir unser Augenmerk doch besser ...." Das ließ sich Anne aber ganz offensichtlich nicht bieten, denn sie widersprach trotzig. „Natürlich ist das viel! Wer hat schon ein Humpelbein?! Und eine blaue Hose mit einem ganz hässlichen Pickel auf der Nase. Igitt! Geraucht hat er auch; im Auto; da, wo ich ihn fotografiert hab." Tolles Mädchen, dachte Christine; schon richtig erwachsen, so, wie sie sich nichts gefallen lässt. „Und das Foto kannst du mir sicher auch zeigen?" „Nö; der hat mir doch alles weggenommen und ist abgehauen." Der Mann atmete kurz ein und blies die Luft so aus, dass es ein wenig nach einem Pfiff klang.

„Und Sie meinen nicht, man könnte nach der Beschreibung meiner kleinen Anne ein Fahndungsfoto machen?" „Bin überhaupt nicht mehr klein!", schimpfte Anne. „Na ja, ist sowieso nicht so wichtig, was ihr Kind da so von sich gibt. Bei der Fantasie, die Kinder so haben." „Doch wichtig! Weil ich ihn gesehen hab; da müssen Sie ihn verhaften!" Sie stampfte mit dem Fuß auf. „Damit ich meine Kamera wieder krieg." Noch im selben Atemzug setzte sie nach: „Und außerdem! Sein Autokennzeichen hab ich auch!" „Wie?!" „Jawohl!" Christine stutzte und wollte schon fragen, warum sie ihr davon gar nichts gesagt hatte, als sie begriff. Damit wollte sie sich wichtig tun. Sie bluffte nur. Also schwieg sie. „Und wie lautet das bitteschön, junge Dame?", fragte er – im Gegensatz zu seinem bisherigen Tonfall – auffällig interessiert. „Sag ich dir nicht!" „Das musst du aber. Sonst ...." Er schnaubte durch die Nase.

Christine ging rasch dazwischen. „Also, lieber Herr Pelzick, ich habe über die Sache mit dem Vermögen meines Mannes noch einmal nachgedacht." Das wirkte; sofort klang sein Ton freundlicher. „Ach, liebe gnädige Frau, das ist ja sehr interessant. Erzählen Sie." Es war mehr Intuition als Überzeugung, die sie dazu brachte, ihn in dieser heiklen Sache anzusprechen. Noch bevor sie richtig darüber nachgedacht und mit Francisco gesprochen hatte, wollte sie dazu eigentlich nichts sagen. Zudem war ihr Handeln der sich soeben zuspitzenden Situation geschuldet. „Was wäre denn, wenn jemand so ein Konto hätte, auf dem er Geld versteckte; vor der Steuer etwa?" Sie war froh zu hören, dass er sich auf dieses Spiel in der Möglichkeitsform einließ, als er antwortete. „Nun ja, liebe Frau König, das wäre schon eine sehr ernste Angelegenheit. Aber ...." „Ja?" „Aber wenn sich dieser Jemand einem verständnisvollen Beamten anvertrauen würde, dann gäbe es sicher eine Lösung, die nicht zum Schlimmsten führte." „Und was wäre das Schlimmste?"

„Nun, das käme auch auf die Menge des Geldes an. Sie sprechen wohl von vielen Millionen? Dann gäbe es gewiss einige Jahre Gefängnis." Millionen, dachte sie? „Nun, einen Toten kann man aber doch nicht hinter Gittern bringen, oder?" Sie wusste, warum sie das sagte – und bekam prompt die befürchtete Antwort. „Seine Witwe schon! Schließlich weiß sie ja von solch einem geheimen Konto." „Tante König, ich will aber jetzt weiter spielen", meldete sich Anne ungeduldig. „Jetzt nicht!", hörte sie seine ärgerliche Stimme aufbrausen. „Herr Pelzick; bitte! Natürlich, Liebes; geh am besten nebenan und übe weiter die Tonleiter. Ich bin gleich bei dir, ja?" Zu ihrem Erstaunen ging Anne

238

ohne Widerrede und begann im Schlafzimmer mit ihren Streichübungen.

„Wo waren wir stehen geblieben? Ach ja – die arme Witwe käme dann also ....“ „Aber natürlich!“, fiel er ihr ins Wort. „Es sei denn, wie gesagt, es gäbe da einen, der beim Finanzamt ein gutes Wort für sie einlegen würde, weil er ein Einsehen mit der Witwe hätte und ihr Glauben schenken würde.“ Jetzt setzte sie alles auf eine Karte; sie musste wissen, wie ihre Chancen standen, würde sie ihr Wissen um diese Bank in Zürich preisgeben – sofern an ihrem Verdacht überhaupt etwas dran war. „So einer unschuldigen Witwe, die zu Lebzeiten von der ganzen Sache keine Ahnung hatte, dürfte dann aber überhaupt nichts passieren, denke ich, Herr Pelzick; sonst würde sie sicher keinen Ton erzählen und ..., nun ja, das Geld ... lieber ... behalten. Meinen Sie nicht auch?“ Ihr rechter Zeigefinger legte sich auf ihre Wange und tippte dagegen; angespannt erwartete sie seine Reaktion.

Die Schärfe, die in seiner Antwort lag, überraschte sie. „Auf die Idee zu kommen, das Geld nicht herauszugeben, Frau König, würde der Frau sehr leid tun. Sehr Leid, glauben Sie mir. Ich würde ihr dringend raten, sich jemanden anzuvertrauen. Nun mal im Ernst - was wollen Sie mir dazu sagen?“ Sie spürte, wie sich ihre feinen Nackenhärchen stellten; hatte er ihr soeben gedroht? Dieser Mann ihr gegenüber wurde ihr mit einem Mal unangenehm. „Nichts, Herr Pelzick. Ich habe ja nur so gefragt.“ Ihr Arm sank nach unten. „Ich denke, dass ich jetzt mit meiner Kleinen weiter Geige spielen möchte. Sie haben sicher heute noch viel zu tun.“ Sie hatte Mühe, in ihrer Stimme die Balance zwischen Bestimmtheit und Freundlichkeit zu halten. „Na gut. Aber, Frau König, denken Sie an meinen Rat. Ich werde morgen noch einmal zu Ihnen kommen.“

Sie überlegte. „Geht nicht! Ich bin für ein paar Tage nicht zu Hause." Noch vor ihrer Antwort hatte sie sich im Bruchteil einer Sekunde dazu entschlossen, etwas länger bei Francisco zu bleiben; die ganze Sache war ihr plötzlich unheimlich und sie brauchte Zeit zum Nachdenken. „Dann eben danach! Oder rufen Sie mich an. Das ist meine Nummer." Sie spürte die kleine Karte, die er ihr in die Hand drückte. Dann hörte sie, wie der Absatz unter seinen Schuhen quietschte und gleich darauf der Schlüssel im Schloss gedreht wurde. Sie wartete angespannt darauf, dass er ging und die Türe hinter sich zu zog.

Das jedoch geschah nicht gleich. Verwundert nahm sie stattdessen das schleifende Geräusch wahr, das entsteht, wenn ein Schlüssel heraus gezogen wird. Einige Sekunden danach hörte sie, wie er wieder in das Schlüsselloch geschoben wurde. Erst dann quietschte die Türangel und flog die Türe mit Schwung zu. Eilig ging sie mit ausgebreiteten Armen nach vorn, um auf diese Weise den Raum nach seinem Körper abzutasten; als sie das hölzerne Türblatt spürte, wusste sie, dass er wirklich gegangen war. Warum aber hatte er kurz den Schlüssel abgezogen? Sie konnte sich darauf keinen Reim machen.

Kapitel 9

„Francisco, bringst du mir bitte mal meine Tasche."
„Toll, dass du wieder über Nacht bei mir bleibst."
„Vielleicht sogar länger, wenn du magst." Ich hab auch
das schwarze Negligé eingepackt, dachte sie, wobei
ihre verträumten Gedanken in die letzte gemeinsame
Nacht wanderten. „Aber ja doch!", klang es überdeut-
lich aus dem Flur zu ihr hinüber ins Wohnzimmer.
Francisco kam und stellte die Tasche mit Schwung
neben sie auf den Boden. „Ah, da ist sie ja. Ich habe
nämlich etwas ganz Bestimmtes mitgebracht." Sie griff
in die Seitentasche und zog es heraus. „Das ist doch ...,
ja, das alte Buch, das du mir zeigtest. Das von Tom."
Er zögerte ein wenig damit weiter zu sprechen. „Du
willst doch nicht etwa, dass ich dir den ganzen Abend
daraus vorlese?"

Sie begriff und lachte. „Keine Angst! Nein, es geht um
etwas ganz anderes." „Na, da bin ich nicht nur beruhigt, sondern auch gespannt." „Also – du weißt doch,
was der Polizist vermutet – nun, mittlerweile würde
ich sagen, behauptet." „Dieser Patzig oder wie der
hieß, der den Einbruch aufgenommen hat?" „Genau,
der Herr Pelzick." „Ach so!" Sie schmunzelte. „Ist ja
auch ein blöder Name. Also, der war schon wieder da,
heute Nachmittag. Ach, nebenbei; die Anne sagt dir
ganz herzlichen Dank für die Geige. Sie ist übrigens
ziemlich talentiert." „Oh, freut mich! Und was wollte
der schon wieder?" „Ich glaube, von mir etwas erfahren." „Wovon?" „Von einem Konto?" „Aha." „Erst hat
er seine Hilfe angeboten; na, für den Fall, dass man
als Witwe nichts von allem wusste. Aber es ärgerte
ihn, dass ich nicht näher darauf einging; auf seinen
Verdacht, dass Tom tatsächlich ...; nun, eigentlich, ob

ich etwas weiß. Er wurde richtig böse. Na ja, vielleicht sind Polizisten so und denken immer gleich das Schlimmste, wenn sie ein Verbrechen wittern."

„Aber, Chris, was hat das alles mit dem Buch zu tun?" „Eigentlich gar nichts." „Wie?" Sie blätterte das Buch durch. „Nur mit dieser Visitenkarte. Hier, schau; die ist nämlich von einem Bankhaus Goldmeir, wie mir Anne vorgelesen hat; und das ist wo, Francisco?" Er verstand sofort, nahm ihr die Karte aus der Hand und las vor. „In Zürich. Ich werd verrückt. Ist es da nicht irgendwie ... nun ja .... Nein, das glaub ich nicht. Ist sicher nur Zufall, dass Tom die Karte in seinem Lieblingsbuch aufbewahrt. Oder?" „Mach mir langsam auch meine Gedanken. Fast kein Stück seiner Sachen war ihm stets so wichtig wie dieses Buch. Weißt du, dass er es sogar im Wandtresor in der Wohnung aufbewahrte?" „Hast es mal erwähnt. Glaubst du damit etwa auch ...; ich meine, dass Tom ...; immerhin hattet ihr einen ziemlich hohen Lebensstandard, finde ich. Irgendwie zu hoch, selbst für einen Kapital-Manager." Langsam bewegte sie ihren Kopf hin und her. „Ich weiß es nicht; ich weiß es wirklich nicht." Wie geistesabwesend versank sie für einen Moment in ihrem Grübeln.

„Gib mal her. Da stehen nämlich noch so komische Zahlen drauf." Er behielt die Karte jedoch in seiner Hand. „Stimmt! 124 und 146 und 202. Was soll das denn?" „Wenn ich das wüsste. Ich habe schon an das gedacht, was du erzähltest; weißt, das mit den geheimen Bankfachnummern." „Du meinst, mit den Codes, die nur die Kontoinhaber kennen. Nein! Das passt nicht. Dreistellige Zahlen reichen dafür doch nie aus; bei den vielen Konten, die so eine Bank vergibt." „Und wenn die zusammen gehören?" „Wie – zusammen? Ach so, ohne die Kommas dazwischen. Hm, dann wäre das schon eine neunstellige Zahl." „Könnte das so ein

Code sein?" Er blies die Luft durch die aufeinander liegenden Lippen. „Vielleicht. Puh! Chris, auf was für eine undurchsichtige Sache stoßen wir da gerade!" „Mir ist ganz mulmig – Tom; illegales Geld. Unglaublich!" Millionen, hatte der Pelzick gesagt, erinnerte sie sich. Sie hatte das Gefühl, den Boden unter ihr wanken zu spüren. „Kannst du mich bitte mal in die Arme nehmen." Sofort spürte sie seine Körperwärme – und seinen zärtlichen Kuss, den sie dankbar erwiderte.

„Aber eigentlich ...." „Was?" „Na, ich überlege, wie ich es machen würde, hätte ich solch einen Tresorcode zu verschlüsseln. So einfach mit Kommas dazwischen ganz sicher nicht! Viel zu leicht zu durchschauen, wenn einer das hier liest." „Und so etwas denkst du, während du mich küsst?!", sprach sie mit halb ernst gemeinter und halb ironisch klingender Stimme. „Nein; natürlich nicht", verteidigte er sich eilfertig. „Nur ...; na ja, die Geschichte ist schon ganz schön spannend; so wie ein Krimi fast. Witwe muss nach dem Tod des vermeintlich untadeligen Mannes dahinter kommen, dass er gar nicht so ..." „Francisco!" rief sie erbost und schob ihn von sich weg. „Entschuldige, Chris. So hab ich´s nicht gemeint. Ich glaub ja selbst nicht daran, dass Tom so etwas .... Aber wenn er – ich sage ausdrücklich wenn, hörst du! – Geld verstecken würde, dann müsste man sich sehr wohl auch fragen, woher er so viel davon hat. Oder?" Sie schwieg, weil sie merkte, dass sie sich diese Frage selbst stellte - und nicht zum ersten Mal! Woher hatte Tom jederzeit Geld für alles gehabt? Warum aber war sein Konto fast leer, als er gestorben war.

„Also ich denke, da steckt mehr dahinter als die bloße Kombination dreistelliger Zahlen." „Aber was, mein lieber Holmes?" Sie ahmte dabei die Stimme aus dem Kinofilm nach, in dem sie einmal mit Tom war. Lass uns das doch mal machen, Christine, hatte er vorgeschlagen und sie tatsächlich dazu überredet, die Handlung des Krimis nur über ihr Gehör zu verfolgen. Francisco lachte herzlich. „Nun, Watson, mich erinnern ....“ Ihr belustigtes Prusten unterbrach ihn. „Mich erinnern die Zahlen eigentlich an Seitenzahlen.“ „Seitenzahlen?“ „Ja, aus einem Buch eben.“ „Buch?“ Sie überlegte. „Doch nicht etwa ....“ „Genau aus dem, schätze ich! Warum sonst liegt die Karte in diesem Buch?!“ „Und du denkst, dass auf diesen bestimmten Buchseiten ein solcher Code versteckt ist.“ „Das werden wir gleich sehen. Gib´s mal her!“ Sie reichte es ihm und hörte sofort lautes Blättern und Franciscos „cienuno, cienveinte, cienveinticuatro.“

„Geht das auch auf Deutsch?!“ „Oh, natürlich; so, da haben wir sie, die Seite 124.“ „Und? Steht da was? Sag schon!“ „Hm, kann nichts entdecken. Oder ..., wart mal; da sind einzelne Buchstaben unterstrichen. Wow! Dein Tom ist echt raffiniert.“ „Aber wieso Buchstaben? Ich denke, wir brauchen Zahlen für den Code.“ „Das sind Zahlen!“ Seine überzeugte Tonlage ärgerte sie, weil sie nicht verstand, wie er darauf kam. „Hallo! Kannst du mich gefälligst mal in deine Gedankenwelt einweihen, Francisco Domìnguez?!“ „Okay, Chris! Sag mir mal den ersten Buchstaben des Alphabets.“ „Bitte?“ „Sag schon!“ „Das `A´ natürlich. Wie blöd ist das denn?!“ „Gar nicht blöd. Versteh doch! Der erste Buchstabe, also das A, steht für die Zahl Eins und das B ....“ „Für die Zwei. Ach so!“ „Genau. Warte, ich muss was zum Schreiben holen.“

Christine rutschte auf dem Sofa hin und her. „Tom“, murmelte sie. „Hast du tatsächlich Geheimnisse vor deiner Frau gehabt?“ Sie verbarg ihr Gesicht in die Hände. „Wie konntest du nur?“, murmelte sie durch die leicht gespreizten Finger. Franciscos „So, da wollen wir mal sehen!“ riss sie aus ihrer Enttäuschung. „Also die unterstrichenen Buchstaben von oben nach unten, der Reihenfolge nach, schätze ich; das F ist zuerst unterstrichen." Sie hörte, wie die Bleistiftmiene auf dem Papier kratzte. „Die Sechs?" „Richtig! Und dann kommt das P. Sechzehn. Das L." „Zwölf." Er fuhr fort: „A für die Eins, I ist die Neun, E die Fünf, C die Drei, äh ... und Schluss - keine Unterstreichung mehr auf dieser Seite." „Dann blättere zur 146. Los!" „Schon dabei. Ciencuarenta, ciencuarentaseis." „Und?" Sie war nicht nur gespannt, sondern richtig aufgeregt. Wenn es da nur nicht, dachte sie traurig, um Toms Geheimnistuerei ihr gegenüber ginge.

„Huch. Hier ist etwas anders als eben." „Wieso?" „Auf der 124 waren alles Kleinbuchstaben. Hier sind es großgeschriebene Lettern. Und ... eins, zwei ...; nur zwei Stück. Ein T und ein K." „Also ein ..."; sie zählte laut; „... fünf, zehn, fünfzehn, zwanzig. Das T steht für die Zwanzig. Und das K für ..." „Falsch!" „Wieso falsch? Ist doch wie eben", gab sie ärgerlich zurück. „Wegen der Großbuchstaben falsch." Sie zuckte mit den Achseln. „Bei denen geht es nicht um Zahlen, schätze ich", erklärte er. „Sondern?" „Um das, was da steht. Um die Buchstaben selbst." „Du denkst .... Ach so! T für Thomas und K für König?" „Genau! Liegt doch nah, oder? Ob das so ist, werden wir gleich auf der dritten Seite sehen. Das war die ...?" „Die 202." Er blätterte. „Siehst du, ich hatte Recht. Die Unterstreichungen hier meinen wieder nur Kleinbuchstaben. Ich schreib sie auf." Als er fertig war, sagte er: „Dazu kommt also noch zwei, acht, zwei, sechs, neun. Donnerwetter, Chris! Wir haben soeben Tom´s Code zu seinem Schließfach in der Schweiz geknackt, glaub ich. Toll, was!"

Christine ließ sich gegen die Rückenlehne seines Ledersofas fallen. „Finde ich überhaupt nicht!" „Aber warum?" fragte er mit hörbarem Unverständnis. „Chris, damit bist du vielleicht richtig reich." Sie spürte, wie die Sitzfläche neben ihr nachgab; er setzte sich und lehnte seine Schulter an ihre. Der Kuss auf ihre Wange war ihr aber zu viel; Toms Verhalten beschäftigte sie mächtig. Sie wehrte ihn mit ihrem Arm ab. „Nicht!" „Christine, was ist denn?" „Begreifst du das nicht?", fuhr sie ihn an. „Damit komme ich ins Gefängnis." Offensichtlich brauchte Francisco etwas, um zu begreifen, warum sie das befürchtete. Erst nach einigen Sekunden kam sein „Du meinst, weil du ipso iure, also von Rechts wegen, seine Erbin bist – und damit auch die Erbin seiner Steuerschulden, sofern Tom sie wirklich hat. Jetzt aber mal ganz langsam, Frau König! Dafür bist du doch nicht verantwortlich; oder hast du etwa was davon gewusst? Nein! Dann kann dir auch nichts passieren. Claro – natürlich musst du das Geld beim Finanzamt anmelden; das schon!"

Energisch richtete sie sich kerzengrad auf. „Hört sich ja ganz nett an, ist aber überhaupt nicht so einfach. Warum sollten die mir glauben? Immerhin war ich seine Ehefrau – und die wissen üblicher Weise, woher ihr Wohlstand kommt." Er schwieg. „Stimmt´s vielleicht nicht?" „Hm, schon! Aber ...; hast du nicht vorhin davon gesprochen, er könnte dir helfen?" „Der Pelzick?" „Natürlich! Wen könnte ich sonst meinen, Christine!" Nun merkte sie auch seine Anspannung. „Hey, nicht sauer sein." „Bin nicht sauer!", gab er unwirsch zurück. „Doch! Nennst mich nur Christine, wenn du verärgert bist." Er legte seinen Arm um ihre Schulter und drückte ihr einen Kuss auf´s Haar. „Entschuldigung; ist mir so rausgerutscht, weil mich das Ganze nervt. Plötzlich fällt dir ein Haufen Geld in den Schoß und schon tauchen vielleicht richtig ernste Probleme für uns auf." Er machte eine kurze Pause, bevor es ärgerlich aus ihm heraus brach: „Vielen Dank, mein Freund Thomas! Hast du toll gemacht!"

Rasch erwiderte Christine, um ihn zu beruhigen, seine Zärtlichkeit, und küsste ihn auf die Wange. „Hast schon Recht, Lieber. Aber ..., nun ja, wenn ich´s mir genau überlege, steht doch noch gar nicht fest, dass es dieses vermeintliche Konto - und irgendwelche Millionen - überhaupt noch gibt. Vielleicht ist das eine uralte Geschichte." Sie fühlte, wie er stutzte, denn er nahm seinen Arm von ihrer Schulter. „Du denkst, es geht um Millionen? Chris!" „Das hat der Polizist gesagt." „Wow! Und wie bekommen wir raus, ob es die tatsächlich gibt?" Sie zuckte mit den Achseln. „Keinen Schimmer!"

„Na gut; dann lass uns mal zusammenfassen, was wir haben. Erstens die Adresse der Bank; zweitens einen Code für das Schließfach. Drittens ..., nun, dich, nämlich an seiner Stelle." „Als seine Witwe. Sicher! Ich hab ja einen Erbschein; der legitimiert mich als neuer Kontoinhaber." „Hoffentlich; wer weiß, welche Gesetze die in der Schweiz haben." „Lass es uns probieren, Francisco." „Du bist verrückt." „Du doch auch. Außerdem – stell dir vor, ich wär tatsächlich reich. Oder ...." „Was?" „Oder sollen wir es lieber lassen?" Sie spürte, wie er sich ruckartig vom Sofa erhob. „Auf keinen Fall! Eigentlich können wir dabei doch nur gewinnen. Also abgemacht! Und wenn wir alles genau wissen, können wir uns noch immer Gedanken machen, wie wir mit der ganzen Sache weitermachen. Einverstanden?" „Einverstanden! Aber Halt." „Was denn jetzt wieder?" „Wann?" „Wie – wann?" „Na, wann können wir nach Zürich fahren? Auf die lange Bank schieben geht nicht, weil der Pelzick wieder kommen wird. Kannst du dir Urlaub nehmen?" „Das klär ich sofort. Mein Chef ist noch im Büro. Lass mich rasch telefonieren."

Während sie sich erschöpft auf das Sofa legte und die Augenlider schloss, folgte sie mit halbem Ohr seinen Worten und war am Ende des Gesprächs auf Franciscos Bericht gespannt. „Eine gute und eine schlechte Nachricht. Welche zuerst?" „Hm ... - die schlechte." Sie setzte sich auf. „Ich muss am Sonntag arbeiten. Ein Kollege ist ausgefallen. Dafür – und das wäre dann die gute Nachricht – bekomme ich Montag bis Mittwoch frei. So hätten wir genug Zeit für Zürich. Geht das bei dir?" Schade, dachte sie zunächst, weil sie sich schon auf die Nächte mit ihm gefreut hatte. Doch andererseits .... „Natürlich okay. Aber dann fährst du mich besser morgen früh wieder nach Hause. Weißt, in meinen vier Wänden kenne ich jeden Winkel, hier aber nicht wirklich." „Versteh ich doch. Aber dann bleibst du das nächste Wochenende bei mir?" Wie gerne!, dachte sie. „Versprochen! Schließlich gibt es da eine Stelle deines Körpers, die ich noch näher kennen lernen möchte."

„Mach´s gut, Liebster; und viel Spaß beim Konzert." „Ich denke, ich kann abends gegen elf bei dir sein, Chris. Oder ist das zu spät für dich, so mitten in der Nacht." „Bist du verrückt; ich kann´s doch kaum erwarten, dich in meinen Armen zu spüren. Aber jetzt fahr los, damit du nicht zu spät zur Hauptprobe kommst." „Ich liebe dich", rief Francisco noch durch´s offene Seitenfenster, bevor sie seinen Wagen davon brausen hörte. Sie war traurig. Die Nacht war nicht nur wild, sondern sehr romantisch gewesen. Mit großer Zufriedenheit hatte sie festgestellt, wie sich eine vertraute Nähe zwischen ihnen entwickelte. „Ach, Francisco, warum habe ich nur so lange auf dich warten müssen?", klagte sie halblaut und redete weiter mit sich selbst: „Bist doch selbst schuld, blöde Kuh. Hättest ihn schon viel früher haben können, wo er dir doch seit ewigen Zeiten den Hof macht."

Den Nachmittag verbrachte sie damit, auf ihrem Bett zu liegen und ihre Gedanken wandern zu lassen. Es war so vieles geschehen! Wieder sprach sie mit sich selbst – so, wie sie es oft tat, weil niemand da war, der sich mit ihr unterhielt. Wie sehr sie unter ihrer dunklen Einsamkeit litt; doch nun war ein Stern am dunklen Himmel aufgetaucht. „Ach Francisco; ich habe dich so sehr verärgert, dass du an jenem späten Samstagabend gegangen warst. Was hatte ich für eine Angst, es könnte für immer sein; meinen Freund - meinen einzigen nach Toms Tod – hätte ich verloren. Obwohl ich dich doch liebte; schon damals. Ich war nur zu dumm, es mir einzugestehen. Stattdessen hab ich an Tom festgehalten, als wäre er derjenige, neben dem es keinen anderen Mann geben durfte. Und was ist nun …? Alles sieht danach aus, als wäre die Basis unserer Ehe eine Lüge gewesen. Was, wenn wir am Montag in dieser Zürcher Bank tatsächlich ….“ Ihre Hände landeten mit einer ungebremsten Bewegung auf ihren Lippen, um dem Mund zu verbieten, das heraus zu lassen, was sie – als Ausdruck höchster Enttäuschung - gar nicht hören wollte.

Nur gut, dass Francisco bei mir geblieben ist, dachte sie. Mein Gott, was würde ich nur ohne ihn machen?! Gerade jetzt. Dieser unselige Einbruch hat alles in mir ins Wanken gebracht. Während sie die vergangenen Tage weiter Revue passieren ließ, fühlte sie, wie die Müdigkeit von ihr Besitz ergriff. Es war wieder eine kurze Nacht gewesen. Nur mit Mühe gelang es ihr, die in ihrem Kopf Achterbahn fahrenden Gedanken zu sortieren. Was, wenn dieser Pelzick alles herausfindet. Was, wenn er nicht helfen und das Schlimmste abwenden kann? Gefängnis? Wie schrecklich! Oder sollte sie mit Francisco etwa das Geld aus der Schweiz abholen und verstecken, bevor dieser Kerl etwas von dieser Bank erfahren konnte. Dann wäre sie reich. Aber … - am Ende gab es gar kein Geld und das Ganze war nur eine große Luftblase. Ach Francisco; … ich brauche dich …; warum … bist … du …; ich …, ich bin so allein .... Weiter kam sie nicht. Der Schlaf griff nach ihr.

Was sie weckte, wusste sie nicht auf Anhieb – erst, als sie das Geräusch einzuordnen wusste. Es war das Quietschen ihrer Türangeln. Sie erstarrte zur Salzsäule. Die Finger ihrer einen auf dem Leinentuch liegenden Hand krallten sich angsterfüllt in den Stoff. Was war das? Niemand hatte einen Schlüssel. „Verdammt, macht die Krach!" Sie zog die andere Hand unter dem Linnen hervor und presste sie auf ihren Mund, um nicht zu schreien. „Kein Problem; die ist nicht zu Hause. Hat sie mir selbst gesagt." Mein Gott, das ist der Polizist, jagte es durch ihren Kopf. Was wollte der hier? Und wer ist der andere? Die Stimme ..., die Stimme.

Sie zermarterte sich das Gehirn. Woher nur kannte sie die? „Fang du im Bad an. Spülkasten, Spiegel, lose Fliesen; na, du weißt ja, wo die besten Verstecke sind. Irgendwo hat die Alte den Tresorschlüssel versteckt. So, wie die rumgedruckst hat, weiß die ganz genau Bescheid! Der glaub ich nie und nimmer, dass der Mistkerl von Tom ihr nix von der Kohle gesagt hat." „Okay, Chef. Aber denk daran, die Möbel da vorzuziehen. Oft kleben die was hinten dran." Da blitzte es in ihr auf; das war der Einbeinige. Und die Stimme am Telefon neulich. Aber was bedeutete das? Alles war wirr in ihrem Kopf; sie begriff nichts. Nur eines! Gefahr! Blitzschnell glitt sie vom Bett und verschwand darunter. In sich zusammengerollt und zitternd lauschte sie, was nebenan vor sich ging.

„Logo! Bin ja nicht blöd. Warum muss der Kerl auch abkratzen, bevor ich aus dem Knast komme. Wenn du den Mund hältst, kriegst du deine Hälfte, hat er versprochen. Klar hab ich die Klappe gehalten. Sonst wären die Millionen weg gewesen." „Echt fifty-fifty?

250

Für achteinhalb Jahre im Bau steht dir viel mehr zu, Bob. War ´ne harte Zeit; wenigstens, bevor du in meine Zelle kamst." „Diese Schweine!" Das klang nach Hass. „Hm! Haben dich ganz schön ran genommen, diese Perversen." Die Türe zum Bad schlug gegen die Wand. „So, wollen mal sehen, ob ich den Schlüssel hier finde." „Oder irgendwas anderes, was die bei der Bank brauchen; irgendwelche Papiere oder so." „Okay!"

Ein lang gezogenes Knarren drang hinüber zu ihr. Ihr Körper bebte vor Angst. Der eine schob tatsächlich die Vitrine vor! Und gleich darauf die Schubladenkommode. Wie Blitze schlug das in sie ein, was sie zu begreifen begann. Pelzick war kein Polizist. Und Tom? Mein Tom? Gefängnis? Achteinhalb Jahre. Vor ihrer Ehe. Anteil. Millionen. Tom, was hast du damit zu tun? Mein Mann ein Verbrecher? Denk nach, Christine! Konzentrier dich! Wenn die den Code finden, dann kommen sie an den Banktresor. Halt! Nein, den finden sie nicht; die Visitenkarte und das Buch liegen in Franciscos Wohnung.

Aber wenn sie mich hier unten finden? Sie presste die Augenlider zusammen – so, wie ein Kind, das auf diese Weise denkt, nicht gesehen werden zu können. Mein Gott! „Da ist nix. Verfluchter Dreck!" „Dann hol die Sachen aus dem Schrank. Alles, wo was drin sein kann. Und jedes Buch – gucken, ob es innen hohl ist; als Versteck, weißt ja! Ich nehm mir die Küche vor. Und dann das Schlafzimmer."

Christine glaubte ihr Herz bliebe stehen. Gleich war alles aus. Sie würden sie aus ihrem Versteck hervorzerren und so lange schlagen, bis .... Nur verprügeln ...? Oder auch ...?! Oh nein! Ihr Unterleib verkrampfte sich. Sie wollte schreien! Ihre Finger vergruben sich in ihrer Mundhöhle; so feste, dass sich die Fingernägel ins Fleisch bohrten; sie schmeckte Blut. „Und was, wenn wir nichts finden?" „Dann schnappst du dir ihre Göre, wenn sie wieder auf dem Spielplatz ist. Mund zu halten, ab ins Auto und weg." „Du meinst entführen?" „Was sonst! Das wird uns reich machen; die ganzen fast neun Millionen Dollar gegen ihr Mädchen. Oder glaubst du etwa, eine Mutter würde ihr Kind nicht um jeden Preis retten wollen? Pah! Ganz sicher wird sie uns die Kohle geben." „Und wenn sie die Bullen ...." „Wird sie nicht! Vertrau mir. Blut ist dicker als ...." „... Dollarscheine"; der Einbeinige lachte so gemein, dass Christine vor Entsetzen erstarrte. Der Gedanke, sie könnten Anne ....

Sie versuchte, klare Gedanken zu fassen. Sollte sie nicht besser gleich aufgeben? Wut gesellte sich zu ihrer übermächtigen Panik. Dieser Verbrecher da draußen! Schleicht sich als Polyp in mein Vertrauen. Wie gewieft. Und bei neun Millionen wird der keine Ruhe geben, bis er an das Konto gekommen ist. Was dann. Sie biss sich in die Hand, als sich die schreckliche Wahrheit dieser Erkenntnis vor ihr auftat. Der kann mich gar nicht am Leben lassen; und Anne erst Recht nicht. Die hat die beiden sogar gesehen. Oh Francisco, warum musstest du heute weg? Gleich entdecken die mich. Und dann ....

Noch bevor die Angst ihr gänzlich die Kehle zuschnürte, hörte sie es – das hölzerne Geräusch, das nur eines bedeuten konnte. Des Einbeinigen Stimme bestätigte, was an ihr Ohr drang. „Die Alte ist blind, sagst du; und spielt trotzdem so eine Riesengeige? Der werd ich den Spaß verderben." Das Cello krachte auf den Boden; die Wucht des Aufschlagens erschütterte Christine in Mark und Bein. Bitte nicht, wollte sie schreien. „Du Depp; das Ding heißt Cello. Aber Recht hast du. Sie muss bestraft werden – dafür, dass sie mich so hinhält." Es musste ein schwerer Tritt gegen den hölzernen Korpus sein, den sie hörte. Ihr geliebtes Cello. Wut gesellte sich zu ihrer Furcht, die aber dennoch überwog. Christine blieb zusammen gekauert liegen.

„Kann´s echt noch immer nicht glauben, Bob. Neun Mille. So viel Geld bloß durch ..., wie heißt das bei euch Bankfutzis?" „Insidergeschäfte. Der Tom und ich waren da ein Superteam. Der kam mit seinen Verbindungen an die Infos und ich hab´s dann erledigt. Scheiße nur, dass mir die verfluchte Revision auf die Schliche kam." „Und vorher haben die nix gemerkt?" „Wie denn. Das Geld lief über sechs Banken in der ganzen Welt, bis Tom es in die Schweiz schickte. Und die fragen nicht, wo die Kohle herkommt." „Tja! Aber dran kommst du nicht." „Ne, nicht ohne seinen Code und den Schlüssel. Aber den krieg ich von der Alten, da kannst du deinen Arsch drauf verwetten. Ihre Göre wird´s büßen müssen, wenn die weiter rumzickt. Und wenn wir alles haben, dann mach ich die kalt. Nur tote Zeugen sind gute Zeugen." Das Lachen, das zu ihr drang, war das hässlichste, das sie je gehört hatte.

Christine konnte das Zittern ihres Körpers nicht mehr beherrschen. Ihr Körper rollte sich schutzsuchend noch weiter ein. Die dürfen mich nicht finden, sonst .... Als sie Schritte hörte, die sich ihr näherten, glaubte sie, ihre letzte Stunde habe geschlagen. Die Türe des Schlafzimmerschranks wurde aufgeschoben. „Komm her. Hilf mir, die Klamotten zu durchsuchen. Bring den Stuhl mit. Vielleicht liegt´s da oben." Schon spürte sie den Windhauch, den die neben ihr auf dem Boden landenden Kleidungsstücke machten. „Und?" „Steig halt hoch!" Der alte Stuhl knarrte. „Da! Schüttle sie aus." Er meinte sicher die Decke, die im Sommer dort oben lag. „Nix. Verdammt!" „Los, hilf mir, den Schrank umzulegen; da auf´s Bett." Sie hörte angestrengtes Stöhnen – und dann das Aufschlagen des Spiegelschranks auf das Fußende des Bettes. „Siehst du was an der Rückwand?" „Nix." „Und unter dem Boden?" „Wart. Auch nix." „Scheiße! Dann die Matratze und das Bettgestell."

Das war´s! Nun hatte sie verloren. Jetzt würden sie sie finden und ihre Wut an ihr auslassen und sie am Ende noch .... Sie presste die Schenkel fest aufeinander. Schon spürte sie mit ihren feinen Sinnen die Veränderung des Raums über sich – am Fußende hoben sie die Matratze an. Gleich sehen sie dich und dann ..., schrie ihre innere Stimme entsetzt. Jede Hoffnung auf Rettung zerbrach in ihr.

Da! Sie horchte auf. Die Türklingel. Und heftiges Klopfen. Die Bewegung der Männer über ihr schien zu erstarren. „Tante König! Ist alles in Ordnung? Bist du hingefallen." Wieder schellte es, lange und laut. „Mach auf." Anne! Oh Anne, geh weg. Die werden dich .... „Scheiße! Da ist jemand." „Sei still; geht vielleicht weg." Wieder hämmerte es an die Türe. „Aufmachen! Ich hör doch, dass du drin bist. Bei dem Krach. Du bist sicher gestürzt." „Lass uns abhauen, Bob. Die gibt nicht auf." „Das ist die kleine Mistgöre. Die schnapp ich mir jetzt." Seine Stimme wanderte ins Nachbarzimmer. Oh mein Gott, wenn er sie .... „Mach kein Kack, Idiot. Viel zu gefährlich. Wer weiß, wer noch da draußen steht."

Auch die Stimme des anderen verschwand nach nebenan. „Haben sowieso nix gefunden." „Okay." Christine hörte, wie die Türe aufgerissen wurde. Dann schrie der Einbeinige: „Verpiss dich, sonst ..." „Au!" Etwas Hartes schlug gegen das Holzgeländer. „Au!" Wieder vernahm sie Annes Jammern. Sie musste ihr helfen! Rasch schob sie sich unter dem Bett heraus und kroch auf allen Vieren über die Sachen, die ihre Hände unter sich auf dem Boden ertasteten. So krabbelte sie in aller Eile in Richtung Wohnungstüre und hörte, wie die Männer die Treppenstufen hinab rannten. „Anne, ich komme", flüsterte sie, um nicht doch noch von den Kerlen gehört zu werden. „Au, au! Mein Kopf." Schon umschlang sie das Mädchen mit ihren Armen. „Hab keine Angst. Es ist alles vorbei. Sie sind weg." „Wer war das? Ich hab ganz viel Krach gehört."

Schon wollte sie es sagen. Gerade noch besann sie sich. „Weiß nicht, Liebes. Lass mich fühlen, ob du blutest." Ihre Finger spürten nichts. „Zum Glück nicht." Christines Gehirn arbeitete auf Hochtouren. Die Gefahr war nicht vorüber. Vor allem die für Anne nicht. Nach dem, was sie soeben aus seinem Mund gehört hatte, gab es für sie keinerlei Zweifel daran, dass sie ihre Jagd nach den Millionen nicht aufgeben würden. Sie musste diese Verbrecher daran hindern, der Kleinen etwas anzutun. Aber wie?, grübelte sie. Am Ende blieb die bittere Erkenntnis, um die sie nicht herum kommen würde; sie musste Pelzick das geben, was er wollte. Das war die einzige Chance, um Anne aus dem Ganzen herauszuhalten. Eine ganz kleine Chance, gewiss – aber es war eine.

„Einbrecher, Liebes", erklärte sie unverfänglich. „Schon wieder?" Sie nickte und versuchte krampfhaft sich zu konzentrieren. Sie brauchte eine Lösung. Sofort! In Windeseile jagten hilfreiche Gedanken vermeintlich guten Ideen hinterher, die im nächsten Moment von anderen Einfällen als unsinnig erachtet und zerschlagen wurden, worauf neue Überlegungen reiften. Solange, bis in ihrem Kopf ein tückischer Plan entstanden war. Nun wusste Christine, wie sie sich gegen diese Verbrecher zur Wehr setzen konnte.

„Au! Das tut so weh." „Liebes, komm erst mal rein und trink eine Limo, ja. Dann geht´s dir sicher bald wieder besser. Und wie wär´s mit Schokolade." Sie zog sie hoch, ging mit ihr hinein und schloss die Türe hinter sich. „Schau mal dort neben dem Kühlschrank; da liegt eine Tafel." „Ach du liebe Zeit; wie sieht das denn hier aus. Viel schlimmer als neulich. Arme Tante König! Helf dir gleich beim Aufräumen." „Aber du hast doch so weh." „Ist sicher gleich besser - nach der Schokolade", gab sie verschmitzt zurück. „Sag aber dem Papa nichts; ich soll nicht so viel ...." „Versprochen."

Christine überlegte kurz. „Aber nur, wenn du niemand sagst, dass die bei mir schon wieder eingebrochen haben." „Aber warum denn nicht?" Verzweifelt suchte sie nach einer Begründung. „Na ja; wenn das der Vermieter rauskriegt, kündigt er mir am Ende noch; weißt, weil ich ja eine Gefahr für alle im Haus bin, weil der Einbrecher immer wieder kommt, weil ..." „Nein, nein! Ich sag gar niemand was. Ich will doch nicht, dass du von hier weg musst, Tante König. Du musst bei mir bleiben. Bist doch meine Lehrerin." Wie sehr sie sich schämte, das Kind so anzulügen! Aber es ging nicht anders; sonst käme die echte Polizei und würde ihren Plan durcheinander bringen. Sie hörte das Stanniolpapier knistern und gleich darauf Annes Schmatzen. „Und schmeckt´s?" „Hm! Lecker."

„Willst du noch eine Limo?" „Oh, gerne. Schenkst du mir auch eine ein?" Sie tat es. „Da!" Christine spürte das Glas gegen ihre Fingernägel drücken. „Danke! Das ist aber lieb." „Sag mal." „Was?" „Wenn wir aufgeräumt haben, übst du aber mit mir Geige!" Das klang nicht gerade nach einer Frage, dachte sie und gab nach, obwohl ihr der Sinn gewiss nicht danach stand. „Selbstverständlich, du mein virtuoses Wunderkind." Sie lachte. „Ehrlich? Bin ich gut?" „Du bist gut! In dir steckt echtes Talent. Aber du musst ...." „Ich weiß – üben, üben, üben." Dabei ahmte sie Christines Erwachsenenstimme nach. Ein Lächeln formte sich auf ihren Wangen, die sich dabei anspannten. „Komm in meine Arme, du Süße, und lass dich drücken."

Kapitel 10

Als es klingelte, musste es schon sehr spät am Abend gewesen sein, denn Christine war beinahe auf dem unbequemen Stuhl am Tisch eingeschlafen. Sich ins Bett zu legen, wollte sie nicht, solange der Schrank noch umgekippt auf ihm lag. „Endlich", rief sie laut, eilte zur Türe und drückte auf den Türöffner. Schon hörte sie auf der alten Holztreppe seine eiligen Schritte. Wirklich seine, schoss es ihr ängstlich durch den Kopf; als aber Franciscos „Ich bin´s!" durch die Türe drang, war sie beruhigt und schloss auf. „Wie gut, dass du endlich da bist. Es ist alles so schrecklich. Die waren hier. Der ist gar kein Polizist. Saß im Gefängnis. Bei dem Holzbein in der Zelle. Aber nicht gleich. Ach Francisco! Beinahe hätten sie mich gefunden. Die wollen Anne ...."

Allein seine innige Umarmung vermochte ihren aufgeregten Redeschwall zu unterbrechen. „Liebes, beruhige dich. Es ist alles gut. Ich bin ja bei dir." Er küsste sie auf die Stirn. „Nun aber noch mal ganz langsam und der Reihe nach. Wer war im Knast? Und wieso kein Polizist?" Erst jetzt schien er zu sehen, dass die Möbel von der Wand weg geschoben waren. „Wieso stehen die so schief?" „Sag ich doch, die sind bei mir eingebrochen. Haben alles durchsucht. Geh mal ins Schlafzimmer. Da ist eine Bombe eingeschlagen. Und um ein Haar wär ich tot." „Ach du liebe Güte, Chris! Aber die Türe; die ist ja gar nicht aufgebrochen."

„Ich hab lange überlegt; der hat den Schlüssel abgezogen und erst nach einigen Sekunden wieder rein gesteckt." „Bitte?" „Ja, ich glaub, der hat ...." „... ihn etwa nachgemacht, so wie ich´s dir mal erklärt habe. Aber wann denn?" „Als er das letzte Mal da war, als er so böse wurde, weißt du." „Mit so einem Abdruck-Knet. Das geht blitzschnell; einmal feste drücken und schon können die sich einen Zweitschlüssel machen." „Und stell dir vor, der Tom ..., mein Thomas ...." Es verschlug ihr die Sprache. „Was ist mit ihm?" „Mein werter Ehemann ist ...." Sie drückte ihre Hand auf den Mund. „Was denn?", hakte er ungeduldig nach. „Tom hat gemeinsame Sache mit dem Pelzick .... Die waren Kollegen .... In der Bank. Zusammen haben die so Insidergeschäfte ...." „Nein!", unterbrach er sie entrüstet. „Der Tom?" Sie nickte und versank dabei in einem Gefühl von Enttäuschung, Kummer und Scham – ihr Ehemann ein Gangster!

Er löste sich von ihr. Seine Schritte entfernten sich. Gleich darauf hörte sie ihn rufen: „Das sieht ja schlimm aus. Komm her. Zu zweit schaffen wir das." Als der Schrank wieder aufrecht an seinem Platz stand, erinnerte sie sich sorgenvoll an ihr Cello, um das sie sich sogleich gekümmert hatte. Irgendetwas stimmt nicht mit ihm. „Komm und schau mal. Die haben es umgeschmissen und dagegen getreten. Irgendwas klappert da jetzt so komisch. Mein armes Cello! Wenn dem was passiert ist ...." Ihre Hand fuhr nach oben, zu ihrem Ohrläppchen – und schon rieben Daumen und Zeigefinger an ihm. Sie hörte, wie Francisco sich dessen annahm. „Du, das stimmt. Irgendwas klappert da. Innen drin. Hast du eine Taschenlampe? Ich muss in das Schallloch reinschauen."

Sie lachte. „Gibt´s die auch für Blinde?" „Wen?" „Na, Taschenlampen." „Oh – wie blöd von mir." „Schon gut! Glaubst du, innen ist etwas abgebrochen? Oh Gott!" „Nein, denke nicht. Was auch! Der Schallkörper ist ja ein leerer Hohlraum. Aber irgendwas ... - ich heb´s mal hoch; vielleicht rutscht das lose Ding aus dem Loch raus." Gespannt lauschte sie; etwas schien die Innenwand entlang zu sausen. „Wow!" „Was? Sag schon. Doch kaputt?" „Gleich hab ich´s." „Was denn?", fragte sie noch hektischer. „Ich sehe es schon. Etwas Silbernes." „Silber? Da drin gibt es doch nichts Silbernes." „Hast du eine Pinzette?" „Im Bad; warte, ich hole sie." „Ja, rasch; damit kann ich das Ding greifen und ...; Mist!" „Was?", rief sie aus dem Bad hinüber zu ihm. „Ist mir weggerutscht. Aber ich krieg dich!", rief er entschlossen aus. „Hast du sie?" „Hier!" Er nahm ihr die Pinzette aus der Hand. „Ich heb es noch mal hoch." Erneut vernahm sie das Rutschgeräusch von eben. Sie hörte die Pinzette gegen das Holz stoßen. „Da! Ich hab´s." „Und?"

„Du wirst es nicht glauben. Fühl mal!" Er drückte ihr etwas Kleines in die Hand, das sich metallisch anfühlte. „Ein Schlüssel?" „Der Schlüssel!" „Wie – der Schlüssel?" „Versteh doch!" Sie stutzte und begriff. „Nein! Du meinst, einer, der zu einem Bankschließfach ...?" „Exakt das glaube ich. Warte mal. Ich kann´s fühlen." Was? „An einer Seite klebt etwas Hartes; ein kleines Eisenstück." „Wo?" „Na, innen am Rand des Schalllochs. Das muss ein Magnet sein. Daran klemmte der Schlüssel. Und beim ...."

Sie unterbrach ihn, weil sie sah, was er meinte. „Beim Umstürzen und nach dem Tritt mit dem Schuh hat er sich gelöst. Aber, Francisco, das hieße ja, dass Thomas den dort versteckt hat." „Hat er! Er wusste ja, dass du dein geliebtes Cello nie aus der Hand geben würdest. Stimmt doch?" „Natürlich! Niemals." „Und wie man sieht, ist das ein perfektes Versteck gewesen. Trotz aller Sucherei hat keiner das Ding gefunden." „Dann haben wir ja tatsächlich beides; den Code und den Schlüssel. Und jetzt erzähl ich dir, was wir damit noch haben." „Wie - was noch, Chris?" „Neun Millionen Dollar." „Bitte?" „Das ist das, was der Pelzick dem anderen gesagt hat. So viel soll auf Toms Konto liegen?" „Aber sicher nicht mehr so viel, weil Tom ja stets ein Haufen Geld ausgab." „Einerlei! Wichtig ist jetzt erst einmal, dass wir schnell handeln. Wegen Anne."

„Was hat das Kind damit zu tun?" „Der hat wütend gemeint, dass sie sich das Mädchen schnappen wollen, falls sie nichts finden." „Du denkst doch nicht etwa an Entführung und Erpressung?" Sie nickte. „Ist das nicht schrecklich." „Dann müssen wir sie warnen und die Polizei einschalten, Chris." „Auf keinen Fall!" „Bitte?" „Ich hab schon darüber nachgedacht. Es gibt da eine bessere Idee. Wir müssen aber rasch handeln. Jetzt sofort! Ich warte deswegen schon den ganzen Abend auf dich." „Entschuldige! Aber es gab drei Zugaben. Das Publikum hat gerast vor Begeisterung. Wir war echt gut heute." „Ja, ja! Das kannst du mir später erzählen. Da!" Sie hielt ihm den Zettel mit Pelzicks Telefonnummer hin. Geh schon rüber und wähle; gib mir dann den Hörer." „Wieso?" „Frag nicht lang; tu es einfach. Ich erklär dir´s danach."

„Ja?", klang es mürrisch aus dem Hörer. „Herr Pelzick?" „Wer sonst?!" Hatte sie ihn geweckt? „Hier König. Ich muss Ihnen etwas sagen." „Ja, Frau König?" Mit einem Schlag wurde seine Stimme freundlich. „Wie kann ich Ihnen helfen?" „Also – bei mir ist schon wieder eingebrochen worden." „Nein, wirklich?" Du scheinheiliger Gangster, dachte sie. „Ja; stellen Sie sich das nur vor. Ich kam heute Abend früher als geplant nach Hause und fand alles durchwühlt vor. Der Einbrecher hat sogar den Schlafzimmerschrank umgeworfen. Das muss ja ein kräftiger Mensch gewesen sein." Sie durfte auf keinen Fall erwähnen, dass zwei Kerle in der Wohnung waren, um ihn im Glauben zu lassen, sie wisse nichts Genaues darüber. „Und – ist wieder etwas gestohlen worden?" Du Ratte! Wie gerne hätte sie es ihm ins Gesicht geschrien. „Glaub nicht.

Sehr komisch. Aber wissen Sie was?" „Nun?" „Ich glaub, Sie hatten Recht." „Womit denn?" „Mit dem Geld und dem Tresor. Ich weiß jetzt, was der gesucht hat. Er hat es aber nicht gefunden!" „Ehrlich?" Deutliches Interesse drang durch die Leitung an ihr Ohr. „Ich aber! Deshalb rufe ich an. Sie müssen mir jetzt unbedingt helfen. So, wie Sie gesagt haben, meine ich." „Ja, ja, das mache ich natürlich. Haben Sie denn den Tresorschlüssel gefunden? Und die Geheimzahl auch?"

Wie aufgeregt er plötzlich klingt, dachte sie hämisch. „Ja, beim Aufräumen dieses schlimmen Chaos, das der Mistkerl hinterlassen hat. Ich habe eine Visitenkarte von einer Bank in Zürich. Und den Zugangscode auch, glaube ich. Und in meinem Cello hatte mein verstorbener Mann den Tresorschlüssel versteckt. Der hat nämlich geklappert, weil es der Einbrecher umgeschmissen hat." „Ihr Cello?" Sie vernahm den Ärger in seiner Stimme sehr wohl – und freute sich darüber. Ja, so nah warst du Dreckskerl dran! "Können Sie denn am Dienstag zu mir kommen? Ich will Ihnen alles geben, damit ich´s loswerde. Aber nur, wenn ich nicht bestraft werde, ja?"

Seine Antwort kam prompt. „Das verspreche ich Ihnen. Am besten komme ich gleich morgen früh zu Ihnen." Natürlich hatte sie mit seiner Eilfertigkeit gerechnet. „Oh schade; das geht leider nicht. Ist doch hoffentlich nicht schlimm, oder? Ich bin die ganze Zeit nicht da und kann erst am Dienstag, so um elf", log sie. „Aber keine Sorge; die Sachen lass ich natürlich nicht in der Wohnung; sonst kommt der Spitzbub am Ende noch mal und stiehlt alles." Er schnaufte. „Na gut. Aber passen Sie gut drauf auf; und erzählen Sie niemand davon; nicht, dass Ihr Wissen noch an den Falschen gerät." „Ganz sicher nicht, lieber Herr Pelzick. Aber Sie helfen mir doch wirklich - ich kann doch nichts dafür, dass mein Tom Schwarzgeld hatte. Ehrlich, ich wusste nichts davon. Sagen Sie das, wenn Sie mit dem Finanzamt sprechen. Ja?" „Keine Sorge. Wenn ich erst einmal alles in Händen habe, ist das für uns ja wie ein reuiges Geständnis. Dann geschieht Ihnen nichts. Aber Sie müssen am Dienstag auch wirklich zu Hause sein. Ach ja – und allein. Das ist wichtig, damit keiner weiß, dass ich Ihnen helfe. Nicht, dass ich noch in Teufels Küche komme."

„Nein, nein; ich bin um elf wieder daheim. Ganz sicher. Jetzt leg ich aber auf; ich glaube, mein Freund kommt gerade." Sie sagte es, um ihn davon abzuhalten, sie am Ende noch aufzusuchen. „Also dann bis Dienstag." „Halt! Sie haben einen Freund? Aber kein Wort zu ihm von der ganzen Sache mit unseren Millionen Dollar in der Schweiz, verstanden?!" „Wo denken Sie hin", gab Sie rasch zurück, legte auf – und grinste über beide Ohren.

„Warum strahlst du so?" „Weil er sich eben verplappert hat, als er sagte: ... mit unseren Millionen Dollar. Als Polizist könnte er das überhaupt nicht wissen." Francisco lachte. „In der Tat nicht, Watson. Aber ... - wieso eigentlich willst du ihm alles geben? Dann fährt er doch gleich in die Schweiz und holt sich seine Beute. Oder glaubst du, der teilt mit dir; nur, weil du die Witwe seines Kumpels Tom bist. Da kann ich ja nur lachen." „Wenn ich ihm nicht gebe - was ... nun ja ... noch an Geld dort versteckt ist, wenn er kommt - wird er sich Anne schnappen; das darf nie passieren!" „Stimmt schon. Aber ... - puh, das ganze viele Geld." „Nun hör genau zu, was ich dir sage. Wie viel Geld nach Montag noch dort liegt, bestimmen doch wir."

„Bitte? Wieso wir?" Außer ihrem spitzfindigen „Denk doch mal nach!" sagte sie nichts. Er sollte selbst darauf kommen. Er tat es. „Du willst etwa ...; nein!"

„Doch! Er wird glauben, dass Tom bis auf den Rest alles ausgegeben hat. Das wird ihn sicher zum Kochen bringen, doch wird er sich damit zufrieden geben müssen." „Du glaubst, er traut dir dann nicht zu, ihn betrogen zu haben? Was, wenn er davon ausgeht, dass du doch irgendwo etwas von dem Geld verborgen hast?" „Niemals! Ich habe doch die ganze Zeit tatsächlich von nichts gewusst, sodass meine Antworten auf seine Fragerei ehrlich klingen mussten. Hoffe ich wenigstens. Wer die Wahrheit kennt und dennoch lügt, verhält sich anders als ein ehrlicher Mensch. Keine Angst – der glaubt mir." „Na, dein Wort in Gottes Ohr!"

„Du willst also vor ihm in Zürich sein. Am Montag. Deshalb soll er erst am Dienstag zu dir kommen." „Korrekt!" „Aber Halt! Kann der als Fremder überhaupt so einfach an Toms Schließfach?" „Ich habe schon darüber nachgedacht. Zur Not – und das werden wir ja erfahren – gebe ich ihm eine Kopie meines Erbscheins und meines Personalausweises sowie eine Vollmacht mit. Aber eigentlich ...." „Ja?" „Eigentlich ist das doch ein bewusst namenloses Nummernkonto. Also darf da derjenige dran, der den Code und den Schlüssel hat. Es soll ja gerade nicht nachvollziehbar sein, wer wann dran war, oder?"

„Damit könntest du echt Recht haben, du meine Kluge." Sie spürte, wie sich seine Arme um sie schlangen. „Dann wärst du ja reich." „Na, mal langsam mit den jungen Pferden. Klar macht mich das Wort Millionen ziemlich high; aber wer weiß, ob wirklich so viel dort liegt. Überleg mal! Dieser Pelzick war so viele Jahre im Gefängnis. Das heißt, mein lieber Ehemann hatte genug Zeit, wer weiß wie viel Geld auszugeben. Vielleicht sogar weit mehr als die Hälfte." „Wieso Hälfte?" „Ach so, das hab ich dir ja noch nicht erzählt. Der und

Thomas haben fifty-fifty vereinbart. Also – wer weiß, wie viel davon noch da ist."

Francisco schwieg auffällig lange. „Was ist?" Er schnaufte. „Oh, oh. Wenn das mal gut geht." „Ich hab keine andere Chance, oder?" „Nun ja; du könntest die Polizei einweihen; ich meine, die echte." Er lachte spitz. „Und ihr alles übergeben." Ihr Kopfschütteln war sehr entschieden. „Nein? Warum nicht, Christine? Thomas hat es doch ganz offensichtlich mit unlauteren Mittel erworben." „Soll ich deshalb etwa riskieren, dass mir das Gericht nicht glaubt, wenn ich behaupte, ich hätte von der ganzen Sache nichts gewusst? Als Toms Ehefrau. Das nimmt mir doch kein Richter ab. Und dann? Ich müsste ins Gefängnis. Als Blinde. Wie soll ich mich da bitte gegen die Zustände dort wehren."

Sie wurde laut. „Weißt du, was der Pelzick dort über sich ergehen lassen musste? Das, was ich den Einbeinigen aus meinem Versteck heraus habe andeuten hören, klang ziemlich schlimm." „Du meinst, die haben ihn zusammengeschlagen?" „Ich denke, noch weit schlimmer! Ich will´s mir gar nicht genau vorstellen." Sie schüttelte sich. „Oh nein; mich kriegst du nicht dorthin! Und außerdem sehe ich das Ganze als so etwas wie ein Himmelsgeschenk; das arme Mädchen breitet ihr Kleidchen aus und fängt die vom Himmel fallenden Sterntaler auf. Habe ich nicht endlich auch ein wenig Glück verdient, Francisco? Als Kind erblindet, weil mich meine Eltern wieder einmal allein ließen. Von diesem Mistkerl Ramon nach Strich und Faden betrogen. Mein Baby im Bauch verloren. Den Mann, dem ich das Leben rettete, von eben auf jetzt verloren; und mit ihm das Liebste, das mir je geschenkt wurde - meine Lara. Dann diese Armut hier, weil mein werter Thomas mich ohne einen Penny zurück gelassen hat, ohne mich zu versorgen. Und nun die Aufregung mit diesen Gangstern, die mich zum Schluss umbringen wollen." Sie machte eine kleine Pause und schmiegte sie sich ganz eng an ihn. „Wäre das nicht wunderbar, wenn wir reich wären, du nicht mehr arbeiten müsstest und wir ganz viel Zeit miteinander verbringen könnten?!" Er atmete tief durch und küsste ihr Haar. „Hoffentlich geht das gut."

Kapitel 11

Das Telefon klingelte. „König?" „Er ist weg, nichtwahr." „Woher weißt du?" „Da ist gerade einer aus
dem Haus gerannt und gegenüber in einen großen
schwarzen 7er BMW gestiegen. Was glaubst du, wie
der Fahrer aussah?" Francisco gab ihr keine Gelegenheit zu antworten. „Es war so ein stiernackiger Glatzkopf." „Der Einbeinige?" „Schätze, ja. Okay, dann
komm ich hoch, sobald die weggefahren sind. Die
werden sicher keine Zeit verlieren, um nach Zürich
und an das Geld zu kommen. Hat er noch was gesagt?"
„Nur, dass er sich Morgen bei mir meldet, wenn er das
Geld beim Finanzamt abgegeben und alles geklärt
hat." Er lachte lauthals. „Lügner! Bin gleich oben. Du
weißt, dreimal kurz, einmal lang." „Gut."

Als Christine auf das verabredete Zeichen hin öffnete,
fielen sie sich in die Arme. „Ich bin so froh, dass er
fort ist. Er war zwar total zuvorkommend. Aber nervös war ich trotzdem, jetzt, wo ich weiß, was das für
ein Verbrecher ist. Schau mal, was auf dem Tisch
liegt." „Rosen – von ihm? Der Schleimer! Soll ich die
etwa auch noch in eine Vase stellen, Christine?" „Gewiss nicht; die schmeiß ich gleich in den Müll. Der
Kerl hätte mich unter anderen Umständen ...." „Sag es
nicht, Liebes; sonst jage ich ihm nachträglich noch ein
Messer in den Bauch." „Francisco!" „Ist doch wahr!
Wer dir etwas tut, kriegt´s mit mir zu tun."

„Komm, setz dich. Eine Limo?" „Äh, ganz lieb, aber
Danke nein. Da hätte ich nämlich wirklich eine bessere Idee." „Und welche?" Sie erwischte sich dabei, an
ihr Bett nebenan zu denken und richtete ihr Gesicht
dabei unwillkürlich zur Schlafzimmertüre. Er sah es

wohl, was ihr seine Antwort verriet. „Oh ja, gerne! Aber erst nach dem Mittagessen! Was hältst du vom Dolce Vita? Der Tisch ist nämlich schon reserviert." „Oh ja!" „Darf ich mir etwas wünschen?" „Alles, was du willst!" „Das tolle Kleid mit dem verführerischen Rücken-Dekolleté." Sie konterte mit süffisantem Lächeln. „Was ich darunter trage, kannst du ja danach herausbekommen." Statt zu antworten, küsste er sie leidenschaftlich auf den Mund. „Dort sag ich dir auch, wie reich du bist." „Warum nicht gleich?, murrte sie." Er blieb hart.

Auf der Fahrt ins Restaurant konnte Christine jedoch ihre Ungeduld nicht mehr zügeln. „Sag endlich; wie viel ist es?" „Die Scheine habe ich gezählt, bevor ich die Bündel in das große Schließfach bei meiner Bank verstaut habe. Die Aktien und Goldzertifikate konnte ich nur schätzen. Ich denke, alles in allem so etwa zwei Millionen und dreihundertzwanzig Tausend." „So viel?" „Viel zu wenig, finde ich, weil ich ja die restlichen viereinhalb Millionen in Zürich lassen sollte." „Francisco, ich will doch, dass er mich in Ruhe lässt. Damit hat er die Hälfte und ist bestimmt zufrieden, weißt du." „Versteh ich ja, Liebes. Ist ja auch genug; so viel, dass du ab sofort keine Sorgen mehr hast." Sie fiel ihm um den Hals. „Endlich hab ich auch mal Glück." „Ja, endlich."

Kapitel 12

„Guten Abend, Frau König. Ist Anne noch bei Ihnen?"
„Anne? Die kam heute nicht zum Musizieren; obwohl
sie nach den Hausaufgaben kommen wollte. Aber
kommen Sie herein, Frau Franke." „Äh – nein danke.
Ich muss sie suchen. Donnerstags komme ich ja spät
von der Arbeit; Anne hat dann schon den Abendtisch
gedeckt. Heute aber nicht. Wo kann sie nur sein? Es
ist schon nach neun." Christine nickte – in ihrem neu-
en Radio hatte sie soeben die Abendnachricht gehört.
„Vielleicht bei einer Freundin. Telefonieren sie doch
mal herum." „Ja, mach ich. Und entschuldigen Sie die
späte Störung." „Keine Ursache. Und bitte – sagen Sie
mir, wenn sie Anne gefunden haben. Einerlei, wie spät
es ist." Ihr bestätigendes „Ja" rief sie schon auf dem
Weg hinunter in ihre Wohnung.

Das passt so gar nicht zu dem Kind, ging ihr durch den
Kopf. Und warum ist sie nicht zu mir gekommen? Sie
ist doch sonst so verrückt darauf zu üben. Sie setzte
sich wieder in den bequemen Lehnsessel, mit dem
Francisco gestern plötzlich vor der Türe stand. Ich
habe eine Überraschung, hatte er fröhlich gerufen und
mich gleich darauf hinein gesetzt. Was für ein Lieber!
Schade, dass heute Konzertabend war und er keine
Zeit hatte, dachte sie sehnsüchtig.

Sie lauschte der Musik, auf die sie sich schon gefreut
hatte. Etwas ärgerte sie sich schon, als es mitten im
zweiten Satz von Beethovens Dritter schellte. „Ah,
Frau Franke hat Anne gefunden." Sie sprang auf, öffnete die Türe – und erschrak. „Sie?" „Ja, Frau König.
Es tut mir leid, dass ich Sie zu so später Stunde noch
behelligen muss.

Aber ....“ „Wie kommt es, dass sie unmittelbar vor meiner Wohnungstüre stehen und nicht unten geklingelt haben?“, fragte sie barsch, weil sie es nicht fassen konnte – und merkte, wie Angst in ihr aufkam. „Die Haustüre stand sperrangelweit auf.“ „So?“ Keiner seiner Antworten hätte sie noch Glauben geschenkt. „Und was gibt´s denn so Wichtiges, dass Sie noch so spät zu mir kommen, Herr Pelzick?“ „Wollen wir das nicht in der Wohnung besprechen?! Es ist sehr wichtig. Aber wenn Ihr Freund da ist, komme ich wohl besser morgen früh.“ Ihre Angst vor dieser unerwarteten Begegnung wuchs; auch, weil er offensichtlich allein mit ihr sein wollte.“ Blitzschnell überlegte sie. Wichtig? Bis Morgen warten? Auf Francisco. Wie wichtig? War etwas schief gelaufen in Zürich? „Der kommt in einer halben Stunde“, antwortete sie rasch. Sie machte einen Schritt zur Seite und ließ ihn eintreten. „Solange wird´s ja wohl nicht dauern, oder?“ Sie presste die Hände in die Hüften; nur keine Angst zeigen, ermahnte ihre innere Stimme sie. „Und?!“ Wie ein Major kam sie sich vor, der den Bericht seines Adjutanten erwartete.

„Nun, wir haben ein ernstes Problem.“ Statt nachzufragen legte sie die Stirn in Falten. Dass zwei Finger ihrer Rechten ihr Ohrläppchen drückten, merkte sie erst gar nicht. Was meinte er bloß? „Wir haben durch einen anonymen Hinweis erfahren, dass Ihr verstorbener Mann in dieser Sache mit den veruntreuten Dollarmillionen einen Komplizen hatte, dem wir schon lange auf der Spur waren. Bevor wir ihn heute Morgen endlich festnehmen konnten, flüchtete er.“ Christine schlug für einen Moment die Augenlider zu; sie begriff den Sinn dieses Geredes nicht. „Statt aber unterzutauchen rief er kurz danach völlig unverfroren auf dem Präsidium an und, ...“ - sie vernahm das Geräusch seiner auf den Schenkel schlagenden Hand – „... man stelle sich das vor, kündigte an, Ihre Tochter

Anne zu entführen ...." Weiter kam er nicht, weil Christine aufschrie. „Anne?" Trotz ihrer Erschütterung dachte sie daran, Pelzicks Irrtum nicht aufzuklären. Etwas anderes beschäftigte sie weit mehr. Frau Franke war gerade dabei, Anne zu suchen. „Ja, der will Anne töten, wenn er nicht bis Montag, 20 Uhr, viereinhalb Millionen Dollar in kleinen Scheinen bekommt. Von Ihrem Mann, Frau König."

In ihrem Kopf drehte sich alles. Krampfhaft versuchte sie, die Spreu vom Weizen zu trennen; dass Pelzick ein falsches Spiel mit ihr trieb, war klar. Ebenso die offensichtliche Tatsache, dass er Anne schon entführt hat. Deshalb sucht ihre Mutter sie. Mein Gott, wenn er ihr etwas antut! Wie perfide, überlegte sie und versuchte, die Fakten zu sortieren, während ihre Emotionen mit ihr durchgehen wollten. Er, der vermeintliche Polizist, erzählt mir von Thomas Komplizen, der ja er selbst ist. Anne ist, nimmt er an, mein Mädchen, weil er sie hier beim Musizieren sah. Warum aber will er noch mehr Geld? Sie rechnete; mit den viereinhalb, die er in Zürich vorfand, wäre das ja das gesamte ergaunerte Geld.

Langsam dämmerte es ihr; er hatte Verdacht geschöpft und glaubt mir nicht; und meint, Tom hätte mich eingeweiht und die andere Hälfte sei schon beiseite geschafft. Und die will er auch noch. Oder ..., sie stutzte, ... hält er Thomas am Ende gar nicht für tot? Deshalb sagte er eben, der Entführer wolle das Geld von ihm. Einerlei - alles in allem will er die neun Millionen für sich haben. Dieser hinterhältige Entführer und Erpresser; mit Grauen dachte sie daran, dass er Anne hatte. Am liebsten hätte sie ihm die Augen ausgekratzt.

„Wieso von meinem Mann? Der ist doch tot. Wie soll er da das Geld beschaffen?" „Ist er?" Die Frage kam knapp und forschend. Sie fasste es nicht; energisch streckte sie den Ringfinger in seine Richtung. „Und warum trage ich dann auch seinen Ehering, he?!" Sie kochte. Dass der Kerl sie anlog, war eine Sache; dass er jedoch das Leid, das sie als Witwe zu ertragen hatte, anzweifelte, war eine ganz andere. Noch einmal schleuderte sie ihm ihren Vorwurf gegen den Kopf. „Denken Sie wirklich, ich würde Ihnen seit Wochen die trauernde Witwe vorspielen, Herr Kommissar?"

Das schien Wirkung zu zeigen. „Nun, ich meine ja nur, dass dieser Komplize denkt, Ihr lieber Mann lebt noch. Aber wie auch immer, Frau König, wir müssen dem die geforderte Summe beschaffen, sonst sehe ich für ihr Kind schwarz." Du Schwein! Christines Wut wuchs. „Und woher, bitteschön, soll ich so viel Geld nehmen?" Die Antwort auf ihre nächste Frage konnte sie sich schon ausrechnen. „Sie waren doch sicher schon in Zürich. Wie viel Geld haben Sie denn dort gefunden. Kann man diesen Gangster vielleicht damit bezahlen?" „Nichts. Das Schließfach war schlicht und ergreifend leer. Eigentlich gut für Sie, weil Sie damit auch keinen Ärger mit den Behörden bekommen können. Was nicht passiert ist, kann auch nicht bestraft werden. Nur angesichts dieser Forderung ist das natürlich schrecklich schlecht." Du dreckiger Lügner, du!

„Hat Ihr lieber Mann Ihnen denn gar nichts ..." - er stockte, weil er nach der richtigen Formulierung zu suchen schien – „... hinterlassen? Ich meine, eine größere Summe. Sie können mir gegenüber ganz ehrlich sein; haben Sie sich vielleicht getrennt, und hat er deshalb seine Dollar woanders versteckt?" „Jetzt reicht es mir aber!", fuhr sie ihn an. Im selben Atemzug gesellte sich zu ihrer Wut allerdings Verzweiflung. Fakt war doch, dass der Mistkerl Anne in Geiselhaft hatte. Entsetzen schnürte ihr den Hals zu. Sie begann zu schluchzen.

„Aber, aber! Ich verstehe Sie ja. Sein Kind in Gefahr zu wissen, ist gewiss schlimm. Sie können jedoch alles zu einem guten Ende bringen, Frau König. Ich würde sagen ..., nun ja, wenn Sie mir am Montag um 12 Uhr mittags das Geld geben, kann ich es ihm übergeben und alles wird gut. Denken Sie bis dahin darüber nach, was Ihnen wichtiger ist; der schnöde Mammon oder die kleine Anne. Wie schrecklich, wenn man sich überlegt, was so einer mit einem Mädchen alles machen kann."

Christine fühlte sich außerstande etwas zu erwidern, so angeekelt war sie von diesem Verbrecher. „Nun, dann will ich mal gehen, bevor Ihr Freund kommt; wir wollen ja nicht, dass er von der Sache etwas mitbekommt, nichtwahr! Auf keinen Fall darf diese Sache an die Öffentlichkeit gelangen; das könnte für das Kindchen wirklich verhängnisvoll werden. Also dann, bis Montagmorgen." Sie war so verwirrt, dass sie nur noch die Wohnungstüre zuschlagen und den Mann die Treppe hinunter rennen hörte. Mit Mühe schaffte sie es bis zu ihrem Sessel; dann brach sie in Tränen aus.

Erst als sie sich ein wenig von dem Schock erholt hatte, begann sie wieder zu denken. Wie konnte sie sich nur gegen diesen Verbrecher zur Wehr setzen? Und was war .... Sie hatte den Gedanken noch nicht zu Ende gebracht, da klopfte es zaghaft an der Türe. „Frau König! Sind Sie noch wach?" Frau Franke! „Ich komme!", rief sie laut, raffte sich auf und ging zur Türe. Schon stand sie vor ihr. „Ich kann sie nicht finden." Christine spürte, wie sie blass wurde. Was sollte sie sagen? Alles offenbaren? Nein! Wenigstens nicht jetzt. Sie musste erst darüber nachdenken. Passieren würde dem Kind nichts, solange Pelzick die Hoffnung hatte, das Geld zu bekommen; am Montag. Bis dahin

aber musste sie sich einen Weg zu ihrer Rettung aus-
gedacht haben.

Sie wunderte sich über sich selbst, während ihr das
durch den Kopf ging; wäre es nicht der einfachste
Weg, ihm wenigstens das zu geben, was Francisco
verwahrte? Aber würde ihm das genügen? Wo er doch
offensichtlich denkt, ich – oder Thomas - hätte noch
mehr? Und selbst wenn er es nimmt, gäbe es doch
keinerlei Garantie dafür, dass er damit zufrieden ist
und Anne herausgibt. Außerdem, entschied sie, muss
man einem, der ein kleines Mädchen stiehlt, ein für
alle Mal das Handwerk legen! Das unschuldige Kind
in die Sache hinein zu ziehen, war ein entsetzliches
und verwerfliches Verbrechen. Damit war klar, was sie
nun tun musste: Die Polizei einschalten. Die echte.
Entschlossen ging sie zum Telefon, verharrte jedoch
auf halbem Weg. Was aber würde sie sagen? Ohne
sich selbst in Schwierigkeiten zu bringen. Sie atmete
schwer. Die Flut ihrer Gedanken der vergangenen
paar Sekunden erdrückten sie.

„Hat Anne Ihnen vielleicht irgendeine Andeutung
gemacht, wohin sie gegangen sein könnte?" Frau
Franke riss sie aus ihren Gedanken. „Nein." Ihre
Stimme erstickte in heftigem Schluchzen. „Sie war",
fuhr Christine fort, „die letzte Zeit so glücklich, dass
sie Geige spielen lernen kann. Deshalb verstand ich
auch nicht, dass sie heute nicht kam. Was sagt denn
Ihr Mann?" „Der ..., der ist doch ... auf Montage. In
Georgien." Wieder versagte ihre Stimme. „Ich ..., ich
kann ihn nicht ... erreichen." „Wissen Sie was? Am
besten gehen Sie wieder in die Wohnung. Vielleicht
meldet Anne sich oder kommt heim. Ich schlage Ihnen
vor, dass ich jetzt die Polizei anrufe. Sie können das in
Ihrem Zustand ja gar nicht. Außerdem müssten Sie
garantiert auf die Wache, um eine Vermisstenmeldung
aufzugeben; sofern die überhaupt eine aufnehmen

274

wollen, weil das Kind noch nicht lange genug weg ist. Mir als Blinde – und Annes Tante, was ich einfach behaupten werde – können die den langen Weg dorthin nicht abverlangen." „Ach Frau König, das würden Sie für mich tun?" „Natürlich. Nun gehen Sie schon heim. Wenn es etwas Neues gibt, geben wir gegenseitig Bescheid. Okay?" „Danke." Als ihre Schritte verklungen waren, schloss sie die Türe. Sofort begannen ihre Gehirnwindungen erneut heiß zu laufen; sie musste sich genau überlegen, was sie gleich am Telefon sagen würde.

Also! Sie versuchte das Ganze zu analysieren. Wie sah ihre Situation aus? „Erstens", begann sie mit sich selbst zu sprechen, „weiß außer Pelzick niemand, dass ich Kenntnis von diesem Schwarzgeld habe. Es war Thomas namenloses Geheimkonto, auf das man allein mit dem Code und dem Schlüssel Zugriff hatte; mehr war dazu nicht nötig. Gut, dass Francisco ohne mich in die Bank gegangen ist und ich im Wagen blieb; so hat mich keiner gesehen. Zweitens – Pelzicks Nachforschungen nach Thomas führten ihn hier her; mit einem Anwalt war es sicher nicht schwer, meine Adresse ausfindig zu machen. Drittens - Der Einbeinige, den Anne ja mehrfach sah, suchte in der Wohnung den dort vermuteten Code und Schlüssel. Dass er und Pelzick unter einer Decke stecken, beweist die Tatsache, dass er unmittelbar danach bei mir auftauchte und sich als Polizist ausgab – was er aber nicht ist!"

Sie kam mit dem Aufzählen nicht mehr nach, weil ihr die Gedanken nun im fliegenden Galopp davonzueilen drohten. Kaum ist Anne verschwunden, überlegte sie weiter, da taucht der vermeintliche Polizist Pelzick auf und erzählt etwas von einem Mann, der mittels einer Kindesentführung Geld erpressen will. Warum von mir? Absurd, Herr Kommissar, würde sie sogleich entrüstet in die Telefonleitung rufen, wenn sie die

Polizei verständigt. Ich bin arm wie eine Kirchenmaus. Soweit die Fakten. Weiter! Was genau darf ich wissen und was nicht sagen? Dass Thomas in der Schweiz Geld versteckte, weiß ich nicht. Was die Einbrecher bei mir suchten? - Keine Ahnung, Herr Kommissar. Pelzick ein Polizeibeamter? Bis eben habe ich das gedacht; er hat mir sein Polizeirevier genannt und sogar seine Telefonnummer gegeben. Die Dame am Telefon, die mich soeben zu Ihnen durchstellte, meinte aber, sie kenne keinen Kollegen namens Pelzick. Genau das werde ich gleich sagen. Warum ich nicht dessen Nummer gewählt hätte, wird er mich fragen. Habe ich, aber er hat sich nicht gemeldet; also habe ich die 110 angerufen; die gaben mir Ihre Nummer. Ihr Nachdenken fand kein Ende, was sie nervös machte. Annes wegen. Sie musste etwas für sie tun; sofort! Sie wählte die Notrufnummer.

„Kommissariat Hohensteiner Straße. Schulze am Apparat. Meine Kollegin sagte, Sie bräuchten Hilfe. Was kann ich für Sie tun?" „Ja – hier ist Christine König. Ich bin die Tante von der kleinen Anne; also Anne Franke. Es ist nämlich so; das Mädchen ist nicht nach Hause gekommen, weswegen wir uns große Sorgen machen. Weil die Polizei, also dieser Herr Pelzick, mir vorhin sagte, sie wird demnächst entführt, wenn ich einem Kerl, der sich bei ihm gemeldet hat, nicht viereinhalb Millionen zahle. Ich bin aber ganz arm, wissen Sie und ...." „Halt, liebe Frau. Verstehe kein Wort. Wer ist dieser Pelzick? Kenne keinen Kollegen mit diesem Namen. Wo soll der arbeiten?" Sie vernahm die Verwunderung. „In der Hohensteiner Straße, hat er gesagt." „In meinem Kommissariat? Sicher nicht!" „Nicht?" Wie überrascht sie das sagen konnte! „Und wieso demnächst entführt – ich meine demnächst? Wenn da lediglich die Absicht besteht, es zu tun, dann gibt es ja noch keine Entführung und das Kind wird bald nach Hause kommen. Eine Vermisstenmeldung hier auf der Wache könnten Sie sowieso erst frühestens morgen früh ....“

Genau das habe ich mir gedacht, schoss ihr durch den Kopf, noch bevor sie den Mann am Telefon anfuhr. „Jetzt machen Sie aber mal einen Punkt! Das Kind ist doch schon entführt! Und wieso soll der Mann gar nicht bei Ihnen arbeiten? Dann wäre er ja überhaupt keiner. Das würde ja bedeuten, dass er ...“; sie machte eine Pause, so, als würde sie das Ganze soeben erst begreifen, „... hinter allem steckt, oder? Und der Einbeinige auch. Mein Gott!“, fügte sie entsetzt hinzu. „Welcher Einbeinige denn, Frau Kaiser?“ „König! Ich heiße König. Die Anne hat den gesehen; vor unserem Haus und im Auto, als sie ihn fotografierte. Da hat er ihr die Kamera weggenommen.“ „Bitte? Habe langsam das Gefühl, Sie wollen mir meine Zeit stehlen.“

Christine merkte, wie ihre halb ernst gemeinte, halb gekünstelte Aufregung den Mann am anderen Ende der Leitung konfus machte; sie musste es ihm verständlicher machen, sonst würde er am Ende noch genervt auflegen. „Also, Herr Schulze. Die Sache ist die; ich glaube, dass der Einbruch bei mir neulich damit zu tun hat.“ „Einbruch? Haben Sie den gemeldet? Geben Sie mir mal das Aktenzeichen?“ „Nein; Herr Pelzick war ja sofort bei mir in der Wohnung. Er wäre soeben darüber informiert worden, sagte er. Aber ...“; wieder tat sie so, als müsste sie ihre Gedanken neu sortieren. „Aber, wenn der gar nicht für die Polizei arbeitet, dann ..., dann hat der doch .... Natürlich! Der hat meine Wohnung selbst durchwühlt. Woher sonst sollte der so rasch von dem Einbruch gewusst haben?! Oder der Glatzkopf.“

„Wer ist denn der jetzt wieder?“ „Ach so; das ist der Einbeinige. Ich hab ihn an seinem Gang erkannt.“ „Stopp! Wieso an seinem Gang? Haben Sie den etwa nicht gesehen, weil es dunkel war? Oder was meinen Sie damit?" „Ja, das könnte man so sagen. Ich bin nämlich blind. Aber auf mein Gehör kann ich mich verlassen." Der Mann stöhnte. Mehr kam nicht. „Also noch mal: Der Herr Pelzick hat zwar gesagt, die Anne wird erst am Montag entführt; aber weil sie heute schon den ganzen Tag verschwunden ist – sie ist näm-lich nicht zum Geigespielen gekommen -, hat er sie sich bestimmt schon geschnappt. Am Spielplatz. Und jetzt will er das Geld von mir." „Wie viel, sagten Sie?" „Viereinhalb Millionen." „Was?!" „Sie hören richtig. Ich begreife das auch nicht. Wieso von mir? Also – Sie müssen sofort etwas unternehmen und das Kind be-freien, Herr Kommissar!"

In seinem erneuten Stöhnen, das nun noch lauter an ihr Ohr drang, lag nicht nur Unverständnis, sondern auch ganz deutlich Ungeduld. „Haben Sie etwas zum Schreiben?" „Äh – ja; weshalb?" „Ich gebe Ihnen jetzt die Nummer von diesem falschen Polizisten. Damit können Sie doch sicher seine Wohnung ausfindig ma-chen, nichtwahr? Wo der Einbeinige wohnt, weiß ich nicht. Aber der steckt sicher bei ihm. Anne kann Ihnen den Kerl beschreiben; und diesen Pelzick auch. Ach nein – die hält er ja gefangen." Mein Gott, kon-zentriere dich!, schimpfte sie mit sich selbst; dieses Verwirrspiel zwischen Wahrheit und Täuschung machte sie selbst zunehmend durcheinander.

„Vielleicht ist Anne in seinem Keller. Oder auf dem Speicher. Keine Ahnung. Mein Radio finden Sie dort ganz sicher auch; und das Foto von Thomas – also, von meinem Mann." Sie hörte einen dumpfen Schlag; das Geräusch kannte sie; von Francisco, als er einmal mit der Faust auf den Tisch schlug. „Jetzt reicht´s mir aber! Wissen Sie was, Frau König? Sind ja total aufge-regt. Möchte Ihnen fast glauben, dass dieses Kind tatsächlich in Gefahr ist. Aber aus diesem Durcheinander werde ich so am Telefon nicht schlau. Brauch Ihre Adresse; komme zu Ihnen. Okay?" „Und ob! Danke, Herr Schulze. Ach, noch was." „Was denn noch?" „Nicht sauer sein. Nur – wenn Sie unten klingeln, dann dreimal kurz und zweimal lang. Ich habe nämlich ziemliche Angst davor, dass der Kerl noch mal kommt." „Mach ich. Und wo wohnen Sie?" Sie gab ihm ihre Adresse.

Als sie aufgelegt hatte, versank sie erschöpft in ihrem Sessel. Hatte sie alles richtig gemacht? Würde dieser Schulze ihr alles so glauben, wie sie es sich erhoffte? Vor allem aber, würde er dieses Schwein kriegen und Anne befreien können? Oder musste sie ihm doch noch mehr von dem wirklich Geschehenen preisgeben? Ihre beiden Finger zupften an ihrem Ohrläppchen; solange, bis es schmerzte und sie es so merkte. In ihrem Kopf drehte sich alles; das Ganze drohte ihr aus den Händen zu gleiten. Nach dem Einbruch hatte sie diesem Kerl den `Polizisten´ abgenommen und ihm vertraut. Dann musste sie erkennen, dass er log und in Wahrheit Toms Kumpane bei einer illegalen Sache war. Welch ein Wandel der Geschichte – und ihres Glaubens an Tom; entsetzt legte sich ihre flache Hand auf den Mund. Ihr Ehemann ein Betrüger; wie konnte sie sich nur so in ihm geirrt haben!

Und nun diese widerwärtige Erpressung! War sie am Ende schuld daran? An der Entführung sicher nicht! Damit hatte sie nicht rechnen müssen? Sie musste jetzt alles für ihre Befreiung tun! Sie musste diesen Schulze mit allen Informationen versorgen, die er brauchte, um die Zusammenhänge zu erkennen und Anne zu finden; bei Pelzick; oder bei seinem glatzköpfigen Kumpanen. Gelang ihm das nicht, konnte sie ihm am Montag das geforderte Geld immer noch geben. Wenigstens den Teil, den Francisco hatte. Aber .... Ein Gedanke ließ sie nicht los. Was, wenn er das

Geld nahm, Anne aber nicht frei ließ. War genau das nicht zu befürchten, weil für ihn eine Zeugin viel zu gefährlich war?! Sie schnaufte tief durch. Oh Anne!

Dreimal lang, zweimal kurz. Sie erschrak. Hatte sie es ihm nicht anders gesagt? Erst kurz, dann lang? Klingelte da wirklich der Mann vom Revier? Oder .... Mit zitternder Hand hielt sie den Hörer der Sprechanlage. „Ja?" „Frau König?" Kannte sie die Stimme?, überlegte sie. War es die von ...? „Wer ist da?" „Schulze hier; wir hatten telefoniert." Jetzt erkannte sie ihn und atmete auf. Sie drückte auf den Türöffner-Knopf und lauschte durch die geschlossene Wohnungstüre ins Treppenhaus hinein. Die eiligen Schritte wurden lauter; doch kurz darauf blieb der Mann stehen.

Sie begriff, warum und öffnete die Türe einen Spalt weit. „Hier oben." Sie hatte ihm nicht gesagt, in welchem Stockwerk sie wohnte. Das Geräusch der Schritte wurde lauter. „Frau König?" „Noch eine Etage." Als sie ihn über den Flur auf sie zu laufen hörte, schob sie die Türe ganz auf. Es drängte sie, dieses Mal vorsichtiger zu sein; doch wie? Sollte sie sich etwa seinen Ausweis zeigen lassen? Sie zog die Lider nach oben und schüttelte leicht den Kopf; wie wehrlos sie doch war!

„Sind also die Tante des verschwundenen Kindes. Was ist mit dessen Eltern?" Sie räusperte sich verlegen. „Nun ja; eigentlich ...;" rasch brach sie ihr Geständnis ab. „Der Vater ist auf Montage und Annes Mutter auf der Suche nach ihr. Ich habe ihr versprochen, mich um alles zu kümmern. Schließlich hat das Ganze ja mit mir zu tun." „Was ich allerdings am Telefon nicht wirklich verstanden habe! Eines ist aber schon klar. Einen Polizisten namens Pelzick gibt es in der gesamten Stadt nicht. Wenn dieser Unbekannte gleich nach dem Wohnungseinbruch bei Ihnen war, dann gehört er für mich zum Täterkreis. Weiter! Wurde Ihnen tatsächlich nur ein Radio und ein Foto Ihres Mannes gestohlen?" Nach einer kurzen Pause ergänzte er verwundert: „Gibt doch hier wohl mehr zu stehlen, oder? Den CD-Player da hinten zum Beispiel; und die Musiksammlung." Er hatte sich wohl umgeschaut, dachte sie. „Sie sehen ja selbst; vieles sicher nicht."

Rasch fügte sie hinzu: „Aber dass der mir Toms schöne Holzschachtel geklaut hat, hat mich am meisten geärgert." „Wertvoll? Die Kerle klauen ja heute selbst Kleidung, Bücher und Besteck, auch wenn es nur wenig bringt; bei zehn Brüchen am Tag läppert sich das jedoch schon." „Nicht von materiell hohem Wert, jedoch ...; nun, es ist ein Andenken an meinen Mann." „Was war drin?" „Nur ein Schlüsselbund und ..." - sie tat, als überlegte sie – „... sein kleines Notizbuch, in das er immer irgendwelche Dinge hinein kritzelte, wenn er von seinen Geschäftsreisen zurückkam."

„Wohin gingen die?" „Meist in die Schweiz." „Da hat er Sie sicher oft mitgenommen, damit Sie nicht alleine sein mussten, so blind." „Leider nie." „Nun, wegen der geringen Beute, die gemacht wurde, könnte ich mir auch vorstellen .... Äh, sagten Sie nicht etwas von Millionen?" „Ja; viereinhalb." „Hm. Hat vielleicht die bei Ihnen gesucht. Aber nein!" Wieder machte er eine Pause. Sie hörte am Knarren der Rückenlehne, dass er sich auf dem Holzstuhl umdrehte. „Verstehen Sie mich nicht falsch, aber ..., nun ja, danach sieht mir das hier nicht gerade aus." Sie nickte. „Als mein Mann noch lebte, ging es uns bedeutend besser." Sie vernahm das Kratzen seiner Fingernägel auf seiner Kopfhaut. „Geschäftsreisen – aha! Was machte Ihr Mann denn beruflich?" „Er war Banker; also, um genau zu sein, selbständiger Manager von Kapitalanlagen." „Stimmt!" „Wie – stimmt?" „Deckt sich mit dem, was mir vorhin der Polizeicomputer über ihn ausgespuckt hat." „Polizeicomputer?"

Christine spürte, wie ihr Herzschlag zu rasen begann. Ihre Stimme klang schwach und verunsichert. „Wie meinen Sie das, bitte?" Sie spürte den Druck auf ihr Ohrläppchen. „Sein Name war doch Thomas König, nichtwahr? Verstorben bei einem Verkehrsunfall." Ihr Kopf bewegte sich langsam von unten nach oben und zurück. „Und war so ein Kapitalbanker; erwähnten Sie schon." „Ja." „Identität passt also. Frau König, sagt Ihnen der Name Bob Messer etwas?" Ihre Stirn legte sich in Falten; diese Frage vermochte sie nicht einzuordnen. „Messer? Nein. Wer soll das sein?" „Ein ehemaliger Kollege Ihres Mannes." „Nein; diesen Namen hat Thomas nie erwähnt." Christine schoss etwas durch den Kopf. Hatte der Einbeinige, als sie sich unter das Bett verkrochen hatte, Pelzick nicht Bob genannt? Sollte dieser Messer etwa ...?

„Nun, dieser Bob Messer wurde erst vor einigen Wochen aus der Justizvollzugsanstalt entlassen. Betrügerische Geldgeschäfte; besonders schwerer Fall. Will da jetzt nicht spekulieren, glauben Sie mir. Aber das Ganze, was ich aus Ihrem Munde höre, passt ins Bild; da fügen sich gerade die fehlenden Puzzlesteine ein, nach denen wir seit Jahren suchen." „Pelzick ..., Messer .... Ist das nicht egal?" Christine legte ihre Hand auf ihren Mund. „Wie meinen?" „Sollten wir uns nicht erst einmal damit beschäftigen, das Kind zu finden, Herr Schulze?" „Tue ich gerade! Vielleicht anders, als Sie denken, gute Frau. Das hat nämlich alles miteinander zu tun. Also: Über den Verbleib des veruntreuten Geldes verweigerte dieser Messer stets jegliche Aussage, was uns noch immer annehmen lässt, dass er einen Komplizen hat."

Obwohl sie damit zufrieden war, dass er ihre ausgelegte Fährte aufgenommen hatte und die Zusammenhänge zu begreifen begann, war Christine so nervös, dass ihre Finger damit anfingen, an ihren Blusenknöpfen herum zu zupften. „Aber was hat das mit Anne zu tun?" „Tja!" Dieses kleine Wörtchen drang gleich einem Siegesruf in ihr Ohr. „Soeben schließt sich für mich der Kreis. Dieser Messer versucht gerade, von Herrn Königs Witwe über vier Millionen Dollar. Sie verstehen – seinen Anteil; das Schweigegeld!" Und wie Christine verstand! Sie hatte ihn nun da, wo sie ihn haben wollte. Doch sie wusste sehr wohl, dass nun der schwierigste Teil auf sie zukommen würde.

Immerhin spielte sie mit dem Feuer – und das hieß in diesem Fall `Polizei´. „Frau König, habe Sie darüber aufzuklären, dass alles, was Sie von nun an sagen, gegen Sie verwendet werden kann. Kann Sie - ehrlicher Weise - von nun an nicht mehr als reine Zeugin behandeln. Sagen Sie mir bitte, wo Sie die Beute versteckt haben? Muss annehmen, dass Sie als die Witwe des verstorbenen Thomas König – und den halte ich im Augenblick für Bob Messers Komplizen – Kenntnis davon haben, wo sich das Geld befindet. Also!"

Sie hatte sich ihre alles entscheidende Antwort auf diese heikle Frage schon zurechtgelegt; sie glich derjenigen, die sie damals Pelzick gab. Allerdings hatte sie leider erfahren müssen, dass sie diesen Schuft nicht hinters Licht führen konnte; dazu war sein Verlangen nach noch mehr Geld zu groß gewesen. Der Mann vor ihr kannte eine derartige Gier sicher nicht – als Beamter. Doch war sein Wille, den zweiten Täter zu überführen oder wenigstens den Verbleib des Geldes heraus zu bekommen, ganz sicher nicht zu unterschätzen!

Die Entrüstung, die sie nun vorgab, klang in ihren Ohren plausibel. „Also Herr Kommissar! Sie enttäuschen mich! Und zwar sehr. Während sich die arme Anne in Todesgefahr befindet, haben Sie nichts Besseres zu tun, als eine blinde Frau mit derartig blöden Anschuldigungen zu belästigen. Glauben Sie etwa, ich würde mich, hätte ich so viel Geld, tagtäglich damit abplagen, mich blind diese verfluchte Hausflurtreppe rauf und runter zu tasten? Mit der schweren Einkaufstasche. Was glauben Sie, wie gut mir die Aufzüge taten, die mir früher solche Treppenaufgänge ersparten! Und nehmen Sie tatsächlich an, ich empfände diese Behausung hier ..." – sie schwenkte ihren ausgestreckten Arm herum – „... als angenehm? Schauen Sie sich doch mal dieses alte Fenster hinter mir an; an den abgebrochenen Eisengriffen verletze ich mich andauernd. Und der Straßenlärm lässt es im Sommer nicht zu, die Fenster nachts offen zu lassen. Also bin ich morgens nicht nur nass geschwitzt, sondern an der schlechten Luft in meinem klitzekleinen Schlafzimmer fast erstickt. Sieht das etwa nach Millionen aus? Ich kann mir nicht einmal für eine Stunde eine Putzhilfe leisten und krieche stattdessen mit dem Lappen nach Schmutz tastend auf dem Boden herum. So ist das nämlich mit der reichen Witwe vor Ihnen, Herr Schulze!" Die Ironie war nicht zu überhören.

Sie schnaufte laut, während sich ihre Nasenflügel aufblähten. Nicht nur, um mit ihrem Theaterspiel den Verdacht von sich abzuschütteln. Das war das Geringste, was sie bewegte. Weit erboster war sie über das, was Thomas ihr da eingebrockt hatte. Was konnte sie denn für seine kriminelle Vergangenheit? Nichts! Gar nichts! Und die Anne hat er auch noch mit hinein gezogen. Ihr war es in diesem Moment einerlei, ob sie mit diesen Gedanken gerecht war. Sie war nur wütend.

„Nun ja, müssen mich verstehen", begann er. „In einer solchen Situation muss ich ...." „Das Einzige, was Sie müssen", fuhr sie ihm über den Mund, „ist, das entführte Kind zu finden. Und diese zwei Verbrecher.

Ganz gewiss hat der sie sich geschnappt! Vielleicht mit jenem Bob Messer zusammen", gab sie vor. „Keine Ahnung. Muss ich auch nicht wissen. Das ist doch verflixt noch mal ihre Aufgabe." „Ja, aber ...", folgte hörbar eingeschüchtert. „Quatsch!" Sie spürte, dass sie ihm den Schneid abgekauft hatte – wenigstens für den Augenblick. Und genau das musste sie ausnutzen. „So, wie es aussieht, hat sich dieser Messer nach seiner Entlassung von meinem Mann seinen Anteil geben lassen wollen. So weh mir das auch zu sagen tut – aber damit ist es offensichtlich so; mein Mann war wohl ....." „... sein Komplize"; beendete er ihren Satz. „Richtig. Dummerweise war der aber schon tot, als sein Kumpane diese Adresse hier herausfand. Ob der Einbrecher von seinem Ableben wusste, weiß ich nicht, ist aber auch egal." „Folgerichtig sucht er das Geld bei mir, weil er dachte, ich als die Ehefrau – oder Witwe – wüsste, wo die Beute ist. Ich habe sie aber nicht! Wie auch, wenn ich erst jetzt zu begreifen beginne, worum es hier überhaupt geht." Christine hatte das Gefühl, so überzeugend zu sein, dass alles gut ausgehen würde.

Umso entrüsteter stemmte sie die Hände in die Hüften und kniff die Augenlider zusammen, als er nachhakte. „Wirklich, Frau König?" Diese Geste schien zu reichen, denn ihr Gegenüber meinte sofort: „Nun, Sie gehören für mich zum Kreis der Verdächtigen. Aber gut - zunächst sollten wir uns vielleicht doch mit dem Verschwinden des Kindes beschäftigen. Seit wann, sagten Sie, ist ....." Ein Klingelton störte ihn dabei, den Satz zu beenden. „Mein Handy. Entschuldigung. Ja?" Der Mann stand nah genug bei ihr, so dass Christines feinem Gehör kein Wort des Anrufers entging. „Chef, zu der Telefonnummer haben wir eine Adresse. Von einem gewissen Dietrich Holzer. Sollen wir ....." „Fahrt mit vier Mann hin; in Zivil. Wo ist das?" „Gartenstraße 33." „Okay, kenne ich. Dazu brauche ich zehn Minuten. Haltet vor der 23; da ist ein Parkplatz. Wartet auf mich! Schätze, es geht um eine Kindesentführung. Bis gleich. Frau König, muss zu einem Einsatz. Sie bleiben in der Wohnung, verstanden!" Natürlich verstanden, dachte sie. „Haben Sie etwa Anne gefunden?" „Kein Kommentar!", gab er barsch zurück. Schon schlug die Wohnungstüre zu.

Christines Hände legten sich auf ihre Wangen. In ihrem Gehirn rasten die Gedanken hin und her. Hoffentlich finden sie Anne. Was, wenn dieser Holzer gar nichts damit zu tun hat? Unsinn! Natürlich hat er. Warum sonst hatte Pelzick ihr diesen Telefonanschluss genannt?! Dann ist Anne ja gleich außer Gefahr. Etwas machte ihr Kopfzerbrechen. Glaubte dieser Schulze ihr? Wenn nicht, würde die Polizei dem Verdacht so lange nachgehen, bis sie …. Es schauderte sie. Könnte sie dem Druck der Verhöre Stand halten? Am Ende müsste sie alles zu geben – und dann - sie schluckte – mindestens wegen Steuerhinterziehung ins Gefängnis. Oder auch noch Beihilfe oder so? „Oh nein!" Als sie diesen schlimmen Gedanken weiter spann, erkannte sie die Sackgasse, in der sie sich befand. Sie konnte der Polizei das Geld überhaupt nicht übergeben. Wie sollte sie dessen Besitz erklären? Natürlich ginge das Gericht davon aus, sie hätte es nach Toms Tod die ganze Zeit versteckt, also davon gewusst. Was konnte sie nur tun?

Kapitel 13

„Mama, Mama!", schallte es durch das Treppenhaus bis in ihr Schlafzimmer. „Anne! Mein Kind. Wo warst du nur?" Keine Minute dauerte es, bis Christine sich den alten Bademantel übergezogen und die Wohnungstüre aufgerissen hatte. „Anne!" Schon hastete sie mit der Hand am Geländer hinunter zu Frankes Wohnung. „Ihre Tochter wurde ...; aber können wir das nicht innen besprechen?" „Aber natürlich. Kommen Sie doch .... Anne, Liebes." „Oh Mama, es war so schlimm."

Das Gewirr der verschiedenen Stimmen verwirrte sie. „Ah, Frau König!" „Tante König, Tante König!" Schon spürte sie Kinderarme, die sich um ihre Taille legten. „Anne, Liebes, ist dir auch nichts passiert?" „Frau König, ich muss Sie bitten, wieder zurück in Ihre Wohnung zu gehen. Und du, Anne, kommst her, ja!" „Aber Herr Schulze!" entgegnete sie. „Warum denn? Es ist doch alles gut gegangen." Christine verstand die Bestimmtheit in seiner Stimme nicht. „Mit dem Kind schon. Aber .... Gehen Sie bitte hoch und halten Sie sich zu unserer Verfügung! Anne, komm sofort zurück!" Das Mädchen löste sich schluchzend von ihr und lief von ihr weg. Als die Wohnungstüre der Frankes zuschlug, verstummten die Stimmen im Treppenhaus. Sie stand alleine im Hausflur. Starr und voller Unverständnis richtete sich ihr Gesicht in die Richtung, in welche alle verschwunden waren. Seine letzten Worte hallten einem Echo gleich in ihrem Ohr; wieder und wieder: `Mit dem Kind schon. Aber ....´ Was hatte Schulze damit gemeint?

Völlig durcheinander ging sie langsam in ihre Wohnung und ließ sich in ihren Sessel sinken. Mit Mühe zwang Christine sich dazu, ihre Gedanken zu sortieren. „Du musst jetzt einen kühlen Kopf bewahren", ermahnte sie sich. „Also", murmelte sie weiter, „einerseits hat dein Hinweis auf Pelzicks Telefonnummer zu Annes Befreiung geführt. Andererseits jedoch klangen Schulzes Worte von eben nicht gerade danach, dass ich aus dem Schneider bin. Wie nur kann ich ihn davon überzeugen, dass ich von Toms Machenschaften keine Ahnung hatte?" Ihr Zeigefinger trommelte gegen ihre Unterlippe. „Oh Tom, was hast du mir nur angetan! Ich will das verdammte Geld nicht mehr! Deinetwegen werde ich von deinen Gangsterkumpanen gejagt – und neulich beinahe umgebracht. Ja!" Ihr Selbstgespräch wurde lauter. „Hätten die mich unter meinem Bett entdeckt, dann ...." Ihre Fingernägel gruben sich in ihren Handballen.

Erneut dachte sie an Annes Befreiung – und dabei daran, ob Pelzick überhaupt geschnappt wurde. Was, wenn er nicht in dieser Wohnung war? Dann wüsste er doch bald, dass man ihm auf der Spur war. Klar! Und, dass ich über ihn Bescheid weiß. Würde er dann aus meinem Leben verschwinden? Oder nicht aufgeben, an Thomas Anteil zu kommen. Er weiß, wo ich wohne; er kennt meine Blindheit; wie leicht wäre es für ihn, mich zu überfallen und .... Sie kniff die Lider zusammen, um die Schreckensbilder zu verscheuchen, die sich da vor ihr auftürmten. „Ach, Francisco, wärst du nur schon wieder bei mir!" Sollte sie ihn anrufen? Wie denn? Sie wusste ja nicht, in welchem Hotel er abgestiegen war. Warum musste sein Orchester auch abends in einer anderen Stadt so weit weg von ihr gastieren. Ihr blieb nichts anderes übrig als sich zu gedulden – und zu hoffen, dass er sich morgen früh telefonisch meldete. Warum nur hatte er abends nicht angerufen? Sicher war es spät geworden und er wollte mich nicht wecken – dieser Liebe.

Sie stutzte. Vom Hausflur drang eine Stimme durch die Türe zu ihr. Seine Stimme. „Okay, Klaus, bring das Geld gleich ins Präsidium. Und seine Maschinenpistole und den Revolver von diesem Einbeinigen in die KTU. Wie geht´s Meier? ... Gott sei Dank! Diese Schweine können froh sein, dass sie tot sind; sonst würde ich beiden alle Knochen brechen. ... Ja, muss noch zu der König. ... Nein, heute nicht mehr; wir sehen uns Morgen. Gute Nacht!" Noch während der letzten Worte klingelte es. Sie öffnete. „Kommen Sie herein." Sie schloss die Türe hinter ihm. „Herr Schulze, was ist passiert? Wer ist tot?" „Na, Sie haben ja ein sehr gutes Gehör! Wir haben bei diesem Messer ungemein viel Geld gefunden. Ist ganz sicher die Beute. Schätze, der Holzer hat sie für ihn versteckt." „Holzer?" „Der, in dessen Wohnung wir das Mädchen fanden." „Und Sie denken nicht mehr, dass ich mit der Sache etwas zu tun habe?" „Glaube ich. Ich wenigstens nicht." Christines Hand suchte seinen Arm – und fand ihn. „Danke! Aber wieso nur Sie?" Das Maß ihrer Erleichterung hatte sofort wieder einen Dämpfer bekommen. „Nun, mein Chef und der Staatsanwalt eben. Aber das warten wir erst einmal ab." Das gefiel ihr gar nicht. Noch war sie also im Visier der Polizei.

„Was ist mit dem Pelzick? Der weiß doch, dass er aufgeflogen ist; jetzt, wo er Anne nicht mehr hat. Und der Einbeinige. Oder sind die etwa diese Toten?" Das Zögern ihres Gegenübers machte ihr klar, dass sie soeben richtig gehört hatte. „Nun." Es schien ihr, als überlegte er, ob er ihr davon etwas sagen durfte. „Ach, einerlei!", brummelte er kurz vor sich hin, bevor er laut sagte: „Also, wir gehen fest davon aus, dass Pelzick und Messer ein und dieselbe Person ist. Das Kind bestätigte unserer Psychologin eben, dass Bob

Messer, der zuerst auf uns schoss, derjenige ist, den sie in Ihrer Wohnung sah, Frau König – also Pelzick." „Und der ist tot." Ihre Stimme zitterte vor Anspannung. „Ja; der andere auch. Und einer unserer Kollegen beinahe ebenfalls. Gott sei Dank außer Lebensgefahr."

Christine spürte, wie sich alles vor ihr zu drehen begann. „Was ist?", hörte sie den Polizisten besorgt fragen. „Schwindelig." „Kommen Sie; ich bring Sie zu dem Sessel da drüben." Als sie saß, legten sich ihre zitternden Hände über ihre Wangen. Schon schmeckte sie das salzige Nass der ersten Tränen an ihren Lippen. „Geht´s?" Sie nickte, wusste jedoch, dass es nicht ging; die gesamte Anspannung der letzten Tage schien gerade auf einmal von ihr abzufallen. Zu viel hatte sich in ihr aufgestaut. Die unheimliche Begegnung mit dem Einbeinigen. Dessen Fragerei nach Thomas. Der Einbruch. Die verwüstete Wohnung. Der Polizist, dem sie vertraut hatte. Annes plötzliches Verschwinden. Schulzes Verdächtigungen. Der Fluch dieses Geldes, das ihr so gut getan hätte. Und nun, am Ende, zum Glück Pelzicks Ende. Endlich würde Schluss sein mit dem, was Thomas ihr da eingebrockt hatte. Das Geld aber …. Nein, das wollte sie nicht mehr! Sie stöhnte auf.

„Frau König, soll ich einen Arzt rufen?" Christine ließ die Hände sinken. „Nein, nein; schon okay. Das alles war nur ein bisschen zu viel für mich, glaube ich." „Verstehe. Kann ich Sie nun wirklich allein lassen? Muss nämlich langsam ins Bett. Bald zwei. Muss morgen früh raus." „Aber natürlich! Und Danke, dass Sie meine kleine Anne gefunden haben." „Ist übrigens gar nicht Ihre Nichte." „Hm; bin ihre Nenntante." „Na, ist auch egal. Also, ich muss dann." Christine wollte sich erheben. „Nix da; bleiben Sie sitzen." „Aber machen Sie die Tür gut zu." Die Angst vor Pelzick saß ihr noch immer im Nacken. „Mach ich. Meine Visitenkarte lege ich hier auf den Tisch; ich meine, falls sie mich anrufen wollen. Und wegen Ihrer Zeugenaussage komme ich morgen zu Ihnen. Dann müssen Sie nicht ...." „Oh, sehr nett von Ihnen", unterbrach sie ihn – und hörte gleich darauf die Türe ins Schloss fallen.

Er glaubt mir. Aber nur er. Mit dem Handrücken wischte sie die Tränen weg. Das Geld will ich nicht mehr. Das hätte mich beinahe ins Gefängnis gebracht – oder noch Schlimmeres angerichtet. Noch lange saß sie so da. Ihre Gedanken begannen langsamer zu werden. Je größer dabei ihre Müdigkeit wurde, desto schwerer fiel es ihr, wach zu bleiben. Irgendwann verließen sie ihre Kräfte und sie vermochte nicht mehr nach der Antwort auf die Frage zu suchen, wie sie ohne Risiko ihr Geld loswerden könnte. Sie gab auf und ging zu Bett.

Als der Mann aus dem neuen Radio, der mit seiner rauen Stimme die Morgennachrichten verlas, sie um sieben Uhr aus dem Schlaf riss, war ihr erster Gedanke der an ihren letzten – an den, der sie plagte, bevor sie spät in der Nacht einschlief. Ein Strahlen legte sich über ihr Gesicht, während ihr Mund breit wurde und sich ihre Wangen leicht wölbten. Ein erleichtertes und freudiges „Ja!" drang zwischen ihren Lippen ins Freie. In diesem Moment wusste sie - einer himmlischen Eingebung gleich -, auf welche Weise sie diesem Schulze Thomas unsägliches Vermächtnis übergeben konnte, ohne selbst in Schwierigkeiten zu kommen. „Hoffentlich!" sprach sie mit nach oben gerichtetem Gesicht und faltete dabei die Hände – so, wie sie es als Kind tat, wenn sie auf der Kirchenbank saß; neben Emilia; um zu beten, - und dabei zu hoffen, bald wieder sehen zu können. Das Telefon klingelte. So früh, dachte sie überrascht.

„Francisco! Endlich. Warum hast du dich gestern Abend nicht mehr gemeldet?" „Entschuldige, aber um halb zwölf wollte ich dich wirklich nicht ...." Mit ihrem „Ich hab´s mir gedacht, du Lieber" ließ sie ihn nicht ausreden. „Stell dir nur vor, was passiert ist. Die haben Anne entführt. Und der Pelzick heißt eigentlich Bob Messer; und ist tot; und ...." „Was? Die Anne? Mein Gott!" „Ja; und du musst das ganze Zeug aus dem Zürcher Banktresor her bringen. Der Schulze hat mich verdächtigt. Tut er nicht mehr, glaub ich; aber die anderen." Ihre Stimme überschlug sich. „Welche Sachen? Warum verdächtigt?" „Frag nicht lange; tue es; bitte." „Christine, was ist los mit dir?" Sie merkte, wie aufgeregt sie war und wie alles auf einmal aus ihr heraus wollte. „Gut, Francisco. Noch mal ganz langsam – und nur einmal. Bring alles hier her. So schnell du kannst." Statt des erwarteten, weiteren Nachfragens vernahm sie nur sein „Okay. Doch vor ... - lass mich rechnen - ... vor zwei sind wir nicht zurück. Aber das reicht noch für die Bank. Dann bin ich gegen halb vier bei dir. Aber was hast du nur vor?"

„Nicht jetzt, Francisco. Ich muss ganz schnell in den Keller." „Warum das denn?" „Weil ich nicht ins Gefängnis will." „Christine?!" „Ich leg jetzt auf. Ach, halt! Noch was; bring so ein Vorhängeschloss mit; aber eins aus Stahl, weißt, so eines, das man nicht so leicht knacken kann. Und vergiss nicht das Erkennungssignal beim Schellen." Sein Stöhnen zeigte ihr, dass er aufgab nachzuhaken. „Mach ich, Christine"; am lang gezogenen `Christine´ erkannte sie, dass er von ihrer Hektik und Geheimnistuerei genervt war. Doch darauf konnte sie im Moment keine Rücksicht nehmen. Eile war geboten; was, wenn Schulze zu früh zu ihr kam?! Sie legte auf.

„Mein Gott, warum müssen Bücher nur so schrecklich schwer sein?" stöhnte sie, während sie mit der großen

Einkaufstasche über der Schulter vor ihrem Keller stand und aufschloss. Nie hätte sie gedacht, irgendwann Toms Bücher aus der Wohnung holen und nach unten schleppen zu müssen. Sie waren ihr so lange ein wertvolles Andenken gewesen. Waren!, dachte sie bitter. Ja, Thomas hatte sie zutiefst enttäuscht. Jetzt hatten sie nicht mehr die Aufgabe, sie über seinen Tod hinweg zu trösten, sondern nur noch einen Zweck - sie selbst von seiner Schuld rein zu waschen. Nur von dem `Afrikaner´ konnte sie sich nicht trennen; der war oben liegen geblieben.

Die Holztür flog auf und donnerte gegen die Wand; die hatte sie in ihrer Eile mit zu viel Schwung aufgestoßen. Sie rümpfte die Nase; muffiger Kellergeruch schlug ihr entgegen. Sogleich begannen ihre Hände nach dem zu tasten, was sie im Holzregal unter dem Fenster verstaut glaubte. Als sie den Griff ertastete, zog sie jenen kleinen, metallenen Koffer hervor. Thomas hatte ihn für sein Werkzeug benutzt. Das hatte sie beim Umzug Francisco gegeben; was sollte sie auch damit! Rasch ließ sie die beiden Verschlüsse aufschnappen, klappte die Schließe über die Öse, die für ein Vorhängeschloss vorgesehen war, und öffnete ihn. Stück um Stück legte sie die mitgebrachten Bücher hinein. Als sie fertig war, ließ sie den Deckel offen – für Francisco.

Wieder in der Wohnung angekommen brauchte sie erst einmal einen Grünen Tee. Sie musste sich unbedingt beruhigen und die Geduld bewahren; hoffentlich kam Francisco bald. Ah! Wie gut der erste Schluck tat. Sie setzte sich in ihren Sessel. „Francisco, du bist das Beste, das mir je widerfahren ist", murmelte sie. „Du wirst nun mein Mann sein; nicht mehr Thomas." Wie wenig war von ihrer einstigen Liebe für ihn übrig geblieben; nur noch das Eine - die Rolle als Laras Vater.

Sie wartete. Nach der ersten Tasse Tee bereitete sie sich eine zweite. Den Ein-Uhr-Nachrichten folgten eine Stunde später die nächsten. Wie gut, dass Schulze noch nicht aufgetaucht war. Gleich würde Francisco kommen. Ab halb drei lief sie nur noch ziellos durch die Wohnung; vom Sessel zur Türe, von dort zum Fenster, von diesem zum anderen im Schlafzimmer – immerfort. „Wo bleibst du nur?" Immer öfter wiederholte sie diese Anklage gegen Francisco. Was, überlegte sie, wenn der Schulze jetzt klingelt? Einfach nicht aufmachen? Ja, das wäre das Beste. Dann könnte Francisco alles vorbereiten und sie würde ihn danach anrufen. „Es folgen die Nachrichten. Das Parlamentarische Gremium wird sich morgen ...." „Verflixt!" Mit raschem Griff drückte sie auf den AUS-Knopf und beendete das, was sie nicht wissen wollte. Das Warten machte sie verrückt; ihr Ohrläppchen tat ihr schon weh, weil ihre Finger wieder und wieder daran herum zupften.

Dreimal kurz, einmal lang. Christine sprang auf. „Endlich!" Als sie die Türe öffnete, hörte sie ihn schon die letzten Stufen herauf rennen. „Entschuldige!" Er war völlig außer Atem. „Unser Bus hatte eine Reifenpanne. Ausgerechnet heute." „Komm rein. Hast du die Sachen?" „Hier." Sie fühlte, wie er ihr etwas gegen den Bauch drückte. „Alles in der Tasche." „Gut! Hör zu. Du gehst in meinen Keller. Nummer vier. Da steht .... Hast du auch das Vorhängeschloss?" „Hab ich; zum Glück lag noch eines in der Schublade." „Also, auf dem Boden steht ein kleiner Metallkoffer; mit Büchern. Leg alles hinein." „Du meinst, die Aktien und Zertifikate aus Zürich. Und das Bargeld?" „Auch!" „Bist du verrückt, Christine? Das ist im Keller doch überhaupt nicht sicher." „Soll es auch nicht. Den Koffer verschließt ...." „Aber warum, um Himmels Willen?" „Das erklär ich dir, wenn du wieder oben bist. Mit dem Schloss machst du den Koffer zu. Okay? Dann gehst du raus auf die Straße und lässt den Schlüssel in die Dole fallen. Pass aber auf, dass es niemand beobachtet." „Jetzt spinnst du total! Ich denk ja nicht dran! Dann können wir ihn doch nicht mehr ...." Sie fiel ihm ins Wort. „Francisco! Tue es! Bitte! Sofort! Oder soll ich doch noch im Gefängnis landen?" Noch nie zuvor hatte sie von ihm dieses Geräusch gehört – Francisco stampfte mit dem Fuß auf den Boden. „Bitte, Liebster. Jeden Augenblick kann der Polizist da sein. Du musst vor ihm wieder oben sein. Geh jetzt! Los! Hier ist der Schlüssel." Laut drückte er die Luft aus seinen Lungen, während er ihn entgegen nahm. „So ein Unsinn!" „Geh! Bitte!"

Christine atmete tief durch, als er die Türe zuschlug. In spätestens zehn Minuten wird er wieder da sein; dann rufe ich an und erzähle ihm alles. Im Kopf legte sie sich ihre Worte zurecht, mit denen sie Herrn Schulze ihre Vermutung – sie schmunzelte bei dem Gedanken daran – mitteilen wollte. Noch einmal durchdachte sie das, was sie vorhatte. Ich muss mich von Thomas Geld trennen. Es hat mir nur Unglück – und auch Anne in Lebensgefahr - gebracht. Und mich haben sie in Verdacht, mit Thomas unter einer Decke zu stecken. Ich muss sie davon überzeugen, dass ich nicht eingeweiht war. Unbedingt!

Klingeln störte ihre Gedanken. Sie ging zum Telefon. „König." „Schulze am Apparat. Frau König, würde gerne wegen der Aufnahme Ihrer Zeugenaussage kommen. Wäre in etwa zehn Minuten bei Ihnen." Es verschlug ihr die Sprache. Ihr Kopf rechnete in Windeseile. Francisco müsste in fünf Minuten zurück sein. Sie bräuchte fünf Minuten, um ihm das Ganze zu erklären. Dann müsste er verschwinden; sie wollte mit Schulze alleine reden. „Fünfzehn Minuten wären besser. Ich bin gerade auf der Suche nach einem Schlüssel. Deswegen wollte ich sie nachher sowieso anrufen.

Ich habe da nämlich etwas entdeckt." „So?" „Ja; aber lassen sie mich rasch weitersuchen. Ich zeige es Ihnen dann gleich, wenn Sie da sind." „Gut. Dann bis gleich."

Christine lief zur Türe, öffnete sie und lauschte nach unten. Nichts. Wo blieb er nur? Da! Die Haustüre quietschte und fiel schwer ins Schloss. War er das? Ihr Zeigefinger klopfte unruhig gegen die Lippen. Schritte nach oben. Franciscos Schritte? Konzentrier dich! „Francisco?" „Tante König, bist du zu Hause?" Oh nein! Doch nicht jetzt. „Anne, Liebes", rief sie nach unten. „Komm doch in einer Stunde, ja? Dann habe ich ganz viel Zeit für dich. Ich will doch wissen, was ...." „Muss dir alles erzählen. Die haben den Polizisten erschossen und den Einbeinigen auch. Und geschrien haben sie alle. Ganz laut! Aber die Frau ...." Schon stand Anne vor ihr und umarmte sie. „Weißt du, ich war eben wieder bei ihr; sie ist eine Pücho ..., Psüchlo ..." „Eine Psychologin. Erzähl mir alles nachher, Liebes. Und geh rasch nach Hause, ja?! Ich hab noch was ganz Wichtiges zu erledigen." „Na gut." Sie klang enttäuscht. Christine hörte Schritte auf der Holztreppe. Das musste Francisco sein. Oder etwa doch schon .... „Aber nachher komme ich; und wir üben Geige, ja?" „Versprochen. Nun geh aber!" „Bin schon weg." Ihr „Ich bring Eis mit" drang schon von weiter weg an ihr Ohr. Ach, welch ein wunderbares Kind du bist, Lara." Kaum ausgesprochen bemerkte sie ihren Fehler, ließ ihn aber so stehen. Ihre Lara wäre ganz sicher ein ebenso tolles Mädchen geworden.

Kaum hatte sie die Türe hinter sich geschlossen, öffnete sie erneut, weil es klopfte. „So, da bin ich. Das war doch Anne, oder? Ich denke, die ist entführt." „Nicht mehr. Komm rein. Ich erklär dir alles. Der Polizist ist gleich da. Hast du unten ...?" „Jawohl – alles erledigt. Aber warum der ganze Quatsch, Christine? Erkläre mir das endlich." Sie schloss die Türe. „Setz dich." „Ich kann auch im Stehen zuhören." „Setz dich", wiederholte sie energisch – und hörte gleich darauf, wie der hölzerne Stuhl am Tisch knarrte. „Also hör zu. Ich werde den ganzen Kram aus Zürich der Polizei übergeben, weil ich nicht sicher sein kann, ob sie ihren Verdacht gegen mich weiter verfolgen; wenn sie alles herausbekommen, muss ich sicher ins Gefängnis. Thomas hat mich damit in etwas hinein gezogen, mit dem ich nichts mehr zu tun haben will." „Aber das ganze Geld?!" „Was hätte es mir geholfen, wenn die mich damals unter meinem Bett gefunden hätten?!" Ihre Stimme wurde lauter. „Was hätte es gebracht, wenn sie Anne am Ende getötet hätten?! Sie war immerhin eine gefährliche Zeugin. Sag - was?"

Erst nach einer Pause, in der Francisco mit sich zu kämpfen schien – Christine entging sein Schnaufen nicht -, brummte er mürrisch: „Du musst wissen, was du mit deinem Reichtum anstellst. Okay, ich sage kein Wort mehr dazu. Erzähl mir aber mal, was gestern überhaupt geschehen ist. Aus deinen Andeutungen bin ich gar nicht schlau geworden." „Es musste ja auch alles ganz schnell gehen. Gestern war ein furchtbarer Tag. An Annes Entführung wollte dieser starrköpfige Schulze zuerst überhaupt nicht glauben. Stattdessen ging es ihm ganz klar darum, mich ...."

Das Klingeln an der Haustüre unterbrach sie abrupt. Lang, lang, lang, kurz. „Oh Mist, da ist er schon." Sie eilte zur Türe und zog sie einen Spalt auf. Noch während sie überlegte, wie lange sie damit warten konnte, den Türöffner zu betätigen, hörte sie die schwere Türe zuschlagen. „Er kommt hoch; welcher Idiot hat die Türe wieder nicht richtig zugemacht?! Francisco, rasch, du musst verschwinden, damit er dich nicht auch noch in die Sache hineinzieht." „Aber warum? Habe ich denn irgendetwas Böses getan?" „Oh ja! Du warst in Zürich und weißt von Thomas Schließfach und .... Ach, hör einfach auf mich und geh." „Was willst du ihm denn sagen? Etwa, dass unten im Keller ...." Schon hörte sie Schritte auf der Etage unter ihr. Es war zu spät. Sie drückte die Türe sachte ins Schloss. „Geh rasch ins Schlafzimmer und schließe die Türe; und bleib gefälligst drin, bis er weg ist!" Franciscos Brummen sollte ihr wohl sagen, wie ungern er ihr nachgab.

„Hallo, Frau König. Hoffe, es passt Ihnen auch. Dauert auch nicht lange; dachte nur, dass es für Sie einfacher ist, wenn Sie nicht ins Präsidium kommen müssen." „Sehr nett von Ihnen." „Äh ..., können wir uns vielleicht setzen. Ich schreibe dann ein Protokoll, das Sie unterschreiben können." „Bitte, nehmen Sie Platz." Ihre Hand deutete in Richtung Tisch. „Danke. Und – haben Sie den Schlüssel gefunden?" Christine stutzte. Schlüssel? Ach so! „Nein, leider nicht. Und das wäre mir so wichtig gewesen! Es ist nämlich ...; also, Herr Schulze, mir ist da heute Nacht etwas ...; es gibt da im Keller einen alten Koffer." „Einen Koffer?" Sein Tonfall verriet ihr, dass er aufmerksam wurde. „Ja; mein Mann hatte einen, in dem er, wie er mir einmal erzählte, alte Bücher verstaute. Bei dem Umzug nach seinem Tod kam er mit hierher; die Bücher konnte ich nicht auspacken, weil er verschlossen ist." „Aha!" Begreifst du schon, worauf ich hinaus will, du schlauer Kommissar?, dachte sie. „Und weil mich die Forderung dieses Erpressers einfach nicht loslässt, zermartere ich mir den Kopf, wieso der davon ausgeht, ..."

„... dass Sie diese riesige Summe aufbringen können", brachte er ihren Satz zu Ende. „So weit her geholt ist das doch gar nicht. Ihr Mann war Bob Messers Komplize; demgemäß hatte auch er ganz sicher Geld aus dem damaligen Coup. Und wo, Frau König, könnte das nun sein?" Sie nickte bedächtig. „Ich glaube, in dem verschlossenen Koffer meines Mannes." „Zeigen

298

Sie ihn mir?" „Aber natürlich; deshalb wollte ich Sie doch anrufen. Kommen Sie." Sie spürte, wie sie eine Hitzewallung überkam. Verflixt! Der Schlüssel. Den hat Francisco noch. „Einen Augenblick; ich hole gerade den Kellerschlüssel."

„An dir ist eine Schauspielerin verloren gegangen, Chris", flüsterte Francisco ihr ins Ohr und drückte ihr den Schlüssel in die Hand.

„So, Herr Schulze, wir können!" Unten angekommen deutete Christine auf den Koffer. „Da ist er." „Oh! Ohne Werkzeug nicht zu öffnen. Hab im Auto ein Brecheisen. Gleich wieder zurück." Schon hörte sie ihn die Holztreppe hinauf rennen. „Zunächst beschlagnahme ich den Koffer offiziell. Beweismittel. Okay für Sie?" „Aber ja doch!" „Dann wollen wir mal." Erst hörte sie, wie Metall auf Metall rieb, dann ein Krachen und zuletzt sein zufriedenes „Das wär geschafft!"

Dann wurde es still – bis auf das Geräusch, das Papier macht, welches auseinander gefächert wird. „Donnerwetter!" „Was ist drin?" Es fiel ihr nicht leicht, ihre Stimme gespannt klingen zu lassen. „Wie Sie sagten – Bücher. Und - wow, das müssen Hunderttausende sein. Aktien, Goldpapiere, Dollar. Frau König, Sie haben uns zur übrigen Beute geführt. Super! Das wird meinen Chef davon überzeugen, dass er seinen Verdacht gegen Sie fallen lassen muss. Machen Sie sich keine Gedanken mehr darüber. Die Kuh ist damit vom Eis. Mit diesem Fund und Ihrem Hinweis gibt´s keinen Grund mehr, an Ihrer Aufrichtigkeit zu zweifeln."

Christine ließ ihrer übergroßen Erleichterung freien Lauf. „Da bin ich aber wirklich froh. Danke!" „Nichts zu danken. So! Bringe das da gleich ins Präsidium; ist jetzt wichtiger als das Protokoll; machen wir später." „Kein Problem. Nur ...." „Was?" „Die Sachen liegen noch oben auf dem Tisch." „Sind nur leere Formulare; legen Sie alles zur Seite. Muss mich beeilen, damit ich ihn noch erwische. Mein Chef ist ab Mittag weg. Tschüss." „Ja, tschüss, Herr Schulze."

Letztes Kapitel

Francisco kniete neben dem Sessel, in dem Christine es sich gemütlich gemacht hatte. „Jetzt begreife ich alles. Das war wirklich ein guter Schachzug, die ergaunerte Beute freiwillig herauszugeben. So kann dir kein Gericht den Prozess machen. Trotzdem." „Wie – trotzdem?" „Na ja, um das Geld tut es mir schon sehr leid. Es hätte uns dabei geholfen." Christine richtete sich auf. „Wobei?" Er atmete tief ein und aus. „Francisco, was meinst du damit?" „Ach nichts eigentlich." Sie griff nach seinem Arm, der auf der Sessellehne lag. „Natürlich ist was! So gut kenne ich dich doch. Sag – wobei hätte das blöde Geld geholfen?" Auf sein erneutes Schnaufen hin schüttelte sie seinen Arm. „Los, sag es mir!" „Es ist wegen Sofia." Damit hatte sie im Leben nicht gerechnet. „Wieso mit der?" „Vorgestern kam ein Brief von ihrem Anwalt. Der will ..." „Ja?" „Um´s kurz zu machen; für eine dreiviertel Million stimmt sie der Scheidung zu."

„Nein!" Freude und bittere Erkenntnis liefen in ihrem Kopf um die Wette. „Nein!", wiederholte sie, während sich ihre Finger fest in die seinen krallten. Sie könnten bald heiraten, hätte sie nicht soeben diesem Polizisten .... „Aber warum hast du mir davon nichts erzählt? Francisco!", warf sie ihm vor. „Dann hätte ich doch nicht ...." „Konnte ich wissen, was du vorhattest?", fiel er ihr ins Wort. Ihr Kopf senkte sich auf die Brust. „Oh nein! Diese Summe hätte ich doch von den zweieinhalb Millionen abzwacken und behalten können." „Hättest du!" Der Vorwurf in seiner Stimme war nicht zu überhören. Sie ließ sich in die Lehne zurück fallen. „Und jetzt?" „Kein Geld – keine Scheidung."

Es dauerte, bis Christine ihre Fassungslosigkeit in den Griff bekam. Lange. „Wie schön wäre das gewesen – heiraten; ganz bald. Aber nun .... Ich wünschte, du hättest es mir nicht erzählt." „Wollte ich auch nicht. Wenn du mich nicht so gedrängt hättest." Aber, machte ihr der Verstand klar, dann wärst du am Ende als seine Ehefrau ins Gefängnis gekommen; was hätte das geholfen? Nichts!

Nach einer Pause meinte er mit einem Tonfall, der plötzlich nach Begeisterung klang: „Weißt du, das mit Sofia ist sowieso endgültig vorbei. Du bist die Frau, mit der ich leben möchte. Geschieden oder nicht. Warum ziehen wir nicht einfach zusammen?" Verdutzt fragte sie: „Zu dir?" „Nein! In eine eigene Wohnung." „Francisco!" „Was denkst du?" Mit beiden Armen zog sie seinen Oberkörper zu sich. „Das ..., das wäre ..." Ihre Stimme versagte ihr den Dienst. Ihr Herz schlug Purzelbäume. „Natürlich wäre das wunderbar!" Sie beugte sich zur Seite und ließ ihre Lippen die seinen finden. „Oh Liebster!" Der nächste Kuss wollte kein Ende finden. „Aber irgendwann heiraten wir dann doch, nichtwahr?", fragte sie. Wie sehr wünschte sie es sich, Frau Christine Domìnguez zu heißen – und endlich angekommen zu sein; bei einem Mann, der sie nicht betrog; bei einem Mann, der kein verhängnisvolles Geheimnis vor ihr verbarg; bei einem Mann, der sich seit so langer Zeit um sie bemühte; bei Francisco, der sie ohne jeden Zweifel aus tiefstem Herzen liebte – so, wie sie ihn.

„Ja, Chris, das werden wir." Sein „Hoffentlich noch vor ihrem Tod" allerdings klang leise nach. „Du meinst, weil sie sich als erzkatholische Spanierin ohne Bedingungen niemals scheiden lassen würde?" Sie spürte sein Kopfnicken an ihrer Schläfe. „Ja; zu meinem Leidwesen bestanden ihre Eltern damals darauf, nach den alten Regeln des Spanischen Kirchenrechts mit einem streng bindenden Vertag zu heiraten. Allein der Tod kann danach eine Ehe beenden – sofern sich nicht beide anderes einigen." Eine Hand ballte sich zu einer Faust, als sie ihren Fehler erneut begriff. „Eine läppische dreiviertel Million – die hätten wir dafür gehabt."

Ein halbes Jahr danach

„Wollen Sie, Francisco Domìnguez, die hier anwesende Christine König, geborene Duval, zu Ihrer Ehefrau nehmen?" Sein „Ja, ich will!" drang fast so laut, glücklich und entschlossen zu dem Standesbeamten hinüber wie Christines nachfolgendes „Ja, ja; natürlich will ich!", nachdem er sie gefragt hatte, ob sie Francisco heiraten wollte. „Dann erkläre ich Sie beide hiermit vor dem Gesetz zu Mann und Frau."

Während Christine Franciscos Lippen spürte und seinen Kuss leidenschaftlich erwiderte, strahlte ihr Inneres eine Dankbarkeit aus, die sie in ihrem gesamten Leben noch nicht gespürt hatte. Eine Dankbarkeit, die einem Kommissar namens Schulze galt, dem sie in ihrer überschwänglichen Freude vor zwei Monaten einen dicken Kuss auf die Wange gab, als er ihr eröffnete, sie bekäme von der betrogenen Bank einen Finderlohn von sage und schreibe einer Million Euro.

„Ach Francisco", hörte der Beamte die frisch Vermählte vor sich überglücklich sagen, „jetzt wird dein Kind, das ich unter meinem Herzen trage, auch Domìnguez heißen können." „Ja, Chris, dann sind wir eine richtige Familie."

E N D E

ISBN: 978-3-740-70950-1

Dr. Wolfgang Sommer kann es kaum fassen. Die Schauspielerin Charlotte Schön ist wieder in seiner Stadt. Vor vielen Jahren waren sie ein Paar – bis er ihre Liebe mit Füßen trat und die wohlhabende Carmen Ferres heiratete. Voller Verbitterung und mit bösen Worten verschwand die von Wolfgang zutiefst Verletzte auf Nimmerwiedersehen.

Und nun taucht sie plötzlich wieder in seinem Leben auf. Sein schändliches Verhalten bereuend versucht er die ihm verloren Gegangene wiederzugewinnen. Charlotte weist ihn jedoch zunächst brüsk zurück. Da sie ihre große Liebe von damals trotz Allem nie aus ihrem Herzen verbannen konnte, gewährt sie den beiden eine zweite Chance.

Über Charlotte schwebt jedoch eine rabenschwarze Gewitterwolke.

ISBN: 978-3-740-70947-1

Die wohl größten Glücksgefühle im Leben haben wir als Verliebte. Unser Herz schlägt schneller, in unserem Bauch flattern 1000 bunte Schmetterlinge und über unsere Lippen kommen die liebevollsten Worte.

Wie rasch aber verfliegen diese, bannen wir sie nicht für immer auf Papier. Wie froh macht es, sie danach immer mal wieder lesen zu können. Wie wohl tut es, sich an jene erste Zeit zu erinnern und sagen zu können: „Weißt du noch - damals."

Mit nichts anderem als mit einem bewegenden Gedicht kann ein Mann seine Liebe besser ausdrücken! Mit nichts anderem berührt er ein Frauenherz mehr als mit gefühlvollen Worten!

Textauszug aus Band I:

Loblied auf die Frauen

Gäbe es euch Frauen nicht
in unserer tristen Welt,
so wäre es um uns Kerle
schlecht bestellt.
Geht in euch, Männer,
und stets bedenkt,
dass allein die Liebe einer Frau,
sofern sie euch geschenkt,
eure Zunge süße Worte sagen lässt,
euer Herz zum Klopfen bringt,
euch Sehnen lehrt,
und ihr in wohliger Glückseligkeit versinkt.

ISBN: 978-3-740-70952-5

ISBN: 978-3-740-70953-2